KB000451

스티븐 킹 단편집

스켈레톤 크루

(하)

스티븐 킹 단편집

Skeleton Crew 스켈레톤 크루

(하)

조영학 옮김

황금가지

차례

(하)

신들의 워드프로세서

첫눈에 보기에는 왕(Wang) 사의 워드프로세서처럼 보였다. 키보드도 왕이었고 케이스도 마찬가지였다. 하지만 리처드 해그스트롬은 케이스가 뜯어져 있음을 알아챘다.(점잖게 뜯은 것도 아니었다. 쇠톱 날로 뜯은 것처럼 보였다.) 규격에 맞지 않는 IBM 충전지를 억지로 밀어 넣으려 한 모양이었다. 이 낡디낡은 골동품에 딸려 온, 프로그램 디스크들은 전혀 플로피하지 않았다. 그건 마흔다섯의 리처드가 어렸을 때 들었던 음악만큼이나 하드했다.

"도대체 그게 뭐예요?"

리처드와 노드로프가 서재로 부속들을 밀고 들어오자 리나가 물었다.

노드로프는 리처드 해그스트롬의 남동생네, 그러니까 로저와 벨린다와 두 사람의 아들 조너선이 살고 있는 집 옆집에 살았다.

"존이 만든 거야. 노드로프 씨 말로는 나한테 줄 거였대. 워드프로세서 같아."

리처드가 대답했다.

"예, 그렇습니다. 그 녀석이 그렇게 말하더군요. 그 녀석이……. 잠시 내려놓아도 되겠죠, 해그스트롬 씨? 이젠 나도 고물이라서."

노드로프는 자신이 환갑이 넘었다는 사실을 인정하지 않으려 했지만 심하게 숨을 몰아쉬었다.

"아, 그러세요."

리처드는 이렇게 말하고는 아래층에서 펜더 기타의 현을 맞추고 있는 아들 세스를 불렀다. 리처드가 원래 '가족실' 로 구상한 방이었는데, 벽을 대자마자 그만 아들의 '연습실' 로 굳어지고 만 곳이다.

리처드가 소리쳤다.

"세스! 이것 좀 도와 다오!"

아래층. 세스는 들은 척도 않고 기타를 퉁기고 있었다. 리처드는 노드로프를 보며 어깨를 으쓱했다. 수치심으로 얼굴이 벌게졌다. 노드로프도, '애들이 다 그렇죠, 뭐. 요즘 애들한테 뭘 기대하겠습니까요?' 라고 말하기라도 하듯 어깨를 으쓱해 보였다. 하지만 두 사람 모두 존은 요즘 아이들 같지 않았다는 것을 알고 있었다. 불쌍한 존 해그스트롬. 미친 형의 아들.

리처드가 말했다.

"아무튼 도와주셔서 감사합니다."

노드로프가 어깨를 으쓱했다.

"늙은이가 뭐 할 일이 있나요. 아무튼 존을 위해 조금이라도 도움이 되었다면 좋겠군요. 아세요? 그 앤 곧잘 우리 집 잔디를 깎아 주곤 했답니다. 수고비라도 주고 싶었지만 한사코 거절했죠. 정말 착한 애였어요."

노드로프는 여전히 숨을 헐떡이고 있었다.

"혹시 물 한 잔 마실 수 있겠습니까, 해그스트롬 씨?"

"물론이죠."

리처드는 아내가 부엌 탁자에서 꼼짝하지 않는 것을 보고는 직접 가서 물을 따랐다. 아내는 트윙키(겉이 노란 빵의 일종―옮긴이)를 먹으며 괴기 로맨스 소설을 읽는 중이었다.

"세스! 이리 와서 이것 좀 도와 달라니까!"

리처드가 다시 소리쳤다.

하지만 세스는 리처드가 여전히 할부를 갚고 있는 펜더 기타로 웅웅거리는 불협화음을 비틀어 댈 뿐이었다.

리처드는 노드로프에게 저녁식사를 하고 가라고 말했지만, 노드로프는 정중히 거절했다. 리처드도 고개를 끄덕였다. 다시금 당혹스러웠지만 이번에는 조금 더 잘 감출 수 있었다. 자네같이 좋은 사람이 그런 집구석에서 뭘 하는 건가? 버니 엡스타인이라는 친구가 그런 말을 했다. 그때도 리처드는 고개를 젓기만 했는데 지금과 거의 비슷한 기분이었다. 리처드는 좋은 사람이었다. 하지만 그건 리처드의 아내와 아들 때문에 그렇게 보일 뿐이다. 리처드의 아내는 자기가 속아서 결혼했고 그 때문에 많은 것을 잃었다고 생각하는 뚱뚱하고 부루퉁한 여자로 말을 잘못 골라 탔다고 투덜댔다.(하지만 낙오자치고 그렇게 생각하지 않는 사람이 어디 있겠는가?) 그리고 말이 통하지 않는 열다섯 살짜리 아들 녀석은 리처드가 가르치는 학교에서 간신히 낙제를 면하고 있었고, 아침, 점심, 저녁 내내(대개는 밤늦게까지) 기타로 이상한 톱 소리를 만드는 일에만 몰두했다. 그 짓이라도 하지 않으면 도무지 세상을 버텨낼 것 같지 않다는 식으로.

"노드로프 씨, 그럼, 맥주는 어때요?"

리처드는 노드로프를 보내기가 싫었다. 존에 대해 더 듣고 싶어서였다.

"맥주라, 그건 군침이 당기는데요?"

노드로프의 대답에 리처드는 고맙다는 듯 고개를 끄덕였다.

"좋습니다."

리처드는 버드와이저 캔 두 개를 가지러 갔다.

서재는 집에서 떨어진 작은 창고식 건물에 있었다. 가족실과 마찬가지로 그곳도 리처드가 직접 수리했다. 하지만 가족실과 달리 리처드만의 공간이었다. 자신과 결혼한 이방인과 자신이 낳은 이방인을 떼어 버릴 수 있는 유일한 공간이었다.

리나는 리처드가 독립된 공간을 갖는 것을 인정하지 않았다. 하지만 끝내는 막을 수 없었다. 그곳은 아내와 싸워서 얻은 몇 안 되는 승리 중 하나였다. 말을 잘못 골랐다는 아내의 불평을 리처드도 어느 정도는 인정했다. 16년 전 두 사람이 결혼할 당시에는 리처드가 훌륭하고 수지맞는 소설을 쓸 것이고, 머지않아 메르세데스 벤츠를 몰게 될 것임을 의심치 않았다. 하지만 리처드가 출간한 유일한 소설은 부를 가져다주지 않았고 비평가들도 재빨리 그

책의 결점을 잡아내기 시작했다. 리나는 비평가의 관점을 그대로 받아들였고 그때부터 가족은 제멋대로 표류하기 시작했다.

두 사람 다 고등학교에서 아이들을 가르치는 일을 명예와 영광과 부로 가기 전에 잠시 쉬어 가는 발판으로만 여겼다. 그런데 그 일이 주 수입원으로 굳어 버린 지 벌써 15년이나 되었다. 대단히 긴 발판이군, 리처드는 종종 이런 생각을 했다. 하지만 그렇다고 꿈을 포기한 것은 아니었다. 그동안 때때로 단편과 논문을 썼으며 작가 연맹의 비중 있는 회원이기도 했다. 타자기를 이용해서 매년 5000달러의 부수입을 올리기도 한다. 리나가 아무리 투덜거린다 해도, 그 일만으로도 리처드는 자신의 서재를 가질 만한 자격이 있었다……. 리나가 직장을 갖지 않는 한 말이다.

"멋진 곳이로군요."

노드로프가 구식 그림 따위로 둘러싸인 작은 방을 둘러보며 말했다. 잡종 워드프로세서는 책상 위에 놓고 CPU는 아래에 밀어 넣었다. 리처드가 쓰던 낡은 올리베티 전동 타자기는 당분간 파일 캐비닛 위에 치워 두기로 했다.

"딱 맞네요."

리처드가 워드프로세서를 향해 고개를 끄덕이며 말했다.

"노드로프 씨, 저게 정말 돌아갈 거라고 생각하세요? 존은 겨우 열네 살이었는데."

"생긴 건 형편없죠?"

"하긴 그렇군요."

"리처드, 당신은 아마 상상도 못할 겁니다. 저 모니터 뒤쪽을 훔쳐본 적이 있어요. 선 몇 개는 IBM 마크가 찍혀 있고 라디오 샤크 사 로고가 찍힌 것도 있더군요. 하지만 대개는 웨스턴 전선 회사 거였지요. 그리고 믿기 어렵겠지만, 작은 모터는 이렉토 세트(어린이용 조립 완구——옮긴이)랍니다."

노드로프는 맥주를 한 잔 마시고는 잠시 생각에 젖었다.

"열다섯이죠. 이제 열다섯이에요. 사고가 나기 이삼 일 전에 생일이 지났으니까 말입니다."

노드로프는 잠시 말을 멈추더니 다시 되뇌었다.

"열다섯이에요."

목소리가 낮게 가라앉아 있었다.

"이렉토 세트라고 하셨나요?"

리처드가 노인을 보며 눈을 깜빡였다.

"예, 그래요. 이렉토 세트로 모형 전자 제품을 만들 수 있지요. 존은 벌써…… 그러니까 여섯 살 때부터 그걸 갖고 있었죠. 제가 크리스마스 선물로 줬어요. 그 애는 그때 벌써 기계 장치에 미쳐 있었어요. 그런데 그 아이가 그저 기계 장치를 좋아한 걸까요, 아니면 이렉토 세트를 좋아한 걸까요? 전 이렉토 세트였다고 생각해요. 그러니까 10년 이상 간직하고 있었겠지요. 어디, 아이들이 그런가요?"

"그렇군요."

리처드는 지난 몇 년 동안 세스에게 갖다 바친 장난감들에 대해 생각해 보았다. 버려지고, 잊혀지고, 완전히 망가진 장난감들. 리처드는 워드프로세서를 힐끗 보았다.

"그러면 작동하지는 않겠군요."

"글쎄요. 한번 해 보시죠. 그 아이는 거의 전기공학 분야에서 천재였으니까요."

노드로프가 말했다.

"예, 그래야 될 것 같군요. 그 애가 기계 장치를 잘 다루는 건 알고 있습니다. 6학년 때 주 대항 과학박람회에서 상을 탄 적도 있었어요."

"훨씬 나이 많은 애들하고 경쟁을 벌였지요. 고등학교 졸업반 애들도 많았어요. 그 애 어머니가 그러더군요."

노드로프가 말했다.

"사실입니다. 우린 모두 그 애를 자랑스러워했어요."

사실 그 말은 사실이 아니었다. 리처드도 자랑스러워했고 그 애 어머니도 자랑스러워했지만, 아이의 아버지는 마치 개똥 보듯 했다.

"하지만 과학박람회의 프로젝트와 워드프로세서를 조립하는 일은 좀……."

리처드는 어깨를 으쓱해 보였다.

노드로프는 맥주를 내려놓았다.

"1950년대에도 비슷한 꼬마가 있었죠. 스프 깡통 두 개와 5달러 어치 전기 장비로 원자 분쇄기를 만들었다더군요. 그 얘기를 해준 것도 존이었습니다. 그리고 뉴멕시코 시골 마을에 사는 아이가 1954년엔가 타키온을 찾아냈다고도 하더군요. 시간을 역행할 수 있다는 네거티브 소립자 말입니다. 그리고 코네티컷의 워터베리에 사는 열한 살짜리 아이는, 갖고 놀던 카드 뒷면에서 벗겨 낸 셀룰로이드로 파이프 폭탄을 만들어 빈 개집을 날려 버렸다더군요. 가끔 아이들은 세상을 놀라게 한답니다. 특히 영재들 말입니다.

놀라운 일이에요."

"정말 놀라운 일이군요."

"그래도, 그 애는 착했어요."

"그 애를 사랑하셨군요."

"해그스트롬 씨, 전 그 아이를 아주 많이 사랑했답니다. 정말로 괜찮은 녀석이었거든요."

리처드는 참 이상하다고 생각했다. 여섯 살 때부터 완전 개차반이었던 형은 훌륭한 여자를 만나 훌륭한 아들을 낳았다. 언제나 친절하고 착하게 살려고 노력했던 자신은(이 빌어먹을 세상에서 착하다는 것이 무슨 말이든 간에) 무뚝뚝하고 뚱뚱한 여자로 변한 리나와 결혼해 세스를 낳았다. 노드로프의 정직하고 지친 얼굴을 보면서 리처드는 어떻게 이런 일이 일어났는지, 어디까지가 정확히 자신의 잘못인지, 자신의 나약함이 낳은 당연한 결과인지 생각했다. 리처드가 말했다.

"그래요. 정말 그랬죠."

"해그스트롬 씨, 저게 작동한다고 해도 전 조금도 놀라지 않을 거예요."

노드로프가 떠난 후, 리처드 해그스트롬은 워드프로세서의 코드를 꼽고 스위치를 켰다. 부 하는 소리가 들려왔다. 리처드는 화면에 IBM이라는 글자가 나타나기를 기다렸지만, 글자는 나타나지 않았다. 그 대신 기이하게도 무덤에서 나오는 목소리처럼 어둠 속에서 글씨들이 스멀스멀 기어 나왔다. 녹색 귀신처럼.

'생일 축하해요, 리처드 삼촌! 저 존이에요.'

"맙소사."

리처드는 털썩 주저앉으며 낮은 신음을 뱉어 냈다. 형과 형수와 조카를 삼켜 버린 사고는 2주 전에 있었다. 소풍을 다녀오는 길이었고, 로저는 잔뜩 취해 있었다. 로저 해그스트롬의 삶에 있어서 만취는 일상에 지나지 않았다. 문제는 그날 운이 없었다는 것이다. 로저는 낡은 밴을 타고 30미터 벼랑 위를 아슬아슬하게 휘젓다가 결국 충돌해 불에 휩싸이고 말았다.

'존은 열네 살, 아니, 열다섯이죠. 이제 열다섯이에요. 사고가 나기 이삼 일 전에 생일이 지났으니까 말입니다.

노인이 말했다. 삼 년만 더 버텼으면 그 멍청한 곰탱이한테서 벗어날 수 있었을 거다. 존의 생일…… 그리고 내 생일도 얼마 남지 않았다.'

일주일 후면 리처드의 생일이었다. 워드프로세서는 존이 준비한 생일선물이었다.

기분이 더 울적해졌다. 왜 그런지는 모르겠지만 아무튼 그랬다. 리처드는 손을 뻗어 화면을 껐다.

'어떤 아이는 스프 깡통 두 개와 5달러어치 전기 장비로 원자 분쇄기를 만들었다더군요.

그래. 뉴욕 시의 하수도는 악어들로 가득하고, 미 공군은 네브래스카 어느 빙산 속에 외계인의 시체를 숨겨 놓았지. 더 말해 봐. 다 개소리야. 하지만 확실히 내가 알고 싶어 하지 않는 것들인 것 같아.'

리처드는 일어나 모니터 뒤쪽으로 돌아가 구멍 안을 살펴보았다. 그랬다. 노드로프가 말한 그대로였다. 라디오 샤크 로고가 찍힌 선과, 웨스턴 전선 회사와 웨스트렉스의 이름이 찍힌 선이 있었다. 그리고 원형의 작은 트레이드마크 ⓡ이 찍힌 이렉토 세트가 있었다. 다른 것도 있었다. 노드로프가 놓쳤거나 언급하기 싫었던 모양이다. 라이오넬 트레인 사의 변압기가 마치 프랑켄슈타인의 신부처럼 전선을 뒤집어쓰고 있었다.

"맙소사. 맙소사, 존, 도대체 넌 무슨 생각을 한 거냐?"

리처드는 웃고 싶었는데도 나오는 건 눈물이었다.

리처드는 그 대답 역시 알고 있었다. 리처드는 몇 년 동안이나 워드프로세서를 갖고 싶다고 꿈꾸었고 또 떠벌리기도 했다. 리나의 웃음이 신랄해지기 시작하면서 리처드의 말 상대는 주로 존이었었나.

"더 빨리 쓰고, 교정도 빨리 보고, 출판도 빨리 할 수 있을 텐데 말이다."

지난여름에 존에게 이렇게까지 말했다. 소년은 심각한 표정으로 리처드를 바라보았는데, 밝고 푸른 눈이, 지적이면서도 신중한 눈이, 안경 뒤에서 더욱 커져 보였던 것도 같다.

"그러면 정말 좋을 텐데……. 정말로 말이다."

"그럼 하나 구하면 되잖아요, 삼촌."

"누가 공짜로 주기라도 한다더냐? 라디오 샤크 모델은 최소 3000달러는 할 거야. 비싼 건 아마 1만 8000달러도 넘을걸?"

리처드는 웃으면서 이렇게 대답했다.

"그럼, 언젠가 내가 하나 만들어 볼게요."

"그래, 넌 할 수 있을 거야."

리처드는 조카의 등을 토닥거리며 말했다.

그리고 노드로프가 전화할 때까지 까맣게 잊고 있었던 것이다.

모형 제품에서 빼낸 케이블.

라이오넬 트레인 변압기.

맙소사.

리처드는 기계를 끌 생각으로 다시 다가갔다. 뭔가를 썼다가 실패하면 진실하고 여리고

(비명횡사한)

조카가 의도했던 바를 훼손하는 것만 같았기 때문이다.

하지만 리처드는 '실행' 버튼을 눌렀다. 버튼을 누르면서 이유 모를 소름이 척추를 훑고 지나갔다. 실행이라니, 정말 우스꽝스러운 단어였다. 한번 생각해 보라. 그건 글을 쓰는 것과 아무런 상관이 없는 단어이다. 오히려 그 단어는 가스실이나 전기의자를 연상시켰고, 도로 밖으로 뛰쳐나간 낡고 더러운 밴을 떠올리게 했다.

실행.

CPU 돌아가는 소리가 이제껏 둘러보았던 여느 워드프로세서보다 더 크게 들렸다. 거의 으르렁거리는 수준이었다.

'존, 도대체 메모리 박스에는 뭘 넣은 거니? 침대 스프링? 장난감 변압기? 아니면 스프 캔이라도 넣은 거니?'

리처드는 다시 존의 눈과 조용하고 섬세한 얼굴을 그려 보았다. 다른 사람의 아들을 부러워한다면 이상한 걸까?

'하지만 존은 내 아들이었어야 했어. 난 알아…… 그리고 그 아이도 그걸 알고 있었을 거야.'

그리고 로저의 아내 벨린다가 있었다. 흐린 날에도 종종 선글라스를 쓰고 다니던 벨린다. 두 눈 주변의 상처가 끔찍하게 번져 있

어서 선글라스는 커다랬다. 하지만 종종 리처드는 그녀를 훔쳐보았다. 로저의 뻑적지근한 웃음에 휩싸여 조용히, 그리고 불안하게 앉아 있던 벨린다. 리처드는 그때도 똑같은 생각을 했다.

'벨린다는 내 아내여야 했어.'

그건 끔찍한 생각이었다. 형제는 고등학교 때 벨린다를 만났고 둘 다 그녀와 데이트를 했다. 형제는 두 살 터울이었고 벨린다는 딱 그 중간이었다. 리처드보다는 한 살 많고 로저보다는 한 살 어렸다. 나중에 존의 엄마가 된 소녀와 처음 데이트를 한 것은 실제로 리처드였다. 그때 로저가 끼어들었다. 리처드보다 나이도 많고 덩치도 큰 로저. 언제나 원하는 걸 가져야 직성이 풀리는 로저. 방해가 된다면 누구라도 가만 두지 않는 로저.

'나는 겁이 났어. 겁이 나서 얼른 그녀를 포기해 버렸지. 그렇게 간단하게? 오, 하느님 맙소사. 정말로 그랬다니까. 다른 식으로 돌려 말할 수도 있겠지만, 언제까지 거짓말만 늘어놓을 수는 없잖아? 겁쟁이. 멍청이.'

만일 그게 사실이라면, 리나와 세스가 빌어먹을 형에게 떨어지고, 벨린다와 존이 리처드의 가족이 되었다면…… 도대체 뭐가 달라지는 거지? 게다가 이성이 있다고 자부하는 작자가 그런 말도 안 되는 가정을 어떻게 들이밀 수 있냐 이거야. 웃겨? 끔찍해? 죽여 줄까?

'저게 작동한다고 해도 조금도 놀라지 않아. 조금도 놀라지 않을 거야.'

실행.

리처드는 손가락으로 재빨리 자판을 훑었다. 리처드는 스크린

18

을 보며 그 글자들이 화면에 초록색으로 떠다니는 것을 보았다.

'내 형은 쓸모없는 주정뱅이였다.'

글자가 나타나자 리처드는 문득 어렸을 때 가지고 놀던 장난감이 생각났다. '매직 에이트 볼(Magic Eight Ball)'이라는 장난감이었다. '예'나 '아니요'로 답할 수 있는 질문을 던진 다음에 매직 에이트 볼을 뒤집어 보면 질문에 대한 대답이 천천히 새겨지는 것을 볼 수 있었다. 웃기는 노릇이었지만, 종종 놀랍도록 신기한 대답도 보여 주곤 했다. "거의 확실하다.", "나라면 하지 않겠다.", "다시 물어보라." 같은 대답들 말이다.

로저는 그 장난감을 탐냈다. 그리고 어느 날 리처드를 위협해 장난감을 빼앗은 다음, 있는 힘껏 내던져 깨뜨려 버렸다. 그리고 웃었다. 존이 엉성하게 짜 맞춘 CPU 케이스에서 나는 불협화음을 들으며, 리처드는 그때 보도에 엎드려 얼마나 울고불고 했는지를 떠올려 보았다. 형이 그런 짓을 했다는 사실을 믿을 수 없었다.

"얼레리꼴레리 울보래요. 울보래요."

로저가 리처드를 비웃었다.

"리처드, 그건 그냥 싸구려 장난감이라고. 봐, 바보야. 기껏해야 글자 몇 개하고 물밖에 더 있어?"

"일러 버릴 거야!"

리처드는 목이 터져라 소리쳤다. 머리가 지끈거렸다. 눈물이 앞을 가려 아무것도 보이지 않았다.

"일러 버릴 거야! 엄마한테 다 이를 거야!"

"이르기만 해 봐. 팔을 부러뜨려 놓을 테니까."

로저의 소름끼치는 미소를 보며 리처드는 그 말이 거짓이 아님을 알았다. 결국 리처드는 이르지 못했다.

'내 형은 쓸모없는 주정뱅이였다.'

회한하게 조립이 되었든 말든 아무튼 화면에 글이 나타났다. 기계가 CPU에 정보를 저장할 수 있는지는 좀 더 두고 봐야겠지만, 왕 키보드에 IBM 스크린을 연결한 존의 솜씨는 제대로 작동하고 있었다. 아주 우연히, 그 덕분에 시답잖은 기억들을 떠올려야 했으나 그건 존의 잘못이 아니었다.

리처드는 서재를 둘러보았다. 그리고 자신이 고른 것도 아니고 좋아하지도 않는 그림에서 시선이 멈추었다. 그건 리나의 스튜디오 촬영 사진이었다. 2년 전에 크리스마스 선물로 주며 이렇게 말했나. 연구실에 걸어 두세요. 물론 리처드는 시키는 대로 했다. 리처드는 아내가 옆에 없을 때 자신을 감시하는 방법이라고 생각했다. 잊지 말아요, 여보. 나 여기 있어요. 내가 말을 잘못 탔을지는 몰라도 아무튼 난 여전히 여기 있다고요. 그러니 잊지 않는 게 좋을 거예요.

색깔을 묘하게 입힌 스튜디오 사진은 회한하게도, 휘슬러, 호머, 그리고 N. C. 화이트 그림들과 잘 어울렸다. 리나의 두 눈은 반쯤 감겨 있었고, 입 가장자리에서 살짝 말려 올라간 윗입술은, 미소라기보다는 비웃음에 가까웠다. 그녀의 입이 이렇게 말했다. 아직 여기 있어요, 리처드. 그러니 명심하란 말예요.

리처드는 자판을 두드렸다.

'내 아내의 사진이 내 서재 서쪽 벽에 매달려 있다.'

리처드는 그 글을 바라보며 아내의 사진만큼 혐오스럽다는 생각을 했다. 그리고 삭제 버튼을 눌렀다. 문장이 사라졌다. 화면에는 커서만이 남아 쉬지 않고 깜빡거렸다.

리처드는 벽을 올려다보고 아내의 사진이 사라졌음을 보았다.

오랫동안(적어도 그렇게 느껴졌다.) 멍하니 앉아서 사진이 있던 벽을 바라보았다. 마침내 믿기 힘든 충격에서 리처드를 깨운 것은 CPU에서 나는 냄새였다. 아주 어릴 적부터 알고 있던 냄새였다. 자기 것이 아니라는 이유로 매직 에이트 볼을 깨뜨린 로저의 심술만큼이나 분명하게 기억했다. 바로 장난감 전동기차의 변압기 냄새였다. 냄새를 맡았으면 응당 기계를 끄고 열을 식혀야 할 것이다.

그리고 리처드도 그렇게 할 것이다.

조금 있다가.

리처드는 자리에서 일어나 무감각해진 다리로 벽까지 걸어갔다. 그리고 암스트롱 나무판을 손가락으로 만져 보았다. 사진은 여기 있었다. 그래, 분명 여기에. 하지만 사라졌다. 사진이 걸려 있던 고리도 사라졌다. 고리를 박았던 구멍도 보이지 않았다.

사라졌다.

세상이 갑자기 회색으로 변했다. 리처드는 비척거리며 뒷걸음질 쳤다. 언뜻 기절하고 있다는 생각에 간신히 정신을 차렸다. 다행히 세상도 조금씩 초점을 잡아 가기 시작했다.

리처드는 리나의 사진이 있었던 텅 빈 공간과 죽은 조카가 조립해 준 워드프로세서를 번갈아 살펴보았다.

머릿속에서 노드로프의 목소리가 들렸다.

'아마 놀라실 겁니다. 분명 놀라실 거예요. 1950년대에 시간을 역행하는 미립자를 찾아낸 아이가 있다면 놀랍지 않겠어요? 선생의 천재 조카가 버려진 워드프로세서 부속들하고 전선 몇 개와 전기 부품을 가지고 무엇을 만들어 냈는지 아시면 놀라실 겁니다. 너무 놀라서 혹시 내가 미친 건 아닌가 하는 생각도 들 겁니다.'

변압기 타는 냄새가 더욱 진하고 강해졌다. 이제는 모니터 뒤에서 연기가 피어오르는 것 같기도 했고 CPU의 소음도 더 커졌다. 이제 전원을 꺼야 할 시간인 것이다. 존이 똑똑하기는 했지만, 이 고물의 오류를 모두 잡을 시간적 여유는 없었던 모양이다.

'혹시, 이럴 줄 알고 있었던 것은 아닐까?'

터무니없는 상상에 호기심이 동한 리처드는 혹시나 하는 심정으로 화면 앞에 앉아 다시 타이핑을 했다.

'아내의 사진이 벽에 걸려 있다.'

리처드는 잠시 화면을 보다가 키보드의 실행 버튼을 눌렀다.

리처드는 벽을 바라보았다.

리나의 사진이 돌아와 있었다. 바로 그 자리에 말이다.

"맙소사. 하느님 맙소사."

리처드가 낮게 신음을 흘렸다.

리처드는 한 손으로 뺨을 문지르고 다시 키보드를 보았다.(화면엔 다시 커서만 깜빡거리고 있었다.) 그리고 키보드를 눌러 댔다.

'텅 빈 마룻바닥'

리처드는 앞으로 돌아가 글을 더 써 넣었다.

'20달러짜리 금화 열두 개가 든 작은 주머니만 있는'

그리고 실행을 눌렀다.

리처드는 마룻바닥을 내려다보았다. 아가리를 묶도록 되어 있는 작고 하얀 주머니가 놓여 있었다. 주머니 등 쪽에 검고 흐린 스텐실 인쇄로 "웰스 파고 은행"이라고 새겨 있었다.

"이런, 세상에. 맙소사. 이런, 오 하느님."

리처드는 이렇게 뇌까렸는데 마치 남의 목소리처럼 들렸다.

워드프로세서가 계속 삐삐거리지만 않았더라도 리처드는 몇 분, 아니 몇 시간 내내 구세주의 이름을 불러 댔을 것이다. 화면 위쪽 가득 "과부하"라는 단어가 깜빡거렸다.

리처드는 서둘러 모든 장치를 꺼 버리고 서재를 떠났다. 지옥의 악마에게라도 쫓기는 사람 같았다.

하지만 그 전에 자루를 집어 바지 주머니에 꾸겨 넣었다.

그날 저녁 11월의 찬바람이 마당의 나무들을 흔들어 단조로운 백파이프 음을 만들어 내고 있을 때 리처드는 노드로프에게 전화를 걸었다. 세스의 그룹이 아래층에 모여 보브 시거의 음악을 목 졸라 죽이고 있었다. 리나는 '비탄의 여신 클럽'에라도 나가 빙고 놀이를 하는 모양이었다.

"기계가 돌아가던가요?"

노드로프가 물었다.

"예, 돌아갑니다."

리처드가 대답했다.

리처드는 주머니에 손을 넣어 동전 하나를 끄집어냈다. 무거웠다. 롤렉스 시계보다도 무거웠다. 독수리의 엄중한 옆 모습이 한 면에 새겨 있었고 그 옆에는 1871년이라는 숫자가 보였다.

"돌아가긴 하는데 이건 좀 믿기가 어렵군요."

"저라면 믿을 겁니다. 매우 영리한 아이였거든요. 그 애는 선생님을 무척 사랑했답니다. 하지만 조심하세요. 아무리 영리해도 아이는 아이일 뿐이니까 말입니다. 사랑은 종종 엉뚱한 방법으로 실현되기도 하죠. 이해하시겠죠?"

노드로프가 아무렇지도 않다는 듯 대답했다.

리처드는 전혀 이해할 수가 없었다. 온몸에 열이 나는 듯했다. 그날 신문에는 1온스당 514달러라는 금 시세가 나와 있었다. 우편 저울로 재어 보니 동전들의 평균 무게는 4.5온스였다. 그러니까 현 시세로만 따져도 2만 7756달러인 것이다. 아마 다른 식으로 거래한다면 그 가치는 최소한 그보다 네 배는 될 것이다.

"노드로프 씨, 잠깐 이쪽으로 오시겠습니까? 지금, 아니면 오늘 저녁에라도?"

"아니요. 아뇨, 별로 그럴 생각은 없군요, 해그스트롬 씨. 제 생각엔 그건 선생님과 존의 문제니까요."

"하지만……."

"다만 이것만은 기억해 주세요. 부디 조심하셔야 합니다."

그리고 짧게 딸깍 하는 소리가 들렸고 노드로프는 사라졌다.

한 시간 삼십 분이 지난 후 리처드는 다시 서재로 돌아와 워드 프로세서를 만져 보고 있었다. 전원 스위치를 만졌으나 아직 켜지는 못했다. 노드로프는 그 말을 두 번이나 했다. '부디 조심하세요.' 그렇다. 아무래도 신중해야겠다는 생각이 들었다. 그런 일을 해내는 기계라니…….

'어떻게 기계가 그런 일을 할 수 있지?'

감이 잡히지 않았다……. 하지만 어떤 점에서는 그 덕분에 이 정신 나간 현상을 받아들이기가 쉽다는 생각도 들었다. 리처드는 영어 선생이자 얼치기 작가이지 기술자는 아니었다. 건축, 가솔린 엔진, 전화기, 텔레비전, 화장실 물이 빠지고 다시 차는 원리 등 사물의 작동 원리에 대해 이해해 본 적은 평생 한 번도 없었다고 할 수 있다. 리처드는 평생 동안 작동 원리가 아니라 작동법을 이해하면서 살아왔다. 그런데 이 시점에서 그게 무슨 차이지? 정도의 차이?

리처드는 전원 스위치를 눌렀다. 기계는 전과 같은 인사를 했다. 생일 축하해요, 리처드 삼촌. 저 존이에요. 실행 버튼을 누르자 조카의 메시지는 사라졌다.

'이 기계는 오래 못 갈 거야.'

문득 리처드는 그런 생각이 들었다. 존은 죽기 전까지도 기계를 만지고 있었을 것이다. 아직 시간 여유가 있다고 생각하면서 말이다. 결국 리처드 삼촌의 생일은 3주나 더 기다려야 했을 테니까…….

하지만 존의 시간은 다했다. 그 바람에 현실 세계에서 낡은 것을 제거하고 새 것을 삽입할 수 있는 이 기막힌 워드프로세서는 변압기가 타는 냄새가 나고, 몇 분 후에는 연기까지 뿜어 댔다. 존에게는 완성할 시간이 없었다. 존은…….

정말 시간이 있다고 생각했을까?

아니, 그렇지 않다. 그건 절대로 아니다. 리처드는 존의 두꺼운 안경 뒤에 숨은 신중하고 차분한 눈을 알고 있었다……. 어디에도 확신은 없었다. 시간에 대한 신뢰 따위는 전혀 없었다. 그날 아침 존이 생각한 단어는 무엇이었을까? 불운? 존에게 바람직한 단어는 아니지만 적절한 단어일지도 모르겠다. 존에게 파멸의 예감은 너무나도 분명해 가끔 조금이라도 위로가 될까 해서 처절하게 안아 주고 싶어질 때가 있었으니 말이다. 어쩌면 이 세상에도 해 피엔딩이라는 것이 있어 착한 사람이 항상 일찍 죽는 것만은 아님 을 확인시켜 주고도 싶었다.

그리고 리처드는 바닥에 매직볼을 내던지는 로저를 생각했다. 로저는 정말로 있는 힘껏 내던졌다. 플라스틱이 깨지는 소리를 들 었고 볼의 마술액이 보도 위로 흘러내리는 것을 보았다. 그러자 그 그림은 다시 로저의 고물 밴과 겹쳐졌다. 차 옆면에 '해그스트 롬 도매 배달 전문'이라고 새긴 차는, 어느 교외의 지저분한 낭떠 러지로 떨어져 30미터 아래에 코를 처박으며, 로저 자신처럼 요란 한 소리를 질러 댔다. 리처드는 보았다. 비록 원치는 않았지만, 형 수의 얼굴이 피와 뼈로 분리된 것을 보았고 파편에 갇힌 존이 비 명을 지르며 까맣게 타 버린 것을 보았다.

확신도 없고 아무런 희망도 없던 아이. 존은 항상 시간이 다했 다는 느낌을 풍겼는데, 결국 그렇게 됐다.

"그게 무슨 뜻이지?"

리처드가 텅 빈 화면을 보며 중얼거렸다.

매직 에이트 볼이 그때 뭐라고 대답했더라? 나중에 다시 질문 하라? 결과는 불확실하다? 아니면 분명히 그렇다였던가?

CPU의 소음이 커지기 시작했는데, 아까 오후 때보다 더 빠른 반응이었다. 모니터 뒤 기계 장치에 밀어 넣은 장난감 기차 변압 기가 타는 냄새도 나기 시작했다.

기적과 꿈의 기계.

신들의 워드프로세서.

정말 그런 걸까? 존은 삼촌의 생일 선물로 정말로 이런 기적을 준비한 것일까? 요술램프나 소원 우물의 미래 버전을?

갑자기 뒷문이 쾅 하고 열리며 세스와 밴드 멤버들의 목소리가 들렸다. 너무나 시끄럽고 거슬리는 목소리들. 술을 마셨거나 약을 한 것이 분명했다.

"세스, 너네 노인네는 어디 있냐?"

누군가가 이렇게 내뱉었다.

"서재에서 농땡이 치고 있을걸? 언제나 그러거든."

세스가 말했다.

"이건 내 생각인데……."

그때 바람이 불어 나머지 소리는 들리지 않았다. 하지만 바람조차 아이들의 사악한 웃음소리를 막아 주지는 못했다.

리처드는 가만히 앉아 아이들의 수다를 들었다. 그러다가 고개를 한쪽으로 갸웃거리고는 재빨리 타이핑을 시작했다.

'내 아들, 세스 로버트 해그스트롬.'

리처드의 손가락이 삭제 버튼 위를 떠다녔다.

리처드의 마음이 소리쳤다.

'도대체 무슨 짓이야? 제정신이야? 정말로 네 아들을 살해하려는 거냐고?'

"네 꼰대, 거기서 딸딸이 치는 거 아냐?"

세스의 친구가 말했다.

"그 인간 엄청 딸하다고 그랬잖아. 울 엄마한테 물어봐. 다 까발려 줄 테니까. 그 영감탱이……."

세스가 대답했다.

'아들을 살해할 수는 없어. 아들을…… 삭제할 수는 없다고.'

리처드의 손가락이 버튼 하나를 눌렀다.

"…… 하는 일이라고는 만날……."

"내 아들, 세스 로버트 해그스트롬"이라는 글이 화면에서 사라졌다.

밖에서 들려오던 세스의 목소리가 글과 함께 사라졌다.

밖에서는 11월의 차가운 바람소리가 곧 있을 겨울의 혹한을 선전하고 다녔다. 진입로는 비어 있었다. 그룹의 리더이자 기타리스트인 놈 뭐라는 아이가 몰고 다니던, 을씨년스러운 기형의 LTD 스테이션왜건도 지금 마당에 없었다. 이따금 공연 요청이 들어오면 장비를 운반하던 차이지만……. 그래 그 차는 아마도 다른 어딘가에 있을 것이다. 어느 고속도로를 질주하든지, 어느 기름투성이 햄버거 집 주차장에 주차되어 있든지 말이다. 그리고 놈 머시기도 그곳에 있으리라. 데이비하고 말이다. 데이비는 흐리멍텅한 눈에 한쪽 귀에 수류탄 안전핀을 매달고 다니는 베이스 연주자이다. 그리고 앞니 빠진 드럼 연주자도 함께 있을 것이다. 어디엔가는 있을 테지만 아무튼 여기는 아니다. 세스가 없기 때문이다. 세스는 이곳에 온 적이 없다.

세스는 삭제되었다.

"나한텐 아들이 없어."

리처드가 중얼거렸다.

그런 문장은 삼류 소설에서 수도 없이 읽었다. 100번쯤? 200번쯤? 그에게는 언제나 거짓된 진술이었지만, 이곳에서는 진실이다. 지금은 진실이다. 오, 하느님.

돌풍이 휘몰아쳤다. 갑자기 극심한 위통이 밀어닥쳐 리처드는 잔뜩 허리를 굽혔다. 숨 쉬기가 어려웠다. 리처드는 토하듯이 숨을 내뱉었다.

통증이 지나가자 리처드는 집으로 돌아갔다.

처음으로 알아챈 것은 세스의 낡은 테니스화가(세스는 테니스화가 네 켤레가 있었는데 하나도 버리려 하지 않았다.) 현관에서 사라졌다는 것이다. 리처드는 계단으로 가서 손으로 난간을 어루만졌다. 열 살 때였던가? 리처드가 여름 내내 고생해서 만든 나무 난간에 아들이 자기 머리글자를 깊게 파 놓았다.(그렇게 어린 나이가 아니었지만, 리나는 아이에게 손대지 말라고 으름장을 놓았다.) 그 후 사포질을 하고 점토를 바르고 다시 광을 냈지만 흔적을 완전히 없애지는 못했다. 이제 그 흔적마저 보이지 않았다.

이층 세스의 방. 방은 산뜻하고 깨끗했으며 인적이 느껴지지 않았다. 완전히 빈 방이었다. 문고리에 '손님방'이라는 팻말이라도 하나 걸어 두고 싶었다.

아래층. 리처드는 이곳을 가장 오래 서성거렸다. 웅웅 울리는 기타 소리가 들리지 않았다. 앰프와 마이크도 사라졌고 세스가 입버릇처럼 고치겠다고 떠들던 테이프레코더 부속들도 보이지 않았다.(아들에게 존의 솜씨나 집중력이 있을 리 없었다.) 방 안에서는 리나의 분위기가 물씬(별로 유쾌하지는 않았지만) 풍겨났다. 무겁고 현란한 가구, 사카린 처리가 된 벨벳 태피스트리(최후의 만찬을 그린 것인데 예수가 마치 웨인 뉴턴 같았고 제자들은 알래스카의 수평선에 선 사슴들 같았다.), 동맥의 피처럼 투명하고 화려한 깔개

등이 있었다. 세스 해그스트롬이라는 꼬마 애가 이 방에 있었다는 느낌은 어디에서도 찾을 수 없었다. 이 방뿐 아니라 이 집 어느 방에서도.

리처드가 계단 끝에 서서 주변을 둘러보고 있을 때 자동차 한 대가 진입로를 들어서고 있었다.

리처드는 문득 엄청난 죄의식이 들었다.

'리나다. 빙고를 하러 간 리나가 돌아왔다. 세스가 사라진 걸 알면 뭐라고 말할까? 뭐라고……. 뭐라고…….'

리처드는 리나의 비명소리를 들었다.

'살인자! 네놈이 내 아들을 죽였어!'

하지만 리처드는 세스를 죽이지 않았다.

"그냥 삭제했을 뿐이라고."

리처드는 이렇게 중얼거리며 아내를 보러 부엌으로 갔다.

리나는 더욱 뚱뚱해져 있었다.

82킬로그램짜리 여자를 빙고에 내보냈는데 돌아온 여자는 140킬로그램이 넘어 보였다. 리나는 뒷문으로 들어오기 위해 살짝 몸을 틀어야 했다. 농익은 올리브 색 바지 속에서 출렁거리는 코끼리 엉덩이와 허벅지. 세 시간 전만 해도 엷은 흙빛이었던 피부는 이제 창백하고 해쓱하기만 했다. 리처드는 의사는 아니었지만 혈색만 보아도 리나에게 심각한 간장병이나 초기 심장병 증세가 있음을 읽을 수 있었다. 리나의 무겁게 가라앉은 눈이 리처드를 보았는데, 그건 처절한 경멸의 눈빛이었다.

리나는 살이 출렁거리는 손으로 커다란 칠면조의 얼린 시체를 옮겼다. 셀로판 호일로 잔뜩 휘감아 놓은 것이 정말로 처참하게 자살한 시체처럼 보였다.

"뭘 그렇게 봐요?"

리나가 물었다.

'리나, 당신이지. 당신을 보고 있어. 당신한테 아이가 없으면 어떤 모습이 되는지를 보는 거야. 사랑의 대상을 잃으니 결국 이런 식으로 망가져 버리는군. 그 대상이 아무리 싸가지 없는 놈이라도 말이야. 들어오기만 하고 배출할 것은 아무것도 없는 세상에서 리나라는 여자는 결국 이런 식으로 변하는구먼. 당신, 리나. 내가 보고 있는 것은 바로 당신이라고, 리나.'

리처드가 간신히 입을 열었다.

"그 새. 그렇게 큰 칠면조는 처음 봐."

"그럼, 멍청하게 보고 있지만 말고 좀 받아 주든지. 얼간이 같으니."

리처드는 칠면조를 받아 조리대에 올려놓았다. 칠면조는 묵직한 통나무 소리를 냈다. 혹독한 냉기가 팔을 통해 전해졌다.

"거기 말고!"

리나가 못마땅하다는 듯 소리치고는 저장실을 가리켰다.

"젠장, 칠면조 살려 놓을 일 있어? 냉동고에 넣으란 말이야!"

"미안."

리처드는 냉동고를 들여놓은 기억이 없었다. 세스가 있던 세계에서는 냉동고가 없었다.

리처드는 칠면조를 저장실로 가져갔다. 차디찬 하얀 관처럼 생긴 창백한 형광등 아래 기다란 아만다 냉동고가 앉아 있었다. 그 안에 극저온 냉동된 조류와 육류의 시체들이 잔뜩 쌓여 있었다. 리처드는 그 옆에 얼른 칠면조를 집어넣고 부엌으로 돌아왔다. 리나는 찬장에서 리즈 땅콩버터 통조림을 꺼내 게걸스럽게 먹고 있었다. 한 숟갈, 한 숟갈…….

리나가 말했다.

"추수감사절 기념 빙고였어. 다음 주일에 할 건데 한 주 앞당긴 거야. 필립스 신부님이 병원에 가서 쓸개를 끄집어내야 한다고 해서. 아무튼 내가 이겼어."

리나가 미소 지었다. 초콜릿과 땅콩버터가 뒤섞인 갈색 미소가 이에서 뚝뚝 끊어져 내렸다.

"리나, 우리한테 아이가 없어 아쉬운 적이 있었소?"

리처드가 물었다.

리나는 이게 무슨 개뼈다귀 같은 소리냐는 눈빛으로 리처드를 쳐다보았다.

"도대체 뭣 때문에 내가 지저분한 원숭이 새끼를 원한다는 거야?"

리나는 이렇게 되묻고는 땅콩버터 깡통을 삽질하기 시작했다. 그리고 반밖에 남지 않은 통을 다시 선반에 올려놓았다.

"난 이제 자러 갈 거야. 올 거야, 아니면 타자기 갖고 장난치러 갈 거야?"

"아직 할 일이 좀 더 남아 있어. 늦지 않을 거야."

리처드가 대답했다. 목소리가 놀랍도록 차분했다.

"그 기계, 돌아가긴 해?"

"그건……."

그렇다. 그건 또 다른 종류의 죄의식이었다. 리나도 워드프로세서를 알고 있었다. 결국 세스의 삭제는 로저와 로저의 가족이 달렸던 도로에 아무런 영향도 미치지 못한 것이다.

"오, 아냐. 전혀 움직이지 않아."

리나는 고개를 끄덕였다. 만족스럽다는 표정이었다.

"당신 조카 말이야. 항상 공상에 잠겨 있었잖아. 리처드, 당신처럼. 15년 전에 당신이 그 잘난 허리를 어디다가 휘두르고 다녔는지 모르겠지만 아무리 봐도 신기할 정도로 닮았다니까."

리나는 거칠면서도 놀랄 만큼 신경질적인 웃음을 터뜨렸다. 늙고 냉소적인 갈보의 웃음. 하마터면 아내에게 달려들 뻔했지만, 다음 순간 리처드의 입가에 슬며시 미소가 걸렸다. 세스를 대체한 아만다 냉동고만큼이나 가늘고 하얗고 차가운 미소였다.

"늦지 않을 거야. 몇 가지만 적으면 되니까."

리처드가 말했다.

"노벨상감 단편 소설 같은 거나 쓰지 그래?"

리나가 냉담하게 말했다.

리나가 계단을 향해 거대한 몸짓을 굴릴 때마다 마룻바닥이 고통스럽게 비명을 질러 댔다.

"아직 내 독서용 안경 값도 못 냈고 베타맥스 할부금도 밀려 있잖아. 그 잘난 돈은 언제 벌어다 줄 건데?"

"글쎄, 모르겠는데. 하지만 여보, 마침 좋은 생각이 떠올랐어. 정말이야."

리처드가 대답했다.

리나가 리처드를 돌아보았다. 뭔가 비꼬고 싶은 표정이었다. 그

놈의 좋은 생각, 백날 죽어라고 해 봐야 먹고 죽을 동전 하나 벌어다 주는 것 못 봤다는 식의 비난이겠지. 하지만 리나는 입을 다물고 말았다. 리처드의 미소가 신경 쓰여서일까? 리나는 위층으로 올라갔고 리처드는 그 자리에 서서 쿵쿵거리는 발소리를 들었다. 이마에서 땀이 배어 나왔다. 욕지기와 걷잡을 수 없는 환희가 동시에 밀려들었다.

리처드는 몸을 돌려 서재로 갔다.

스위치를 켰다. 이번에는 부 소리나 으르렁 소리가 아니라, 울부짖는 소리에 가까웠다. 게다가 모니터 케이스 뒤의 변압기는 켜자마자 가열되어 고무 타는 냄새를 뱉어 냈다. 실행 버튼을 눌러, "생일 축하해요, 리처드 삼촌" 메시지를 없앨 때쯤에는 연기까지 나기 시작했다.

'시간이 별로 없어. 아냐……. 그게 아냐. 시간이 전혀 없어. 존은 그 사실을 알았고 이제 나도 알고 있어.'

선택은 두 가지밖에 없었다. 삽입 버튼을 써서 세스를 되살리든가(리처드는 그 일이 가능하다고 확신했다. 옛 스페인 금화를 만들어 내는 것만큼이나 단순할 것이다.) 아니면 그 일을 끝까지 마무리 지어야 했다.

냄새가 더욱 짙어졌고 더 급해졌다. 잠시 후 화면에 과부하 메시지가 깜빡거리기 시작했다.

리처드는 키를 두들겼다.

'내 아내는 아델리나 마블 워렌 해그스트롬이다.'

리처드는 삭제 버튼을 누르고 자판을 두드렸다.

34

'나는 혼자 살고 있다.'

화면의 오른쪽 상단 귀퉁이에서 그 단어가 주기적으로 깜빡거렸다. 과부하, 과부하, 과부하…….

'제발, 제발 조금만 기다려 줘, 제발, 제발, 제발…….'

모니터 뒤에서 나는 연기는 짙어져 이제는 회색에 가까웠다. 비명을 질러 대는 CPU를 보니 그곳 구멍에서도 연기가 나기 시작했다……. 그 연기 속 깊은 곳에서 붉은 불꽃이 튀기 시작했다.

'매직 에이트 볼이여, 내가 건강하고 부유하고 현명하게 될까? 아니면 홀로 살다가 슬픔 속에 자살하고 말까? 시간은 충분한 걸까?'

알 수 없음. 나중에 다시 시도 바람.

문제는 나중이 사라졌다는 것이다.

리처드가 삽입 버튼을 때리자 화면이 까매졌다. 하지만 과부하 메시지는 더욱더 광적으로 뛰어다녔다.

리처드는 키를 두들겼다.

'아내 벨린다와 아들 존과 함께.'

'제발, 제발.'

리처드는 실행 버튼을 눌렀다.

화면에는 아무것도 나타나지 않았다. 까마득한 옛날부터 오직 과부하 외에는 아무것도 쓰인 적이 없는 화면 같았다. 과부하의 메시지는 너무나 빨리 깜박거려, 희미한 그림자만 아니라면 폐쇄회로 명령어로 운영되는 원시시대의 컴퓨터라고 했을 것이다. CPU 내부에서 퍽 하는 소리와 지직거리는 소리가 흘러나왔다. 리처드의 입에서는 신음 소리가 흘러나왔다.

화면 위로 녹색의 글자들이 나타났다. 검은 바다를 떠다니는 유령선 같은 글자들.

'나는 혼자 살고 있다. 아내 벨린다와 아들 조너선과 함께.'

리처드는 두 번 연속 실행 버튼을 때렸다.

'이제 이렇게 써야지. 노드로프 씨가 이 워드프로세서를 들고 왔을 때 버그는 이미 완전히 잡혀 있었다. 아니면 적어도 베스트셀러 소설 스무 편에 대한 구상이 있다. 이후로 나와 내 가족은 영원히 행복하게 살 것이다. 아니면, 아니면…….'

하지만 리처드는 아무것도 칠 수 없었다. 손가락이 정처 없이 자판 위를 떠다니고 있을 때, 리처드의 두뇌 회로는 마치 맨해튼 최악의 정체처럼 꽉 막힌 기분이었다.

'과부하과부하과부하과부하과부하과부하과부하과부하'

다시 퍽 하는 소리가 들렸고 CPU의 내부가 파열되었다. 불꽃이 케이스 안에서 딸꾹질을 하고는 사라졌다.

리처드는 모니터가 폭발할까 봐 몸을 의자 뒤로 기댔다. 하지만 폭발하지는 않고 그저 화면이 까매졌을 뿐이었다. 리처드는 가만히 앉아 어두운 화면을 바라보았다.

"아빠?"

리처드는 의자에서 화들짝 몸을 돌렸다. 심장이 가슴을 찢고 나오기라도 할 듯 팔딱거렸다.

존이 서 있었다. 존 해그스트롬. 얼굴은 변함이 없으나 조금은 달라 보였다. 미묘하지만 분명한 차이가 있었다. 어쩌면 그 차이는 부성애의 차이일지도 모른다고 리처드는 생각했다. 아니면, 그 전에는 두꺼운 안경 때문에 신중한 표정이 과장되어 보였을 수도 있으리라.(15달러가 더 싸다는 이유로 로저는 두꺼운 뿔테 안경을 고집했다. 하지만 지금은 세련된 철테였다.)

어쩌면 더 단순할 수도 있다. 아이의 눈에서 파멸의 예감이 사라진 것이다.

"존?"

리처드가 쉰 목소리로 불렀다. 실제로 이보다 더 완벽한 상황을 바란 적은 맹세코 없었다. 정말이다. 바보 같은 소리겠지만 리처드는 항상 이런 꿈을 꾸었다. 말 그대로 꿈을 꾼 것이다.

"존, 정말 너니?"

"그럼 누구겠어요?"

존은 워드프로세서를 보며 고개를 끄덕였다.

"저 고물이 하늘나라로 가서 속상하시죠?"

리처드가 미소 지었다.

"아니, 괜찮아."

존이 고개를 끄덕였다.

"미안해요. 도대체 무슨 정신으로 그 고물 부품에 손댔는지 알다가도 모르겠어요."

존은 고개를 저으며 다시 말했다.

"정말로 모르겠다니까요. 귀신에 홀렸나 봐요. 애들처럼 말이에요."

"그래."

리처드는 아들에게 다가가 어깨를 감싸 주었다.

"다음에는 잘할 수 있을 게다."

"네. 좀 더 색다른 걸 해 보고 싶어요."

"그래, 그러는 게 좋겠구나."

"엄마가 코코아 타 놓았다고 와서 드시래요."

"그러자꾸나."

두 사람은 함께 서재를 나와 집으로 향했다. 그곳에는 빙고 우승 상품인 냉동 칠면조 따위는 없다.

"그래. 코코아 한 잔 마시면 한결 좋아질 것 같구나."

"내일은 저 기계에서 쓸 만한 부품만 빼내고 나머지는 내다 버릴 생각이에요."

리처드가 고개를 끄덕이며 말했다.

"그래, 아예 우리 인생에서 삭제해 버리렴."

두 사람은 뜨거운 코코아와 웃음이 있는 집 안으로 들어갔다.

악수하지 않는 남자

스티븐스가 마실 것을 나누어 주었다. 혹독한 겨울 밤, 사람들 대부분은 8시가 지나자마자 잔을 들고 게임방으로 건너갔다. 한동안 아무도 입을 열지 않았다. 그래서인지 벽난로 장작불 타는 소리와 멀리서 당구알이 부딪치는 소리, 그리고 창밖의 을씨년스러운 바람 소리가 더욱 크게 들렸다. 하지만 이곳 이스트 35번가 249번지는 따뜻했다.

그날 밤 내 오른쪽에는 데이비드 애들리가 있었고, 왼쪽에는 에믈린 맥카론이 있었다. 에믈린은 끔찍한 상황에서 아이를 낳은 여자에 관한 소름끼치는 이야기를 해 주었다. 에믈린 뒤에는 요한슨이 있었다. 요한슨의 무릎에는 《월스트리트 저널》이 놓여 있었다.

스티븐스는 작고 하얀 꾸러미를 주저 없이 조지 그레그슨에게 넘겨주었다. 스티븐스는 아직 브루클린 억양을 지우지 못했지만, 그럼에도 불구하고(어쩌면 그 억양 때문에) 훌륭한 집사였다. 하지만 내가 알고 있는 한 그의 가장 커다란 장점은, 아무도 원하지 않을 경우에 그 꾸러미가 누구한테 가야 할지를 정확히 알고 있다는 것이다.

조지는 이의 없이 꾸러미를 받아 들고, 높은 팔걸이의자에 앉아 잠시 벽난로를 바라보았다. 커다란 황소를 구울 수 있을 만큼 커다란 난로였다. 벽난로 주춧돌에 새겨진 글자를 보는 조지의 눈이 이따금 크게 깜빡거렸다.

'중요한 것은 이야기를 하는 사람이 아니라, 이야기 자체이다.'

조지는 늙고, 떨리는 손으로 꾸러미를 찢더니 내용물을 불 속에 던졌다. 잠시 동안 불꽃에 무지개빛이 일더니 뒤이어 작은 웃음소리가 들렸다. 나는 고개를 돌려 스티븐스가 뒷짐을 진 채로 현관문의 그림자 뒤에 서 있는 것을 보았다. 그의 얼굴에서 아무런 표정도 읽을 수가 없었다.

마침내 조지의 신경질적인 목소리가 침묵을 깨뜨렸을 때 나는 사람들이 약간 놀랐을 거라고 생각했다. 어쨌든 나는 놀랐다.

조지 그레그슨이 말했다.

"언젠가 바로 이 방에서 한 남자가 살해당하는 걸 목격했어. 배심원들은 살인자를 기소하지 못했네. 하지만 일이 끝나갈 무렵 살인자는 직접 자신을 기소했고, 스스로 사형집행인 역할까지 떠맡았지."

조지가 파이프에 불을 붙이는 동안 방 안은 고요했다. 담배 연기가 푸른빛을 띠면서 조지의 갈라진 얼굴 위를 떠다녔다. 조지는 너무나 느린 동작으로 성냥을 흔들어 끄고 난로 안에 던져 넣었다. 아마도 관절이 고장 난 탓이리라. 성냥이 날아간 곳은 이미 다

타 버린 꾸러미 위였다. 조지는 그러고도 한참동안 성냥개비가 숯으로 변해 가는 과정을 지켜보았다. 짙은 갈색 눈썹. 생각에 잠긴 듯 푸르고 예리한 눈. 커다란 매부리코에 얇고 단호한 입술. 곱추처럼 목 뒤로 굽은 어깨…….

"감질나게 하지 마, 조지! 미적거리기는."

피터 앤드루스가 으르렁거렸다.

"두려워하지 마. 기다리라고."

그래서 우리는 조지가 만족할 만큼 파이프를 태울 때까지 기다려야 했다. 조지는 커다란 브라이어 담배통에 재가 그득히 쌓이고 나서야 입을 열었다. 가벼운 마비 증세가 있는 두 손은 무릎 위에 가지런히 놓여 있었다.

"자, 이제 됐어. 벌써 여든다섯이야. 게다가 지금부터 하려는 얘기는 스무 살 때쯤 일이라고. 아무튼 1919년이었지. 막 세계대전에서 돌아왔을 때였으니까. 약혼녀는 감기로 다섯 달 전에 죽었다더군. 겨우 열아홉 살이었는데 말이야. 그때부터 난 술과 도박에 빠져 살았어. 약혼녀는 날 2년 동안이나 기다렸고 매주 편지를 써 보냈지. 왜 그렇게 내가 방황해야 했는지 짐작이 갈 걸세. 난 종교도 없었어. 기독교 이론의 보편성이란 게 참호에 빠진 개구리 같다는 생각이 들어서지. 게다가 나한텐 가족도 없었네. 우스운 얘기지만, 그 방황의 시절에 나를 지켜본 친구들이 없는 건 아니었다네. 오히려 많은 편이었지. 쉰셋이나 되었으니까 말이야. 그래, 쉰두 장의 카드와 커티삭 위스키 한 병이 내 친구였어. 나는 그때부터 지금 살고 있는 바로 그 방에 둥지를 마련했어. 브레난 거리에 있는 집 말일세. 그땐 방값도 무척 쌌어. 물론 요즘엔 아예 선반에 쌓아 두고 먹는 알약이나 환약, 건강식품 같은 건 필요도 없을 때였지. 하지만 난 대부분의 시간을 이곳 249번지에서 보냈지. 여기에선 거의 날마다 포커 게임이 벌어지고 있었거든."

"그래, 스티븐스도 그때 들어온 건가, 조지?"

데이비드 애들리가 끼어들었다. 미소를 짓고 있었지만 농담하는 것 같지는 않았다.

조지는 방안을 둘러보았다.

"자네였나, 스티븐스? 아니면 부친이었나?"

스티븐스는 보일 듯 말 듯한 미소를 지었다.

"1919년이면 65년 전입니다. 그때는 조부님이셨죠."

"가문 대대로 이 집을 꾸리고 있는 거로군."

애들리가 생각에 잠기며 말했다.

"그런 셈입니다."

스티븐스가 점잖게 대답했다.

"다시 얘기를 시작하기 전에, 스티븐스, 자네와, 에, 그러니까 자네 조부님이 많이 닮았지?"

조지가 말했다.

"예, 그렇습니다."

"자네와 자네 할아버지를 나란히 세워 둔다면, 아마 난 구분 못할 거야……. 다행히, 그때도 지금도 그럴 일이야 없었지만."

"예, 선생님."

"헨리 브로워를 처음 만났을 때, 나는 게임방에서 페이션스(혼자 하는 카드 게임—옮긴이)를 떼고 있었어. 그때도 저것과 똑같은 문이었지. 포커를 할 사람이 넷이 있었는데, 우린 짝을 맞추기 위해 한 사람을 더 찾고 있었다네. 조지 옥슬리라고 항상 같이 했던 친구가 다리가 부러지는 바람에 빠진 게야. 석고 다리를 도르레 장치에 걸고 있다고 제이슨 데이비슨이 그러더군. 그날 밤 난 게임은 날 샜다는 생각을 하고 있었지. 그저 위스키나 홀짝거리고 페이션스나 하면서 저녁 시간을 때우는 수밖에. 그 친구가 나타난 건 그때였네. 그 친구는 방 반대쪽에 있었는데, 문득 조용한 목소리로 이렇게 말하는 거야.

'혹시 포커 때문에 근심하시는 중이라면 기꺼이 참가하고 싶습니다만. 아, 물론 반대하셔도 상관은 없습니다.'

그때까지 《월드》 뉴욕판 뒤에 숨어 있었기 때문에 그제야 얼굴을 본 거였어. 젊지만 애늙은이 같은 인상이더군. 내 말 알겠나? 얼굴에 벌써 여기저기 기미가 보였는데, 로잘리가 죽은 후에는 내 얼굴도 그런 식이었기 때문에 대충 그 뜻을 알 수 있었지. 머리와 손 등의 윤곽이나 걷는 자세로 보아 스물여덟 정도로 보였는데도, 얼굴은 정말 산전수전을 다 겪은 티가 나더라고. 눈은 무척이나 검고 게다가 너무 슬퍼 보였어. 귀신에게 홀린 눈이 그럴까? 그래도 무척 잘생긴 사내였다네. 짧게 깎은 콧수염에 짙은 금발머리가 인상적이었지. 갈색 정장 차림이었고 목 칼라 버튼은 풀어 놓은 채였어.

'헨리 브로워라고 합니다.'

남자가 말했어.

데이비슨이 먼저 그 사람에게 달려들었어. 악수라도 할 양이었지. 브로워의 무릎에 놓여 있던 손을 낚아채려 했다는 편이 정확하겠군. 그래. 기묘한 상황이 벌어진 것은 그때였어. 브로워가 잡지마저 던져 버리고 아예 두 손을 하늘 높이 올려 버린 거야. 그런데 그 친구 얼굴에 나타난 표정은 공포였다네.

데이비슨은 당연히 멈춰 섰지. 화가 났다기보다는 당황했을 거야. 겨우 스물두 살밖에 안 된 친구였으니 아직 애송이였거든. 맙소사, 우리한테도 그렇게 젊은 시절이 있었다니.

'죄송합니다. 원래, 악수는 안 한답니다.'

브로워가 이렇게 사과했는데, 표정이 너무 진지했어.

데이비슨은 눈을 깜빡였어. 그리고 물었어.

'원래요? 세상에, 특이하시군요. 어떻게 악수를……?'

아까 데이비슨을 애송이라고 했지? 데이비슨과 대조적으로 브로워는 너무나도 노련하게 상황을 얼버무렸어. 사람 좋은(하지만 동시에 근심 어린) 미소와 함께 말일세.

브로워가 말했어.

'지금 막 봄베이에서 도착했습니다. 천하고 복잡하고 더러운 곳이죠. 질병과 전염병투성이인데 독수리들이 수천 마리씩 떼를 지어 지붕에 앉아 먹잇감을 노리고 있답니다. 무역 일로 2년 동안 가 있었는데, 그 바람에 악수하는 서구의 관습에 대해 두려움이 밴 것 같습니다. 어리석고 무례한 일인 줄은 압니다만, 저도 모르게 밴 습관이니 여러분들께서 부디 너그러운 마음으로 용서하시길……."

'대신 조건이 있어요.'

데이비슨이 미소 지으며 말했어.

'조건이시라면?'

'내가 베이커와 프렌치와 잭 윌든을 데려오는 동안, 저기 테이

블로 가셔서 조지의 위스키를 나눠 드시고 계세요. 그러면 용서해 드리죠.'

브로워는 미소 지으며 고개를 끄덕였고 잡지를 한쪽으로 치우더군. 데이비슨은 엄지와 검지로 원을 그려 보이고는 다른 사람들을 데리러 쏜살같이 튀어나갔지. 브로워와 나는 녹색 천으로 감싼 테이블로 자리를 옮겨 앉았네. 브로워에게 마실 것을 권했지만 그는 공손히 거절하며 자기 술을 따로 주문했어. 아마도 특이한 결벽증 중 하나인가 보다 생각하고는 난 아무 말도 하지 않았어. 병균과 세균 때문에 사람이 그렇게도 될 수 있다는 것 정도는 알고 있었으니까 말이야. 분명히 자네들도 그렇게 생각했을 거야."

그러자 사람들이 고개를 끄덕였다.

"브로워가 조심스럽게 말을 꺼냈어.

'여긴 참 좋군요. 해외 지사에서 돌아온 후로 일부러 사람들을 피하고 살았습니다. 하지만 아시다시피 남자가 혼자 지내는 건 좋지 않죠. 아무리 풍족한 생활을 한다 해도, 고독이야말로 가장 지독한 고문일 수밖에 없습니다. 그게 제 지론입니다.'

브로워는 이 말을 특히 강조했어. 나도 고개를 끄덕여 주었지. 야밤에 참호를 지킬 때 나도 지옥 같은 외로움을 겪어 봤으니까 말이야. 아니 로잘리의 죽음을 안 후로 고독감은 정말로 끔찍했지. 그래서일 거야. 그래서 이기적인 결벽증에도 불구하고, 그 친구가 불쌍하게 느껴졌을 거야.

'봄베이는 멋진 곳 아닙니까?'

내가 물었어.

'멋지고…… 끔찍하죠. 상식적으로는 상상도 못 할 일들이 아무렇지도 않게 벌어지는 곳이기도 합니다. 특히 자동차만 나타나면 거의 아수라장이 된답니다. 자동차가 지나가기라도 하면, 아이들은 비명을 지르며 한참을 쫓아가거든요. 비행기는 거의 괴물이죠. 상상도 이해도 불가능해요. 우리 미국인들에게는 지극히 당연하고 보편적인 기계들인데 말입니다. 솔직히 말씀드리면, 길모퉁이의 거지들이 바늘을 한 움큼 삼키고는 손가락 끝에서 하나씩 빼내는 것을 처음 봤을 때는 저도 그들만큼 놀랐답니다. 아무튼 그 세계에서는 도저히 받아들일 수 없는 현실이 있는 거죠.'

그리고 심각한 표정으로 덧붙였지.

'어쩌면……. 두 세계는 결코 섞을 수 없는 운명인지도 모르겠습니다. 영원히 평행선으로 가는 것이죠. 우리 같은 미국인이 바늘꾸러미를 삼킨다면 죽기밖에 더하겠습니까? 그것도 끔찍하게 말입니다. 그리고 자동차에 대해서는…….'

브로워는 잠시 말꼬리를 흐렸는데, 황량하고 어두운 그림자가 얼굴을 덮고 있었어.

내가 막 말을 하려 할 때, 스티븐스가 브로워의 스카치를 들고 왔고 곧이어 데이비슨과 다른 친구들이 모여들었어.

데이비슨이 브로워에게 말했어.

'친구들한테 당신의 사소한 습관 얘기를 해 두었으니 걱정 안 하셔도 됩니다. 이 친구는 데릴 베이커이고, 턱수염을 기른 저 산적 같은 놈이 앤드루 프렌치입니다. 마지막 친구가 잭 윌든인데, 좋은 사람이죠. 조지 그레그슨은 만나 보셨죠?'

브로워는 미소를 지으며 일일이 고개를 끄덕여 주었어. 물론 악수 대신이었지. 포커 칩과 카드 세 세트가 새로 나오고 돈도 마커로 바꾸었어. 그리고 게임이 시작되었네.

아마 여섯 시간도 넘게 했을 거야. 내가 딴 돈은 대충 200달러 정도였지. 포커에 재주가 없는 데릴 베이커가 잃은 돈은 거의 800달러쯤 되었고.(그렇다고 그가 주눅들 만한 액수는 아니야. 그 친구 부친이 뉴잉글랜드에 커다란 구두 공장을 세 개나 갖고 있었거든.) 그러니까 데릴이 잃은 돈을 나머지 사람들이 공평하게 나눠가진 꼴이지. 데이비슨이 조금 땄고 브로워가 조금 잃었던 것 같아. 하지만 브로워가 그 정도 한 건 대단한 선전이었네. 저녁 내내 그 사람 패는 거의 최악이었으니까 말일세. 브로워는 전통적인 파이브카드 드로 포커와 새로운 세븐 카드 스터드 포커 모두에 능했어. 내가 보기에는 말이야, 나 같으면 시도도 못 해 볼 카드를 들고 허세로 돈을 따낸 것도 여러 번이었다네.

그런데 미처 깨닫지 못한 사실이 있었네. 그도 꽤 많이 마신 것 같은데, 프렌치가 마지막 패를 돌릴 때쯤에는 스카치 한 병을 거의 비운 상태였으니까, 그런데 혀도 꼬이지 않았고 카드 다루는 손도 전혀 흔들림이 없더군. 아니, 접촉에 대한 이상한 강박 증상도 전혀 흐트러지지 않았어. 판을 이겼을 때에도, 누군가 마커나 거스름돈을 갖고 있거나 아직 내야 할 외상돈이 있을 경우에는 판돈에 손도 대지 않았네. 한 번은 데이비슨이 안경을 브로워의 팔꿈치 가까이에 놓은 적이 있었는데 아예 펄쩍 뛰어서 물러나더라고. 하마터면 술잔을 쏟을 뻔했지. 베이커도 놀랐지만 데이비슨이 적절히 끼어들어 다행히 상황이 악화되지는 않았어.

잭 월든이 그날 아침 늦게 올바니로 가야 할 일이 있어서 한 판만 더 하고 손 털겠다고 말했어. 마지막 딜러는 프렌치였지. 그가 세븐 카드 스터드를 부르더군.

그 마지막 판은 내 이름만큼이나 똑똑히 기억하고 있네. 어제 점심때 누구랑 뭘 먹었는지도 까맣게 잊어버리는 내가 말일세. 세월의 미스터리야. 하지만 장담컨대, 자네들도 그곳에 있었다면 결코 잊어버리지 못했을 거야.

나는 하트 두 장을 엎어 놓고 한 장을 뒤집었어. 윌든이나 프렌치는 모르겠지만, 데이비슨은 하트 에이스였고 브로워는 스페이드 10이었지. 데이비슨이 2달러를 배팅했고, 5달러가 상한이었거든, 그래서 카드가 다시 한 번 돌았네. 난 하트를 잡아서 4를 만들었고, 브로워는 스페이드 잭을 잡아 10과 짝을 맞추었어. 데이비슨이 그다지 도움이 되어 보이지 않는 3을 잡았지만 그래도 3달러를 던지더군. 그리고 쾌활하게 말했어.

'마지막 판이잖아. 다들 죽지 그래? 내일 밤에 나하고 읍내에서 데이트를 하고 싶어 하는 여자가 있다고.'

난 평생 운을 믿은 적은 없었네. 하지만 기분이 묘한 날이면 아직도 그 말은 어김 없이 나를 괴롭히곤 한다네. 바로 이 순간까지 말일세.

프렌치가 세 번째 공개 패를 돌렸어. 나는 플러시 패를 맞추지 못했지만, 큰돈을 잃은 베이커는 뭔가 페어를 맞춘 것 같았어. 킹이었을 거야. 브로워도 다이아몬드 2를 받아 별 재미를 보지는 못했지. 베이커는 자신의 페어에 최고액을 걸었고, 그 즉시 데이비슨이 5달러를 더 걸었어. 다른 사람들도 콜을 불렀고, 그래서 마지막 카드가 테이블을 돌았지. 나는 하트 킹을 건져 플러시를 채웠네. 베이커는 페어에 3을 더했고 데이비슨은 두 번째 킹을 잡았는지 두 눈이 반짝거리더구먼. 브로워가 빋은 긴 클로버 퀸이었는데, 나는 평생 동안 왜 그가 죽지 않은 건지 이해할 수 없었다네. 그 카드는 그날 최악의 패가 분명했거든.

판돈은 계속해서 치솟았어. 베이커가 5달러를 걸고 데이비슨이 5달러를 레이스하고 브로워가 콜 했지. 잭 윌든은 '아무래도 페어 갖고는 명함도 못 내밀 분위긴데.' 하고 투덜대며 카드를 던졌어. 나는 10달러를 콜 하고 5달러를 레이스 했고 베이커도 콜 하고는 다시 레이스를 불렀어.

그래, 레이스 얘기로 지루하게 할 필요는 없겠군. 아무튼 그 시합은 한 사람이 부를 수 있는 레이스의 한계가 세 번이었어. 베이커, 데이비슨, 그리고 내가 5달러 레이스를 각각 세 번씩 던졌고, 브로워는 매번 콜만 부르며 따라왔지. 그래, 브로워는 우리가 판에서 완전히 손을 뗀 후에야 돈을 걸었다네. 결국 프렌치가 마지막 히든카드를 돌릴 때쯤에는, 판돈도 엄청나게 쌓였어. 200달러가 조금 넘었을 거야.

모두들 카드를 들춰 보느라 조용하더군. 난 여유가 있었네. 카드를 받고 테이블을 둘러보았는데, 승산이 있다고 생각했어. 베이커가 5달러를 던지자 데이비슨이 콜 하더군. 나는 브로워가 어떻게 나올지 살펴보았네. 술기운에 살짝 상기된 얼굴이었고 넥타이와 단추 두 개가 풀어져 있었어. 마침내 브로워가 말했어.

'콜…… 그리고 5달러 더.'

이해가 안 가더군. 판을 접을 것이라고 확신했거든. 아무튼 내 카드는 내가 이겼다고 외치고 있었으니, 나도 5달러를 더할밖에. 아 참, 마지막 카드만큼은 레이스 횟수에 제한을 두지 않았네. 판은 엄청나게 불어나고 있었어. 제일 먼저 멈춘 것은 나였어. 아무래도 누군가가 풀하우스라도 든 모양이라는 생각이 들었고 그래서 확인차 콜을 부른 것이었지. 베이커가 데이비슨의 에이스 페어와 브로워의 엉터리 카드를 이리저리 훑어보더니 결국 그만두었어. 베이커가 솜씨 좋은 노름꾼은 아니지만, 그래도 분위기 정도는 감지할 수 있었거든.

그러고도 데이비슨과 브로워는 최소한 열 번은 더 레이스 했어. 어쩌면 그 이상이었을 거야. 베이커와 나도 따라가기는 했지만 그건 쏟아 부은 돈이 아까워서였네. 네 사람 모두 칩이 바닥이 나고 있었고 녹색 테이블은 엄청난 양의 마커들로 가득했지.

브로워의 마지막 레이스를 따라가며 데이비슨이 말했어.

'음, 이젠 콜 하겠소. 만일 뻥을 치는 중이라면 말이오, 헨리, 정말 두 손 두 발 다 들었어요. 하지만 승자는 나요. 게다가 잭도 내일 아침 먼길을 떠나야 하고.'

그러고는 5달러 한 장을 내려놓으며 말했어.

'콜.'

다른 사람들은 어떤지 모르겠지만 그 엄청난 판돈이 나하고 아무런 상관이 없다는 사실에 묘한 안도감까지 느껴지더군. 게임은 점점 살인적이 되어 가고 있었거든. 베이커와 나는 운이 없으면 손 털면 그만이지만 데이비슨은 안 그랬어. 데이비슨은 직장을 잃고 이모가 물려준 쥐꼬리만 한 신탁자금을 축내고 있는 신세였으니까 말이야. 그리고 브로워가 있었지. 그가 이 판을 잃으면 어떻게 되는 거지? 테이블에 깔린 판돈이 자그마치 3000달러였으니 말일세.”

조지는 잠시 말을 멈추었다. 파이프의 불이 꺼졌던 것이다.

"이런, 빨리 안 하고 뭐 해? 누구 숨 막혀 죽는 꼴 보고 싶어? 감질나게 하지 말고 빨리 시작하라고."

애들리가 몸을 숙였다.

"조급하기는, 이 친구."

조지는 태연했다. 조지는 다시 성냥을 꺼내 구두창에 긁은 다음 뻐끔뻐끔 파이프를 빨아 댔다. 우리는 숨을 죽이고 기다렸다. 밖에서는 바람이 처마를 긁고 흔드는 소리가 요란했다.

파이프에 불이 붙자 모두가 안정을 찾기 시작했다. 조지가 다시 입을 열었다.

"알다시피, 포커의 룰은 콜을 받은 사람이 먼저 펼치도록 되어 있어. 하지만 베이커는 너무나 초조해 견딜 수가 없었던 거야. 그는 먼저 세 장의 히든카드를 펼치더군. 킹이 네 장이었지.

내가 말했지.

'내가 졌군. 난 플러시야.'

'내가 아직 선일세. 막판에 한 건 했다고.'

데이비슨이 히든카드 두 장을 내려놓았어. 에이스 포커였지. 그러고는 거대한 판돈을 쓸어 모으기 시작했어.

'잠깐!'

그때 브로워가 외쳤네.

브로워는 다른 사람들과 달리 데이비슨의 손을 잡지는 않았지만, 목소리만으로도 충분했어. 데이비슨이 동작을 멈추더니 입을 쩍 벌리고 말았어. 말 그대로 쩍 벌렸는데 입 근육이 모두 녹아 버린 것 같았어. 브로워가 히든카드 세 장을 내밀었는데, 맙소사, 그건 스트레이트 플러시였어. 8에서 퀸까지 말이야. 그리고 브로워가 공손히 말했어.

'에이스 네 장보다는 높지 않나요?'

데이비슨의 얼굴이 빨개졌다가 다시 하얗게 변하더군.

'그렇군. 그래요, 그래.'

데이비슨의 다음 행동에 대해 난 충분히 설명할 수 있네. 데이비슨은 브로워가 손대는 것을 극도로 싫어한다는 사실을 알고 있었어. 그날 밤 브로워는 수백 가지 방식으로 그 사실을 깨우쳐 주었으니 말이야. 어쩌면 데이비슨은 그까짓 손해쯤은 아무것도 아니라는 식으로 허풍을 치고 싶었을지도 몰라. 인생의 역전은 얼마든지 가능하다고 말이야. 브로워에게(그리고 우리 모두에게) 자신의 건재를 과시하고 싶은 나머지, 그래서 그만 깜빡했을 수도 있을 거야. 데이비슨이 강아지처럼 철이 없다는 말을 했지? 어쩌면 성격이 그런 것일 수도 있겠지. 분명한 사실은 강아지도 건드리면 문다는 게야. 물론 강아지가 살인을 할 수는 없어. 목을 물어뜯을 수가 없거든. 하지만 말이야, 슬리퍼나 고무뼈다귀 같은 것으로 약 올려 보라고. 어쩌면 손가락을 꿰매게 될 수도 있다네. 내 기억이 맞다면, 데이비슨한테 바로 그런 성질이 있었다고.

그래, 설명이야 얼마든지 가능하겠지만…… 중요한 것은 결과겠지?

데이비슨이 두 손을 거두고 나자, 브로워가 그 대신 판돈을 긁기 시작했어. 그 순간이었어. 데이비슨의 얼굴이 살짝 상기되는가 싶더니 테이블에서 브로워의 손을 낚아채 흔들기 시작한 거야.

'멋진 게임이었어요, 헨리. 아주 멋졌어요. 설마 내가 질 줄은

생각도…….'

브로워의 비명은 상상 이상이었어. 마치 게임방이 찢어질 것 같
았다네. 브로워는 손을 뿌리치고는 비명을 지르며 뒷걸음질 쳤
어. 그 바람에 테이블이 흔들리며 칩과 현금이 사방으로 쏟아져
버렸지.

우리는 예기치 못한 상황에 모두 얼이 빠져 있었다네. 브로워는
테이블에서 비틀비틀 물러섰어. 손을 앞으로 내밀고 있는 모습이
마치 맥베스 부인 같다는 생각을 했지. 브로워는 시체처럼 질려
있었어. 얼굴에 새겨진 극한의 공포는 도저히 한마디로 표현하기
조차 어렵군그래. 나 역시도 감전된 것 같은 두려움에 휩싸였는
데, 그 전에도 그 후로도 그렇게 무서웠던 적은 없었다네. 로잘리
의 죽음을 알려 준 전보를 받았을 때도 그 정도는 아니었어.

그리고 브로워가 흐느껴 울기 시작했어. 허망하고도 끔찍한 소
리였어. 납골당에서 나는 소리가 그럴까? 이런, 저 친구 완전히
맛이 갔군. 그래, 난 그런 생각을 했어. 그때 그 친구가 아주 기이
한 말을 했다네.

'스위치……. 스위치가 자동차에 있어요……. 오, 맙소사, 미
안합니다.'

그러고는 위층의 중앙홀을 향해 쏜살같이 달려가더군.

제일 먼저 정신을 차린 건 나였네. 나는 의자에서 일어나 그 친
구 뒤를 쫓아갔어. 베이커와 윌든과 데이비슨은 브로워가 딴 엄청
난 판돈을 지키고 있었어. 종족의 보물을 수호하는 잉카의 조각들
같더군.

밖으로 나갔더니 브로워가 보도 가장자리에서 택시를 잡고 있

었어. 물론 그 시간에 택시 따위가 있을 리가 없었지.

브로워가 나를 보고는 너무나 굽실거리는 바람에 난 놀랍기도 하고 불쌍하기도 하고 그랬어. 나마저도 도무지 갈피를 잡을 수가 없었지.

내가 말했어.

'잠깐만요. 데이비슨이 한 짓에 대해서는 사과하겠습니다. 악의는 없었을 겁니다. 아무튼 가시는 건 좋지만 돈은 가져가셔야죠. 당신이 딴 거니까요.'

브로워가 끙끙거리며 말했어.

'오지 말았어야 했어요. 사람의 온정이 너무나도 그리운 탓에……. 그만…….'

그때 나도 실수를 하고 말았지. 정말 아무 생각도 없이 손으로 그 사람을 건드리고 만 거야. 하지만 맹세코 그건 비탄에 빠진 이웃에게 베푸는 가장 보편적이고 자연스러운 행동이었다네. 브로워는 그 손마저 뿌리치며 비명을 지르더구먼.

'제발, 건드리지 말아요! 아직도 모자란 겁니까? 오, 하느님, 차라리 절 죽여 주소서.'

너무나 허탈한 눈빛이었다네. 그때 문득 어디선가 길 잃은 개 한 마리가 나타났고 브로워는 그 개를 뚫어져라 바라보더군. 지저분하기도 했고 또 널빤지처럼 비쩍 마른 개였어. 털도 다 빠졌고 말이야. 놈은 황량한 새벽 거리 저편으로 걸어가고 있었는데, 혀를 축 늘어뜨린 채 세 다리를 절룩거리고 있었다네. 아마도 먹을 만한 쓰레기를 찾아가는 것이겠지.

'마치 내 신세 같군요. 모두에게 버림받고 혼자 어슬렁거리다

가 다른 생명체가 집안에 틀어박힐 때에야 밖으로 나올 수 있는……. 집 없는 개 신세…….'

브로워는 혼잣말처럼 말했는데, 너무나도 심각하게 들렸다네.

내가 다소 엄격한 목소리로 말했지. 대충 듣기에도 그런 신파조가 없었거든.

'이봐요. 물론 충격을 받은 것은 압니다. 불미스러운 일이 생긴 것도 유감이고요. 하지만, 이런 경우는 언제 어디서나…….'

'내가 지나치다고 생각하시죠? 내가 히스테리에 사로잡혀 있다고 생각하시겠죠?'

'이봐요. 솔직히 말해 히스테리에 걸린 건지 미스터리에 걸린 건지는 모르겠습니다. 하지만 이런 식으로 축축한 밤공기를 맞는다면 우리 둘 다 감기에 걸리고 말 겁니다. 그러니 저와 함께 안으로 들어가시면……. 현관까지만이라도 말입니다. 원하신다면 스티븐스에게 말해서…….'

그 사람 눈빛은 뭐에 홀린 듯했어. 소름이 끼칠 정도였지. 맹세코 정상은 아니었다네. 난 그런 눈을 잘 알고 있었어. 전선에 있을 때 수레에 실려 나가는 병사들의 눈이 그랬거든. 전쟁에 질려 머리가 돌아 버린 군인들 말일세. 병사들은 공허한 눈을 하고 끝없이 헛소리를 해 댔다네.

브로워가 말했어. 내 말은 전혀 안중에도 없더구먼.

'집 없는 개가 또 다른 집 없는 개에게 어떻게 반응하는지 아세요? 자, 보세요. 이제 내가 낯선 부두에 처음 왔을 때 깨달은 것을 알게 될 거예요.'

그러고는 갑자기 목소리를 높여 외쳤어.

'이봐, 멍멍이.'

그러자 개가 고개를 들더니 겁먹은 눈으로 브로워를 보았어.(한쪽이 광견병으로 번득이는 눈이라면, 한쪽은 백내장에 걸린 듯 흐리멍텅했지.) 그런데 그 개가 갑자기 방향을 바꾸더니 절룩거리며 우리 쪽으로 오는 거야. 머뭇거리기는 했지만 개는 분명히 거리를 가로질러 브로워에게 오고 있었어.

개는 오기 싫어했어. 그건 너무도 명백해 보였지. 그놈은 다리 사이로 꼬리를 말고는 낑낑거리기도 하고 으르렁거리기도 했지만, 그러면서도 브로워에게 다가왔어. 그러고는 곧바로 브로워의 발밑에 와서 배를 깔고 엎드리더군. 여전히 낑낑거렸고 잔뜩 겁에 질려 있었어. 아예 벌벌 떨기까지 했다네. 삐쩍 마른 옆구리가 숨을 몰아쉴 때마다 들쑥날쑥했고 눈동자는 쉴 새 없이 굴러 다녔다고.

브로워가 웃음을 뱉어 냈는데, 너무나도 절망적인 웃음이었다네. 그래, 난 요즘도 가끔 그 웃음소리를 꿈에서 듣곤 하는데, 그럴 때마다 가위에 눌리고 말지.

브로워가 말했어.

'봐요. 보이나요? 놈은 내가 자기 주인이고 자기를 길러 준 사람이라고 생각하는 겁니다.'

브로워가 개를 향해 손을 내밀자 개는 이를 드러내며 으르렁거렸어.

내가 얼른 외쳤어.

'그만둬요. 그러다 물리겠습니다.'

브로워는 신경 쓰지 않았어. 가로등 불빛 아래 비친 얼굴이 너무나 생생해서 오히려 끔찍했다네. 그리고 그 눈. 담황색의 검은 두 구멍이 불타오르고 있었어. 브로워가 리듬을 타듯 내뱉었어.

'문다고요? 물어요? 당신 친구처럼 나도 이놈하고 악수나 할 생각인데요?'

브로워는 갑자기 개의 앞발을 잡더니 세게 흔들기 시작했네. 개는 겁에 질려 낑낑거렸지만 감히 물 생각은 못 하는 것 같더군.

그리고 갑자기 브로워가 일어났어. 눈빛은 어느 정도 정상으로 돌아와 있었어. 얼굴은 여전히 창백했지만, 전날 저녁 사이좋게 카드 놀이를 했던 그 사람이 분명해 보였네.

브로워가 조용히 말했어.

'떠날 겁니다. 바보같이 굴어 미안하다고 친구분들께 전해 주세요. 언젠가 다시 만날지도 모르겠군요.'

그래서 내가 말했지.

'사과해야 할 쪽은 우리입니다. 그리고 판돈을 잊으신 건 아니시겠죠? 1000달러도 넘는 것 같던데.'

'아, 그 돈!'

브로워는 입 한쪽으로 묘한 미소를 지어 냈는데, 왠지 섬뜩했어.

내가 말했지.

'일단 로비로 들어가시죠. 그리고 잠시 기다리면 돈을 가져다 드리겠습니다. 괜찮겠죠?'

'예. 말씀대로 하겠습니다.'

브로워는 이렇게 대답하고 발밑에서 낑낑거리는 개를 심각한 표정으로 내려다보았어.

'숙소로 데려가 따뜻한 음식이라도 먹여야겠어요. 어쩌면 마지

막 식사가 되겠지만요.'

그러고는 그 잔혹한 미소가 다시 나타났다네.

그리고 난 자리를 떴어. 브로워가 다른 생각을 품기 전에 얼른 다녀올 생각이었지. 누군가가, 마커들을 모두 1달러 지폐로 바꿔 녹색 테이블 가운데에 가지런히 쌓아 두었더군. 아마 잭 월든이었을 거야, 그 친구는 언제나 주변 정리를 잘했으니까. 내가 돈을 챙길 때도 아무도 말하는 사람이 없었어. 베이커와 잭 월든은 조용히 담배를 피웠고 제이슨 데이비슨은 고개를 떨어뜨린 채 발만 보고 있었지. 마치 비탄과 굴욕을 묘사한 인물화 같더군. 내가 계단으로 돌아가며 등을 토닥여 주자 고맙다는 눈짓을 보내더군.

거리에는 아무도 없었어. 브로워가 떠나 버린 게야. 나는 지폐 다발을 들고 사방을 둘러보았지만 움직이는 것은 아무것도 없었어. 조심스럽게 그 사람 이름을 불러 보기도 했지. 어딘가 어둠 속에 숨어 있을 것 같기도 했는데 대답은 없었지. 문득 아래를 내려다보았는데, 집 없는 개는 떠나지 않았어. 하지만 더 이상 쓰레기통을 뒤질 필요는 없을 것 같더군. 죽어 있었으니까 말이야. 벼룩과 진드기들이 앞을 다투어 개의 시신을 떠나고 있었어. 나는 얼른 뒤로 물러났네. 역겹기도 했지만 사실은 야릇한 두려움이 느껴졌기 때문이야. 왠지 헨리 브로워와 인연이 끝난 것이 아니라는 기분이 들더군. 그래, 그건 분명해. 언제고 그를 다시 만나게 될 거라고."

벽난로도 이제 불씨만 간신히 어른거렸고, 그림자에서부터 냉기가 스멀거리기 시작했다. 하지만 조지가 파이프에 불을 붙이는 동안 움직이거나 입을 여는 사람은 없었다. 조지는 파이프에 불을 붙이고 난 다음, 한숨을 쉬며 다리 자세를 바꾸었다. 나이 탓에 뼈가 부딪는 소리가 들렸다. 이윽고 조지가 다시 입을 열었다.

"함께 포커를 했던 사람들의 생각은 같았어. 브로워를 찾아서 돈을 돌려주어야 한다고 생각했지. 정신 나간 짓이라고 생각하는 사람도 있겠지만, 당시는 지금보다 훨씬 명예로운 시대였다네. 데이비슨은 완전히 풀 죽은 모습으로 자리에서 일어났어. 한쪽으로 데려가 한두 마디 위로라도 하고 싶었지만 데이비슨은 고개를 저으며 터덜터덜 떠나 버렸다네. 나는 내버려두었어. 한숨 자고 나면 기분이 좋아지겠지, 그런 다음에 브로워를 찾아도 늦지는 않을 거라고 생각했네. 윌든은 마을을 떠났고 베이커도 다시 '가벼운 게임'을 찾아서더군. 그땐 데이비슨만 자존심을 회복할 수 있으면 좋겠다고 생각했지.

다음 날 아침 아파트로 찾아갔을 때 데이비슨은 아직 일어나지 않았더군. 깨울 수도 있었겠지만 난 내버려두기로 했네. 아직 젊었을 때니까. 그리고 나는 혼자서 몇 가지 기본적인 조사를 시작하기로 했어.

나는 먼저 스티븐스하고 얘기해 보기로 했네. 그러니까 여기 있는 스티븐스의……."

조지가 스티븐스를 보며 눈썹을 추켜올렸다.

"조부님이십니다, 선생님."

스티븐스가 말했다.

"고맙군."

"천만에요, 선생님. 하지만 조부님이 분명할 것 같군요."

"난 스티븐스의 할아버지와 얘기했어. 스티븐스 저 친구가 서 있는 바로 저 자리에서 말이야. 그때 스티븐스는 레이몬드 그리어 라는, 나도 조금은 알고 있는 사람에게서 브로워를 소개받았다고 하더군. 그리어는 도시에서 무역 중개업을 하는 남자였어. 난 즉시 블래티론 빌딩에 있는 그 사람 사무실로 갔지. 다행히 그리어는 사무실에 있었고, 난 브로워에 관한 얘기를 들을 수 있었어.

지난밤에 어떤 일이 있었는지를 듣고서 그리어는 동정과 슬픔과 두려움이 마구 얽힌 표정을 짓더군. 그리고 탄식을 내뱉었어.

'불쌍한 헨리! 이렇게 될 줄은 알았지만 너무 빠르군.'

'무슨 말이죠?'

내가 물었어.

'그의 병 말이오. 봄베이에 있을 때 당한 모양인데 헨리 그 친구 말고는 아무도 정확한 내용을 알지 못합니다. 하지만 아는 데까지는 얘기해 드리지.'

그날 그리어가 사무실에서 들려준 이야기로 많은 부분을 이해할 수가 있었어. 슬픈 얘기였지. 헨리 브로워라는 사람은 정말로 끔찍한 비극의 주인공이더군. 무대에 오른 고전 비극이 대개 그렇듯이, 그 사람의 비극 역시 치명적인 약점에서 비롯되었어. 그의 경우에는 건망증이었지.

봄베이의 무역 중개업 회원이었던 브로워는 당시에는 구경하기도 어려웠던 자동차를 몰고 다녔다더군. 그리어의 말로는, 브로워가 자동차를 타고 좁은 도로와 샛길을 누비는 것을 어린애처럼 좋아했다는 거야. 조잘거리는 병아리 떼가 놀라 도망가거나, 원주민들이 무릎까지 꿇고 이교도 신을 찾는 모습들이 재미있었던 모양이야. 브로워는 닥치는 대로 쏘다녔고 사람들의 관심을 끌었어.

지저분한 원주민 아이들은 뒤를 쫓아다녔지만 막상 브로워가 태워 주겠다고 하면 겁에 질려 도망가 버렸어. 그는 그런 식이었다네. 아무튼 자동차는 트럭 몸체를 한 포드 모델 A형이었는데 크랭크뿐 아니라 버튼으로도 시동을 걸 수 있는 최신형이었어. 이 사실은 꼭 기억해 두게나.

어느 날 브로워는 한 지방 유지를 만나기 위해 외곽으로 차를 몰고 갔어. 주트 로프의 위탁판매와 관련된 일 때문이었지. 포드 기계가 요란하게 거리를 질주하는 동안 보통 때처럼 사람들의 관심을 끌었을 거야. 자동차는 대포처럼 소리가 요란했고 당연히 아이들이 쫓아왔을 테니까 말이야.

브로워는 주트 로프 생산자와 저녁 식사를 할 예정이었는데, 그건 대단한 예식과 의식이 필요한 행사였어. 두 사람이 복잡한 거리 위의 테라스에 앉아 두 번째 코스를 진행하고 있을 때였어. 갑자기 밑에 있는 자동차에서 쿨럭거리는 소리가 나더니 바로 비명 소리가 뒤를 이었지.

모험심 강한 아이 하나가 차 안으로 기어 들어간 거였어. 알려지지 않은 성자의 아들이었어. 딴에는 껍데기 속에 어떤 무서운 용이 숨어 있든지 백인이 핸들 앞에 앉아 있지 않으면 깨어나지 않는다고 확신했던 모양이더군. 그런데 브로워는 협상에 골몰한 나머지 그만 스위치를 대기 상태로 두었던 게야.

아이들이란 어디로 튈지 모르는 법이지. 친구들이 보고 있다는 사실을 의식한 아이는 거울도 만져 보고, 운전대도 비틀어 보고, 부릉부릉 하는 소리를 흉내 내기도 했어. 그리고 쇳덩이 용을 이리저리 들쑤셔 보는 동안 또래 아이들의 눈에 비친 존경심도 더욱 더 커져 갔겠지.

아이는 결국 시동 버튼을 누르고 말았네. 손이 짧은 탓에 아마 몸을 지탱하기 위해 클러치까지 밟았을 거야. 차는 대기 상태였기 때문에 즉시 시동이 걸렸어. 아이는 겁에 질려서 풀쩍 뛰며 클러치에서 발을 뗐을 거야. 차가 낡았거나 싸구려였다면 시동이 꺼졌을지도 모를 일이지만, 불행히도 브로워가 온갖 정성을 쏟은 차였네. 차는 잠시 우당탕 퉁탕거리다가 곧장 앞으로 뛰어나가고 말았어. 브로워도 당연히 이 상황을 깨닫고는 황급히 뛰쳐나갔겠지.

거기에 아이의 치명적인 실수가 더해지면서 사건은 일파만파로 커져 나갔네. 아이는 허둥대다가 팔꿈치로 변속 레버를 건드렸고, 아마도 백인이 용을 잠재울 때 이렇게 하기를 바라면서 레버를 당겨 버린 모양이야. 아무튼 일은 그런 식으로…… 진행된 모양이더군. 자동차는 엄청난 속도로 혼잡한 거리를 질주해 갔어. 바구니와 꾸러미를 치고, 동물 우리를 부수고, 꽃 광주리를 산산조각내고 말았지. 자동차는 곧바로 막다른 길까지 굴러 내려가서는 모퉁이의 돌벽을 들이받고 박살이 나고 말았어. 그러고는 곧바로 화염에 휩싸여 버렸지."

조지는 파이프를 반대쪽 모서리로 바꿔 물고는 다시 입을 열었다.

"그리어가 말할 수 있는 건 여기까지였네. 브로워가 해 준 이야기는 여기까지만 이치에 맞았거든. 그 나머지는 극도로 이질적인 두 문화가 만나면서 벌어져야 했던 우스꽝스러운 촌극들이었지. 죽은 아이의 아버지는 완전히 뒤집혀서 달려들었고, 끝내는 목 잘린 닭을 던지면서 저주까지 퍼부었다는 걸세. 이 이야기를 하며 그리어는 우리는 둘 다 문명인이라는 뜻의 미소를 지어 보이며 담배를 꺼내 물었어.

'그런 일이 일어나면 저주야 있게 마련이지요. 그 불쌍한 이교도들에게는 체면이 문제였지요. 체면이야말로 일용할 양식이었으니까 말이오.'

'저주는 어떤 것이었습니까?'

나는 정말로 궁금했어.

'당신도 짐작하고 있을 거요. 아버지는 어린아이에게 저주를 건 브로워를 죄인으로 몰아붙였어. 그리고 브로워가 손으로 만지는 모든 생명체는 소멸한다는 저주를 내렸지. 영원히, 영원히 말일세.'

그리어가 말을 마치고 키득거렸어.

'브로워 씨도 그걸 믿었나요?'

그리어는 그런 것 같다고 했어.

'그 사람이 끔찍한 충격을 받았다는 사실을 생각해 보세요. 그쪽 말을 듣고 보니, 증세가 더욱 악화된 것 같군요.'

'그 사람, 어디에 사는지 아십니까?'

그리어는 브로워의 파일을 뒤지더니 리스트 하나를 찾아냈어.

'거기에 있는지는 모르겠군. 짐작하겠지만 아무도 그를 고용하지 않으려 했거든요. 이제 남은 돈도 별로 없을 텐데.'

나는 그 말에 양심의 가책을 느꼈지만 아무 말도 하지 않았어. 그리어는 많은 이야기를 해 주었지만, 다소 과장되고 속물적인 태도를 취했기 때문에 알고 있는 이야기를 전부 들려주고 싶진 않더군. 하지만 자리에서 일어서면서 이런 말은 했어.

'어젯밤 브로워 씨가 집 없는 개와 악수하는 것을 보았습니다. 15분 후에 개는 죽었죠.'

'그래요? 그것 재미있군요. 그래.'

그리어는 그 이야기가 지금까지의 이야기와 무슨 상관이냐는 듯 눈썹을 치켜 떴어.

내가 자리에서 일어나 그리어와 악수를 하려는 참에 비서가 사무실 문을 열었어.

'죄송합니다. 혹시 그레그슨 씬가요?'

나는 그렇다고 대답했어.

'베이커 씨라는 분이 방금 전화하셨는데, 지금 즉시 19번가 23번지로 오시라고 하더군요.'

갑자기 불길한 기분이 들었다네. 그날 난 이미 그곳에 다녀왔어. 데이비슨의 주소였거든. 내가 사무실을 나설 때 그리어는 다시 자리에 앉아 파이프와《월스트리트 저널》을 즐기고 있더군. 그러고는 다시는 그를 만나지 못했어. 만날 이유도 없었지. 그 당시 나를 사로잡은 것은 너무나도 현실적인 두려움이었어. 절대로 실제적인 공포로 구현되어서는 안 되는 그런 종류의 불길함이었지. 생각만 해도 너무나도 끔찍하고 가공할 일이었거든."

나는 이쯤에서 조지의 이야기를 막아야겠다고 생각했다.

"맙소사, 조지! 설마 데이비슨이 죽었다고 말하려는 건 아니겠지?"

"죽었어. 난 검시관하고 거의 동시에 도착했지. 사인은 동맥 혈전증이라더군. 16일만 있으면 스물세 번째 생일인데 말이야.

다음 날 나는, 그건 기막힌 우연의 일치일 뿐이라고 생각하기로 했어. 그러니까 빨리 잊는 게 최선인 게지. 사실 잠도 제대로 못 잤네. 커티삭이라는 친구의 위로도 통하지 않더구먼. 이제 할 일은 먼저 판돈을 셋이서 나눠 갖고 헨리 브로워라는 자가 우리 인생에 개입했다는 사실을 지워 버리면 되는 거였어. 하지만 밤새도록 결심하고 결심했건만, 결국 그럴 수는 없었네. 난 그 액수만큼 수표를 끊어서 그리어가 알려 준 주소로 갔어. 할렘이더군.

브로워는 그곳에 없었어. 우편물 전송 주소는 이스트사이드였네. 그다지 부자 동네는 아니었지만 그런 대로 살 만한 곳이었지. 하지만 브로워는 한 달 전쯤에 이곳에서도 이사를 했고 새 주소는 이스트 빌리지로 되어 있었어. 다 쓰러져 가는 주택가였지.

건물 관리인은 비쩍 마른 사람이었는데, 그 사람 발꿈치에 거대한 검은 맹견이 있더군. 관리인 말로는 브로워가 4월 3일에 이사했다고 하더군. 우리와 카드를 했던 다음 날이었어. 이사 간 주소를 물었더니, 관리인은 고개를 젖히며 조소에 가까운 말투로 이렇게 지껄였어.

'이 인간들이 떠날 때 줄 수 있는 주소라고는 지옥뿐이라고, 응? 하지만 보워리에 들르는 경우가 가끔 있기는 하지.'

당시의 보워리는 지금으로 말하자면 노숙자 소굴 같은 곳이라네. 집 없는 자들의 고향이자 싸구려 와인이나 환각의 밀가루를 쫓아다니는 쓰레기들의 종착역 같은 곳이지. 난 그곳에도 갔네. 당시에는 천막집 같은 곳이 수십 개나 있었고, 주정뱅이들을 하룻밤 재워 주는 자선단체도 몇 개 있었어. 물론 낡고 지저분한 매트리스를 숨겨 놓고 지내는 뒷골목은 수도 없었지. 그곳에서 수십 명의 남자를 보았는데, 모두가 술과 마약에 찌들어 껍데기만 남아 있었어. 아무도 자신의 이름을 쓰지도 않았고 알지도 못했어. 절망의 구렁텅이에 빠졌을 때, 싸구려 술로 간이 완전히 문드러졌을 때, 코가 완전히 헐어 버릴 정도로 코카인과 포타시에 빠졌을 때, 동상으로 손가락이 짓무르고 썩은 이가 송곳처럼 변했을 때 더 이상 이름은 아무 데도 쓸모가 없는 모양이더군. 만나는 사람마다 헨리 브로워를 아냐고 물어봤지만 소용이 없었어. 바텐더들은 고개를 젓거나 어깨를 으쓱였고 다른 사람들도 땅만 바라볼 뿐 대꾸조차 없었어.

결국 그날은 브로워를 찾지 못했어. 아니 다음 날도 그 다음 날도 찾지 못했지. 2주쯤 지난 후에야, 3일 전에 그 비슷한 남자를 봤다는 사람을 만날 수 있었네. 드바니 여인숙에서였다더군.

그래서 그곳을 찾아갔지. 내가 헤매던 지역에서 불과 두 블록밖에 떨어지지 않은 곳이었어. 코맹맹이에 희멀건 눈을 한 케케묵은 대머리 영감이 데스크를 지키고 있었어. 하룻밤에 10센트라는 여인숙 광고가 얼룩진 벽에 붙어 있었지. 내가 브로워에 대해 설명을 하니까 노인은 고개를 끄덕이며 듣더니 대답했지.

'그 사람 압니다요, 신사 양반. 아주 잘 알고말굽쇼. 근데 기억은 잘 안나는데요…… 1달러 지폐가 보이면 대충 기억이 나긴 하던데…….'

나는 1달러를 내놓았고 그 돈은 관절염에 걸린 노인네의 몸놀림이라고는 믿기지 않을 정도로 순식간에 사라졌어.

'그 사람 여기 있었습죠, 신사 양반. 지금은 없지만 말입니다요.'

'어디로 갔는지 아십니까?'

'잘 기억이 안 나는데……. 1달러 지폐가 보이면 기억이 가끔

나긴……'

나는 다시 지폐를 내놓았어. 물론 첫 번째와 마찬가지로 게 눈 감추듯 사라졌지. 노인은 그 짓이 너무나 재미있었던 모양이야. 갑자기 발작적으로 웃더니만 결국 가슴이 찢어질 만큼 기침을 해 댔지.

내가 말했어.

'그만하면 재미도 보셨고, 또 충분히 돈도 버셨잖소? 그러니 그 사람 있는 곳을 말해 주시죠.'

노인이 다시 키득거리며 웃기 시작하더군.

'물론이죠. 포터의 땅(무연고자의 무덤이라는 뜻—옮긴이)으로 갔으니까요. 영원을 새 집으로 삼고 룸메이트로는 악마를 선택한 게죠. 신사 양반, 마음에 드십니까요? 어제 아침에 죽은 것 같던 데. 점심 때 발견했을 때는 아직 따뜻했습죠. 계단 옆에 꼿꼿이 앉아 있었습니다요. 그 사람한테 10센트를 받고 방을 가르쳐 줬는데요, 결국 그 사람이 받은 건 손바닥만 한 땅뙈기였다 이 말입니다요.'

그러고는 자기 말이 웃겼는지 또 다시 발작적인 웃음을 터뜨렸지.

'뭔가 다른 일은 없었습니까? 뭔가 이상한 점은 없었나요?'

나는 이렇게 물었어. 내 질문의 의도를 쉽게 내뱉을 수가 없어서였지.

'뭔가 기억날 것도 같은데……. 1달러만 더 있으면……'

나는 그의 기억을 위해 지폐를 내놓았어. 돈은 눈 깜짝할 사이에 사라졌지만 다행히 발작적인 웃음은 나오지 않았네.

'예, 사실 괴상한 일이 있긴 했습죠. 아무튼 알려야 하니까 경찰 나리들께 전화를 했습니다요. 왜 아니겠습니까요? 문고리에 목을 매달고 죽는 놈, 침대에서 죽는 놈, 무릎 사이에 술병 하나 끼고 새파랗게 얼어 비상구에서 죽어 있는 놈, 심지어 1930년에는 말입니다요, 세면대에 코를 처박고 죽은 놈도 있었습죠. 하지만 이 친구는 갈색 정장을 입고 똑바로 앉아 있었는데, 정말로 부자 동네 도련님 같더라고요. 머리도 단정했고요. 그런데 왼손으로 오른손을 꼭 쥐고 있더라 이겁니다. 별난 놈들을 다 봤지만, 자기와 악수를 한 채 죽은 사람은 맹세코 처음입니다요.'

나는 부두까지 곧장 걸어갔는데, 노인의 마지막 말이 홈이 걸린 레코드판처럼 자꾸만 머릿속을 맴돌았네.

'자기와 악수를 한 채 죽은 사람은 맹세코 처음입니다요.'

나는 방파제 끝까지 걸어 내려갔어. 방파제 밖으로는 더러운 잿빛 물이 말뚝 위로 뛰어오르고 있었지. 난 그곳에 서서 수표를 수천 조각으로 찢어 바다에 던져 버렸네."

조지 그레그슨은 자세를 고쳐 앉으며 헛기침을 했다. 다 타 버린 불은 이제 수줍은 잿더미만 남아 황량한 게임방을 냉기로 채우고 있었다. 테이블과 의자들도 유령처럼 비현실적이기는 마찬가지여서, 평생 동안 내 꿈속을 채우고 있는 가구들처럼 보였다. 희미한 오렌지색 불꽃이 벽난로 주춧돌에 새겨진 문구를 핥았다.

'중요한 것은 이야기를 하는 사람이 아니라, 이야기 자체이다.'

"단 한 번 그 사람을 보았지만 그것만으로 충분했어. 결코 잊은 적이 없었지. 하지만 그 바람에 나는 비탄의 세월에서 벗어날 수 있었네. 친구들이 있다면 누구도 외롭지 않기 때문이지.

코트 좀 가져다주겠나, 스티븐스. 아무래도 집으로 돌아가야겠어. 벌써 잘 시간이 많이 지났다고."

스티븐스가 코트를 가져다주자 조지는 스티븐스의 입 왼쪽 아래의 작은 사마귀를 가리켰다.

"정말 놀랍도록 닮았어. 자네 아나? 자네 조부도 바로 그 자리에 사마귀가 있었다는 것 말이야."

스티븐스는 미소를 지었지만 아무 말도 하지 않았다. 조지가 자리를 뜨고, 우리들도 곧 하나 둘씩 자리에서 일어나기 시작했다.

비 치 월 드

연방우주선 ASN 29호가 하늘에서 추락했다. 한참 후 두 남자가 우주선의 갈라진 두개골에서 뇌수처럼 미끄러져 나왔다. 두 남자는 잠시 걷다가 멈춰 서서 자신들이 빠져나온 곳을 바라보았다. 겨드랑이에는 헬멧이 끼워져 있었다.

그곳은 바다가 없는 백사장이었다. 그곳은 그 자체로 대양이자 모래로 조각한 바다였다. 골짜기와 둔덕 속에 영원히 박혀 버린 흑백 사진이었고, 골짜기와 둔덕 그 자체였다.

모래 언덕.

낮은 언덕, 가파른 언덕, 부드러운 언덕, 주름진 언덕, 끝이 날카로운 언덕, 꼭대기가 편편한 언덕, 언덕 도미노처럼 언덕 위에 또 언덕이 있는 듯 꼭대기가 고르지 못한 언덕.

모래 언덕. 하지만 바다는 아니다.

모래 언덕 사이에 생긴 골짜기들은 생쥐의 미로처럼 구불구불

흐르고 있었다. 누군가 이 미로를 보고 있노라면 입에서 저절로 욕이 흘러나올 수밖에 없을 것이다. 하얀 언덕들을 떠도는 저주의 언어들.

"이런 젠장."

사피로가 말했다.

"진정해."

란드가 말했다.

사피로는 침을 뱉으려다가 참기로 했다. 저 모래밭을 보는 것만으로도 기가 질렸다. 어떻게 한 방울의 수분이나마 허투루 버릴 수 있겠는가? 모래 속에 반쯤 처박힌 ASN 29는 이제는 죽어가는 새처럼 보이지도 않았다. 그건 깨져서 썩은 내용물을 토해 내는 호리병처럼 보였다. 화재로 인해 우현의 연료 탱크가 터진 것이다.

"그라임스는 너무 안됐어."

사피로가 말했다.

"그래."

란드의 눈은 여전히 모래 바다를 훑고 있었다. 시선이 지평선 끝까지 갔다가 다시 돌아왔다.

그라임스 일은 정말 안됐다. 그라임스는 이제 크고 작은 고깃덩어리가 되어 날개 쪽 저장고에 보관되어 있다. 사피로는 그 안을 들여다보고는 이렇게 생각했다.

'신이 그라임스를 먹으려다가 맛이 별로라는 것을 알고는 다시 게워 놓은 것 같잖아.'

사피로는 그 광경에 비위가 상했다. 게다가 저장고 바닥 여기저기 흩어진 그라임스의 이들은 정말!

사피로는 란드가 뭔가 이성적인 말을 해 주기를 기다렸지만 란드는 입을 꼭 닫고 있었다. 란드의 눈은 여기저기 모래 언덕을 뒤지고 깊은 골짜기의 시계태엽 같은 흔적을 쫓고 있었다.

결국 사피로가 먼저 입을 열었다.

"이봐, 이제 어떻게 하지? 그라임스가 죽었으니 이제 책임자는 너잖아. 이제 어떻게 할까?"

란드의 눈은 계속해서 이쪽저쪽을 핥았다. 쥐 죽은 듯 조용한 모래 언덕들. 건조하고 단조로운 바람이 EP슈트(Environment Protection Suit, 오염방지복)의 고무 처리된 칼라를 흔들어 댔다.

"뭘 할까? 배구공이 있으면 비치볼이라도 하든지."

"그게 무슨 말이야?"

"모래사장에서 하는 게 그런 거 아냐? 비치볼 시합."

사피로는 우주에 있는 동안 여러 번 두려움을 느꼈다. 우주선에서 화재가 났을 때에는 공황 상태에 빠지기도 했지만, 지금 란드의 헛소리는 너무 엄청나서 이해 자체가 불가능한 공포의 예언 같았다.

"엄청나군."

란드가 꿈처럼 지껄였다.

사피로는 순간 란드가 자신의 두려움에 대해 말하는 줄 알았다.

"엄청난 사막이야. 도무지 끝이 보이지 않아. 겨드랑이에 서프보드를 끼고 수십 킬로미터를 걸어도 끝내는 제자리로 돌아오고 말겠어. 뒤쪽에 남는 것이라곤 발자국 대여섯 개뿐이겠고 말이야. 게다가 5분 동안만 제자리에 있으면 그대로 모래한테 먹혀 버리고 말겠어."

"란드, 추락하기 전에 지형을 스캔해 보지 않았나? 추락하기 전에 보지 않았어……?"

사피로는 란드가 충격을 받은 거라고 생각했다. 란드는 충격을 받은 것이지 미친 것은 아니었다. 꼭 그래야 한다면 란드에게 약이라도 먹일 수 있었다. 그리고 만약 계속해서 쓸데없는 말을 지껄인다면 어쩌면 총알이라도 먹여야 할 것이다.

란드가 힐끗 돌아보았다.

"뭐라고?"

'초원을.'이라고 말하고 싶었다. 마치 시편에나 나올 법한 단어였다. 그러나 바람이 입을 막아 말할 수가 없었다.

"뭐라고 했어?"

란드가 다시 물었다

"스캔 말이야, 스캔! 이 깡통머리야, 지형 스캔이라는 말 몰라? 이곳이 어떻게 생겼고, 저 빌어먹을 모래벌판 끝 어디쯤에 바다가 있고, 호수는 또 어디 있냐고? 가장 가까운 녹지대는 어느 쪽이지? 모래 벌판의 끝이 도대체 어디냐고?"

사피로가 소리 질렀다.

"끝? 오, 무슨 말인지 알겠군. 사막은 끝나지 않아. 녹지대도 없고 빙산도 없어. 이건 바다를 먹는 사막이라고, 이 친구야. 모래 언덕, 언덕, 언덕…… 결코 끝나지 않는 모래 언덕."

"그러면 물은 어떻게 구하지?"

"방법이 없어."

"우주선……. 우주선은 수리가 불가능해!"

"잘 맞혔네, 셜록 탐정."

사피로는 입을 닫아 버렸다. 닥치든가 미치든가 둘 중 하나였다. 란드는 미쳐 버린다면 사피로가 나가떨어질 때까지 모래 언덕만 살펴볼 것이다. 그래, 분명히 그럴 것이다.

끝이 없는 모래 벌판을 뭐라고 부르지? 왜, 사막이라고 부르잖나! 우주에서 가장 넓은 사막, 안 그런가?

사피로의 머릿속에서 란드의 대답이 들렸다.

'잘 맞혔네, 셜록 탐정.'

사피로는 한참 동안 옆에 서서 란드가 정신을 차리고 뭔가 해주기를 기다렸다. 결국 인내심이 한계에 달한 사피로는 모래 언덕 아래로 미끄러져 내려갔다. 모래가 부츠를 삼켜 버렸다. 모래의 말이 머릿속에 울렸다. 늙었지만 여전히 건강한 여인의 건조한 목소리였다.

'당신을 삼켜 버리고 싶어요, 빌. 당신을 내 아랫도리로 삼켜 버리고 싶어요. 당신 뼈가 부서지도록…… 안아…… 줄게요…….'

사피로는 어렸을 때 해변에서 목만 남긴 채 묻혔던 기억이 났다. 그때는 재미있었다. 하지만 지금은 더럭 겁부터 났다. 사피로는 머릿속에서 목소리를 떨쳐 버렸다. 지금은 그따위 회상이나 하고 있을 시간이 없다. 사피로는 비척비척 모래를 뚫고 나아갔다. 모래 언덕의 경사와 표면이 보여 주는 완벽한 균형미를 망가뜨리고 있다는 생각에 문득 기분이 좋아졌다.

"어디 가는 거야?"

란드의 목소리에 이제야 자각과 불안의 기색이 묻어나왔다.

"비컨. 비컨을 켜러 가는 거야. 우리가 있는 곳은 분명 지도상의 통로였어. 무선이 포착되면 우리를 구하러 올 거야. 시간 문제라고. 가능성이 많지는 않겠지만 그래도 우리가 죽기 전에……."

"비컨은 완전히 박살이 났어. 우리가 얌전히 착륙한 줄 알아?"

란드가 말했다.

"고칠 수 있을 거야."

사피로가 어깨 너머로 소리쳤다.

승강구 안으로 들어가자 타 버린 전선과 프레온 가스 따위로 악취가 진동했다. 하지만 기분은 더 나아졌다. 아마도 비컨을 생각해 냈기 때문일 것이다. 희박하든 말든 비컨은 희망의 상징이다. 사실 기분을 좋게 만든 것은 비컨이 아니었다. 란드가 박살이 났다고 했으니까 그건 사실일 것이다. 하지만 더 이상 모래 언덕만 바라보고 있을 수가 없었다. 기대하고 끝없는 모래사장을 도저히 참아낼 수가 없었다.

기분이 좋아진 이유는 바로 그 때문이었다.

사피로가 헐떡거리면서 다시 첫 번째 둔덕 위로 돌아갔을 때 란드는 아직 그곳에 서 있었다. 보고 보고 또 보고. 벌써 한 시간째였다. 이제는 태양이 머리 위에까지 와 있었다. 란드의 얼굴은 땀으로 범벅이었고 눈썹에 땀방울이 송송이 매달려 있었다. 땀이 눈물처럼 뺨을 타고 내렸다. 목의 힘줄을 타고 내려온 땀은 제복 깃 안으로 흘러 들어갔는데, 마치 고성능 안드로이드의 배 속에 기름을 공급하는 모습 같았다.

사피로는 부르르 몸서리를 치며 생각했다.

'깡통머리, 내가 그렇게 불렀어. 맙소사, 정말로 똑같지 않은가? 저건 안드로이드가 아니라 엄청나게 커다란 바늘로 목에 주사를 맞는 깡통로봇이라고.'

란드는 결국 망가진 것이다.

"란드?"

대답이 없었다.

"비컨은 망가지지 않았어."

란드의 눈이 반짝였다가 다시 멍한 눈빛으로 돌아갔다. 여전히 시선은 모래 언덕에 고정되어 있었다. 사피로는 불안했다. 그리고 처음으로 모래 언덕에 대해 생각해 보았다. 사피로는 언덕들이 움직인다고 생각했다. 바람이 계속 불어오니 사막의 모습은 바뀔 수밖에 없었다. 수십 년, 수백 년 동안 언덕은…… 계속…… 움직이리라. 그래서 모래 언덕이라고 부르는 것이 아닌가? 움직이는 모래 언덕. 사피로는 아주 어렸을 적에 그런 말을 들은 적이 있었다. 아니 학교에서였나? 아니면 다른 곳에서? 젠장, 그게 무슨 상관이람.

언덕 저쪽에서 가느다란 모래 끈이 풀려 나가는 것이 보였다. 마치…….

(마치…… 내 말을 들은 것 같잖아.)

목덜미에 식은땀이 흘렀다. 괜찮다, 사피로는 다소 불안할 뿐이었다. 상황이 이런데 누군들 그렇지 않겠는가? 이런 상황에 말이다. 하지만 란드는 모르는 것 같았다……. 아니면 개의치 않는 것일까?

"모래가 들어가서 와블러(반송 주파수 변경 장치—옮긴이)가

깨진 거야. 그런 건 그라임스의 보물상자에 60개는 있어."

'내 말을 듣고 있기라도 한 건가?'

"어떻게 모래가 들어간 걸까? 뒤쪽 저장고에는 삼중 해치가 설치되어 있는데 어떻게……."

"모래라는 놈이 원래 그래. 안 들어가는 데가 없지. 어릴 때 모래사장에서 놀던 때를 생각해 보라고, 빌. 집으로 돌아오면 엄마가 사방에 모래투성이라고 달달 볶았잖아? 소파에도 모래, 부엌 식탁에도 모래, 침대 밑에도 모래……. 안 그래? 그게 모래라고……. 언제 어디에나 존재하는 것."

란드는 맥없이 두 팔을 내리고는 모호한 미소를 지어 보였다.

사피로가 말했다.

"하지만 모래 때문은 아냐. 비상 전력 송출 장치가 계속 헛돌길래 그 안에 비컨을 꽂았어. 그리고 이어폰을 쓰고 50광년 범주에서 읽힐 수 있는 주파수를 약 1분간 요청해 보았어. 전기톱 같은 소리가 나긴 하지만 그래도 생각보다는 낙관적이라고."

"아무도 오지 않을 거야. 비치보이스도 안 와. 8000년 전에 모두 죽었으니까. 아무튼 서핑의 도시에 온 걸 환영하네, 빌. 서핑 없는 서핑의 도시라고."

사피로는 모래 언덕들을 바라보았다. 얼마나 오랫동안 이곳에 모래 언덕이 있었을까? 10억 년? 10억에 10억에 10억 년? 이곳에 생명체가 있었을까? 지적 생명체는? 강은? 녹지는? 바다가 있었던 적이 있을까? 그래서 사막이 아니라 모래사장으로 불린 적이 있었을까?

사피로는 란드의 옆에 서서 그런 생각들을 했다. 바람이 쉬지 않고 머리카락을 흔들었다. 그때 그런 것들이 정말로 있었다는 생각이 들었다. 아니, 그 아름다웠던 세상이 끝장나는 장면도 그릴 수 있을 것 같았다.

수로와 강물의 바닥이 드러나면서 도시들이 하나씩 사라지기 시작했다. 먼지가 풀풀 날리며 어느덧 숨 막히는 모래사막이 스멀거리며 기어올랐다.

사피로는 부채꼴 모양의 연갈색 충적토를 볼 수 있었다. 강이 토해낸 진흙은 처음에는 물개 가죽처럼 매끄러웠지만 조금씩 색이 바래면서 점점 넓게 퍼져 나갔고, 결국 여기저기에서 서로 겹치기 시작했다. 그리고 물개 가죽처럼 미끈거리던 진흙이 갈대 우거진 늪으로 퇴화해 가는 모습을 보았고, 잿빛 모래가 결국 하얀 모래로 부서지는 것도 보았다.

산들이 몽당연필처럼 깎여 나가고 있었다. 쌓이기 시작한 모래가 따뜻한 기류를 밀어 올리며 조금씩 눈이 녹기 시작했다. 간신히 살아남은 봉우리들은 마치 생매장된 손가락처럼 보였다. 결국 둔덕들은 그 손가락들마저 달려들어 삼켜 버리고서는 짐짓 딴전을 피우고 있었다.

란드가 뭐라고 했더라?

언제 어디에나 존재하는 것.

만일 네가 뭔가를 봤다면 말이야, 빌리 보이. 그것처럼 끔찍한 장면은 처음이었을걸?

아니, 그럴 리가 없어. 그건 끔찍한 것이 아냐. 오히려 평화롭다고 해야 하지 않을까? 보라고, 일요일 오후의 낮잠처럼 고요하잖아. 백사장보다 더 평화로운 게 어디 있겠어?

사피로는 고개를 저어 잡념들을 떨쳐 냈다. 그러고서 우주선을 돌아보았다.

란드가 말했다.

"정찰대는 오지 않아. 모래가 우리를 덮어 버릴 거야. 머잖아 우리가 모래가 되고 모래가 우리가 되는 거라고. 서핑이 없는 서핑 도시. 저기 저 파도가 보여, 빌?"

사피로는 두려웠다. 정말로 파도가 보였던 것이다. 저 둔덕들을 보면서 어찌 파도를 보지 못할 수 있겠는가?

"비열한 깡통대가리 같으니."

사피로는 욕을 퍼붓고 우주선으로 돌아갔다.

모래로부터 달아났다.

마침내 해가 지기 시작했다. 해변이라면, 진짜 백사장이라면 비치볼을 끝내고 땀투성이가 된 채 소시지에 맥주를 마실 시간이었다. 애무를 시작할 시간은 아니더라도, 곧 있을 섹스 생각으로 몸이 달아오르는 시간인 것이다.

소시지와 맥주는 ASN 29의 식료품 목록에 없었다.

사피로는 오후 내내 우주선 안에 있는 물을 병에 담았다. 물 공급 장치에서 새어나와 바다에 철벅거리는 물을 빨아들이기 위해 진공기를 사용했다. 산산 조각난 수압 탱크 바닥에는 물이 조금밖에 남아 있지 않았다. 사피로는 저장실 공기를 환기시키는 공기 정화기 안에 있는 작은 실린더도 놓치지 않았다.

그리고 마지막으로 간 곳이 그라임스의 선실이었다.

그라임스는 무중력 환경에 맞게 제작된 원형 탱크에서 금붕어를 키웠다. 탱크는 충격 방지형의 폴리머 플라스틱 제품이라, 충격에도 살아남을 수 있었다. 하지만 물고기는 주인과 마찬가지로 충격 방지형이 아니었다. 금붕어들은 침대 아래에 놓인 원형 어항 꼭대기에 누런 배를 드러낸 채 모조리 죽어 있었다. 그 옆으로 더러운 속옷 세 벌과 포르노 입체 영상 큐브 여섯 개가 흩어져 있었다.

사피로는 원형 어항을 집어 들고 가만히 들여다보았다.

"이런, 불쌍한 요릭. 정이 많이 들었는데."

사피로는 이렇게 말하고는 미친 듯이 웃어 젖혔다. 그러고 나서 저장실에서 가져온 그물로 물고기들을 꺼냈다. 이놈들을 어떻게 하지? 사피로는 잠시 후 금붕어를 들고 그라임스의 침대로 다가가 베개를 세웠다.

그 아래에도 모래가 있었다.

사피로는 금붕어들을 아무렇게나 버려두고는, 주전자 대용의 제리캔(5갤런짜리 깡통—옮긴이)에 어항물을 부었다. 이 물은 정화를 해야한다. 하지만 정수기가 작동하지 않더라도 이틀만 지나면 어항의 물을 마실 수밖에 없다는 사실을 사피로는 알고 있었다. 비늘이 떨어져 있고 물고기 똥이 떠다닌다 해도 말이다.

사피로는 물을 정화한 뒤 반으로 나누어 란드에게 주려고 모래 언덕으로 돌아갔다. 란드는 여전히 그 자리에 있었다. 죽어도 움직이지 않을 모양이었다.

"란드, 네 몫의 물을 가져왔다."

사피로는 란드의 EP슈트 앞쪽에 있는 행낭의 지퍼를 열고 그 안에 플라스틱 플라스크를 넣어 주었다. 사피로가 엄지손톱으로 지퍼를 다시 닫으려 할 때 란드가 손을 밀어내고는 플라스크를 꺼냈다. 앞면에 "ASN 우주선 전용 저장 용기, 분류 기호: #23196755, 밀봉 시 항균 기능"이라는 글자가 찍혀 있었다. 물론 뚜껑은 벗겨진 상태였다. 물을 가득 채웠기 때문이다.

"그건 정화한……."

란드가 손바닥을 펴자 플라스크는 부드러운 소리를 내며 모래 속에 박혔다.

"필요 없어."

"필요 없다고? 란드, 도대체 왜 그러는 거야? 젠장, 이제 그만해도 되잖아?"

란드는 대답하지 않았다.

사피로는 저장 용기 #23196755를 집어 들었다. 그리고 커다란 세균이라도 털어내듯 용기 겉에 묻은 모래알들을 털어냈다.

사피로가 물었다.

"도대체 왜 그래? 쇼크야? 그래서 그래? 그럼, 약을 먹든, 아니면…… 주사를 맞든지 하라고. 신경 쓰여 죽겠잖아! 그렇게 서서 60킬로미터 밖만 내다보고 있을 거야? 뭐가 있다고? 모래뿐이잖아? 모래!"

란드가 멍한 목소리로 대답했다.

"백사장이야. 모래성 만들지 않을래?"

사피로가 말했다.

"그래, 좋아. 난 가서 주사기하고 황열병 약을 가져올게. 네가 정 깡통로봇처럼 행동하고 싶다면 나도 그렇게 대해 줄게."

란드가 조용히 말했다.

"나한테 뭘 놓으려면 내가 눈치 채지 못하게 조용히 접근해야 할 거다. 그렇지 않으면 네 팔을 부러뜨려 놓을 테니까."

란드는 충분히 그럴 수 있을 것이다. 천체지질학자인 사피로는 64킬로그램의 몸무게에 키는 겨우 140센티미터 불과했다. 당연히 몸싸움은 주특기가 될 수 없었다. 사피로는 욕설을 뱉으며 우주선으로 돌아갔다. 손에는 란드의 플라스크가 들려 있었다.

란드가 중얼거렸다.

"살아 있어. 분명히 살아 있어."

사피로는 란드를 돌아보고 다시 언덕들을 보았다. 모래 언덕 위로 내던져진 황금빛 석양으로 인해 깊고 어두운 계곡 아래까지 가는 빛이 번져 나갔다. 어두운 그림자가 금빛으로 변하고 다시 깊은 어둠으로 가라앉는 사막. 어둠에서 금빛으로, 금빛에서 어둠으로, 어둠에서 금빛, 금빛에서 어둠, 어둠에서……

사피로는 눈을 깜빡거리다가 끝내 두 손으로 비비고 말았다.

란드가 사피로에게 말했다.

"이 괴물 둔덕이 움직이는 걸 느낀 것이 벌써 여러 번이야. 바로 발밑에서 말이야. 새가 날듯 교묘한 움직임이더군. 공기 속에서도 냄새를 맡을 수 있어. 그래, 소금 냄새야."

"미친 놈."

사피로가 내뱉었다.

너무나 무서워 뇌가 유리로 변해 버린 기분이었다.

란드는 대꾸하지 않았다. 그저 언덕을 살필 뿐이었다. 석양을 받아 어둠에서 금빛으로, 금빛에서 어둠으로 변하는 모래 언덕.

사피로는 우주선으로 돌아갔다.

란드는 밤새도록 언덕 위에 서 있었고 그 다음 날도 마찬가지였다.

사피로는 란드를 내다보았다. 란드는 EP슈트마저 벗고 있었는데 슈트 역시 거의 모래 속에 파묻혀 버렸다. 모래 밖으로 삐져나온 소매가 마지막 발악만큼이나 처절해 보였다. 사피로는 슈트를 삼킨 모래가 부드러운 젤리를 빨아먹는 요염한 입술 같다는 생각을 했다. 사피로는 모래 언덕을 무찌르고 EP슈트를 구하고 싶어 미칠 것만 같았다.

사피로는 선실에 앉아 구조선을 기다렸다. 프레온 냄새는 가라앉았지만, 그건 그라임스의 시신이 썩는 냄새에 비하면 훨씬 양반이었다.

그날 구조선은 오지 않았다. 다음 날도, 그 다음 날도 오지 않았다.

모래는 사피로의 선실에도 나타났다. 승강구는 닫혀 있었고 틈이라고는 없었는데 말이다. 사피로는 쏟아진 물을 빨아들였듯이 진공기를 이용해 모래를 청소했다. 하지만 갈증은 가시지 않았다. 플라스크의 물은 거의 바닥이 났다.

사피로도 대기 중에서 소금 냄새를 맡기 시작했다. 자다가 갈매기의 소리도 들었다. 그리고 모래의 목소리도 들렸다.

바람이 불면서 우주선과 언덕의 거리가 좀 더 가까워졌다. 아직 사피로의 선실은 무사했지만(포르타백 진공청소기 만세!) 나머지 방은 모래의 침략에 속수무책으로 당했다. 자물쇠가 떨어져 나간 틈새로 작은 둔덕들이 밀고 들어와 조금씩 ASN/29를 정복해 나갔다. 모래는 구멍을 뚫고 망을 비집고 얇은 막을 찢어 버렸다. 떨어져 나간 탱크에도 침전물이 쌓이기 시작했다.

사피로의 얼굴은 핼쑥해졌고 모래처럼 버석버석해졌다. 그새 자란 수염에는 모래알이 매달려 있었다. 3일째 해가 질 무렵 사피로는 다시 언덕에 올라가 란드를 살폈다. 주사기를 가져갈까 하다가 그만 두기로 했다. 사피로도 이제는 단순한 쇼크가 아니라는 것을 알 수 있었다. 란드는 미친 것이다. 이제 최대한 빨리 숨을 거두는 것이 가장 좋은 방법일 것이다.

사피로는 핼쑥했고 란드는 초췌했다. 란드는 이제 뼈만 남은 것처럼 보였다. 한때는 보디빌더처럼 튼튼한 근육질의 다리였건만 이제는 힘없이 축 늘어져 있었다. 다리에 붙은 살점들은 줄줄 흘러내리는 헐렁한 양말 같았다. 란드는 속옷 하나만 입고 있었다. 빨간 나일론이라 풋볼 선수의 수영복처럼 우스꽝스럽게 보였다. 얼굴에서도 옅은 색의 수염이 자라 쏙 팬 볼과 턱을 덮기 시작했다. 란드의 수염은 모래 빛이었다. 밋밋한 갈색 머리카락도 탈색되어 이젠 거의 금발에 가깝게 보였다. 머리카락은 이마까지 흘러내렸는데, 사피로는 그 아래 밝은 청색 눈동자를 확인하고 나서야 란드가 아직 살아 있음을 확인했다. 두 눈은 백사장을 주시하고 있었다.

(모래 둔덕의 빌어먹을 모래)

냉혹하게.

상황은 악화되었다. 사피로는 최악의 상황임을 직감했다. 란드의 얼굴이 모래 언덕으로 변하고 있었고 턱수염과 머리카락이 숨구멍을 막기 시작했다.

사피로가 말했다.

"이봐, 정말로 죽을 거야? 지금 당장 물을 마시지 않으면 넌 죽게 돼."

란드는 아무 말도 없었다.

"죽고 싶은 거야?"

아무 말도 없었다. 콧소리를 들은 것도 같지만 그뿐이었다. 사피로는 란드의 목덜미 주름에도 모래가 쌓인 것을 보았다.

"필요한 게 있어. 비치보이스 테이프야. 내 방에 있어."

란드가 바람 소리처럼 희미하고 아득한 목소리로 말했다.

사피로는 머리끝까지 화가 치밀었다.

"이런, 개자식! 그래, 나도 바라는 게 있다. 구조선이 빨리 와서 그 빌어먹을 언덕에서 네 족발을 빼내는 걸 보고 말 테다. 죽기 전에 말이야! 그때도 그렇게 사막이 좋은지 두고 보자. 얼마나 발악하는지 두고 보자고!"

"백사장이 너한테도 갈 거야."

란드가 말했다.

란드의 목소리는 텅 비어 있었고 호리병에 갇힌 바람처럼 달그락거렸다. 10월 마지막 추수 때 들판에 남겨 둔 호리병.

"들어 봐, 빌. 파도 소리가 들려."

란드는 고개를 옆으로 기울였다. 이젠 반쯤 열린 입속으로 혀까지 볼 수 있었다. 말라 버린 스펀지만큼이나 쪼글쪼글한 혓바닥이었다.

문득 사피로의 귀에도 소리가 들렸다.

모래 언덕의 소리였다. 그들은 일요일 오후의 해변을 노래했다. 모래사장에서의 낮잠, 꿈도 꾸지 않은 길고도 긴 낮잠. 온화한 휴식. 갈매기 노래 소리. 무심코 움직이는 입자들. 이동하는 둔덕. 사피로는 들었다……. 그리고 매료되었다. 모래 언덕에.

"이제 들리나 보군."

란드가 말했다.

사피로는 두 손가락을 코 안에 밀어 넣고 피가 날 때까지 후벼 팠다. 그리고 나서야 겨우 눈을 감을 수 있었다. 머릿속이 헝클어져 도무지 생각을 할 수가 없었다. 가슴이 쿵덕거렸다.

'란드처럼 될 뻔했어. 맙소사!……. 날 먹어치울 뻔했어!'

사피로는 눈을 떴다. 란드가 길고 황량한 백사장의 조가비가 되어 가고 있었다. 란드는 몸을 쭉 내민 채 죽지 않은 바다의 신비를, 언덕과 언덕과 언덕과 언덕을 내다보았다.

'더 이상은 싫어.'

사피로의 내면에서 신음 소리가 들렸다.

'아냐, 이 파도 소리를 한번 들어 보라고.'

모래 언덕이 속삭였다.

힘겨운 부정의 목소리에도 불구하고 사피로는 귀를 기울였다.

그리고 더 이상 부정하지 않았다.

사피로는 생각했다.

'앉아서 들으면 더 잘 들리겠지?'

사피로는 란드의 옆에 앉아 인도의 수도자 같은 자세를 취했다. 그리고 귀를 기울였다.

비치보이스의 노래가 들려왔다. 비치보이스는 「펀펀펀(fun fun fun)」을 부르고 있었다. 비치보이스는 해변의 소녀들이 다 네 것이라고 노래 불렀다. 그리고…….

바람의 공허한 한숨 소리가 들렸다. 귀가 아니라 우뇌와 좌뇌 사이의 깊은 골짜기에서 들려왔다. 의식과 무한의 세계를 잇는 뇌량의 구름다리, 그 아래 무저갱의 심연. 노래 소리. 갈증도 없고 열기도 없고 두려움도 없는. 그는 공허의 목소리를 듣고 있었다.

그리고 구조선이 도착했다.

구조선은 하늘에서 쏜살같이 내려왔다. 우주선의 연소 꼬리가 오른쪽에서 왼쪽으로 기다란 오렌지색 띠를 만들어 놓았다. 우레 같은 소리가 델타파 지형을 질주했고, 모래 둔덕 몇 개가 총 맞은 뇌처럼 무너졌다. 그 소리는 빌리 사피로의 머리도 강타했다. 사피로는 잠시 혼돈 상태에 빠졌다. 격랑에 휘말린 달팽이가 된 기분이었다.

그러고서 두 발로 일어섰다.

"구조선이야! 이런, 맙소사. 구조선이라고, 구조선!"

사피로가 외쳤다.

그 우주선은 상선이었다. 500년, 어쩌면 5000년 동안 고된 항해를 하고 있는, 더럽고 지친 배였다. 우주선은 대기를 가로질러 아무렇게나 미끄러져 내렸다. 사출가스가 모래를 태워 검은 유리로 만들어 버렸다. 사피로는 모래의 패배를 찬양했다.

란드는 깊은 잠에서 깨어난 사람처럼 사방을 둘러보았다.

"가 버리라고 해, 빌리."

"무슨 소리야? 이제 우린 살았다고!"

사피로는 비척거리며 허공을 향해 손을 휘둘렀다.

사피로는 타 버린 숲속을 뛰어다니는 캥거루처럼 더러운 상선을 향해 성큼 성큼 다가갔다. 사피로는 엉겨 붙는 모래들을 닥치는 대로 걸어찼다. 웃기지 마, 이 망할 년아. 이래 봬도 난 하노스빌에 임자가 있는 몸이라고. 모래한테는 애인이 없다. 백사장은 결코 발기할 수 없다.

상선의 선체가 갈라지며 트랩이 혓바닥처럼 내려왔다. 채집용 안드로이드 셋과 남자 하나, 그리고 선장으로 보이는 사내가 트랩을 따라 내려왔다. 하반신이 탱크 바퀴로 되어 있었고 문장이 새겨진 베레모를 쓴 사내가 선장처럼 보였다.

안드로이드 하나가 채집용 촉수를 흔들었다. 사피로는 촉수를 밀쳐 내고는 선장 앞에 무릎을 꿇었다. 그리고 선장의 죽은 다리를 대신하는 탱크 바퀴를 끌어안았다.

"모래 언덕……. 란드……. 바다는 없고……. 살아 있소……. 그에게 최면을 걸어……. 바보처럼……. 나는……. 오, 맙소사……."

강철 촉수가 사피로의 몸통을 휘감아 잡아당겼다. 마른 모래가 아래에서 키득키득 웃었다.

"괜찮다. 베이 앗 셀! 메! 메! 갓!"

선장이 말했다.

안드로이드가 사피로를 내려놓고 뒤로 물러섰다. 놈의 몸에서 덜거덕 소리가 들렸다.

"젠장, 겨우 연방 놈들 구하러 여기까지 온 거야?"

선장이 재수 없다는 듯 내뱉었다.

사피로는 눈물을 흘렸다. 아파서였다. 머리뿐만 아니라 배 속도 뒤틀렸다.

"이봐, 기 얏! 갓! 이자한테 물 좀 줘! 제기랄!"

앞에 있던 남자가 젖꼭지 모양의 저중력 물병을 내밀었다. 사피로는 병을 뒤집어 허겁지겁 빨아먹기 시작했다. 수정처럼 차가운 물이 목을 타고 내렸고, 턱을 적셨고, 뼈 색처럼 탈색된 제복 상의를 까맣게 물들여 갔다. 사피로는 숨이 막혀 구토를 한 다음 다시 물을 마셨다.

더드와 선장이 사피로를 노려보았다. 안드로이드들이 삐걱거렸다.

마침내 사피로가 입을 훔치며 일어섰다. 아프기도 하고 기운이 나기도 했다.

선장이 물었다.

"당신이 사피로인가?"

사피로가 고개를 끄덕였다.

"소속 연맹은?"

"그런 것 없소."

"ASN 번호는?"

"29."

"선원은?"

"셋이오. 하나는 죽고. 다른 한 명은, 란드는 저 위에 있소."

사피로는 눈도 돌리지 않고 손만 뻗었다.

선장의 표정은 변하지 않았고 더드 역시 마찬가지였다.

"모래에 취했소."

사피로가 말했다. 그들의 분명치 않은 표정에서 의아하다는 표정을 보았기 때문이다.

"쇼크인 모양이오……. 계속해서, 에…… 비치보이스 얘기만 해요……. 아, 몰라도 상관없는 이름이오……. 마시지도 먹지도 않으려고 합니다. 최악이죠."

"더드, 앤디를 보내 저자를 끌어내려."

선장이 고개를 저으며 말을 이었다.

"연방 우주선이라니, 맙소사. 사례금은 날 샜군."

더드가 고개를 끄덕였다.

잠시 후 더드는 안드로이드와 함께 끙끙거리며 둔덕을 오르고 있었다. 안드로이드는 따분한 유부녀를 후려 뒷돈이나 챙길, 스물다섯 살짜리 서퍼처럼 생겼지만 겨드랑이에서 비어져 나온 분절식 촉수뿐 아니라 병신 같은 걸음 때문에 정나미가 떨어질 판이었다. 그 걸음은 안드로이드의 공통 특징이있다. 느리고, 신중하고, 고통스러운 걸음은 그야말로 치질 걸린 노인네의 걸음 같았다.

선장의 계기판에서 부 하는 소리가 들렸다.

"무슨 일이야?"

"고메즈입니다, 선장님. 문제가 생겼습니다. 스캔과 원격 측정 결과 지표가 매우 불안정하다는 결과가 나왔습니다. 착륙에 필요한 암반이 전무합니다. 지금은 소협곡 지면에 의존하고 있고 가장 단단한 부위이기는 하지만, 문제는 그것마저 가라앉고 있습니다."

"그래서?"

"이륙해야 합니다."

"언제?"

"5분 전입니다."

"고메즈, 웃기지 말라고."

선장은 버튼을 눌러 통화를 끝내 버렸다.

사피로가 두 눈을 데굴데굴 굴리며 말했다.

"이봐요, 란드는 포기해요. 이미 틀렸소."

"둘 다 데려갈 거야. 구조 사례금은 못 받겠지만 연방에서 당신 둘 몸값이야 지불하겠지…… . 보니까 큰돈이 될 것 같지는 않지만 말이야. 미친 놈 하나에 얼뜨기 하나라…… ."

"아니…… 당신은 몰라요. 당신은…… ."

선장의 교활한 황색 눈이 번뜩였다.

"숨겨 둔 보물은 없어?"

"선장…… 이봐요…… . 제발…… ."

"있다면 말이야. 여기 두고 갈 이유가 없잖아. 그게 뭔지 어디에 있는지 말하라고. 7대 3으로 하지. 일반적인 구조 보상금이야. 이봐, 어디 가도 그 이상은 받기 어렵다고. 응? 이봐…… ."

갑자기 밑바닥이 기울어졌다. 경사는 확연했다. 상선 안쪽에서 경보음이 탁한 비명을 지르기 시작했다. 선장의 계기판에 있는 송신기는 다시 꺼져 버렸다.

사피로가 외쳤다.

"봐요! 이래도 모르겠소? 아직도 보물 운운할 거요? 젠장, 빨리 이곳에서 빠져나가야 한단 말이오!"

"닥쳐. 여기 있는 이 친구들을 시켜 당신을 조용하게 만들 수도 있다고."

선장의 목소리는 차분했지만 눈빛은 상당히 흔들렸다. 선장은 송신기를 눌렀다.

"선장님, 현재 경사는 10도 정도입니다만, 더 악화될 겁니다. 현재 엘리베이터가 경사도 때문에 불안정한 상태입니다. 시간이 많지 않습니다. 우주선이 전복될 우려도 있습니다."

"버팀쇠를 써 봐."

"소용없습니다, 선장님. 죄송하지만 안 됩니다."

"출발 준비를 하게, 고메즈."

"감사합니다."

고메즈의 목소리에 안도감이 가득 했다.

더드와 안드로이드가 둔덕을 따라 내려오고 있었다. 하지만 란드는 없었다. 그런데, 안드로이드가 점점 더 뒤처지더니 이상한 일이 벌어지고 말았다. 안드로이드가 앞으로 넘어진 것이다. 선장이 인상을 찡그렸다. 안드로이드는 안드로이드처럼 쓰러진 것이 아니었다. 말하자면 사람이 넘어지는 것에 가까웠다. 마치 누군가가 백화점에서 마네킹 위로 넘어진 것처럼 고꾸라졌다. 퍽. 그리고 그 주변에서 탈색된 모래가 구름처럼 일어났다.

더드는 돌아가 그 옆에 무릎을 꿇었다. 안드로이드의 다리는 여전히 움직이고 있었다. 1500만 개의 프레온 냉각 방식의 마이크로 회로의 명령을 받은 안드로이드는, 마치 꿈을 꾸듯 걸음을 멈추지 않았다. 이윽고 다리의 움직임이 잦아들며 삐걱거리는 소음을 뱉어 내더니 결국에는 멈춰 서고 말았다. 구멍이란 구멍은 모두 연기를 토해 냈고 촉수는 부들거리며 모래 바닥을 훑었다. 사람이 죽는 것보다 더 끔찍한 광경이었다. 결국 내부에서 부속들이 긁히는 소리가 들렸다. 그르르르르그그.

사피로가 낮은 소리로 말했다.

"모래에게 먹힌 겁니다. 놈들이 비치보이스의 저주를 내렸어요."

선장이 짜증난 표정으로 사피로를 보았다.

"멍청한 소리. 모래폭풍을 헤쳐 나가도 모래알 하나 안 들어가는 애들이야."

"이 세계에서는 안 통해요."

다시 협곡이 기울어졌다. 상선의 기울기가 더욱 뚜렷해졌다. 지대가 무게를 못 이겨 낮은 신음 소리를 흘렸다.

선장이 더드에게 소리쳤다.

"포기해! 포기해! 포기하라고! 기 얏! 즉시 돌아와!"

더드가 돌아왔다. 안드로이드는 모래 속에 얼굴을 파묻은 채 걷고 있었다.

"재수 옴 붙었군."

선장이 투덜거렸다.

선장과 더드는 피진어(가상의 우주 방언──옮긴이)로 빠르게 대화를 나누었는데 사피로도 어느 정도는 알아들을 수 있었다. 더드는 선장에게 란드가 따라오기를 거부했다고 말했다. 안드로이드가 란드를 들어올리려 했으나 힘에 부쳤다. 그때 벌써 안드로이드는 움직임이 둔해졌고 내부에서 이상한 잡음이 들리기 시작했다. 그리고 은하계 노천 채굴 좌표와 선장의 포크뮤직 테이프 리스트를 섞어 외우기도 했다. 그때쯤 더드도 란드에게 가까이 다가갔고 잠깐 동안 몸싸움을 벌였다. 자초지종을 들은 선장은, 뜨거운 태양 아래 삼 일 동안 서 있던 남자도 못 이긴다면 일등 항해사를 다시 구해야겠다고 으름장을 놓았다.

더드의 얼굴이 살짝 어두워지기는 했으나, 원래의 심각하고 신중한 표정은 여전히 흔들림이 없었다. 더드가 천천히 고개를 돌렸는데 뺨 위에 깊은 주름 네 줄이 드러났다. 점점 더 깊어져 가는 주름.

더드가 말했다.

"힘 갓 빅 인디즈. 스토롱 젠. 힘 갓 응비."

"응비 힘 젠?"

선장이 더드를 노려보았다.

더드가 고개를 끄덕였다.

"응비. 비얏 셀. 응비 젠."

사피로는 두 사람이 하는 말을 이해하기 위해 잔뜩 인상을 써야 했다. 그렇지 않아도 지치고 겁에 질린 머리인데 말이다. 응비. 미쳤다는 말이다. 제기랄, 그자 힘이 장사더라고요. 미쳐서 그래요. 고집도 강했고 힘도 강했어요. 미쳤으니까요.

고집? ……. 파도라고 해야 하나? 확신은 없었지만 아무래도 결론은 마찬가지였다.

응비.

기반이 다시 기울어졌고 사피로의 부츠에서도 모래가 피어올랐다.

등 뒤에서 산소 튜브 열리는 소리가 카퉁, 카퉁, 카퉁 하고 들렸다. 사피로는 평생 그렇게 멋진 소리를 들어 본 적이 없다는 생각을 했다.

선장은 깊은 생각에 잠겨 있었다. 우주의 켄타우루스. 하체가 말이 아니라 탱크 바퀴라는 사실이 다를 뿐이었다. 선장이 고개를 들더니 다시 송신기를 눌렀다.

"고메즈, 몬토야에게 마취총을 들려서 내려보내."

"알았습니다."

선장이 사피로를 보았다.

"결론은 하나야. 난 방금 네놈 10년 봉급에 맞먹는 안드로이드를 잃었어. 한마디로 엿 된 거지. 어떻게든 네놈 친구를 데려가겠다."

사피로는 입술만 핥았다. 이거야말로 최악의 선택임을 알고 있었다. 미치거나 신경질적이거나 겁먹은 것처럼 보이고 싶지는 않았지만, 선장은 사피로를 그렇게 보고 있었다. 이런 식으로 입술만 핥고 있으면 그런 인상을 인정하는 것뿐이었다……. 아무튼 사피로는 가만히 있을 수가 없었다.

"선장, 어떻게 해야 내 말을 믿겠소? 될 수 있는 대로 빨리 여길 떠야 해요."

"그럴 순 없어, 멍청아."

선장이 으르렁거렸지만 그래도 어조는 부드러웠다.

언덕 꼭대기에서 가느다란 비명 소리가 들렸다.

"건드리지 마! 가까이 오지 말라고! 그냥 내버려 둬, 제발!"

"빅 인디스 갓 웅비."

더드가 심각한 목소리로 말했다.

"마 힘, 예 몽."

선장이 대답하고는 사피로를 보았다.

"완전히 맛이 갔구만."

사피로는 몸을 부르르 떨었다.

"당신은 이해 못 해요. 저건……."

다시 기반이 흔들렸다. 버팀 장치가 더욱 커다란 비명을 질러 댔다. 송신기가 지직거렸고, 고메즈의 목소리도 약하고 불안정해졌다.

"지금 당장 이륙해야 합니다, 선장님."

"알았어."

갈색의 남자가 입구에 나타났다. 남자는 장갑 낀 손에 커다란 총을 들고 있었다.

"마 힘 젠. 칸?"

몬토야는 흔들리는 땅에도 전혀 흔들림이 없었다. 사실 땅이라기보다는 녹아서 유리가 된 모래에 지나지 않았다, 게다가 지금은 그 사이로 기다란 금까지 보였다. 버팀대의 신음 소리나, 제 발로 부지런히 무덤을 파고 있는 안드로이드의 기이한 행동에도 아랑곳하지 않았다. 몬토야는 묵묵히 선장이 가리킨 곳을 살폈다.

"칸."

몬토야가 대답했다.

"갓! 갓 젠!"

선장은 바닥에 침을 뱉었다.

"불알을 쏴 버려도 상관없어. 살아서 배에 타기만 하면 돼."

갑판장 몬토야가 총을 들어 올렸다. 몬토야의 동작은 장난 같았고 무심하기까지 했다. 하지만 사피로는 거의 패닉 상태임에도 불구하고, 몬토야가 총신을 들어 올리며 고개를 한쪽으로 젖히는 모습을 놓치지 않았다. 동맹에 속한 자들이 대개 그렇듯이, 총은 그에게 신체의 일부와도 같았다.

몬토야가 방아쇠를 당기자 풋! 하는 밋밋한 총성이 들렸다. 마취탄이 총신을 가르고 뛰쳐나갔다.

그때였다. 모래 언덕에서 손 하나가 나오더니 탄알을 낚아챘다. 그건 커다란 갈색 손이었고 부스스한 모래 손이었다. 손은 바람을 가르고 솟아올라 아무렇지도 않게 마취탄의 광휘를 순식간에 삼켜 버렸고, 다시 퍽 소리를 내며 무너져 내렸다. 이제 손은 없다. 있었다는 사실 자체도 믿기지 않았지만 분명 모두가 보았다.

"기디 험프."

선장이 옆 사람과 대화하듯 내뱉었다.

갑판장 몬토야가 무릎을 꿇었다.

"아이디 메이 젠. 빗 갓 컴! 사우 호 갓 벨레 갓 젠!"

사피로는 몬타야가 피진어로 로자리오의 기도를 외고 있음을 알 수 있었다.

언덕 위에서는 란드가 주먹을 휘두르며 껑충껑충 뛰어다녔다. 승리를 기뻐하는 것이었다.

'손이었어. 분명 손이었어. 란드가 옳았어. 사막이 살아 있어. 살아 있어, 살아……'

선장이 몬토야에게 소리쳤다.

"인디! 카닛! 갓!"

몬토야는 아무 대답도 하지 않았다. 그리고 껑충거리는 란드를 힐끗 보더니 이내 고개를 돌렸다. 얼굴에는 중세풍의 초자연적인 공포가 가득했다.

"좋아. 그만두자고. 출발해."

선장이 말했다.

선장은 계기반의 버튼 두 개를 눌렀다. 하지만 모터가 움직이지 않아 선장은 트랩 쪽으로 몸을 돌릴 수가 없었다. 모터는 그저 끽

끽거리고 삐걱거리는 신음 소리만 뱉어 낼 뿐이었다. 바닥이 다시 흔들렸다.

"선장님!"

고메즈였다. 겁에 질린 목소리.

선장이 다른 버튼을 때렸다. 그러자 바퀴는 후진으로 트랩을 오르기 시작했다.

선장이 사피로에게 말했다.

"안내해. 백미러가 없으니까 말이야. 분명히 손이었어. 그렇지?"

"예."

"여기서 나가야겠어. 선장이 된 지 벌써 14년이야. 하지만 이렇게 황당한 일은 처음이로군."

선장이 말했다.

펄썩! 둔덕 하나가 갑자기 입구 쪽으로 무너져 내렸다. 아니 그것은 둔덕이 아니라 팔이었다.

"젠장! 이런 제기랄!"

둔덕 위에서 란드가 껑충껑충 뛰어다니며 주먹을 휘둘러 댔다.

선장의 하체가 삐걱거리기 시작하더니, 탱크 바퀴가 흔들리며 미끄러지고 있었다. 선장의 머리와 상체를 지탱해 주는 하체가.

"이런……."

바퀴가 멈추며 그 사이에서 모래가 뿜어져 나왔다.

"날 들어 올려! 빨리! 빨리!"

선장이 남아 있는 안드로이드 둘에게 외쳤다.

안드로이드의 촉수가 탱크의 사슬 바퀴를 감아 들어 올렸다. 화가 난 아이들에게 막 보쌈을 당하는 선생처럼 너무나 우스꽝스러운 꼴이었다. 선장은 송신기를 눌렀다.

"고메즈! 최종 점화 장치! 서둘러! 빨리!"

트랩 끝의 둔덕이 꿈틀거리며 손으로 변하더니 경사면을 기어
오르기 시작했다.

사피로는 비명을 지르며 모래 손에서 달아났다.

선장도 욕설을 퍼부으며 달아났다.

트랩이 끌어올려졌고 손은 다시 무너져 모래로 변했다. 해치도
굳게 잠겼다. 엔진이 으르렁거렸다. 머뭇거릴 틈이 없었다. 일초
일각이 급했다. 사피로는 엉금엉금 벽 쪽으로 기어가 바닥에 바짝
엎드렸다. 의식을 잃기 전에 사피로는 근육질의 갈색 팔이 우주선
을 잡고 밑으로 끌어내리고 있다는 느낌을 받았다.

그리고 우주선은 높이, 멀리 날아갔다.

란드는 우주선이 떠나는 것을 보며 자리에 앉았다. 그리고 상선
의 사출 가스가 하늘 멀리 사라진 것을 보고 나서야 눈을 돌려 모
래 언덕들의 끝없는 향연을 바라보았다.

란드가 공허한 사막을 향해 캑캑거리며 말했다.

"우린 34호 왜건을 우디라고 부르지. 새 차는 아니야. 하지만
낡아도 쓸 만하다고.(댄과 제리의 노래 「서프 시티」의 가사——옮
긴이)"

그리고 천천히 아주 신중히, 란드는 모래를 한 줌 한 줌 입속에
밀어 넣기 시작했다. 란드는 삼키고, 삼키고…… 또 삼켰다. 곧
란드의 배는 불룩한 통이 되었고, 모래는 란드의 다리를 덮기 시
작했다.

사신의 이미지

"작년에 그걸 옮겼지요. 참 대단했어요. 직접 들어서 옮겨야 했거든요. 물론 손으로 했죠. 다른 방법으로는 안 됩니다. 그때 응접실에서 케이스에서 꺼내기도 전에 로이드사와 사고 보험 계약을 맺기도 한걸요. 우리가 원하는 가격에 계약을 해 준 유일한 회사였죠."

계단을 오를 때 칼린이 말했다.

스팽글러는 아무 말도 하지 않았다. 이 작자는 바보였다. 바보와 대화하는 유일한 방법은 무시하는 것이라는 사실은 오래 전부터 알고 있었다.

"25만 달러짜리 보험을 들었죠. 보험금도 만만치 않았어요."

이층 층계참에 도착하자 칼린이 다시 말을 시작했다. 입술이 살짝 비틀리면서 반쯤은 비웃는 듯하고 반쯤은 지적인 듯한 분위기를 만들어 냈다. 칼린은 키가 작았지만 뚱뚱한 편은 아니었다. 무테 안경에 가무잡잡한 대머리가 광택을 입힌 배구공처럼 반짝거렸다. 이층 복도의 적갈색 그림자를 수호하는 갑옷이 무심하게 두 사람을 지켜보았다.

기다란 복도였다. 스팽글러는 냉철한 전문가의 시선으로 벽과 벽에 걸려 있는 물건들을 훑어보았다. 사무엘 클라가트는 많은 양을 사들였지만, 안목이 좋지는 않았다. 1800대 후반에 자수성가한 기업 총수들이 대개 그렇듯이, 그 역시 기괴한 유화와 값비싼 소가죽으로 장정한 값싼 도색 소설과 시 선집, 흉측하게 생긴 조각상 따위를 찾아 닥치는 대로 전당포를 뒤지고 다녔다. 클라가트는 이런 것들을 예술이라고 생각했다.

이 위쪽의 벽에도 모조 모로코 휘장과 수많은 천사들을 배경으로 머리 위에 수많은 후광을 단 아기 예수를 안고 있는 수많은 마돈나와, 기이한 소용돌이 문양의 촛대들과, 요염한 미소를 띤 소녀가 타고 있는 괴상하고 망측한 샹들리에 등이 걸려 있었다. 아니 장식되어 있었다.

물론 그 늙은 해적이 썩 좋은 상품은 아니지만 몇 가지 흥미로운 물건을 찾아내기도 했다. 사무엘 클라가트 기념 박물관(안내인 동반 관람—성인 1달러, 어린이 50센트—개 같은)에 있는 물건 98퍼센트가 쓰레기라도 해도 여전히 2퍼센트는 남아 있는 것이다. 예를 들어 부엌 난로에 걸려 있는 쿰브스 장총이나, 거실에 있는 작고 묘한 모양의 카메라 옵스쿠라 등이 그것이다. 그리고 물론……

"사소한 문제가 생겨 델버 거울은 아래층에서 없앴습니다."

칼린이 문득 이렇게 말했다.

아마도 다음 계단 끝에 있는 무명인의 소름끼치는 초상화 때문에 아무 말이고 하고 싶었던 모양이다.

"다른 사건들도 있었지요. 욕이나 저주 같은 사소한 사건들 말입니다. 하지만 이번에는 실제로 거울을 파괴하려고 했습니다. 산드라 베이트라는 여자가 주머니에 돌멩이를 숨겨 가지고 들어온 겁니다. 다행히 돌멩이가 빗나가 프레임 귀퉁이만 살짝 긁혔습니다. 거울은 무사했고요. 그 베이트라는 여자한테는 형제가 하나……."

스팽글러가 조용히 말했다.

"나한테 1달러짜리 관람 안내까지 할 필요는 없소. 델버 거울의 역사는 잘 알고 있으니까."

칼린은 묘한 시선으로 스팽글러를 틀어 보며 말했다.

"놀라운 일 아닙니까? 1709년에는 영국 백작 부인이 있었죠……. 그리고 1745년에는 펜실베이니아의 융단 상인이 있었고……. 그리고 또……."

스팽글러가 다시 조용히 말렸다.

"그 얘기는 알고 있다고 했잖소. 내 관심은 세공 솜씨요. 그리고…… 진품인지를 가려내는 일이……."

"진품이라니요? 스팽글러 씨, 이건 전문가들이 보증한 것입니다."

스팽글러가 마른 목소리로 키득거렸는데 부엌 찬장에서 뼛조각이 굴러다니는 소리 같았다.

칼린이 한숨을 쉬며 말했다.

"라믈리어 스트라디바리우스도 그랬소."

"그렇긴 하군요. 하지만 어느 스트라디바리우스도 델버 거울의…… 기이한 위력을 갖진 못했습죠."

"그건, 그렇소. 그래요."

스팽글러는 다소 경멸적인 투로 대꾸했지만 칼린의 말을 인정할 수밖에 없었다. 스팽글러는 이제 칼린을 막을 방법이 없음을 깨달았다. 칼린은 고집이 있었고 그건 이 시대의 정신과 완전히 일치했다.

스팽글러와 칼린은 아무 말 없이 3층에서 4층으로 올라갔다. 무질서한 건축물의 꼭대기에 가까워지자 어두운 위층 전시관들은 열기로 뜨거웠다. 그리고 악취가 스멀거렸는데 스팽글러에게는 너무나 익숙한 냄새였다. 젊었을 때 이곳에서 일하면서 지냈으니 당연한 일일 것이다. 죽은 지 오래 된 나방 냄새, 회벽토를 뒤덮은 이끼와 스멀거리는 곰팡이 냄새. 그건 세월의 냄새였다. 박물관과 거대한 무덤에서는 흔한 냄새. 스팽글러는 죽은 지 40년 된 어린 소녀의 무덤에서도 이와 비슷한 냄새가 날 것이라고 생각했다.

이곳의 유물들은 정말로 싸구려 고물상처럼 난삽하게 쌓여 있었다. 칼린은 스팽글러를 데리고 대리석 조각들, 액자가 깨진 초상화들, 금으로 도금한 으리으리한 새장들, 그리고 고대의 2인승 자전거 시체 따위가 즐비한 미로를 뚫고 나갔다. 칼린은 벽 쪽으로 걸어갔고, 그곳에는 천장에 있는 들창으로 올라갈 수 있는 사다리가 놓여 있었다. 그리고 들창에는 녹슨 맹꽁이자물쇠가 매달려 있었다.

왼쪽에서 눈동자 없는 아도니스 모조상이 텅 빈 시선으로 두 사람을 노려보았다. 아도니스가 내민 팔목에 노란 띠가 걸려 있었다.

"출입 금지."

칼린이 말했다.

칼린이 재킷 주머니에서 열쇠 꾸러미를 꺼내 열쇠 하나를 고른 다음 사다리를 기어 올라갔다. 그리고 세 번째 발판에서 멈춰 섰다. 벗겨진 머리가 그림자에 숨어 희미하게 반짝였다.

"전 그 거울을 싫어합니다. 한 번도 좋아한 적이 없었죠. 거울을 보게 될까 봐 무서웠습니다. 어느 날 문득 그 거울에서…… 그 사람들이 본 것을 보게 될까 봐 겁이 났습니다."

스팽글러가 말했다.

"그 사람들이 본 건 자기 모습이었소."

칼린은 무슨 말을 하려다가 그만두고는 고개를 저었다. 그리고 목을 길게 뺀 채로 열쇠를 구멍에 집어넣으며 중얼거렸다.

"자물쇠를 바꾸든지 해야지. 이건 도무지…… 망할!"

갑자기 자물쇠가 튀어나오며 문고리에서 떨어졌다. 칼린은 허우적거리다가 간신히 사다리를 잡았다. 스팽글러는 떨어지는 자물쇠를 잡은 다음 칼린을 올려다보았다. 칼린은 사다리 꼭대기를 죽어라 붙들고 있었다. 어두컴컴한 그림자 속에서도 창백한 얼굴이 그대로 드러났다.

스팽글러가 다소 의아하다는 어투로 말했다.

"긴장했군요. 그렇죠?"

칼린은 아무 말도 하지 않았다. 마치 마비라도 된 것 같았다.

스팽글러가 말했다.

"내려와요. 어서요. 그러다 떨어지겠소."

칼린은 끝없는 수렁 위를 지나는 것처럼 발판을 꼭 끌어안고서

104

천천히 사다리를 내려왔다. 칼린은 발바닥이 땅에 닿은 후에야 다시 쫑알거리기 시작했다. 바닥에 활력을 불어 넣어 주는 전류라도 흐르는 것 같았다.

칼린이 말했다.

"25만 달러입니다. 아래층에서 저 위에까지 저…… 물건을 끌어올리기 위해 25만 달러짜리 보험을 든 거예요. 저 빌어먹을 쓰레기를 다락방 창고로 옮기기 위해 새 받침목과 도르래를 장만해야 했지요. 사실 저는 누군가의 손이 미끄러져 저놈이 수백만 조각으로 박살나 버리길 바랐죠. 그리고 기도했습니다."

스팽글러가 말했다.

"사실만 말해요. 사실 말이오, 칼린. 싸구려 소설, 싸구려 괴담, 싸구려 공포영화 이야기 말고 그저 사실만 듣고 싶소. 첫째, 존 델버는 영국의 엘리자베스 시대에 살았던, 노르만 혈통의 거울 장인이었소. 기구한 삶을 살다 갔지. 하지만 아무리 지워도 지워지지 않는 별표가 마룻바닥에 그려진 적도 없고, 점선 위에 피를 찍어써 내려간 유황 냄새 나는 일기도 없었소. 둘째, 그의 거울들이 수집가의 목표가 된 이유는 주로 훌륭한 공예 솜씨 때문이었소. 특히 크리스털 종류를 사용해, 보는 사람들의 눈에 가벼운 착시 현상을 일으키는 솜씨가 압권이었죠. 다소 특이한 내역이긴 하겠군요. 세 번째, 우리가 알고 있는 한 세상에 남아 있는 델버 거울은 다섯 개뿐인데, 그중 둘이 미국에 있소. 그 바람에 가격이 상상을 초월하오. 네 번째, 여기 있는 델버 거울과 런던 블리츠에서 파괴된 거울에는 다소 황당한 소문이 돌고 있소. 물론 과장과 착시와 우연의 일치 때문이겠지요."

칼린이 말했다.

"다섯 번째, 선생님은 제 말을 우습게 생각하시는군요."

스팽글러가 눈살을 찌푸리며 아도니스의 멍한 눈을 돌아보았다.

"산드라 베이트의 동생이 저 빌어먹을 거울을 들여다볼 때에도 전 관람객들을 이끌고 있었습니다. 겨우 열여섯 살밖에 안 된 고등학생이었죠. 전 그때 거울의 역사에 대한 설명을 마치고 그 완벽하다는 공예 솜씨와 거울의 완성도 따위를 주절거리고 있었습니다. 선생님이 그렇게나 강조하는 부분 말입니다. 그때 소년이 손을 들더니, '왼쪽 상단 모퉁이에 있는 얼룩은 뭐예요? 뭐가 묻은 것 같은데요?' 하고 묻더군요.

그러자 다른 아이가 무슨 뜻이냐고 물었죠. 그래서 베이트가 설명을 시작하려다가, 갑자기 멈추는 것이었습니다. 그 아이는 거울을 들여다보고 있었죠. 저 붉은 벨벳 가드로프까지 바짝 다가가서 말입니다. 그러더니 뒤를 돌아보더군요. 거울에서 누군가를 보았다는 겁니다. 검은 옷을 입은 남자가 바로 옆에 있었다고 했습니다. 그 아이가 말했죠. '남자 같았어요. 얼굴은 못 봤는데, 갑자기 사라졌어요.' 그게 다였습니다."

스팽글러가 말했다.

"계속하세요. 그 남자가 죽음의 사신이라고 말하고 싶은 거 아니오. 그렇지 않나요? 선택된 사람들이 거울에서 사신의 이미지를 본다? 이봐요, 이제 그만 집어치워요.《내셔널 인콰이어》는 엄청 좋아하겠군. 어디, 그 끔찍한 결말이나 들어 봅시다. 그래서 그 아이가 차에 치었습니까? 아니면 창밖으로 뛰어내렸나요? 그래서 어떻게 됐소?"

칼린은 황량한 목소리로 키득키득 웃었다.

"스팽글러 선생님, 그런 질문을 하시다니 의외군요. 조금 전에 두 번이나…… 델버 거울의 역사에 정통하다고 말씀하시지 않으셨던가요? 물론 끔찍한 결말은 없습니다. 한 번도 그런 적은 없었죠. '코이누르 다이아몬드' 나 '투탕카멘 무덤의 저주' 와 달리 《선데이》에 실리지 않는 이유가 바로 그 때문이죠. 그런 것들에 비하면 차라리 지루한 편이거든요. 안 그렇습니까?"

"아무튼 올라가 봅시다."

스팽글러의 목소리에는 짜증이 배어 있었다.

"그러죠."

칼린이 호기 있게 대답하고는 사다리를 올라가 들창을 밀었다. 문이 위쪽으로 넘어가면서, 어둠 속에서 덜컹 소리와 쿵 소리가 번갈아 들려왔다. 칼린이 먼저 그림자 속으로 사라졌고 스팽글러도 뒤를 따랐다. 눈동자를 잃은 아도니스의 시선이 아무도 모르게 그 뒤를 좇았다.

다락방은 터질 듯이 더웠다. 거미줄처럼 다각으로 갈라진 창 하나가 바깥의 햇살을 걸러내 방 안에는 뿌연 우윳빛이 가득했다. 거울은 나무 틀에 튼튼히 고정되어 있었고, 뿌연 햇빛을 그대로 토해 내 반대쪽 벽에 모호한 물방울 무늬를 만들어 냈다. 칼린은 거울 쪽을 보지 않았다. 보지 않으려 안간힘을 썼다.

"칼린 씨, 덮개도 씌우지 않았군요."

스팽글러의 목소리에 처음으로 노기가 서렸다.

"전 거울을 눈이라고 생각합니다. 제대로 항상 눈을 뜨고 있으면, 언젠가는 눈이 멀 수도 있으니까요."

칼린의 목소리는 여전히 건조하고 공허했다.

스팽글러는 칼린의 말을 무시해 버렸다. 스팽글러는 먼저 재킷을 벗어 뒤집어서 조심스럽게 개켰다. 그러고는 볼록한 거울 표면에 낀 먼지를 세심하게 닦아 나갔고 일을 마친 다음에야 뒤로 물러서서 거울을 살펴보았다.

진품이었다. 의심의 여지가 없었다. 아니, 의심은 처음부터 불가능했다. 거울은 델버의 천재성을 그대로 보여 주고 있었다. 등 뒤의 허접한 문, 자신의 모습, 칼린의 반쯤 외면한 옆모습까지, 모두가 너무나 선명하고 뚜렷해 마치 삼차원의 공간을 보는 느낌이었다. 하지만 거울의 미묘한 확대 효과로 영상에는 미묘한 굴곡도 느껴졌다. 마치 4차원의 공간 왜곡을 보는 기분이랄까? 그건 마치……

여기에서 생각이 끊어지며 스팽글러는 또 다른 형태의 분노가 치솟았다.

"칼린."

칼린은 대답하지 않았다.

"칼린, 이런 거짓말쟁이. 그 애가 거울을 망가뜨리지는 않았다고 했잖소!"

대답이 없었다. 스팽글러는 거울 속의 칼린을 차갑게 노려보았다.

"저 왼쪽 상단 모퉁이에 접착테이프가 붙어 있는데, 그 애가 깬거요? 맙소사, 어서 얘기해 봐요!"

"그건 죽음의 사신입니다. 접착테이프 따위는 없습니다. 만져 보시죠…… . 오, 신이여."

칼린이 대답했다. 목소리는 어두웠고 잔뜩 질려 있었다.

스팽글러는 코트의 소매로 조심스럽게 손을 감아 거울을 살짝 눌러 보았다.

"봐요. 귀신 따위는 없잖소? 사라졌어요. 내 손으로 가려 버렸다고."

"가려요? 테이프가 느껴지나요? 어디, 떼어내 보시죠?"

스팽글러는 천천히 손을 떼고 거울을 들여다보았다. 거울 속의 사물들이 좀 더 왜곡된 것처럼 보였다. 방의 기이한 각도들이 마치 어떤 이상한 세계로 빨려 들어가려는 것 같았다. 거울은 얼룩 하나 없이 완벽했다. 문득 얼토당토않은 두려움이 밀려들었으나, 얼른 고개를 저어 그 느낌을 지워 버렸다.

"사신처럼 보이지 않던가요?"

칼린이 물었다.

칼린은 마룻바닥을 내려다보고 있었는데, 얼굴이 무척이나 창백했고 목 근육도 발작적으로 떨렸다.

"아닙니까, 스팽글러 선생님? 선생님 등 뒤에 깊숙이 두건을 쓴 남자가 보이지 않았나요?"

"그건 그냥 접착테이프처럼 보였소. 그 이상도 그 이하도 아니었소."

스팽글러가 단호하게 부인했다.

"베이트는 무척 건장한 소년이었죠."

칼린이 얼른 끼어들었다. 그의 목소리는 마치 우물에 던진 돌멩이처럼, 방 안에 갇힌 덥고 답답한 공기를 흔들어 놓았다.

"풋볼 선수 같았습니다. 글자가 박힌 스웨터에 카키색 치노를 입고 있었죠. 우리가 위층의 전시실로 가고 있을 때였는데……."

"더워서 미치겠군."

스팽글러의 목소리가 왠지 흔들리는 것 같았다. 스팽글러는 손수건을 꺼내 목을 닦았는데, 눈동자로는 여전히 거울의 볼록한 표면을 훑고 있었다.

"그때 그 아이가 물을 마시고 싶다고 했습니다……. 세상에, 물을 말입니다."

칼린이 돌아서서 스팽글러를 노려보았다.

"설마 그런 일이 있을 줄이야. 전 짐작도 못 했지요."

"화장실이 있소? 아무래도 이거……."

"그 아이의 스웨터……. 내가 얼핏 본 것은 계단 아래로 내려가는 아이의 스웨터였죠……. 그런데……."

"……토할 것 같은데……."

칼린은 기억을 지우려는 듯 고개를 흔들더니 다시 바닥을 내려다보았다.

"물론이죠. 계단 2층으로 내려가서 왼쪽 세 번째 방이 화장실입니다."

칼린은 호소하는 눈으로 천장을 보았다.

"정말로 그런 일이 일어날 줄이야?"

스팽글러는 벌써 사다리를 내려가고 있었다. 몸무게 때문에 사다리가 크게 흔들렸다. 그리고 칼린은 스팽글러가…… 떨어져 버렸으면 좋겠다고 생각했다. 아니, 그러길 바랐다. 칼린은 네모난 들창으로 스팽글러가 내려가는 것을 바라보며 한 손을 가볍게 입에 갖다 댔다.

"스팽글러 선생님?"

하지만 스팽글러는 이미 가 버렸다.

칼린은 발소리 여운이 잦아드는 소리를 들었다. 잠시 후 그 소리마저 사라졌다. 발자국 소리가 사라지자 칼린은 부르르 몸을 떨었다. 칼린은 들창 쪽으로 발걸음을 옮기려 했으나, 얼어붙은 듯 뗄 수가 없었다. 마지막으로 본 그 아이의 스웨터……. 맙소사!

마치 거인이 머리를 들어올리기라도 한듯, 칼린은 의지와 상관없이 델버 거울의 깊고 깊은 어둠 속으로 시선을 돌렸다.

아무것도 없었다.

거울에는 방 전체가 그대로 담겨 있었다. 무한의 깊이로 빠져든 더러운 관. 문득 테니슨의 시가 떠올라 칼린은 무심코 시구를 외우기 시작했다.

"'이제 그림자가 지겨워,' 샬롯트의 여인이 말하였네……."

시선을 돌릴 수가 없었다. 침묵의 손아귀가 칼린을 잡고 있었다. 거울 한 귀퉁이에서 좀 먹은 물소 머리가 흑요석의 눈으로 칼린을 노려보았다.

소년은 물을 마시고 싶다고 했고 식수대는 일층 로비에 있었다. 소년은 계단을 내려갔다. 그리고…….

그리고 돌아오지 않았다.

영원히.

어디에도.

무도회에 가기 전에 거울 앞에서 치장을 하다 말고 진주목걸이를 찾으러 응접실로 갔던 백작부인처럼. 마차를 타러 갔다 단지 텅 빈 마차와 말 못 하는 말 두 마리만을 남겨 놓고 사라진 융단 상인처럼.

델버의 거울은 1897년부터 1920년까지 뉴욕에 있었고, 그곳에 서 크레이터 판사는…….

칼린은 최면에라도 걸린 듯 멍하니 거울의 표면을 응시했다. 아 래쪽에서는 눈 먼 아도니스가 여전히 칼린을 감시하고 있었다.

칼린은 스팽글러를 기다렸다. 베이트의 부모들도 아들을 그렇 게 기다렸을 것이다. 백작도 아내가 응접실에서 돌아오기를 얼마 나 기다렸던가? 칼린은 거울을 보며 기다렸다.

기다리고,

기다렸다.

노나

사랑하세요?

이렇게 묻는 그녀의 목소리가 들린다. 아직도 가끔씩 나는 그 소리를 듣는다. 꿈속에서.

사랑하세요?

그래. 나는 대답한다. 그래. 진정한 사랑은 변하지 않아.

그러고는 비명을 지르며 깨어난다.

지금도 어떻게 설명해야 할지 모르겠다. 나도 왜 내가 그런 일들을 저질렀는지 말할 수 없다. 재판정에서도 설명할 수가 없었다. 그 일에 대해 묻는 사람은 아직도 많다. 정신과 의사가 물어도 나는 입을 다문다. 내 입은 봉인되어 있다. 하지만 여기 이 방에서는 아니다. 난 침묵하지 않는다. 나는 비명을 지르며 깨어난다.

꿈속에서 나는 그녀가 다가오는 모습을 본다. 그녀는 거의 투명한 하얀 가운을 입고 있고, 갈망과 승리가 묘하게 섞인 표정을 짓고 있다. 그녀는 돌바닥의 어두운 방을 가로질러 내게로 온다. 문득 10월의 마른 장미 냄새가 난다. 그녀가 가슴을 열고 다가오고 나도 두 팔로 그녀를 안기 위해 다가간다.

불안, 혐오, 걷잡을 수 없는 욕망을 느낀다. 이곳이 어디인지를 알기에 두렵고 역겨우며, 그녀를 사랑하기에 나는 갈망한다. 영원히 그녀를 사랑할 것이다. 차라리 이 주에 사형 제도가 있다면 좋겠다. 좁고 침침한 복도를 걸어가면 곧은 등받이 의자가 나오고, 그 의자에 몸을 묶고 강철 헬멧을 쓴 다음…… 스위치만 내리면, 그녀와 함께 있을 수 있을 텐데…….

꿈속에서 그녀와 함께 있을 때 내 두려움은 커져 가시만, 그렇다고 그녀에게서 달아날 수는 없다. 나는 두 손으로 그녀의 부드러운 등을 끌어안는다. 실크 가운 속의 피부를. 그녀의 두 눈에 특유의 깊고 어두운 미소가 맺힌다. 그녀가 나를 보며 입술을 벌린다. 입맞춤을 준비하는 것이다.

바로 그때 그녀가 변하기 시작한다. 그녀는 늙어 간다. 머리카락이 거칠어지고 엉클어지며, 지저분한 갈색으로 탈색되기 시작한다. 온몸의 털이 자라 크림처럼 하얀 피부를 뒤덮는다. 눈에 잔주름이 늘고 더덕더덕 눈곱이 끼더니 두 눈에 흰자위가 줄어 급기야 두 개의 단춧구멍만 남는다. 그녀가 그 끔찍한 눈으로 나를 노려본다. 입은 주둥이가 되고 삐져나온 누런 덧니들이 쫑긋거리기도 한다.

비명을 지르고 싶다. 잠에서 깨어나고 싶다.

하지만 불가능하다. 나는 잡힌 것이다. 나는 영원히 잡혀 있을 것이다.

나는 악취 나는 거대한 쥐의 손아귀에 잡혀 있다. 요동치는 햇살. 10월의 장미. 어디선가 만종이 울린다.

"사랑해? 사랑해?"

괴물이 속삭인다. 놈이 얼굴을 들이대며 장미향을 내뿜는다. 납골당의 죽은 꽃잎들.

내가 괴물쥐에게 말한다.

"그래. 그래. 진정한 사랑은 변하지 않아."

그리고 비명을 지르며 잠에서 깨어난다.

그들은 우리가 저지른 죄악으로 내가 미쳐 버렸다고 생각한다. 하지만 나는 제정신이다. 다만 다른 식으로 생각할 뿐이다. 나는 대답을 포기해 본 적이 없고 여전히 어떻게 된 건지, 무슨 일이 있었는지 알고 싶다.

그들은 나에게 종이와 펠트펜을 주었다. 나는 모든 내용을 써야 한다. 아마도 그들의 질문에 대답할 수도 있고 어쩌면 내 의문을 일부나마 해소할 수도 있으리라. 그 일을 끝내면 뭔가 다른 것이 있다. 내가 가지고 있는지 그들은 모르는 것. 내가 훔쳐온 것. 여기 매트리스 아래에 있는 물건. 교도소 식당에서 훔쳐온 칼.

그래, 어거스타에 대한 이야기부터 해야 할 것 같다.

밤이다. 8월의 청명한 밤이 찬란한 별과 함께 쏟아지고 있다. 창문의 방충망을 통해 보고 있다. 손가락 두 개로 다 가려지는 운동장과 약간의 하늘만 허락된 창문이다. 더운 날씨. 나는 반바지만 걸치고 있다. 어디선가 개구리와 귀뚜라미의 여름 노래가 들려온다. 하지만 눈 한 번 감는 것만으로 겨울을 불러들인다. 그날 밤의 혹독한 추위, 황량함, 낯선 도시의 차갑고도 무뚝뚝한 불빛들. 2월 14일이었다.

보라. 난 모든 걸 기억하고 있다.

나는 내 팔을 본다. 땀으로 범벅이 된 팔. 잔뜩 소름이 돋은 팔.

어거스타…….

어거스타에게 도착했을 때 나는 거의 죽은 목숨이었다. 너무 추웠다. 맑은 날을 골라 대학에 안녕을 고하고 짐을 꾸렸다. 차를 얻어 타고 서쪽으로 떠날 생각이었다. 하지만 주를 벗어나기도 전에 추워서 얼어 죽을 지경이었다.

주 경계 도로에서 나를 걷어찬 경찰은 또 한 번만 히치하이킹을 하면 아예 박살을 내 주겠다고 으르렁거렸다. 사실 그 자식을 엿먹여서 어떻게 나오나 보고 싶은 충동도 없진 않았다. 4차선의 곧게 뻗은 간선도로는 마치 공항 활주로 같았다. 살을 에는 삭풍이 비명을 질러 대며 도로 갓길에 쌓아 놓은 눈 무덤들을 마구마구 휘저어 놓았다. 사프 T 자동차 유리 뒤에 숨은 익명의 사람들에게, 어두운 밤 붕괴된 도로에 서 있는 자는 강간범이나 살인자일 뿐이었다. 아니, 장발이라면 아동 성폭행자나 동성애자라고 생각했겠지만 말이다.

나는 진입로에서 다시 히치하이킹을 시도해 보았지만 소용이 없었다. 그리고 8시 15분쯤, 빠른 시간 내에 따뜻한 곳을 찾지 못하면 죽게 될 것이라는 사실을 깨달았다.

2.5킬로미터쯤 걸었을 때 202번 국도의 시 경계 안쪽에서 주유소 겸 식당을 하나 발견했다. 네온사인에 '조의 쉼터'라고 적혀 있

었다. 자갈이 깔린 주차장에는 대형 트레일러 세 대와 세단 하나가 주차되어 있었다. 식당 입구에 시든 크리스마스 화환이 걸려 있었지만 아무도 떼어 낼 생각을 않은 모양이었다. 그 옆에 걸린 수은주는 영하 15도를 가리키고 있었다. 하지만 내 귀를 막아 주는 것이라고는 머리카락뿐이었고 가죽 장갑 역시 여기저기 뜯어져 있었다. 손가락 끝이 마치 나뭇조각 같았다.

나는 문을 열고 안으로 들어갔다.

첫 느낌은 훅 하고 밀려드는 열기였다. 따뜻하고 기분 좋은 열기. 그 다음은 주크박스에 흘러나오는 힐리빌리 노래였다. 분명 멀 하가드의 목소리였다.

"우리는 머리를 단정하게 기를 거야. 펑크 머리는 샌프란시스코의 날건달들이나 하는 짓이지."

세 번째 느낌은 눈이었다. 만일 머리카락이 귀를 덮을 정도의 장발이라면 그 빌어먹을 눈길을 피할 방법은 없다. 사람들은 내가 라이언스 클럽이나 골프클럽, 참전용사회와 관련이 없음을 한 '눈'에 알아챈다. 누구나 그 눈을 알고 있다. 하지만 결코 그 눈에 편해질 수 없다.

그런 눈빛을 던진 사람들은 같은 부스에 들어앉은 트럭 기사 넷과 카운터에 있는 트럭 기사 둘, 싸구려 모피 코트에 머리를 파랗게 염색한 노파 둘, 요리사, 그리고 양손에 비누거품을 묻힌 얼뜨기 꼬마였다. 카운터 맨 끝에 한 소녀가 앉아 있었지만 그녀는 커피 잔만 노려보고 있었다.

그리고 네 번째 느낌을 준 대상이 바로 그 소녀였다.

나는 첫눈에 반하는 사랑 따위를 믿을 만큼 어리지도 어수룩하지도 않다. 그런 건 로저스와 해머스타인이 별과 달의 운율을 맞추다 만들어 낸 헛소리에 지나지 않는다. 무도회 같은 곳에서 서로에게 폭 빠져 있는 애송이들이나 믿을까?

하지만 그때 난 그녀를 보는 것만으로도 가슴이 뛰었다. 아무리 무뚝뚝한 사람도 그녀를 본 순간만큼은 어쩔 수 없을 것이다. 그녀는 참을 수 없을 만큼 아름다웠다. 물론 그 가게에 있는 사람들 모두 나와 마찬가지였을 것이며, 내가 들어오기 전에는 그녀 역시 그 '눈'에 농락당했을 것이 분명했다. 그녀의 머리카락은 숯처럼 까맸는데, 어찌나 까맣던지 그 짙은 숯에서 푸른 기운마저 느껴질 정도였다. 머리카락은 가죽 롱코트 위로 아무렇게나 흘러내렸다. 피부는 눈처럼 하얐고 피부 밑으로 옅은 홍조가 은은하게 묻어 나왔다. 그리고 냉기도 배어 나왔다. 검고 풍성한 눈썹, 살짝 치켜 올라간 눈, 굳게 닫힌 입술, 곧게 뻗은 귀족풍 코. 각선미는 알 수 없었지만 아무래도 좋았다. 아니, 누구라도 그렇게 생각했으리라. 그녀에게 필요한 건 단지 그 표정이었고 머리카락이었고 눈빛이었다. 그녀는 특별했다. 그리고 그 단어 외에 달리 그녀를 표현할 방법은 없다.

노나.

나와 그녀 사이에는 의자가 두 개 놓여 있었다. 요리사가 내게 다가왔다.

"주문하시겠어요?"

"블랙커피."

요리사는 커피를 가지러 갔다. 등 뒤에서 누군가의 목소리가 들렸다.

118

"아냐, 난 예수님이 부활했다고 생각해. 그 분은 돌아오실 거라고 엄마가 항상 그랬거든……."

주방에서 설거지를 하는 얼간이가 쿡쿡거리며 웃었다. 카운터에 앉은 트럭 기사도 함께 웃었다.

요리사가 커피를 가지고 돌아와 카운터 위에 쾅 하고 내려놓았다. 그 바람에 손등에 뜨거운 커피가 쏟아졌고 나는 깜짝 놀라 손을 뺐다.

"미안."

요리사는 그게 무슨 대수냐는 듯 내뱉었다.

"거럼, 금방 나을 거구먼."

부스에 있는 트럭 기사 하나가 맞장구를 쳤다.

푸른 머리의 쌍둥이 노파들이 계산을 하고는 서둘러 자리를 떴다. 거리의 무법자 중 한 명이 어슬렁거리며 다가와 주크박스에 동전을 넣었다. 존 캐시가 노래를 부르기 시작했다. 「수라는 이름의 소년」이라는 노래였다. 나는 커피를 후후 불었다.

누군가 내 소매를 잡았다. 고개를 돌려보니 노나였다. 노나가 비어 있는 의자로 자리를 옮긴 것이다. 얼굴을 가까이서 보자 눈이 멀 것만 같았다. 나는 커피를 조금 더 쏟고 말았다.

"미안해요."

노나의 목소리는 낮았고 높낮이도 없었다.

"제 잘못입니다. 아직 정신이 없어서."

"전……."

노나가 말을 멈추었는데 언뜻 보기에도 당혹스러운 표정이었다. 문득 그녀가 두려워하고 있음을 알 수 있었다. 첫 느낌이 구체화되고 있었다. 노나는 자신을 보호하고, 돌봐 주고, 두렵지 않게 지켜 줄 사람이 필요했던 것이다.

"차가 필요해요. 저 사람들한테 부탁하기는 무서워서요."

노나가 황급히 말을 마쳤다.

노나는 아주 미미한 몸짓으로 부스 안의 트럭 기사들을 가리켰다.

물론입니다. 커피를 마저 드세요. 밖에 기가 막힌 캐딜락이 기다리고 있습니다. 이렇게 말할 수만 있다면 나는 어떤 짓이든, 말 그대로 어떤 짓이든 할 수 있을 것 같았다. 하, 그런 마음을 당신들한테 어떻게 이해시켜야 할지 모르겠군. 불과 열 단어도 안 되는 그녀의 말, 그리고 그보다 적은 내 대답……. 그런 내가 그런 반응을 보였다는 게 미친 소리처럼 들릴 것이다. 하지만 난 정말로 그랬다. 그녀를 바라보는 건, 모나리자나 밀로의 비녀스가 부활한 모습을 보는 것과 다를 바가 없었다. 아니, 사실 그 이상이었다. 마치 누군가 내 인생의 혼돈 속에 강력한 불빛을 불쑥 들이민 기분이었다. 노나가 눈이 돌아갈 만한 미인이고, 또 내가 여자라면 사족을 못 쓰는 부류에 재치 있고 매력 있는 타입이라면, 상황은 정말로 뻔했을 수도 있었겠지만, 그녀도 나도 그런 부류가 아니었다. 당시 나는 꼭 필요한 것이 없다는 사실만으로도 그 자리에서 혀를 깨물고 싶은 심정이었다.

내가 말했다.

"저 역시 히치하이킹을 하고 있어요. 주간 고속도로에서 경찰에게 쫓겨나고 추위를 피해 여기에 온 것뿐이에요. 죄송합니다."

"대학생인가요?"

"그랬었죠. 쫓겨나기 전에 그만뒀습니다."

"고향으로 가시는 중이세요?"

"돌아갈 집 따윈 없어요. 고아예요. 장학금으로 학교에 다녔죠. 이제 그것마저 날리고 갈 곳도 없는 신세군요."

세상에, 불과 네 문장으로 내 인생이 요약될 정도라니! 문득 헛된 내 인생에 건배라도 들고 싶다는 생각이 들었다.

노나가 웃었다. 웃음소리 하나만으로도 세상은 천국이 되나니!

"신세 처량한 두 마리 고양이로군요."

노나는 고양이라고 했다. 분명히 그랬다. 하지만 지금 곰곰이 생각해 보니 어쩌면 쥐새끼라고 했을지도 모른다는 생각이 든다. 신세 처량한 두 마리 쥐새끼? 고양이하고 쥐새끼는 차원이 다르지 않은가?

내가 막 내 최대의 화술을, "외기러기보다는 났군요."라는 식의 재치를 써먹으려 할 때 누군가가 내 어깨를 건드렸다.

돌아보니 부스에 앉아 있던 트럭 기사 중 하나였다. 뺨에 짧은 금색 수염이 있는 자였다. 트럭 기사는 입으로 이쑤시개를 질겅질겅 씹고 있었다. 그에게서 엔진오일 냄새가 났는데 스티브 딕코의 그림에 나오는 인물 같았다.

"두 사람, 커피는 다 마신 것 같은데."

트럭 기사가 말했다. 그가 씩 웃자 성냥개비 주위로 입술이 벌어졌다.

"예?"

"대삐리 냄새가 진동을 해서 말이야. 너 대삐리 맞지? 주둥아리만 얍삽한 종자들 말이다."

"당신이라고 장미 냄새가 나는 건 아니요. 면도라도 하면 모를까. 엔진오일이라도 좀 바르고 말이요."

트럭 기사는 내 뺨을 세게 내리쳤다. 하늘에 별이 반짝였다.

"여기서 싸우지 마! 한 판 붙을 거면 나가서 하라고."

요리사가 외쳤다.

"나와, 이 빌어먹을 대삐리 놈아."

트럭 기사가 말했다.

그쯤에서 노나가 무슨 말이라도 할 줄 알았다. "그 사람 괴롭히지 말아요!" 아니면 "이 나쁜 놈아!" 같은 것 말이다. 하지만 그녀는 아무 말도 하지 않았다. 오히려 눈을 동그랗게 뜨고 우리 둘을 바라볼 뿐이었다. 무서웠다. 그때 처음으로 그녀의 눈이 소름끼칠 정도로 크다는 사실을 깨달았다.

"따끔한 맛을 보여 주지."

"아니, 그다지 쉽지는 않을 거다, 꼬마야."

어디서 그런 용기가 났는지는 모른다. 나는 싸우고 싶지도 않았고 싸우는 재주도 없었다. 아니, 심지어 욕도 잘 못했다. 하지만 그때는 정말로 화가 났다. 너무나 화가 나서 그를 죽이고 싶다는 생각까지 들었다.

그자는 그저 가벼운 화풀이 대상이 필요했을 것이다. 그래서인지 상대를 잘못 골랐는지도 모른다는 가벼운 혼란이 트럭 기사의 얼굴에 스쳤다. 하지만 그런 표정은 무의식적인 반응인지라 금세 사라져 버렸다. 엉덩이를 닦기 위해 깨끗한 크리넥스나 찾을 연약한 먹물 앞에서 물러설 생각은 전혀 없었을 것이다. 적어도 친구들 앞에서는 그럴 수 없었을 것이다. 명색이 도로의 무법자라고 불리는 트럭 기사 아닌가?

울화가 다시 치밀기 시작했다. 꼬마? 꼰대? 도무지 화가 나서 참을 수가 없었다. 그리고 그 기분이 좋았다. 내 입에서도 걸쭉한 욕지거리들이 쏟아져 나왔고 뱃심도 두둑해졌다.

우리는 문 쪽으로 걸어갔다. 트럭 건달들이 자리에서 일어서며 저마다 손가락 뼈마디를 꺾는 소리를 냈다.

노나? 나는 노나를 떠올렸지만 그렇다고 특별히 걱정이 되지는 않았다. 나는 노나가 떠나지 않을 것임을 알고 있었다. 노나는 나를 응원해 줄 것이다. 그건 의심의 여지가 없었다. 밖이 추울 것이라는 사실만큼이나 분명했다. 만난 지 5분밖에 안 된 여자에 대해 그런 확신이 들다니 이상한 일이었다. 하지만 나는 나중에도 그 일에 대해서는 생각하지 않았다. 내 마음은 짙은 분노의 안개에 사로잡혀 있었다. 아니, 거의 미쳐 있었다. 피 냄새가 났다.

추위는 어찌나 차갑고 혹독한지 마치 몸을 칼로 후벼 파는 것 같았다. 주차장의 얼어붙은 자갈들이 트럭 기사의 두툼한 부츠와 내 구두 밑에서 자근거리는 소리를 냈다. 둥글게 부풀어 오른 보름달이 늘쩍지근한 시선으로 우리를 내려다보았다. 희미하게 달무리가 져 있었는데 눈보라라도 치려는 모양이었다. 하늘은 칠흑 같은 것이 마치 지옥의 밤 같았다. 주차된 트럭들 너머로 전봇대 높이 걸린 가로등의 단조로운 조명이 우리 등 뒤로 짧은 그림자를 만들어 놓았다. 우리 두 사람의 호흡이 대기 속에 하얀 안개를 쉴 새 없이 뱉어 냈다. 트럭 기사가 돌아서며 장갑 낀 주먹을 가볍게 휘둘렀다.

"좋아, 멍청한 대삐리 자식."

나는 내 몸이 커지는 것을 느꼈다. 온몸이 부풀어 오르는 듯했다. 평생 한 번도 경험해 보지 못한 무형의 기운으로, 내 이성은 마비되고 소멸되어 갔다. 끔찍한 기분이었지만, 내 몸은 그 기운을 받아들였고, 또 갈망했다. 그리고 마지막 순간, 나는 돌 피라미드나 사이클론이 되어 내 앞을 가로막는 모든 것을 쓸어 버릴 수 있을 것 같았다. 트럭 기사는 작고, 하찮고, 우스꽝스러워 보였다. 나는 그를 비웃어 주었다. 웃어 주었다. 그리고 그 비웃음 소리는 끔찍한 하늘만큼이나 어둡고 황량하게 들렸다.

트럭 기사는 주먹을 휘두르며 다가왔다. 그의 오른손 펀치와 왼손 펀치에 얼굴을 맞았지만 아무런 느낌도 나지 않았다. 나는 트럭 기사의 배를 걷어찼다. 트럭 기사의 입에서 하얀 안개가 뿜어져 나왔다. 그리고 배를 움켜쥐고 기침을 하면서 뒷걸음질 쳤다.

나는 농가의 개가 달을 보며 울부짖는 것처럼 웃으면서 트럭 기사를 쫓아갔다. 트럭 기사가 미처 몸을 돌리기도 전에 나는 세 번이나 연거푸 그를 공격했다. 목, 어깨, 붉은 귀를.

트럭 기사는 두들겨 맞는 강아지처럼 낑낑댔다. 트럭 기사가 휘두르는 주먹이 내 코를 스치고 지나갔다. 나는 치솟는 분노를 그대로 실어 힘껏 트럭 기사를 걷어차 버렸다. 온 힘을 다해 떡메를 휘두르는 기분이었다. 운전사는 밤하늘에 대고 소리를 질렀고, 나는 갈비뼈가 우두둑 부러지는 소리를 들었다. 트럭 기사가 몸을 웅크렸고 나는 또다시 달려들었다.

재판에서 어느 트럭 기사가 그때의 내 모습이 마치 야수 같다고 증언했는데, 그건 사실이다. 기억이 완전하지는 않지만 그 모습만큼은 또렷하게 그릴 수 있다. 나는 개처럼 으르렁거리며 놈을 물고 늘어졌다.

나는 트럭 기사를 깔고앉아 기름진 머리카락을 움켜쥐고 트럭 기사의 얼굴을 자갈 위에 마구 문질러 댔다. 가로등의 평온한 불빛 아래 트럭 기사의 피가 마치 딱정벌레의 피처럼 까맣게 보였다.

"맙소사, 그만둬."

누군가가 소리쳤다.

사람들이 내 어깨를 붙잡아 놈에게서 떼어 냈다. 눈앞에서 얼굴들이 빙빙 돌았다. 나는 그 사람들에게도 주먹을 휘둘렀다.

트럭 기사는 엉금엉금 달아나려 했다. 피의 마스크 같은 얼굴에서 두 눈이 무척이나 혼란스러워 보였다. 나는 다른 사람들을 뿌리치며 트럭 기사를 다시 걷어차기 시작했다. 그를 죽일 생각이었다. 그러고는 다른 사람들도 죽일 생각이었다. 노나를 제외한 모두를 말이다.

나는 트럭 기사를 차고 또 찼다. 어깨너머로 나를 바라보는 트럭 기사의 표정은 당혹감 그 자체였다.

"형님, 형님, 살려 주세요. 제발, 제발요……."

트럭 기사가 까마귀 우는 소리를 냈다.

나는 놈의 옆에 무릎을 꿇었다. 얇은 청바지 밑에 깔린 자갈 때문에 무릎이 아파 왔다.

"그래, 아가야. 내가 네 형님이고말고."

내가 속삭였다.

나는 두 손으로 트럭 기사의 목을 졸랐다.

다시 세 명이 한꺼번에 달려들어 나를 떼어 냈다. 나는 자리에서 일어나 씩 웃는 표정을 지으며 그들에게 한 발짝씩 다가갔다.

모두들 덩치가 컸지만 두려움으로 얼굴이 사색이 되어 뒤로 주춤했다.

그것으로 끝이었다.

그 순간 야수의 기운이 사라지며 난 본모습으로 돌아왔다. 나는 힘들게 숨을 헐떡이며 메스껍고 두려움에 휩싸인 채 조의 식당 주차장에 서 있었다.

나는 눈을 돌려 식당 안을 보았다. 여자는 그곳에 있었다. 아름다운 두 눈에 승리의 기쁨을 가득 담은 채 말이다. 노나는 마치 올림픽 금메달을 딴 검둥이들처럼 어깨 높이로 주먹을 들어 올려 내 승리를 축하해 주었다.

나는 땅에 처박혀 있는 사내를 보았다. 트럭 기사는 아직도 엉금엉금 기어 다녔다. 내가 다가가자 겁에 질린 눈동자를 쉴 새 없이 굴렸다.

"이제, 그만 해!"

트럭 기사의 친구가 외쳤다.

나는 그 사람들을 보았다.

"미안합니다……. 이렇게까지 할 생각은 없었는데……. 아무튼……."

"여기서 꺼져. 어서. 경찰을 부르겠다."

요리사였다. 요리사는 한 손에 주걱을 들고 계단 아래 서 있었다. 그 뒤로 노나의 모습이 보였다.

"이봐요, 시비를 건 것은 저자였소. 저자가……."

요리사가 뒤로 물러나면서 말했다.

"입 닥쳐, 이 개자식아. 내가 아는 건 네가 저 친구를 죽도록 패

주었다는 것뿐이야. 경찰을 부를 수밖에 없어!"

요리사가 안으로 뛰어갔다.

나는 누구에게랄 것도 없이 중얼거렸다.

"알았어요. 좋아요. 좋아, 떠나겠소."

가게 안에 가죽 장갑을 두고 나왔지만 그것조차 허용하지 않을 분위기였다. 나는 두 손을 주머니에 쑤셔 넣고 주경계 진입 도로 쪽으로 걷기 시작했다. 경찰에게 잡히기 전에 차를 얻어 탈 확률이 얼마나 될까? 10분의 1? 귀가 얼어붙었고 배도 아프기 시작했다. 죽이는 밤이로군.

"기다려요! 이봐요, 잠깐만요!"

나는 뒤를 돌아보았다. 노나였다. 노나가 아름다운 머리를 휘날리며 나를 향해 달려오고 있었다.

"정말 멋있었어요! 죽였다고요!"

노나가 말했다.

"내가 너무 심했어요. 그런 적이 한 번도 없었는데……."

내가 멋쩍게 말했다.

"난 당신이 그자를 죽였으면 했는걸요!"

나는 노나를 바라보았다. 불빛이 너무나도 차가웠다.

"당신이 들어오기 전에 나한테 하는 얘길 못 들어서 그래요. 징그럽고 더러운 웃음을 흘리면서 이렇게 말했어요. 이런, 이런, 이 깜깜한 밤에 천사께서 나타나셨군! 자기, 여긴 웬일이셔? 차 타고 싶은 거야? 날 태워 주면 차야 얼마든지 태워 주지. 개자식들!"

노나는 어깨너머를 돌아보았는데, 검은 두 눈에서 나오는 불길이 아예 그들 모두를 태워 죽일 것만 같았다. 그녀가 돌아보았다.

내 마음속에서 문득 야수의 불씨가 되살아나는 것 같았다.

"내 이름은 노나예요. 당신하고 함께 가겠어요."

나는 두 손으로 머리카락을 마구 쥐어뜯었다.

"어디로요? 감방으로 말입니까? 아마 나를 태워 주는 사람은 주 경찰밖에 없을 겁니다. 저 주방장 정말로 경찰을 부를 거예요."

"내가 차를 잡을게요. 당신은 뒤에 서 있으면 돼요. 쉽게 잡을 수 있어요. 예쁜 여자라면 다들 태워 주잖아요?"

난 그 사실을 반박할 수도 없었고 그러고 싶지도 않았다. 첫눈에 반해서? 아닐지도 모른다. 하지만 무언가가 있다. 의미는 모르겠지만.

"여기요. 이거 놓고 가셨죠?"

그녀가 장갑을 내밀었다.

그녀는 안으로 들어간 적이 없었다. 즉, 내내 장갑을 들고 있었다는 말이다. 나와 함께 갈 것을 예상했단 말인가? 문득 묘한 느낌이 들었다. 장갑을 낀 다음 우리는 고속도로 진입 램프를 향해 걸었다.

히치하이킹에 대해서는 그녀가 옳았다. 우리는 램프에 들어오는 첫차를 잡아탈 수 있었다.

기다리는 동안 우리는 거의 아무 말도 하지 않았다. 하지만 느낌은 그 반대였다. 초감각적 지각 따위에 대해 헛소리를 지껄일 생각은 없다. 무슨 말인지 이해하리라 믿는다. 정말로 사랑하는 사람과 함께 있거나 이니셜로 불리는 알약을 복용해 본 경험이 있다면, 이런 기분을 느껴 보았을 것이다. 말 따위는 아무 필요도 없었다. 하고 싶은 말은 고주파의 정서적 흐름을 통해 전달되고 대답은 그저 어깨 한 번 으쓱해 주면 그만인 것이다. 우리는 물론 서로 모르는 사람이었다. 내가 알고 있는 것은 그녀의 이름뿐이고 돌이켜보면 난 내 이름조차 말한 적이 없는 것 같다. 하지만 우린 마음으로 말했다. 사랑이라고 말할 생각은 없다. 그 사실을 확인하고 싶지는 않지만 아무튼 해야 할 일이다. 나는 우리의 관계를 그 단어로 더럽히고 싶지 않다. 사랑이라고 하기에는 너무나 끔찍한 관계. 캐슬록, 그리고 꿈……

고음의 윙윙대는 소리가 커졌다 작아졌다 하면서 밤의 차가운 고요를 가득 채웠다.

"구급차 같네요."

내가 말했다.

"네."

다시 침묵. 구름이 두터워지며 달빛이 점점 탈색되어 갔다. 달무리는 여전했다. 밤이 끝나기 전에 눈이 몰아칠 모양이었다.

가로등 불빛들이 언덕 여기저기를 찔러 댔다.

나는 노나의 등 뒤에 가만히 서 있었다. 노나가 머리카락을 쓸어 올릴 때마다 아름다운 얼굴이 보였다. 자동차 불빛이 램프를 향해 다가오는 것이 보였다. 문득 이 모든 것이 너무나 비현실적이라는 생각이 들었다. 이렇게 아름다운 여자가 나를 동행으로 선택했다는 사실 자체가 비현실적이었고, 한 사내를 병원에 실려 갈 정도로 두들겨 팼다는 사실이 비현실적이었고, 내일 아침이면 감옥에 갇혀 있을 것이라는 사실이 너무나 비현실적이었다. 비현실적. 나는 거미줄에 갇힌 기분이었다. 하지만 누가 거미란 말인가?

노나가 엄지를 추켜올렸다. 시보레 세단이 우리를 지나쳐 버렸다. 난 그 차가 그렇게 달아나리라고 생각했는데, 잠시 후 후미등이 반짝거렸고 노나가 내 팔을 잡아끌었다.

"자, 잡았어요!"

노나는 어린애처럼 웃었고 나도 웃어 주었다.

사내는 열심히 몸을 빼서 노나에게 문을 열어 주었다. 차내등이 켜졌고 남자의 얼굴이 보였다. 덩치가 상당한 남자였다. 값비싼 낙타 모피 코트를 입었는데 모자 끝으로 흰머리가 듬성듬성 드러났다. 좋은 음식 탓에 곱게 늙은 부잣집 나리. 사업가나 세일즈맨? 남자는 혼자였다. 남자가 나를 보더니 흠칫했다. 하지만 다시 기어를 넣고 내빼기에는 한두 박자 늦어 버렸다. 그러니까 처음부터 우리 둘을 보았고, 당연히 처음부터 이 젊은 친구들을 태워 줘야겠다고 생각한, 말 그대로 인자한 노인네가 되기로 한 것이다.

노나가 남자의 옆에 앉고 나는 노나의 옆으로 들어갔다.

남자가 인사를 건넸다.

"춥네요."

"정말 추운 밤이에요. 고맙습니다!"

노나가 부드러운 목소리로 말했다.

"예. 감사합니다."

내가 말했다.

"천만에요."

그리고 우리는 출발했다. 사이렌 소리도, 엿 먹은 트럭 기사들도, 조의 식당도 뒤로 멀어지고 있었다.

주 경계에서 걸어차인 시간이 7시 30분이었다. 이제 겨우 8시

30분이었다. 어떻게 짧은 시간에 이렇게 많은 일을 하고 많은 일을 겪을 수 있는지, 정말로 놀라울 따름이었다.

우리는 어거스타 톨게이트를 알리는 노란 불빛 속으로 들어가고 있었다.

"어디까지 갑니까?"

남자가 물었다.

난감한 질문이었다. 처음에는 키터리까지 가서 교편을 잡고 있는 친구를 만날 생각이었다. 사실 지금도 그 친구는 내게 남은 유일한 해결책이었다. 내가 입을 열려고 할 때 노나가 먼저 말을 꺼냈다.

"캐슬록에 가려고요. 루이스턴 오번 남서쪽에 있는 작은 마을이에요."

캐슬록. 기분이 묘했다. 한때 인연이 있었던 곳이다.

한때 캐슬록과 잘 지냈던 때가 있었다. 하지만 그건 에이스 메릴이 날 엿 먹이기 전이었다.

남자는 차를 세우고 표를 끊은 다음 다시 차를 몰았다.

"난 가디너까지만 가네. 다음 출구지. 하지만 거기라면 차를 쉽게 잡을 수 있을 걸세."

남자가 말했다. 능숙한 거짓말이었다.

"고맙습니다. 이렇게 추운데 태워 주셔서 너무 고마웠어요."

노나가 말했다. 아까처럼 부드러운 목소리였다.

나는 노나의 감정파가 네거티브 쪽으로 핸들을 꺾는 것을 느낄 수 있었다. 노골적이고도 악의적인 분노. 소름이 끼쳤다. 그건 마치 선물 상자 안에서 들려오는 재깍재깍 초침 소리에 소름이 끼치는 것과 같았다.

"내 이름은 블란세트일세. 노만 블란세트."

남자는 악수를 청했다.

"세릴 크레이그예요."

노나가 우아하게 남자의 손을 맞잡았다.

나도 눈치를 채고 가짜 이름을 댔다.

"만나서 반갑습니다."

남자의 손은 부드럽고 통통했다. 손 모양을 한 뜨거운 물병을 잡는 기분이었다. 께름칙한 느낌이었다. 추운 겨울에 어린 여자애 하나를 차에 태우고 모텔 방에서 한두 시간 뒹군 다음 차비나 톡톡히 챙겨 줄 생각을 하는, 더러운 늙은이의 차를 얻어 탔다는 사실이 께름칙했다. 지금은 두툼한 손을 내밀고 있지만, 그때 만일 나 혼자였다면 이자 역시 뒤도 돌아보지 않고 달아났을 것이라는 생각에 께름칙했고, 우리를 가디너 출구에 떨어뜨리고 곧바로 우회전해서는, 보란 듯이 우리를 지나쳐 남쪽 램프로 돌아갈 인간, 골치 아픈 놈들을 떼어 냈다고 의기양양해 할 이 인간의 모습을 생각하니 더 더욱 역겨웠다. 아무튼 이 늙은이에 대한 모든 것이 역겨웠다. 멧돼지 같은 이중 턱, 윤기가 자르르 흐르는 머릿결, 오드콜로뉴 향.

게다가 그에게 그럴 권리가 어디 있단 말인가? 그럴 권리가?

욕지기가 구체화되어 가면서 다시 분노의 꽃이 피어나기 시작했다. 고급 세단의 헤드라이트는 부드럽게 밤거리를 가르고 달렸지만, 나의 분노는 남자가 구축해 놓은 안이한 세상의 목을 조르고 싶었다. 라즈보이 사의 리클라이너 진동 소파에 누워 따뜻한 물 한 잔을 들고 석간신문을 읽을 때 듣는 음악, 남자의 아내가 쓰는 린스, 남자의 아내가 입을 법한 팬티스타킹, 극장으로, 학교로, 캠프로 떠나는 아이들, 그리고 늙은이와 그의 속물 친구들이 벌이는 난잡한 파티들까지…….

하지만 최악은 바로 오드콜로뉴였다. 차 안은 달콤하면서도 메스꺼운 냄새로 가득했다. 도살장에서 무참한 살상을 끝낸 후 뿌려대는 향긋한 방부제 같은 냄새였다.

노만 블란세트의 두툼한 손이 핸들을 움켜쥔 고급차는 아무 고민도 없이 밤을 가르며 질주했다. 그의 잘 다듬어진 손톱이 계기판의 불빛을 받아 부드럽게 반짝였다. 나는 유리창이라도 깨뜨리고 당장 그 악취로부터 달아나고 싶었다. 역겨웠다. 창문을 활짝 열어젖히고 밤하늘에 머리를 내민 다음, 대지의 신선한 공기를 한껏 들이켜고 싶었다. 하지만 난 손끝 하나 꼼짝할 수 없었다. 형언할 수 없는 분노로 온몸이 굳어 버린 것이다.

그때 노나가 손톱 다듬는 줄을 내 손바닥 위에 살짝 올려놓았다.

세 살 때 심한 독감으로 병원에 간 적이 있었다. 그때 아버지가 침대에서 담배를 피우다 잠드는 바람에 집과 형 드레이크를 포함해서 모든 가족이 불타고 말았다. 나는 가족들의 사진을 가지고 있다. 가족들은 마치 1958년 미국 국제 공포 영화에 나오는 배우들 같아 보였다. 얼굴을 알 만한 유명 배우들은 아니고, 엘리사 쿡 주니어나 마라 코르데이 같은 삼류 배우들과, 아마 당신들은 기억하지 못하겠지만 브랜든 드 와일드 같은 아역 배우 같았다.

친척이 없었기 때문에 나는 5년 동안 포틀랜드의 한 가정에서 살았다. 이른바 주 정부의 후견인 제도라는 것이었는데, 나를 데려다 키우면 주 정부에서 그 집에 매달 30달러씩 지불했다. 당연히 랍스터에 입맛을 들이게 될 피후견 아동이 있을 리는 만무하다. 대개 한 가정에서 피후견 아동 두세 명을 받아들이는데, 자비의 혈액이 넘쳐나서가 아니라 그 자체가 하나의 생계 수단이었기 때문이다. 아이들을 키우면 정부에서 한 아이당 30달러를 준다. 아이가 자라면 허드렛일을 시키고 돈을 벌어 오게 할 수도 있다. 그런 식으로 30은 곧 40이 되고, 어쩌면 65달러도 될 수 있다. 집 없는 아이들에게까지도 자본의 법칙은 철저하게 적용된다고나 할까? 세계에서 가장 위대한 나라에서 말이다. 안 그런가?

내 '가족'의 성은 홀리스였고, 강을 사이로 캐슬록과 마주 보고 있는 할로우에 살았다. 그 집은 3층짜리 농가 건물에 방이 열네 개 있었다. 부엌에는 석탄 난로가 하나 있었는데 문제는 그게 다라는 것이다. 1월이면 이불을 세 겹이나 뒤집어쓰고 자도 아침에 일어나면 발가락이 어디 붙어 있는지 감각조차 없었다. 나는 내 발가락이 그대로 있는지 확인하기 위해 일부러 마룻바닥으로 두 다리를 내밀곤 했다. 홀리스 부인은 뚱뚱했다. 홀리스 씨는 홀쭉했고 거의 말이 없었으며 일 년 내내 검정색과 빨간색이 어우러진 사냥 모자를 쓰고 다녔다. 낡은 가구, 잡동사니, 곰팡이 핀 매트리스, 개들, 고양이들, 신문지 위에 놓인 자동차 부속들로 집은 언제나 난장판이었다. 내게는 '형제'가 셋 있었는데 모두 피후견 아동들이었다. 우리는 기껏해야 3일 간의 버스 여행에서 만난 여행객들처럼 인사나 하고 지낼 뿐이었다.

난 학교 성적이 좋았고 고등학교 2학년 때에는 봄철 야구 시합에도 나갔다. 홀리스 씨는 당장 야구를 그만두라고 앵앵거렸지만 난 포기하지 않았다. 그러나 에이스 메릴 사건이 있고 나서 모든 것이 귀찮아졌고 결국 야구 팀을 나왔다. 결코 창피해서도 아니었고 베시 말렌판트가 지껄이고 다니는 얘기가 듣기 싫어서도 아니었다. 하지만 난 야구를 그만두었고, 홀리스 씨가 시골 약국에서 아이스크림 소다수 만드는 일을 구해 주었다.

3학년이 되던 해 2월에 나는 대학 입학시험에 응시했고 매트리스에 숨겨둔 돈에서 12달러를 지불했다. 대학은 장학금 약간과 도서관 아르바이트 일을 주었다. 내가 재정보증 서류를 내밀었을 때에 홀리스 씨가 보여 준 표정이야말로 내 인생에 있어서 제일 통쾌한 순간이라 할 수 있을 것이다.

'형제' 중 하나인 커트는 달아났다. 나는 그러지 못했다. 너무 소심해서 그럴 배짱이 없었다. 기껏해야 두 시간 정도 헤매다 돌아왔을 것이다. 내게는 학교가 최고의 탈출구였고 그것을 보기 좋게 따낸 것이다.

내가 떠날 때 홀리스 부인은 이렇게 말했다.

"능력이 되면 은혜를 갚아야 된다."

하지만 나는 그들을 다시 찾지 않았다. 나는 1학년 때 좋은 점수를 받았고, 그해 여름에 도서관에서 정식 일자리를 구했다. 그리고 그해 홀리스 부부에게 크리스마스카드를 보내 주었지만 그것으로 끝이었다.

2학년 첫 학기에 나는 사랑에 빠졌다. 그건 그때까지 내 인생에 일어난 최고의 사건이었다. 예뻤냐고? 아마 당신도 넋이 빠졌을 것이다. 지금도 나는 그녀가 내게 어떤 매력을 느꼈는지 모른다.

그녀가 나를 사랑했는지조차 모르겠다. 처음에는 사랑했을 것이다. 그러고는 아마도 버리기 어려운 습관처럼 여겨졌으리라. 이를테면 흡연이나 차창에 팔을 괴고 운전하는 습관처럼 말이다. 그녀가 한동안 나를 받아 준 것은 그 습관을 아직 버리고 싶지 않아서였을 것이다. 어쩌면 내가 신기해 보였을 수도 있고 어쩌면 허영심 때문에 받아 주었을 수도 있다. 아이, 귀여워라. 굴러 봐. 앉아봐. 신문 가져와. 착하기도 하지. 그래, 굿나잇 뽀뽀해 줘야지. 귀여운 것, 아무래도 좋다. 한동안은 분명 사랑이었기 때문이다. 그리고 그건 사랑 비슷하게 되어 버렸고 결국 끝이 났다.

나는 그녀와 두 번 잤다. 두 번 다 애매한 상황을 사랑으로 오해한 결과였다. 그 일은 한동안 습관을 연장시켜 주었다. 그러다가 그녀가 추수감사절 방학을 보내고 돌아와 같은 고향에 사는 델타 타우 델타(미국 중심의 국제 장학생 클럽──옮긴이) 회원 놈하고 사랑에 빠졌다고 털어놓았다. 나는 그녀를 되찾기 위해 애썼고 성공할 뻔한 적도 있었다. 하지만 그녀에게는 과거에 없던 기준 하나가 더 생긴 터였다. 바로 가능성이었다.

화재가 B급 영화배우 같은 가족들을 쓸어 버린 후 평생 동안 다져 온 모든 것이 그 일로 한꺼번에 무너져 내리고 말았다. 그녀의 블라우스에 꽂혀 있는 그자의 브로치.

그 이후로 나는 나와 자고 싶어 하는 여자 서너 명과 붙었다 떨어졌다를 반복했다. 내 불행한 어린 시절 탓으로 돌릴 수도 있었다. 바람직한 성교육 모델이 없었기 때문이라고 말이다. 하지만 그런 것도 아니었다. 난 한 번도 여자 아이들과 문제를 일으킨 적은 없었다. 여자들은 그냥 내 곁을 떠나 버렸다.

나는 여자들이, 조금씩 무서워지기 시작했다. 게다가 나를 두렵게 하는 것은 관계에 실패한 여자들이 아니라, 그렇지 않은 여자들, 즉 그 일을 무난히 치른 여자들이었다. 나를 불편하게 하는 사람은 그 여자들이었다. 내 발등을 찍을 도끼를 어디에 숨겼는지는 모르겠지만 그 여자들은 언제고 그 도끼를 휘두르고 말 것 같았다. 그런 일이야 비일비재하지 않은가? 결혼했거나 애인과 함께 사는 남자들이라고 예외일 수는 없다. (특히 상대가 장을 보러 나간 이른 아침이나 금요일 저녁이면) 스스로 이렇게 물어야 할 테니까 말이다. 내가 없을 때 그녀는 도대체 뭘 하며 지낼까? 그녀는 나를 어떻게 생각하고 있을까? 어쩌면 이렇게 물을 수도 있겠다. 그녀가 나를 얼마나 마음에 두고 있는 걸까? 얼마나 사랑하는 걸까? 게다가 이런 상념들은 일단 시작되면 도저히 벗어날 수가 없게 된다.

나는 술을 입에 대기 시작했고 성적은 곤두박질쳤다. 학기 말 방학 때 받은 경고장에는 6주 동안에 성적이 정상으로 돌아오지 않는다면 불가피하게 2학기 장학금을 회수할 것이라고 씌어 있었다. 하지만 나는 죽이 맞는 친구 놈과 붙어서 방학 내내 술에 절어 지냈다. 마지막 날 우리는 매음굴에 갔고 난 그럭저럭 일을 치렀다. 어두워서 얼굴을 볼 수 없었기 때문이다.

성적은 오르지 않았다. 한번은 옛애인에게 전화를 해서 엉엉 울기도 했다. 그녀도 울었다. 가끔은 그녀가 이런 상황을 즐기고 있다는 생각도 들었다. 나는 그녀를 미워하지 않았고 지금도 미워하지 않는다. 하지만 그녀는 나를 무서워했다. 무척 무서워했다.

2월 9일 인문과학대 학장 명의로 내가 주요 과목 두 개에서 낙제했다는 편지가 배달되었고, 2월 13일에는 그녀에게서 우리 관계가 원만하게 정리되었으면 좋겠다는 편지가 왔다.

그녀는 7월이나 8월쯤 델타 타우 델타 놈과 결혼할 계획이었다. 원한다면 초대할 수 있다는 말도 했다. 배꼽이 배 밖으로 나올 일이다. 도대체 결혼 선물로 무엇을 줄 수 있을까? 빨간 리본을 매단 내 심장? 내 머리? 내 거시기?

14일, 발렌타인데이. 나는 드디어 마무리를 할 때가 되었다고 생각했다. 그리고 노나가 나타났고 그 얘기는 이미 했다.

노나와의 일을 정확히 이해하려면 그녀가 내게 어떤 의미였는지부터 이해해야 할 것이다. 노나는 그녀보다 더 아름다웠다. 하지만 그 때문은 아니었다. 미모는 돈만 있으면 얼마든지 구할 수 있다. 중요한 것은 내면이었다. 노나는 관능적이었다. 하지만 다소 식물적인 관능미였다. 일종의 백치미라고 할까? 의존적이고 천부적이며 본능적인 동시에 정형적인 관능미. 요컨대 동물적이 아니라 식물적이라는 것이다. 이해하겠는가? 우리가 관계를 갖게 되리라는 사실을 나는 알고 있었다. 남자와 여자가 만나면 으레 그러니까 말이다. 하지만 우리의 결합은 마치 8월에 담쟁이 덩굴이 격자 울타리에 엉겨 붙듯, 밋밋하고 초연하고 무의미할 것이라는 사실도 알고 있었다.

섹스가 중요한 것은 그것이 너무나 중요하지 않기 때문이다.

내 생각에, 아니 확신컨대 진짜 원동력은 폭력이었다. 폭력이야말로 진정한 현실이고 결코 환상이 아니었다. 그것은 에이스 메릴의 1952년식 포드만큼 크고 빠르고 강력했다. 조의 식당에서 있었던 폭력, 노만 블란세트를 가격한 폭력. 거기에는 맹목적이고 식물적인 무언가가 있었다. 어쩌면 노나는 덩굴 식물에 지나지 않을 지도 모르겠다. 파리지옥풀 역시 덩굴 식물이니까 말이다. 하지만 이 식물은 육식성이고, 파리나 날고기가 턱에 앉기라도 하면 동물 처럼 덮치기도 한다. 중요한 사실은 그 모든 것이 진짜라는 것이 다. 포자넝쿨의 간음은 단지 상상에 지나지 않을지도 모르지만, 파리지옥풀은 파리의 맛을 즐기고, 턱을 조여 갈 때 점차 사그라 드는 파리의 버둥거림에 흥분하는 게 틀림없다.

마지막 요인은 내 자신의 소극성이다. 난 혼자서 인생의 공허함 을 메울 능력이 없는 부류이다. 옛애인이 작별을 고했을 때 생긴 공허가 아니라(이 말을 그녀에게 하고 싶은 생각은 없다.) 언제나 그곳에 있었던 공허함, 내 가슴 깊은 곳에서 끝없이 소용돌이치는 블랙홀 같은 공허 말이다. 노나는 바로 그 구멍을 채워 주었다. 나 로 하여금 움직이고 행동할 수 있게 해 준 것이다.

노나는 나를 고귀하게 만들어 주었다.

이제 조금 이해가 되었을 것이다. 내가 왜 그녀를 꿈꾸는지. 왜 후회와 반발에도 불구하고 여전히 그녀에게 끌리는지. 왜 그녀를 증오하는지. 왜 두려워하는지. 그리고 왜 아직도 사랑하는지 말 이다.

어거스타 진입로에서 가디너까지는 13킬로미터 정도였다. 불과 몇 분 정도면 도착할 수 있었다. 나는 손톱 다듬는 줄을 어색하게 움켜쥐었다. 얼마 가지 않아 녹색의 야광 표지판이 보였다. '14번 출구. 우회전'이라는 글자가 하늘을 배경으로 반짝였다. 달은 보 이지 않았고 하늘은 눈을 조금씩 뱉어 내기 시작했다.

"더 못 가서 유감이로군."

블란세트가 말했다.

"괜찮아요. 저 진입로 위에서 내려 주시면 되겠네요."

노나가 따뜻한 목소리로 말했다.

노나의 분노가 덜덜 소리를 내며 드릴처럼 내 두개골을 파내고 있었다.

남자는 시속 50킬로미터인 진입로 내 주행 속도를 준수하면서 차를 몰았다. 물론 나는 해야 할 일을 알고 있었다. 두 다리가 뜨거운 납처럼 흐물거렸다. 진입로 위쪽에 가로등 하나가 있었고 왼쪽으로는 가디너의 야경이 두꺼운 구름을 배경으로 번뜩이고 있었다. 오른쪽은 온통 어둠뿐이었다. 진입로에는 어느 쪽이든 자동차 하나 보이지 않았다.

나는 밖으로 나갔다. 노나도 차에서 미끄러지듯 빠져나왔다. 노만 블란세트의 마지막 미소. 나는 태연했다. 노나가 뒤를 봐주고 있기 때문이었다.

블란세트는 여전히 돼지같이 역겨운 미소를 흘리고 있었다. 우리를 떨어뜨리게 되어서 시원하다는 듯.

"자, 안녕히들 가세……."

"아, 내 지갑! 차에 지갑을 두고 내렸어요!"

"내가 가져올게요."

나는 차 안으로 다시 기어들어갔다. 내 손에 들린 물건을 본 블란세트는 역겨운 미소를 지은 채 그대로 굳어 버렸다.

언덕 위로 자동차 불빛이 나타났지만 이미 멈출 수는 없었다. 나는 왼손으로 노나의 지갑을 집어 들고, 오른손으로는 손톱 줄을 블란세트의 목에 쑤셔 넣었다. 블란세트가 딱 한 번 염소 우는 소리를 질렀다.

나는 차에서 나왔다. 노나는 아래로 내려오는 자동차를 향해 손을 흔들었다. 어둠과 눈 때문에 아무것도 보이지 않았다. 단지 두 개의 눈부신 헤드라이트뿐이었다. 나는 웅크리고 앉아 블란세트의 차 뒤쪽 창문을 통해 상황을 엿보기로 했다.

두 사람의 대화는 째지는 바람 소리에 묻혀 거의 들리지 않았다.

"…… . 문제……. 아가씨?"

"……. 아빠가…… 바람…… 심장마비에……! 실례지만……."

나는 종종걸음으로 블란세트의 세단 트렁크 쪽으로 돌아가 몸을 구부렸다. 이제 그들을 볼 수 있었다. 노나의 가냘픈 실루엣과 키가 큰 형체가 보였다. 두 사람은 소형 트럭 옆에 서 있다가, 몸을 돌려서 시보레의 운전석 창을 향해 다가왔다. 그쪽에는 노만 블란세트가 목에 노나의 손톱 줄이 박힌 채 운전대 위에 고개를 처박고 있었다. 트럭 운전사는 공군 파카 차림의 젊은이였다. 남자가 안을 들여다보았다. 내가 그 뒤쪽으로 바짝 다가섰다.

"맙소사, 아가씨! 이 사람, 이거 피가……! 이런……."

남자가 소리쳤다.

나는 오른팔로 남자의 목을 감은 다음 왼손으로는 오른쪽 팔목을 잡아당겼다. 그리고 몸을 잡아채자 차창에 걸린 목에서 우두둑하고 둔탁한 소리가 들렸고 남자의 몸에서도 힘이 빠져나갔다.

사실 그 정도에서 멈출 수도 있었다. 남자는 노나를 제대로 보지도 못했고 내 모습은 전혀 보지 못했다. 때문에 죽일 필요까지는 없었다. 문제는 그자가 약방의 감초라는 데 있었다. 함부로 남의 일에 끼어들어 결국 피해를 주게 되는 그런 인간들 말이다. 결국 나는 그의 목을 꺾어야 했다.

그 일을 끝내고 고개를 들어 노나를 보았다. 노나는 자동차와 트럭의 엇갈리는 조명을 받고 서 있었다. 노나의 표정에는 증오, 사랑, 승리 그리고 쾌감 따위가 어지럽게 섞여 있었다. 노나가 내게 양팔을 내밀었고 나는 그 안으로 달려갔다. 우리는 입을 맞추었다. 입술은 차가웠지만 혀는 따스했다. 나는 두 손으로 노나의 머리카락을 잔뜩 움켜쥐었다. 바람이 사방에서 비명을 질러 댔다.

"저거 치워야죠. 누군가 오기 전에요."

노나가 말했다.

나는 시체를 치우기 시작했다. 따분한 일이었지만 반드시 필요한 작업이었다. 시간이 좀 더 걸렸지만, 그러고 나면 문제가 생기지 않을 것이다. 우리는 안전할 것이다.

젊은 녀석의 몸은 가벼웠다. 나는 두 손으로 놈을 안고 도로를 건너가, 가드레일 너머 골짜기에 던져 버렸다. 시체가 이리저리 부딪치며 바닥까지 굴러 떨어졌다. 문득 홀리스 씨가 7월만 되면 내게 떠맡겼던 허수아비가 생각났다. 나는 블란세트에게 돌아갔다.

블란세트는 더 무거웠고 작살에 꿴 멧돼지처럼 피를 마구마구 쏟아 냈다. 나는 블란세트를 들어 올리다가 세 걸음이나 뒤로 비틀거렸고, 시체는 내 팔에서 미끄러져 도로 바닥에 떨어졌다. 나는 블란세트의 몸을 뒤집었다. 얼굴에 눈이 달라붙어 스키 마스크를 쓴 것처럼 보였다.

나는 몸을 굽혀 블란세트의 겨드랑이 양쪽에 팔을 껴 골짜기까지 질질 끌고 갔다. 그의 발끝이 눈 위에 기다란 레일을 만들었다. 나는 블란세트를 던진 다음 그가 반듯이 누워 두 팔을 들어 올린 채 제방까지 미끄러지는 것을 지켜보았다. 시체는 두 눈을 부릅뜨고 떨어지는 눈송이들을 뚫어져라 노려보고 있었다. 눈이 이런 식으로만 내려 준다면 문제는 없으리라. 제설차가 온다 해도 두 사람은 그저 낮은 둔덕 정도로 보일 테니까 말이다.

나는 다시 도로를 건넜다. 어느 차를 탈 것인지 상의한 적도 없지만 노나는 벌써 트럭에 앉아 있었다. 노나의 창백한 얼굴과 어두운 눈이 보였지만 그뿐이었다. 나는 블란세트의 차로 건너가 비닐 시트에 고인 피 웅덩이를 깔고 앉았다. 그리고 차를 몰아 갓길에 댄 다음 헤드라이트를 끄고 점멸등을 켰다. 지나가는 차가 보더라도 엔진에 문제가 생겨 운전사가 마을 정비소를 찾아 나선 차로 보일 것이다. 나의 즉흥적인 처방이 마음에 들었다. 정말로 평생 살인을 해 온 사람 같아서였다. 나는 시동을 걸어 놓은 트럭으로 총총걸음으로 건너가 운전석에 앉았다. 우리는 고속도로 진입로 쪽으로 핸들을 꺾었다.

노나는 내 옆에 앉아 있었다. 손을 대지는 않았지만 무척이나 가까운 거리였다. 노나가 몸을 움직일 때마다 머리카락 몇 올이 내 목을 간질이기도 했는데, 그때마다 난 약한 전류에 감전된 기분이었다. 나는 손을 뻗어 노나의 다리를 만졌다. 노나가 실제로 내 옆에 있는 건지 느끼고 싶어서였다. 노나가 조용히 웃었다. 그래, 모든 것이 사실이었다. 차창 너머에서는 세찬 바람이 사방에 눈보라를 뿌려 댔다.

우리는 남쪽으로 달렸다.

126번 국도를 타고 캐슬 하이츠를 향해 가다가 할로우에서 다리를 건너면, 곧바로 캐슬록 청년회라는 우스꽝스러운 이름이 붙은 개조된 농가를 만나게 된다. 그곳에는 자동 핀 세트가 장치된 볼링 레인 열두 개가 있다. 일주일 중 마지막 3일은 세트가 망가져 있는 고물 볼링장이다. 꽤 구식 기계이다. 그리고 1957년도의 히트 곡을 들을 수 있는 주크박스와 브런즈위크 포켓볼 당구대 세 개와 죽은 주정뱅이 발에서 빼냈음직한 낡은 볼링화를 빌릴 수 있는 매점 카운터가 있다. 이곳의 이름이 우스꽝스럽다고 한 이유는, 대부분의 캐슬록 젊은이들이 밤에 찾는 곳은 제이 힐에 있는 드라이브인 식당이나 옥스퍼드 평야의 스톡카 경주장이기 때문이다. 이곳에서 어슬렁거리는 치들은 주로 그레트나 할로우나 록에서 모여든 건달들이었다. 덕분에 저녁나절 주차장에서의 주먹다짐은 거의 매일 보는 풍경이라 하겠다.

나는 고등학교 2학년 때 그곳에 어슬렁거리기 시작했다. 빌 케네디라는 친구가 일주일에 3일 밤을 그곳에서 일했는데, 기다리는 손님이 없을 때는 가끔 공짜로 포켓볼을 치게 해 주었다. 별 재미는 없었지만 홀리스 씨 집으로 돌아가는 것보다는 나았다.

에이스 메릴을 만난 곳도 여기였다. 에이스가 그 근처 세 마을에서 가장 거친 사내라는 것을 의심하는 사람은 아무도 없었다. 에이스는 1952년식 포드를 거칠게 몰고 다녔다. 마음만 내키면 시속 200킬로미터 이상을 밟는다는 소문도 있었다. 머리는 기름을 발라 오리 꼬리처럼 뒤로 다 넘긴 모양이었다. 에이스 메릴은 언제나 제왕처럼 들어와 더블다트 게임을 하고 있다가(솜씨가 좋았냐고? 어땠을 것 같은가?) 베시가 오면 콜라를 사 주고는 함께 차를 몰고 사라져 버렸다. 두 사람이 나가고 입구가 닫히는 순간, 안에 있던 사람들의 입에서 일제히 휴 하는 한숨 소리가 새어 나왔다. 에이스 메릴과 주차장에서 맞장 뜨고 싶어 하는 사람은 아무도 없었다.

아무도. 나를 제외한다면 말이다.

베시 말렌판트는 에이스 메릴의 여자였고 어쩌면 캐슬록에서 가장 미인이었을 것이다. 그녀가 기가 막히게 똑똑했다고 생각하지는 않지만, 일단 보고 나면 그런 것 따위는 아무런 의미도 없게 된다. 베시는 잡티 하나 없는 완벽한 피부를 가졌다. 하지만 화장품의 위력은 아니었다. 게다가 숯처럼 까만 머릿결, 새까만 눈동자, 짙은 입술, 늘씬한 몸매. 베시는 자신의 몸을 감추려 하지도 않았다. 하지만 에이스를 무시하고 베시를 뒷마당으로 끌고 가 다리를 어루만질 자가 어디 있겠는가? 아무도 없었다. 미치지 않았다면 말이다.

나는 베시에게 흠뻑 빠졌다. 베시는 옛애인이나 노나와 닮았으면서도 또 많은 점에서 달랐던 것 같다. 아무튼 나는 나름대로 절박했고 또 심각했다. 만일 풋사랑에 대한 최악의 경우를 연구하고 싶다면 나를 보면 될 것이다. 베시는 열일곱 살이었고 나보다 두 살이 많았다.

나는 그곳으로 가는 횟수가 점점 더 늘어났다. 빌리가 일하는 날이 아닐 때에도 가서 그녀를 훔쳐보곤 했다. 마치 내가 들새를 관찰하고 있는 듯했다. 생명을 내건 게임이라는 사실을 빼면 말이다. 나는 홀리스 부부에게는 지금까지 어디 있었는지 대충 둘러대고 방으로 올라갔다. 열정으로 가득 찬 장문의 편지를 써 보기도 했고, 그녀와 하고 싶은 것들을 있는 대로 적기도 했지만, 결국 발기발기 찢어 버리고 말았다. 도서관에서는 그녀에게 청혼하고 함께 멕시코로 달아나자고 말하는 꿈도 꾸었다.

베시도 이런 내 마음을 알았던 것 같다. 어쩌면 그 사실이 그녀의 허영심을 자극했을지도 모르겠다. 아무튼 에이스만 없으면 베시는 내게 잘 대해 주었다. 다가와 얘기를 나누었고 내가 사 주는 콜라를 마셨으며, 의자에 앉아 자기 다리를 내 다리에 비벼 대기도 했다. 난 미칠 것만 같았다.

11월 초 어느 날 밤, 그날도 나는 빌리와 함께 포켓볼을 치고 빈둥거리며 베시가 나타나기를 기다렸다. 아직 8시 전이라 사람들은 많지 않았고 고독한 바람만이 밖에서 재채기를 하고 있었다. 멍청한 바람.

"이제 그만둘 때 안 됐냐?"

빌리가 말했다. 아홉 번째 공을 모퉁이에 집어넣고 있을 때였다.

"뭘 그만둬?"

"몰라서 물어?"

"아니, 싫어."

나는 헛손질을 했고 빌리는 당구대 위에 공 하나를 더 올려놓았다. 빌리는 공 여섯 개를 넣었고, 나는 그동안 주크박스에 동전을 집어넣었다.

"베시 말렌판트."

빌리는 공 하나를 조심스럽게 겨냥하고는 생각했던 방향으로 흘려 보냈다.

"찰리 호건이 네가 베시한테 껄떡댄다고 에이스한테 말한 모양이야. 찰리는 재미있다고 생각했겠지. 베시가 나이도 많으니까 말이야. 하지만 에이스는 심각한 표정이었다고."

"난 그 여자한테 관심 없어."

내가 입에 침을 바르며 말했다.

"안 그러는 게 좋을 거야."

빌리가 말했다.

그때 사내 둘이 들어왔고 빌리는 카운터로 가 남자들에게 당구공을 내주었다.

에이스가 온 것은 9시쯤이었다. 혼자였다. 에이스는 그때까지한 번도 내게 눈길을 준 적이 없었고, 나도 빌리의 말을 잊고 있었다. 타인의 눈에 띄지 않는 한 우리는 종종 스스로를 무적이라고 생각할 때가 있다. 나는 핀볼 게임에 완전히 빠져 있었다. 사람들이 당구도, 볼링도 치지 않아 사위가 완전히 조용해질 때까지 의식조차 하지 못했다. 그 다음에는 누군가 나를 핀볼 기계 위로 집어던졌고, 나는 마룻바닥에 엉덩방아를 찧으며 떨어졌다. 나는 일어나면서 두려움과 역겨움을 느꼈다. 에이스는 기계를 뒤집어 공세 개를 모두 날려 버린 다음, 그 자리에 서서 머리카락 한 올 흐트러지지 않은 모습으로 나를 내려다보았다. 에이스의 수비대 재킷 지퍼가 반쯤 열려 있었다.

"더 이상 껄떡거리지 마. 면상을 갈아 버리기 전에."

에이스가 조용히 말했다.

그리고 밖으로 나가 버렸다. 모든 사람들이 나를 바라보았고 난 그대로 마룻바닥 밑으로 꺼져 버리고 싶은 심정이었다. 사람들의 얼굴에서 손톱만큼의 부러움을 본 것은 바로 그때였다. 나는 툴툴 털고 일어나 핀볼 기계에 다시 동전을 집어넣었다. 슈팅 조명이 고장 나 있었다. 두세 명이 다가와 아무 말도 없이 내 등을 토닥이고는 밖으로 나갔다.

11시. 청년회의 문이 닫히고 빌리가 집에까지 태워 주겠다고 했다.

"너, 조심하지 않으면 그 자식한테 아작 날지도 몰라."

"걱정하지 마."

빌리는 대꾸하지 않았다.

2, 3일 후 7시쯤에 베시가 혼자 나타났다. 그곳에는 우리 말고 한 사람이 더 있었는데, 2년 전 성적 미달로 학교에서 쫓겨난 번 테시오라는 약간 이상한 안경잡이였다. 한 번도 눈여겨본 적이 없는 아이였다. 그 아이는 나보다 더 눈에 보이지 않는 애였다.

베시는 곧바로 내가 핀볼을 하고 있는 곳으로 다가왔다. 베시에게서 깨끗한 비누 냄새가 났다. 어지러웠다.

"에이스가 너한테 무슨 짓을 했는지 다 들었어. 다시는 너하고 말도 하지 말라고 했고 나도 그럴 생각은 없지만, 이것 하나는 하고 넘어가야겠어."

베시는 내게 키스를 하고는 곧장 밖으로 나가 버렸다. 나는 쩍 벌어진 입을 다물 수가 없었다. 나는 멍한 상태로 다시 핀볼을 하기 시작했다. 테시오가 방금 일어난 일을 떠벌리려고 밖으로 나가는 것도 보지 못했다. 내 마음은 오직 그녀의 검디 검은 눈으로 가득했다.

그날 밤 늦게 결국 나는 주차장에서 에이스 메릴과 맞서야 했다. 나는 죽도록 얻어맞았다. 날씨는 추웠다. 엄청 추웠다. 나는 누가 보든지 듣든지 개의치 않고 울기 시작했다. 어차피 알 만한 사람은 다 아는 터였다. 외로이 서 있는 수은등도 모든 것을 지켜보고 있었다. 하지만 난 에이스의 몸에 손톱 하나 대지 못했다.

"좋아."

에이스가 내 옆에 웅크리고 앉으며 말했다. 그는 숨결 하나 흐트러지지 않았다. 에이스는 주머니에서 잭나이프를 꺼내 크롬 버튼을 눌렀다. 20센티미터 정도의 은빛 칼날이 튀어나와 달빛에 반짝였다.

"다음에는 이놈을 쓸 거야. 네 새끼 불알에 내 이름을 새겨 넣을 생각이거든."

그러고는 일어나 마지막으로 나를 걷어차고는 자리를 떴다. 나는 딱딱한 아스팔트 위에서 덜덜 떨며 한 10분 정도 누워 있었다. 다가와서 나를 일으켜 주는 사람도, 등을 토닥여 주는 사람도 없었다. 빌리조차 그러지 않았다. 마지막 용무를 마치고 떠난 베시도 나타나지 않았다.

결국 나는 혼자 일어나 차를 얻어 타고 집으로 돌아왔다. 홀리스 부인한테는 주정꾼의 차를 얻어 탔다가 도랑에 빠졌다고 거짓말을 했다. 난 다시는 볼링장에 가지 않았다.

그 후 오래지 않아 에이스는 베시를 걷어찼고 베시는 브레이크 없는 펄프 트럭처럼 급속히 타락하기 시작했다. 성병에 걸렸다는 소리도 들렸고, 빌리가 어느 날 밤 루이스턴의 마노라는 곳에서 남자들에게 술 사 달라고 조르는 베시를 보았다고도 했었다. 이가 거의 다 빠졌고 콧등도 깨졌는지 납작하게 주저앉았더라고 했다. 그리고 내가 그녀를 알아보지 못할 거라고 덧붙였다. 그 무렵 나는 어떤 상황이든 나하고는 상관없는 일이라고 생각했다.

소형 트럭에는 스노타이어가 없었다. 그 바람에 루이스턴 출구에 닿기도 전에 트럭은 이리저리 비틀거렸고 35킬로미터를 가는 데 무려 45분이나 걸렸다.

루이스턴 톨게이트의 직원이 내가 건넨 톨카드와 60센트를 받으며 말했다.

"무척 미끄럽죠?"

우린 둘 다 대답하지 않았다. 이제 목적지도 얼마 남지 않았다. 우리가 미묘한 무언의 소통을 할 수 없었더라도, 더러운 트럭에 탄 노나가 지갑을 단단히 쥔 채 정면을 뚫어지게 노려보는 모습으로 그 뜻을 알아챌 수 있었을 것이다. 전율이 내 온몸을 훑고 지나갔다.

우리는 136번 국도를 탔다. 차는 별로 없었다. 바람은 더욱 거세졌고 눈보라도 더 세차게 몰아쳤다. 할로우 빌리지의 반대편 도로에서 커다란 뷰익 리비에라 한 대를 지나쳤다. 그 차는 비스듬히 길을 가로질러 연석을 올라타고 있었다. 점멸등이 켜져 있었는데 문득 노만 블란세트의 임팔라 세단의 끔찍한 모습이 떠올랐다. 지금쯤 그 차는 눈 무덤 속에 갇혀 커다란 짐더미처럼 보이리라.

뷰익의 운전사는 손을 흔들어 도움을 청했지만 나는 속도를 줄이지도 않고 진창눈을 튀기며 그대로 지나쳤다. 와이퍼가 눈에 걸리는 통에 팔을 뻗어 내 쪽의 와이퍼를 털어 냈다. 눈이 닦여 나가면서 시야가 좀 더 넓어졌다.

할로우는 유령 마을이었다. 모든 것이 어둡고 폐쇄된 그런 곳 말이다. 나는 오른쪽 다리를 건너 캐슬록으로 들어갔다. 뒷바퀴가 자꾸 미끄러졌지만 핸들을 조정해 겨우 중심을 잡을 수 있었다. 강을 건너 위쪽으로 과거의 캐슬록 청년회 건물의 어두운 그림자가 보였다. 문도 잠겼고 아무도 살지 않는 것이 분명했다. 갑자기 서글픈 생각이 들었다. 너무나도 많은 아픔과 죽음이 있었기에 더욱 더 서글픈 곳. 그때 가디너 출구를 떠난 후 처음으로 노나가 입을 열었다.

"뒤에 경찰이 있어요."

"혹시……"

"아뇨. 다행히 비상등은 켜지 않았어요."

하지만 나는 불안해졌고, 아마도 그 때문에 일이 꼬였을 것이다. 136번 국도의 할로우 쪽에서 핸들을 90도로 꺾어 강을 건너면 바로 캐슬록이다. 나는 캐슬록에 들어오자마자 핸들을 꺾었는데 문제는 길이 빙판이었다는 것이다.

"이런."

트럭 꽁무니가 제멋대로 돌아가더니 핸들을 미처 조정하기도 전에 다리의 강철 지주를 들이받고 말았다. 우리는 눈썰매를 탄 아이들처럼 그대로 미끄러졌다. 그 다음에 본 것은 바로 뒤에 붙은 경찰차 헤드라이트였다. 경찰은 브레이크를 밟았지만(눈보라 사이로 빨간 브레이크등이 보였다.) 빙판을 피할 수 없었다. 경찰차 역시 미끄러지기 시작했고, 우리가 난간을 들이받았을 때 뒤쪽에서도 깨지고 뒤집어지는 소리와 함께 상당한 충격이 밀어닥쳤다. 나는 노나의 무릎 위로 엎어졌다. 그 아수라장 속에서도 그녀의 부드러운 허벅지 살이 느껴졌다. 그리고 모든 것이 멈췄고 경찰이 비상등을 켰다. 푸른 불빛이 트럭의 후드와 할로우 캐슬록 다리의 눈 덮인 강철 십자 기둥을 핥고 지나갔다. 경찰이 밖으로 나올 때 순찰차의 차내등이 켜졌다.

경찰이 우리 뒤를 따라오지만 않았어도 그런 일은 없었을 것이다. 오만 가지 생각이 마치 홈에 갇혀 앞으로 나아가지 못하는 전축 바늘처럼 내 두뇌의 홈을 반복해서 긁어 댔다. 나는 굳은 표정으로 트럭 운전대 바닥을 뒤져 적당한 무기를 찾았다.

뚜껑이 열린 연장통이 손에 걸렸다. 나는 그 속에서 소켓 렌치를 꺼내 노나와 나 사이에 올려놓았다. 경찰이 창 안으로 얼굴을 들이밀었는데 비상등 불빛 때문인지 악마의 얼굴을 보는 듯했다.

"이런 날씨에 좀 심하게 밟은 거 아냐, 응?"

"차간 거리를 지키지 않은 건 그쪽인데요? 이런 날씨에요."

내가 말했다.

경찰의 얼굴이 벌게졌겠지만 불빛이 흐려 잘 보이지는 않았다.

"지금 나하고 해 보겠다는 건가, 엉?"

"순찰차 범퍼 나간 걸 나한테 뒤집어 씌운다면요."

"운전면허증하고 자동차등록증 좀 보자고."

나는 지갑을 꺼내 운전면허증을 꺼내 주었다.

"등록증은?"

"형 트럭입니다. 그건 형 지갑 안에 있을 거예요."

"그래?"

경찰이 나를 노려보았다. 기를 죽이겠다는 심산이었다. 좀 시간

152

이 걸릴 듯 싶자 경찰은 곧 노나에게 시선을 돌렸다. 난 그놈의 두 눈을 뽑아 버리고 싶었다.

"당신 이름은?"

"세릴 크레이그예요, 경관님."

"이런 폭설에 이 사람 형 트럭을 타고 도대체 뭘 하는 거요, 세릴 양?"

"삼촌한테 가는 중이었어요."

"캐슬록에?"

"그래요, 맞아요."

"캐슬록에는 크레이그라는 성이 없는데……."

"에몬드 삼촌이죠. 보웬 힐에 살거든요."

"그래요?"

경찰은 트럭 뒤로 돌아가 번호판을 살폈다. 나는 문을 열고 밖으로 몸을 잔뜩 내밀었다. 경찰이 번호를 적고 되돌아왔다. 난 여전히 몸을 내민 채였고 그 바람에 허리 위가 헤드라이트에 완전히 노출되고 말았다.

"내 생각엔 말이야……. 이런, 자네 옷이 왜 그렇지?"

옷 상태를 내려다볼 필요조차 없었다. 얼마 전까지만 해도 방심해서 상체를 노출했다고 생각했다. 하지만 이 글을 써 내려가는 동안 생각을 바꾸었다. 나는 그때 전혀 방심하지 않았다. 나는 그 경찰에게 내 옷을 보여 주고 싶었던 것이다. 나는 소켓 렌치를 단단히 틀어쥐었다.

"뭐가 어때서요?"

경찰이 두 발자국 정도 더 가까이 다가왔다.

"부상당한 건가? 칼에라도 찔린 것 같은데, 어서……."

나는 렌치를 휘둘렀다. 경찰의 모자가 먼저 날아갔다. 대머리였다. 나는 그대로 달려들어 이마 바로 위를 죽어라 내리쳤다. 지금껏 그 느낌과 소리를 잊을 수가 없다. 딱딱한 바닥에 버터 덩어리가 떨어지는 듯한 소리.

"서둘러요."

노나가 이렇게 말하며 내 목을 만져 주었다. 손이 무척 차가웠다. 지하 저장고의 공기 같은 손. 양부모 집에 지하 저장고가 있었다.

그런 걸 기억해 내다니 우습군. 홀리스 부인은 한겨울에도 채소를 가져오라고 나를 내려 보내곤 했다. 자신이 직접 만든 채소 통조림들이었다. 물론 진짜 통조림이 아니라 뚜껑 아래 고무 마개가 있는 유리병이다.

어느 날 나는 저녁에 먹을 완두콩 병을 가지러 내려갔다. 저장 식품들은 모두 상자에 담겨 있었고 찾기 쉽게 표시가 되어 있었다. 홀리스 부인은 늘 나무딸기의 철자를 잘못 적었다. 그래서 난 이따금 묘한 우월감에 사로잡히기도 했다.

그날 나는 '남구딸기'라고 적힌 상자들을 지나쳐 콩 통조림이 있는 구석으로 갔다. 그곳은 춥고 어두웠다. 벽은 검은 토담이라, 습한 날이면 아예 물방울이 줄줄 흐르다시피 했다. 참으로 비밀스러운 악취였다! 그건 유기질 시체와 흙과 채소 냄새가 섞인 것 같았는데, 그야말로 여자의 비밀스러운 부분에서 나는 냄새 그대로였다. 그곳 구석에는 낡고 망가진 인쇄기가 하나 있었다. 내가 오기 전부터 있었던 것이다. 이따금 나는 그 기계를 가지고 놀았다. 기계가 잘 돌아간다고 생각하고 인쇄 놀이를 하는 것이다. 난 지하 저장고를 사랑했다. 아홉 살이나 열 살 무렵에는 저장실이야말로 내가 제일 좋아하는 곳이었다. 홀리스 부인은 그곳에 발을 들여놓으려 하지 않았고 홀리스 씨 역시 채소 따위를 가지러 내려오는 것을 사내의 수치라고 생각하는 부류였다. 그래서 나는 그곳에 내려가 그 독특하고 비밀스러운 흙 냄새를 맡고 창고가 주는 자궁의 안락함을 한껏 만끽했다. 그 안에는 케케묵은 전등 하나가 매달려 있었는데, 말 그대로 보어 전쟁 때 설치한 듯 보였다. 가끔은 그 전등을 이용해 벽에 커다란 손 토끼를 그려 놓기도 했다.

완두콩을 챙겨 막 돌아가려 할 때 낡은 상자 아래서 부스럭거리는 소리가 들렸다. 나는 허리를 숙여 상자를 집어 들었다.

그 아래 갈색 쥐 한 마리가 옆으로 누워 있었다. 놈이 고개를 들더니 숨을 거칠게 몰아쉬며 이빨을 드러냈다. 그렇게 커다란 쥐는 처음이었다. 나는 허리를 굽혀 더 가까이 다가갔다. 놈은 새끼를 낳고 있는 중이었다. 털도 없고 눈도 없는 작은 새끼 둘이 벌써 배에 매달려 젖을 빨고 있었다. 반쯤 자궁을 빠져나오는 놈도 보였다.

어미는 무력하게 나를 노려보며 언제라도 물 준비를 하고 있었다. 문득 놈을 죽이고 싶었다. 새끼들까지 모두 으깨 버리고 싶었다. 하지만 현실은 그와 정반대였다. 그건 내가 본 가장 무서운 광경이었다. 작은 갈색 거미가 재빨리 바닥을 기어갔다. 아마도 장님거미였을 것이다. 어미 쥐는 거미를 낚아채 먹어 버렸다.

나는 달아났다. 계단 중간쯤에서 넘어져 완두콩 병을 깨뜨리는

바람에 홀리스 부인에게 매를 맞았다. 그리고 난 피치 못할 경우
가 아니면, 다시는 저장실로 내려가지 않았다.

나는 경찰을 내려다보며 회한에 빠져 있었다.
"어서요."
노나가 재촉했다.
경찰은 노만 블란세트보다는 훨씬 가벼웠다. 아니, 어쩌면 내
아드레날린이 최고조로 분비되고 있어서였는지도 모른다. 나는
두 팔로 경찰을 안아 다리 끝으로 끌고 갔다. 하류 쪽으로 폭포의
희미한 윤곽이 보였다. 상류의 선로 구각은 그림자만 보였는데,
마치 교수대 같았다. 밤바람이 비명을 지르며 몰아쳤고 눈보라가
내 뺨을 후려갈겼다. 나는 잠시 경찰이 잠든 아이라도 되는 양 끌
어안고 있다가, 퍼뜩 실체를 떠올리고는 난간 너머로 던져 버렸
다. 시체는 순식간에 강의 어둠 속으로 빨려 들어갔다.
우리는 트럭으로 돌아가 앉았다. 차는 시동이 걸리지 않았다.
부지런히 크랭크를 돌렸으나, 카뷰레터에서 기름 냄새가 나고는
결국 멈춰 버리고 말았다.
"이런."
내가 중얼거렸다.
우리는 순찰차로 향했다. 앞좌석에는 교통 딱지, 양식, 회람판
두 개가 보였다. 계기반의 무전기에서 전파 잡음이 계속해서 울
렸다.
"4호차 나와라. 4호. 들리는가?"
나는 무전기를 꺼 버렸다. 그런데 스위치를 찾는 내 손에 무언

가가 닿았다. 샷건이었다. 펌프식 샷건. 아마 경찰의 개인 소장품인 모양이었다. 나는 총을 집어 들어 노나에게 주었다. 노나는 총을 받아 무릎 위에 올려놓았다. 순찰차를 후진시켜 보니 찌그러지긴 했어도 운전에는 지장이 없는 것 같았다. 그 차에는 스노타이어가 달려 있어 빙판 위에서도 거의 미끄러지지 않았다.

우리는 캐슬록으로 들어갔다. 집들이 하나도 보이지 않았다. 도로 뒤편으로 군데군데 낡은 이동 주택이 보일 뿐이었다. 도로는 아직 제설 작업이 되어 있지 않아 우리가 타고 있는 순찰차 말고는 아무 흔적도 남지 않았다. 눈으로 덮인 전나무들이 양옆으로 치솟아 있었는데 그 때문인지 밤의 목구멍에 걸린 왜소하고 하찮은 존재가 된 기분이었다. 막 10시를 지나고 있었다.

대학 신입생 시절 난 거의 클럽 활동에 신경 쓰지 않고 살았다. 죽도록 공부했고 도서관에서 책을 정리하고 파본을 묶거나 카탈로그를 작성하는 법을 배우며 보냈기 때문이다. 그해 봄에 학교 2군팀 야구 시합이 있었다.

학년 말에는 기말시험이 있기 바로 전에 체육관에서 댄스파티가 열렸다. 나는 짝도 없는 데다 처음 보는 시험 두 개를 준비해야 했다. 나는 할 일을 끝내 놓고서야 털레털레 체육관으로 내려갔다. 남학생용 입장권이 있었지만 보자는 사람은 없었다.

실내는 어두웠고 혼잡했고 광적이었고 땀내로 진동했다. 기말시험의 참수를 앞둔 대학 파티의 전형적인 분위기였다. 성적인 분위기가 만연했지만 억지로 잡으려 할 필요도 없었다. 맘만 내키면 언제든지 품에 안을 수 있을 정도였다. 젖은 수건처럼 축축하고 호물거리는 공기. 뻔한 얘기지만 관계는 늘 이런 식으로 이루어지곤 한다. 그게 사랑이든 뭐든 말이다. 그들은 외야석 밑에서 그 짓을 하고, 화력발전소 주차장이나 아파트, 기숙사에서도 닥치는 대로 엉겨 붙는다. 곧 군대에 끌려갈 애들이 집요하게 달라붙으면, 곧 학교를 때려 칠 예쁜 계집애들이 못 이기는 척 요구에 응할 것이다. 아이들은 울면서 하고 웃으면서 하고 맨 정신이나 만취 상태에서도 일을 치를 것이며, 어색한 섹스도 있고 거리낌 없는 섹스도 있으리라. 어차피 눈 깜짝할 사이에 끝나 버릴 싸구려 사랑들.

혼자 온 사내들은 그다지 많아 보이지 않았다. 오늘 같은 밤 혼자서 청승을 떨 필요가 어디 있겠는가? 나는 한창 열이 오른 밴드 스탠드 옆으로 천천히 내려갔다. 그 소리, 그 비트에 다가가자 음악이 손에 잡힐 것만 같았다. 밴드 뒤쪽에 설치된 2미터짜리 반원형 앰프에서 베이스가 울릴 때마다 귓불이 파르르 떨렸다.

나는 벽에 기댄 채 사람들을 훑어보았다. 댄서들은 연습한 패턴으로 춤을 추며,(그들은 2인조가 아니라 3인조 댄서 같았다. 댄서 둘은 가운데의 투명 댄서와 성교를 나누는 듯 보였다.) 매끄러운 바닥에서 마구 스텝을 밟았다. 뿌려 놓은 톱밥이 허공으로 마구 흩어졌다. 아는 사람이 보이지 않아 조금 외롭기도 했지만 그런 기분이 싫은 것만은 아니었다. 낭만적인 이방인인 나를 사람들이 훔쳐보고 있다고 멋대로 생각하는 것도 그럭저럭 누릴 만한 여유였다.

20분쯤 후 로비로 나가 콜라를 마셨다. 내가 돌아왔을 때 마침 원형 댄스가 시작되었고, 누군가 나를 잡아 끌었다. 나는 두 여자의 어깨에 팔을 둘렀는데 처음 보는 여자들이었다. 우리는 돌고 또 돌았다. 원을 만들고 있는 사람이 200명은 되어 보였는데 체육관 반이 거의 찰 정도였다. 원의 일부가 떨어져나가 20~30명이 가운데에 작은 원들을 만들고는 반대 방향으로 돌기도 했다. 어지러웠다. 베시 말렌판트처럼 생긴 여자를 본 것 같았지만 착각이라고 생각했다. 그 여자를 다시 찾아보았지만, 그 비슷한 여자도 없었다.

원형 댄스가 끝나고 난 완전히 탈진하고 말았다. 기분도 별로였다. 나는 도로 관중석 쪽으로 가서 자리에 앉았다. 음악 소리가 너무나도 시끄럽고 끈적거렸다. 게다가 내 마음도 음악에 따라 한없이 요동치고 있었다. 머릿속에서 드럼 소리가 났다. 엄청나게 술을 퍼마신 다음 날 아침 같았다.

나는 이 다음에 일어난 일이 내가 피곤했거나 너무 많이 돌아서 속이 메스꺼웠기 때문이라고 생각했다. 하지만 아까도 말했듯이, 이 글을 쓰며 지난 일을 되새김해 본 결과, 더 이상 그런 핑계를 댈 수 있을 것 같지는 않다.

나는 다시 사람들을 올려다보았다. 흐린 조명 때문인지 모두가 아름답고 생생해 보였다. 남자들이 겁에 질려 있는 듯했고, 얼굴은 슬로 모션으로 길게 늘어져 기이한 가면처럼 보였다. 스웨터, 미니스커트, 배꼽티 차림의 여자 아이들은 모두 쥐새끼로 변하기 시작했다. 처음에는 그 변화에 키득거리기까지 했다. 그 모든 게 환각이라고 생각했으므로 하나하나 자세히 살펴볼 수도 있었다.

그 순간 어떤 여자 아이가 까치발로 서서 남자에게 키스하는 모습을 보고 난 완전히 질려 버리고 말았다. 일그러진 털북숭이 얼굴, 잔뜩 치켜든 새우 눈, 이빨을 잔뜩 드러낸 주둥이……

난 자리를 떴다.

나는 잠시 혼란에 빠져 로비에 서 있다가 계단 쪽으로 내달렸다. 복도에 화장실이 있었지만 그냥 지나쳐 버렸다.

내가 원한 곳은 3층 라커룸의 화장실이었다. 나는 마지막 층계를 뛰어올라가자마자 문을 활짝 열어젖히고 변기를 향해 질주했다. 그리고 즉시 게워 냈다. 등 뒤로 희미하게 연고와 땀내로 찌든 유니폼과 기름 바른 가죽 냄새가 났다. 아래층에서 아련하게 음악 소리가 들려왔고, 이곳의 고요함은 순결했다. 나는 편안해졌다.

우리는 사우스웨스트 교차로에서 정지 신호를 받았다. 댄스 파티에 대한 기억은 알지 못할 이유로 나를 흥분시켰다. 나는 몸을 부르르 떨었다.

노나가 나를 보았다. 검은 눈에 미소가 가득했다.

"지금요?"

나는 대답할 수가 없었다. 몸이 후들후들 떨렸기 때문이다. 노나가 내 대신 고개를 끄덕여 주었다.

나는 7번 국도의 샛길로 차를 몰았다. 여름에 목재를 나르던 길인 것 같았다. 오도 가도 못 하게 될지도 모른다는 생각에 너무 깊숙이까지 들어가지는 않았다. 헤드라이트를 끄자 눈보라가 유리창에 조용히 내려앉기 시작했다.

"사랑해요?"

노나가 따뜻한 목소리로 물었다.

내 입에서 무슨 소리인가가 새어나갔다. 덫에 걸려 토끼의 지친 숨소리 같은 소리였다.

"여기요. 여기서 해요."

노나가 말했다.

황홀한 섹스였다.

우리는 큰길로 돌아갈 수가 없었다. 그 사이에 제설차가 오렌지색 불빛을 깜박이며 지나갔고, 큰길로 들어가는 길에 거대한 눈벽을 만들어 놓은 것이다.

나는 순찰차 트렁크에서 삽을 꺼내 눈을 치웠다. 눈을 치우는 데 30분이나 걸렸고 이미 한밤중이 되어 있었다. 그동안 노나는 경찰 무전기를 엿들었다. 무전기는 우리가 어떻게 해야 할지를 알려 주었다. 블란세트와 소형 트럭 운전사가 발견되었고 살인자가 순찰차를 탈취했을 가능성까지 거론되었다. 경찰의 이름은 에세지언이었다. 우스운 이름이었다. 옛날에 에세지언이라는 메이저리그 야구 선수가 있었다. 아마도 다저스였던 것 같다. 내가 죽인 놈이 그 야구 선수의 친척일지도 모른다는 생각이 들었지만, 그래서 신경이 쓰이는 것은 아니었다. 그 멍청이는 차간 거리도 지키지 않았고 우리 앞길까지 막으려 했다.

우리는 큰길로 들어섰다.

나는 노나의 흥분을 느낄 수 있었다. 뜨겁게 불타오르는 아드레날린. 나는 잠시 멈춰 서서 팔로 유리창를 닦고 다시 출발했다.

우리는 캐슬록 서쪽을 관통했다. 내게는 너무나 익숙한 길이었다. 눈을 뒤집어쓴 표지판에 스텍폴 로드라고 적혀 있었다.

제설차는 오지 않았지만 우리 앞으로 차 한 대가 달리고 있었다. 휘몰아치는 눈보라 속에서도 타이어 자국이 생생하게 남아 있었다.

2킬로미터. 그리고 1킬로미터. 노나의 격렬한 열정이, 노나의 욕구가, 그대로 내게 전해졌다. 나 역시 무척이나 흥분해 있었다. 굽은 도로에 도착했을 때 발전소 트럭이 보였다. 트럭의 밝은 오렌지색 몸통과 따뜻한 비상등이 핏빛으로 펄떡거렸다. 차는 도로를 막고 있었다.

두 사람이었다. 한 사람은 앞쪽 어두운 곳에 웅크리고 있었고 다른 사람은 손전등을 들고 있었다. 손전등을 든 사람이 우리 쪽으로 다가왔다. 불빛이 야수의 눈처럼 희번덕거렸다. 그건 증오의 화염이자 공포의 불빛처럼 보였다. 마지막 순간 모든 것을 빼앗길 수도 있다는 불안감.

남자가 소리를 질렀고 나는 창문을 내렸다.

"여긴 못 지나갑니다! 보웬 로드로 우회하셔야 해요! 전선이 끊어졌어요. 여긴······."

나는 밖으로 나가 엽총으로 두 방을 쏘았다. 남자는 오렌지색 트럭까지 날아갔고 나는 순찰차에 기대섰다. 남자는 믿을 수 없다는 눈빛으로 조금씩 무너져 내리더니 그대로 눈 속에 파묻혀 버렸다.

"총알 더 있어?"

내가 노나에게 물었다.

"물론이죠."

노나가 엽총을 꺾어 카트리지를 비우고는 새 탄알을 집어넣었다.

남자의 동료가 자리에서 일어나 어리둥절한 시선으로 우리 쪽을 바라보았다. 남자가 뭐라고 소리를 질렀지만 바람 때문에 들리

지 않았다. 질문 같긴 한데 무슨 상관이란 말인가? 어차피 죽을
놈인데 말이다. 내가 다가가는데도 남자는 그 자리에 그대로 서
있었다. 내가 엽총을 들어 올려도 꼼짝하지 않았다. 완전히 넋이
나간 모양이었다. 꿈이라고 생각한 것일까?

나는 한 방을 쏘고는 총구를 내렸다. 땅에서 거대한 눈보라가
일더니 남자를 휘감았다. 그제야 남자는 공포에 찬 비명을 지르며
도로 위에 흩어진 거대한 전선 위를 깡충깡충 뛰어서 달아나기 시
작했다. 다시 한 방을 갈겼지만 이번에도 빗나갔다. 결국 남자는
어둠 속으로 사라지고 말았다. 나는 포기하고 순찰차 쪽으로 돌아
갔다. 어차피 더 이상 길을 막지는 못하리라.

"걸어야 할 것 같군."

내가 말했다.

우리는 쓰러진 시신을 지나고 탁탁 튀는 전선을 건너야 했다.
앞쪽으로 도망간 남자의 발자국이 어지럽게 흩어져 있었다. 노나
는 눈에 무릎까지 빠졌지만 항상 조금씩 나를 앞질러나갔다. 우리
는 둘 다 숨을 가쁘게 내쉬었다.

"저기예요."

노나가 길 맞은편을 가리키며 말했다. 내 코트를 잡아당기는 노
나의 힘이 강하게 느껴졌다. 그리고 이글거리는 승리자의 미소.

그곳은 무덤이었다.

우리는 눈을 헤치고 나아가 눈으로 덮인 돌벽을 넘어갔다. 물론
나는 이곳에 와 본 적이 있었다. 내 친어머니는 캐슬록 출신이었
다. 실제로 어머니와 아버지가 캐슬록에 산 적은 없었지만 이곳에

가족묘가 있다. 캐슬록에서 살다가 돌아가신 외조부가 남긴 유산이다. 베시와 일이 있었을 때 가끔 이곳에 와서 존 키츠와 퍼시 셸리의 시를 읽었다. 얼뜨기나 하는 멍청한 짓이라고 생각할지는 몰라도, 나는 지금도 후회하지 않는다. 난 그 시들이 마음에 들었고 위안을 얻었다. 에이스 메릴한테 얻어맞은 이후로는 한 번도 이곳에 오지 않았다. 그리고 지금 노나가 다시 이곳으로 나를 데려온 것이다.

나는 눈 위에서 미끄러져 발목을 삐고 말았다. 그러나 엽총을 목발로 딛고 계속 걸었다. 상상할 수 없을 만큼 깊은 침묵이 우리 두 사람을 감쌌다. 부드러운 눈발이 비스듬히 선 묘석과 십자가들 위로 계속해서 쌓였다. 이제는 독립기념일이나 현충일에 깃발을 꽂는 깃대 끝만 눈 위로 간신히 목을 내밀고 있는 형국이었다. 나는 문득 이 광대한 침묵이 불경스럽다는 생각이 들었다. 그리고 처음으로 두려움을 느꼈다.

노나는 공원 묘지 뒤쪽의 언덕배기 돌집으로 나를 데려갔다. 지하 납골당이자 시체 매장소로 쓰는 곳이었다. 노나는 열쇠를 가지고 있었다. 그녀에게 열쇠가 있을 것이라고 생각했는데 정말이었다.

노나는 입구의 테두리에 쌓인 눈을 쓸어 열쇠 구멍을 찾아냈다. 덜컥 용수철이 걸리는 소리가 어둠을 할퀴며 퍼져 나갔다. 노나가 문에 기대자 문은 안쪽으로 밀려 들어갔다.

안쪽에서 밀려오는 향기가 가을만큼 상큼했다. 홀리스 부인의 지하 저장고만큼 시원하다는 생각을 했다. 무척이나 어두워서 불과 몇 발자국 앞밖에 보이지 않았다. 돌마루 위에 죽은 나뭇잎들이 흩어져 있는 것이 보였다. 노나는 들어가다 말고 잠시 멈춰 서서 어깨너머로 나를 돌아보았다.

"싫어."

내가 말했다.

"당신, 사랑을 믿어요?"

노나가 웃으면서 이렇게 물었다.

모든 것이 스르르 빠져나가는 기분이었다. 과거도, 현재도, 미래도. 나는 달아나고 싶었다. 비명을 지르며 달아나고 싶었다. 시간을 거슬러 올라가 내가 저지른 모든 짓을 되돌리고 싶었다.

노나는 그 자리에 선 채로 나를 바라보았다. 세상에서 가장 아름다운 여인, 내게 남은 유일한 것. 노나가 문득 양손으로 자신의 몸을 더듬기 시작했다. 어떤 행위였는지는 말할 생각은 없지만, 그 자리에 있었다면 누구나 의미를 알 수 있는 몸짓이었다.

나는 안으로 들어갔다. 노나가 문을 걸어 잠갔다.

어두웠지만 모든 것을 볼 수 있었다. 그곳은 느린 속도로 타오르는 푸른 조명을 받고 있었다. 불빛은 벽을 타고 내려와 나뭇잎이 흩어진 돌 바닥을 뱀처럼 핥았다. 납골당 가운데에는 텅 빈 운반대가 놓여 있었다. 시든 장미 꽃잎들이 마치 고대의 처녀 제물처럼 그 위에 흩뿌려져 있었다. 노나가 내게 손짓을 하고는 다시 뒤쪽의 작은 문을 가리켰다. 아무 표시도 없는 작은 문. 무서웠다. 돌이켜보면 그때 이미 난 모든 것을 알고 있었다. 노나는 내게 웃어 주었고, 나를 이용했고, 이제 파괴할 시간이 된 것이다.

하지만 나는 멈출 수가 없었다. 이미 선택의 여지가 없기도 했지만, 정신 좌표는 여전히 환희(두려움과 광기가 빚어낸 환희였다.)

와 승리감의 눈금 위에서 허우적거리고 있었다. 나는 문을 향해 떨리는 손을 내밀었다. 문은 초록색으로 덮여 있었다.

나는 문을 열고 그 안을 보았다.

그 여자가 있었다. 나의 여자가. 죽은 채로. 여자는 텅 빈 눈으로 10월의 납골당 지붕과 내 두 눈을 들여다보았다. 그녀에게 빼앗긴 키스 냄새가 났다. 발가벗은 여자는 목에서 가랑이까지 갈라져 있었다. 전신이 자궁처럼 되어 버린 것이다. 그리고 그 안에 무언가가 살고 있었다. 쥐새끼들. 보이지는 않았지만 놈들의 소리가 들렸다. 안에서 바스락거리는 소리였다. 나는 그녀가 마른 입술을 열어 내게 사랑하냐고 물어보리라는 것도 알고 있었다. 나는 뒷걸음질 쳤다. 온몸이 마비되었고 머리는 먹구름 위에서 떠다니는 것 같았다.

뒤를 돌아보니 노나가 웃으며 두 팔을 벌렸다. 그리고 그 순간 모든 것이 분명해졌다. 모든 것이 이해되었다. 마지막 시험. 기말고사. 난 시험을 통과했고 이제 비로소 자유를 얻은 것이다!

나는 문 쪽으로 돌아섰다. 물론 그곳은 바닥에 죽은 나뭇잎이 즐비한 텅 빈 돌 방일 뿐이었다.

나는 노나에게 갔다. 내 삶에게로.

노나의 두 팔이 내 목을 끌어안았고 나도 그녀를 끌어당겼다. 그리고 노나가 변하기 시작했다. 형체에 조금씩 잔물결이 일더니 밀랍처럼 일그러지기 시작했다. 검고 커다란 눈은 작은 단춧구멍으로 바뀌었고 머리카락은 거친 갈색으로 변했다. 코는 짧아지고 콧구멍은 팽창했다. 그리고 몸이 한 덩어리로 뭉쳐지고 있었다.

나를 끌어안고 있는 것은 쥐였다.

"사랑하나요? 사랑하나요? 사랑하나요?"

쥐가 찍찍거렸다.

그녀의 얍삽한 입이 내 입술을 향해 삐쭉 내밀어졌다.

나는 비명조차 지르지 않았다. 남아 있는 비명도 없었다. 다시는 비명을 지를 수 없을 것이다.

안은 너무 너웠다.

덥지만 개의치 않았다. 정말로 상관없었다. 차라리 땀이라도 실컷 흘리고 싶었다. 진짜 남자들처럼 그렇게 땀을 흘리고 싶었다. 하지만 더운 곳에서는 벌레가 물기도 한다. 거미 같은 벌레 말이다. 암컷 거미가 짝을 잡아먹는다는 사실을 아는가? 사실이다. 짝짓기를 끝내자마자 수컷을 해치워 버린다.

벽 속에서 발자국 소리까지 들렸다. 그 소리가 싫다.

손가락에 경련이 일고 펜 끝도 무디어져 간다. 하지만 이제 다 끝나간다. 이제 다른 관점에서 모든 것을 이해할 수 있을 것 같다. 아니, 더 이상 같은 사건이라는 기분도 들지 않는다.

한동안은 그 사람들 때문에 어리석게도 그 끔찍한 일들을 내 스스로 했다고 믿을 뻔했다. 휴게소 식당의 트럭 기사들과 발전소 트럭에 있다가 도망 쳤던 남자 말이다. 그 사람들은 나 혼자 있었다고 우겼다. 사람들이 나를 찾았을 때 내가 혼자였다는 것이 증거였다. 나는 아버지, 어머니, 그리고 형 드레이크의 이름이 적힌 묘석 옆에서 거의 얼어 죽은 채로 발견되었다. 하지만 노나가 떠났을 수도 있지 않은가? 그거야 바보라도 알 수 있다. 노나가 떠나서 다행이라고 생각했다. 이건 진심이다. 하지만 노나가 항상 나와 함께 있음을 잊어서는 안 된다. 언제나. 어디서나.

이제 목숨을 끊을 생각이다. 그러는 편이 나을 것이다. 그 모든 죄악과 고통과 악몽들…… . 나는 지쳤다. 게다가 벽 속에서 들려오는 소음도 끔찍하기만 하다. 그 안에 누가, 어떤 놈이 있을지 어찌 알겠는가?

난 미치지 않았다. 그건 나도 알고 당신도 아는 사실이다. 만일 당신이 "나 미치지 않았어." 하고 말한다면 그건 당신이 미쳤다는 소리와 마찬가지겠지만, 나는 그 모든 말장난을 초월한 존재이다. 노나는 나와 함께 있었다. 노나는 실재했다. 나는 노나를 사랑했고 진정한 사랑은 죽지 않는 법이다. 그래서 나는 베시에게 쓴 편지들을 모두 찢어 버렸다.

노나는 내가 진실로 사랑한 유일한 사람이었다.

여기는 덥다. 게다가 벽에서 나는 소리도 역겹다.

사랑해?

그래, 사랑해.

그리고 진실한 사랑은 영원하다.

오웬을 위하여

학교에 걸어가면서 네가 묻는다,
다른 학교에서도 성적을 매기냐고.

과일의 거리에 도착하자 너는 시선을 피한다.

노란 나무 밑을 걸으면,
겨드랑이에 군용 도시락을 끼고, 네 짧은 다리,
전투에 지친 다리는 네 그림자를 가위로 만들어 놓는다.
보도블록 위 아무것도 자르지 못하는 가위.

갑자기 네가 여기는 학생들이 모두 과일이라고 말한다.

모두들 블루베리가 너무 작다고 놀려.

바나나는 보이 스카우트야, 네가 말하지.
네 눈 속에 오렌지들의 모임이 있고
사과들도 모여 회의를 하고 있어.

팔과 다리가 있는 과일들, 네가 말하지.

수박은 이따금 왕따가 되기도 해.
어기적거리는 뚱보들.
"나처럼." 네가 말하지.
　　　　……
할 말은 있지만 안 하는 게 좋겠어.

수박 아이들은 신발을 맬 수가 없이.
새들이 대신 해 준다네.
아니면 내가 어떻게 네 얼굴을 훔쳤겠어.
네 얼굴을 벗기고 훔쳐서 내 얼굴을 만들어.
네 얼굴은 내 얼굴에서 빠르게 시들어 가고.

아마도 내가 살쪄서일 거야.
죽음은 예술이고
난 더 빨리 배울 수 있다고 말할 수도 있어.
그 학교에서 벌써 넌 연필을 쥐고
네 이름을 쓰기 시작했지.

이따금 나는 결석을 하고
과일의 거리로 차를 몰 수도 있을 거야.
나는 10월의 낙엽비 속에서 차를 세우고
바나나가 최후의 지진아 수박을 에스코트하고
그 커다란 문들을 통과하는 것을 지켜볼 수도 있을 거야.

서바이버 타입

조만간 의학도들은 이 질문과 마주하게 될 것이다. 환자들은 어느 정도까지 쇼크와 트라우마를 견더낼 수 있을까? 교수들마다 이 질문에 다른 방식으로 대답할 것이다. 하지만 따지고 보면 그 대답들은 다음의 질문과 상통한다. 환자는 얼마나 절박하게 살고 싶어 하는가?

1월 26일
폭풍에 휩쓸린 지 이틀째. 오늘 아침에야 이 섬을 걸어 보았다.
섬이라! 섬은 가장 높은 곳에서 아래까지 190걸음이고 끝에서 끝까지 267걸음이다.
내가 아는 한 먹을 것은 아무것도 없다.
내 이름은 리처드 파인이다. 이것은 일기다. 내가 발견된다면 이 일기는 즉시 태워 버릴 것이다. 성냥이 부족할 리는 없다. 성냥과 헤로인은 넘쳐 난다. 둘 다 여기에선 아무 가치도 없다, 하하. 아무튼 나는 쓸 것이다. 시간이라도 때워야 하니까.

사실대로 말해야 한다면(못 할 건 뭐야? 시간도 넉넉하잖아?) 내가 뉴욕의 작은 이탈리아 타운에서 리처드 핀제티로 태어났다는 사실부터 말해야 한다. 아버지는 구시대의 기니아(이탈리아 사람을 경멸적으로 부르는 용어—옮긴이)였다. 나는 의사가 되고 싶었다. 하지만 아버지는 미친놈이라고 비웃고는 가서 술이나 더 가져오라고 했다. 아버지는 마흔여섯에 암으로 죽었다. 나는 뛸 듯이 기뻤다.

나는 고등학교에서 미식축구를 했다. 나는 학교 역사상 가장 위대한 쿼터백 선수였다. 마지막 2년 동안에는 전국 대회에 연속 출전하기도 했다. 사실 축구가 싫었지만, 가난한 이탈리아 놈이 대학에 갈 수 있는 방법은 운동밖에 없다. 그래서 나는 뛰었고 기어이 체육 장학금을 따 냈다.

대학에 가서는 성적이 잘 나와서 전액 장학금을 탈 때까지만 공을 가지고 놀았다. 의예과. 아버지는 졸업식 6주 전에 돌아가셨다. 정말 다행이었다. 설마 내가 졸업식 때 무대 위에서 수료장을 받은 뒤 그 역겨운 노친네가 앉아 있는 곳을 바라보고 싶어 한다고 생각하지는 않겠지? 수탉에게 필요한 것은 날 수 있는 날개이다. 나는 당연히 의사회에 들어갔다. 썩 좋은 모임은 아니었으나, 핀제티라는 이름보다는 의사회의 명칭이 내게는 더 필요했다.

내가 왜 이런 글을 쓰고 있지? 우스워 보일 수도 있겠다. 아니, 우스워 보인다. 위대한 파인 박사께서 엎드리면 코가 해변에 닿는 코딱지만 한 섬에 표류되어, 파자마에 티셔츠 차림으로 앉아 자서 전을 쓰고 있는데 어찌 우습지 않겠는가? 배고프지 않냐고! 쓸데없는 신경 끊자. 내가 원하는 한 난 끝까지 이 개 같은 역사를 기록할 것이다. 최소한 허기를 조금은 잊을 수도 있겠지. 조금은.

나는 의대를 들어가기 전에 파인으로 성을 바꿨다. 어머니는 억장이 무너진다는 말을 썼다. 억장은 무슨? 아버지가 땅에 묻힌 다음 날 어머니는 곧바로 블록 끝에 사는 유태인 채소 상인을 유혹했고 눈 깜짝할 사이에 스타인브루너로 성을 바꿔 버렸다.

외과는 내 평생 소원이었다. 적어도 고등학교 때부터는 그랬다. 그때부터 나는 시합 전에 장갑을 꼈고 후에는 꼭 소독을 했다. 외과의가 되려면 손을 돌보는 것은 당연한 일이다. 그런 내 행동에 수작을 거는 놈들도 있었다. 나를 쫌생이라고 놀리기도 했다. 하지만 한 번도 그들에게 대든 적은 없었다. 장래를 말아먹을 위험은 축구만으로도 충분했다. 물론 그렇다고 꽁무니를 뺀 것은 아니었다. 나를 놀리는 녀석들의 대장은 호위 플로츠키라는 놈이었다. 덩치만 멀쩡한 여드름투성이 얼간이. 난 당시에 신문배달을 하고 있었다. 사실 신문뿐만 아니라 마리화나도 함께 다루었는데 솔직히 그건 어쩔 수 없는 선택이었다. 인간이란 게 다 그런 것 아니겠나? 사람들의 이야기를 듣다 보면 어떤 식으로든 관계를 맺게 되는 법이고 그건 생존의 전력 같은 것이다. 누구나 죽는 법은 알고 있다. 우리가 배워야 할 것은 살아남는 방법이다. 내 말이 틀렸나? 그래서 난 학교에서 가장 힘이 센 리코 브라지에게 10달러를 주고 호위 플로츠키의 입을 날려 버리라고 했다. 나는 "날려 버리라고." 말했다. 그리고 이빨을 가져오면 한 개마다 1달러를 더 쳐주겠다고 했다. 리코는 이빨 세 개를 냅킨에 싸서 가져왔다. 리코

174

는 그 일을 하다가 손가락 두 개를 삐었는데 그 후에 내가 얼마나 곤란해졌을지는 가히 짐작이 될 것이다.

의대 시절, 다른 병신들이 식당이나 백화점에서 심지어 복도를 지나면서도 죽어라 책만 파는 동안에도 나는 사업을 계속했다. 축구 도박, 야구 도박, 그리고 약간의 사기. 나는 옛친구들과도 좋은 관계를 유지했으며 덕분에 무사히 학교를 마칠 수 있었다.

레지던트로 있는 동안에는 무리하지 않으려 애썼다. 나는 뉴욕에서도 가장 큰 축에 드는 병원에서 일했다. 처음에는 그저 처방전 서식을 조금 내다 파는 정도였다. 나는 빈 처방전 묶음 백 개 정도를 친구 놈에게 넘겼다. 녀석은 내가 함께 팔아넘긴 견본들을 참고해서 40~50명의 의사 이름을 날조해 넣었다. 그러고는 거리에 나가 장당 10~20달러에 다시 팔아넘기는 것이다. 주로 속도광이나 꼴통들이 고객이었다.

그러다가 나는 병원 약제실에 얼마나 많은 흥분제가 있는지 알게 되었다. 약제실에 뭐가 들어오고 나가는지 아는 사람은 없었다. 사람들은 제멋대로 주머니에 약품을 쑤셔 넣고 나왔다. 나는 그러지 않았다. 난 항상 신중했다. 항상 부주의할 때, 재수가 없을 때 문제가 생기는 법이다. 상황 판단을 게을리해선 안 된다. 절대로.

이제 그만 써야겠다. 손목도 아프고 연필도 무뎌졌다. 왜 이 짓거리를 하는지 모르겠다. 누군가 곧 구하러 올 텐데 말이다.

1월 27일

지난 밤 보트가 떠내려가 섬 북쪽에서 약 10미터 떨어진 곳에 가라앉아 버렸다. 조류 때문이었을까? 어쨌든 보트는 암초에 부딪친 후 스위스치즈처럼 바닥이 벌어져 버렸다. 나는 보트에서 쓸 만한 물건은 벌써 꺼내 놓았다. 물 13리터. 바느질 세트. 구급상자. 이 글을 쓰고 있는 이 공책. 원래는 구명정 점검 일지였다. 웃기는 일이다. 식량을 하나도 싣지 않은 구명정이 세상에 어디 있단 말인가? 마지막 기록은 1970년 8월 7일로 끝나 있었다. 오, 그리고 칼 두 개가 있다. 하나는 무디지만 다른 하나는 꽤 예리하다. 그리고 스푼 겸용 포크가 하나. 오늘 밤 삶은 바위를 먹을 때 쓸 생각이다. 하하, 이제 좀 글이 써지는 것 같군.

이 새똥 천지 바위섬에서 나가는 즉시 그 씹어 먹을 파라다이스 운수 회사를 고소하고 말 테다. 그것이 내가 살아야 하는 유일한 이유이다. 나는 살아남을 것이다. 기어이 살아남아 이곳을 벗어나고 말리라. 맹세코 그러리라.

(잠시 휴식)

물품 목록에 빠진 게 하나 있다. 최고급 헤로인 2킬로그램. 뉴욕 거리 시세로 약 35만 달러어치다. 여기서야 새똥 값만도 못하지만. 웃기지 않나? 하하!

1월 28일

그걸 먹었다고 해도 될지는 모르겠지만 아무튼 먹긴 먹었다. 섬 중앙에서 바위 위에 앉아 있는 갈매기 하나를 발견했다. 바위들은 들쑥날쑥 뒤얽혀 작은 산처럼 보였고, 새똥으로 완전히 뒤덮여 있었다. 나는 적당한 돌 하나를 주워 가능한 한 가까이 다가갔다. 놈은 바위 위에 버티고 선 채로 검은 눈을 껌뻑거리며 나를 바라보왔다. 내 배 속에서 밥 달라는 소리가 우렁차게 들렸다. 세상에, 그 소리에도 달아나지 않다니!

나는 있는 힘껏 돌을 던졌다. 놈이 빽 소리를 지르며 날아가려 했지만 내 돌에 오른쪽 날개를 맞은 터였다. 나는 부지런히 기어 올라갔고 새는 죽을힘을 다해 달아나려 했다. 하얀 날개에 피가 번지기 시작했다. 그 빌어먹을 놈이 술래잡기 놀이를 시작했다. 하마터면 바위틈에 걸려 발목이 부러질 뻔했다.

놈이 지치기 시작했고 섬 동쪽에서 마침내 놈을 잡았다. 놈은 정말로 물에 뛰어들어 수영까지 시도했다. 꼬리 깃털을 잡자 놈이 고개를 돌려 내 손을 쪼아 대기 시작했다. 나는 한 손으로 발을 잡고 다른 손으로 놈의 목을 잡아 꺾었다. 그 소리가 맘에 들었다. 너무나 좋았다. 게다가 점심도 준비가 되었다. 하! 하!

나는 새를 '캠프'로 갖고 돌아왔다. 하지만 깃털을 뽑고 내장을 훑기 전에 부리에 찍힌 상처에 요오드를 발랐다. 새들은 온갖 질병을 옮긴다. 지금 와서 병에 걸리면 날더러 어쩌란 말인가?

갈매기를 처리하는 일은 어렵지 않았다. 문제는 요리였다. 야채며 땔감도 없었고 보트는 가라앉았다. 할 수 없이 날로 먹어야 했다. 위장에서 그 즉시 뱉어 내려고 했다. 나도 그러고 싶었지만 어떻게 그럴 수 있단 말인가? 구토기가 사라질 때까지 나는 몸을 뒤로 기댔다. 언제나 효과가 있는 방법이다.

1월 29일

오늘은 아무것도 씹지 못했다. 갈매기가 바위산 위에 앉긴 했지만 돌멩이 선물을 주기도 전에 날아가 버렸다. 하! 하! 수염이 자라기 시작해 무척 간지러웠다. 놈이 돌아오면 기어이 잡고 말리라. 죽이기 전에 두 눈부터 파내 버릴 생각이다.

나는 엿 같은 외과의였다. 이 말은 전에도 한 것 같다. 그들은 나를 쫓아냈다. 정말 웃기지도 않다. 모두들 그 짓을 했다. 하지만 누군가 걸리기라도 하면 자신들은 엄청 숭고한 척한다. 엿은 혼자 먹게, 잭. 내 몫은 내가 챙길 테니까. 히포크라테스와 히포크리테스(위선자라는 뜻――옮긴이)의 제2선서.

인턴과 레지던트 시절 나는 위험을 감수한 대가로 파크 애비뉴에 병원을 차리기에 충분한 돈을 모았다.(물론 히포크리테스에 따르면 의사란 사관과 신사여야 했지만 설마 그걸 믿는 사람이 있을까?) 다행스러운 일이었다. 다른 '동료'들과 달리 내게는 부자 아버지도 없고 소위 잘 나가는 후원자도 없었으니까 말이다. 간판을 걸었을 때, 아버지라는 인간은 빈민자 묘지에 묻힌 지 9년이나 되었다. 어머니는 내 면허가 최소되기 바로 전해에 세상을 떠났다.

그건 뻥땅 같은 것이었다. 나는 동부의 약사 대여섯 명과 약품 공급처 두 곳, 그리고 최소 20명 정도의 의사들과 거래를 지속했다. 우리는 환자를 주고 받았다. 나는 수술을 집도하고 수술 후에는 복용약을 처방해 주었다. 물론 하지 않아도 되는 수술도 있었지만, 그렇다고 싫다는 환자를 억지로 수술한 적은 없었다. 처방전에 적힌 내용을 보고 "전 이 약 싫습니다."라고 말한 환자도 없었다. 그들은 1965년에 자궁 절개를 했거나 1970년에 갑상선 일부를 떼어 낸 사람들이다. 그냥 내버려 두면 5년이나 10년 후에도 계속 진통제를 퍼먹을 사람들이란 말이다. 게다가 그게 나 혼자뿐이겠는가? 환자들에게는 돈이 있다. 그리고 작은 수술 이후에는 불면증에 시달리기도 하는 법이다. 다이어트나 진정제 부작용으로 고통받을 수도 있다. 그런 건 얼마든지 해결할 수 있다. 내가 그들에게 주지 않아도 분명히 다른 누군가가 해 줄 일이다.

그때 국세청 사람들이 로웬탈을 찾아갔다. 그 겁쟁이를. 그들은 로웬탈 눈앞에 다섯 손가락을 흔들었고 그 멍청이는 여섯 명의 이름을 불었다. 그중에 나도 있었다. 놈들은 한동안 나를 감시했다. 마침내 그들이 들이닥칠 때쯤엔 5년 정도로 어떻게 해 볼 수준이 아니었다. 당연히 몇 가지 다른 불법적인 일까지 걸렸는데, 그중에 빈 처방전 거래도 포함되었다. 나는 그 일을 완전히 그만두지 않았다. 사실 더 이상 할 필요가 없었지만, 습관이 되어 버린 것이다. 콩고물을 포기하기가 쉽지 않았던 모양이다.

나는 몇 되지 않는 연줄을 있는 대로 이용했고, 두 명 정도는 거머리 밥으로 던져 주었다. 물론 싫어하는 놈들이다. 내가 넘긴 놈들은 진짜 개자식들이었다. 젠장, 배고파 죽겠군.

1월 30일

갈매기 품절. 동네 슈퍼마켓에서 보았을 문구가 생각났다. 오늘 토마토 품절. 나는 날카로운 칼을 들고 허리 깊이까지 물속으로 들어가 죽은 듯이 서 있었다. 태양이 네 시간 동안 끈질기게 나를 두들겨 팼다. 두 번 정도 기절할 뻔했지만 가까스로 몸을 가누었다. 물고기는 보이지 않았다. 한 마리도 없었다.

1월 31일

갈매기 한 마리를 잡았다. 처음과 같은 방법으로. 너무나 배가

고파 잔혹하게 고문하겠다는 약속까지 잊고 말았다. 단숨에 내장을 제거하고 먹기 시작했다. 내장을 짜 낸 다음에 그것마저 먹어 버렸다. 기력을 느낄 수 있다는 것이 이상했다. 한동안은 두려웠다. 바위산 그늘에 누워 있는데 누군가의 목소리가 들렸다. 아버지. 어머니. 전처. 사이공에서 나한테 헤로인을 팔아넘긴 짱깨 놈. 놈은 언청이에다 혀 짧은 소리를 냈다.

"해 봐."

어딘가에서 놈의 목소리가 들렸다.

"해 보고 느껴 보다고. 배고프단 다딜도 모를 거야. 둑여 두다……."

하지만 난 한 번도 마약을 해 보지 않았다. 수면제도 복용해 본 적이 없다.

로웬탈은 자살했다. 내가 말 안 했던가? 바보 같은 놈. 로웬탈은 자기 사무실에서 목을 맸다. 놈이 죽음으로 세계에 기여한 것이라는 생각이 들었다.

나는 다시 병원을 열고 싶었다. 내가 말을 꺼내자 몇 명은 가능할 거라고 했다. 문제는 엄청난 돈이 든다는 것이다. 내가 상상도 못 해 본 거액. 내 금고에는 4만 달러밖에 없었다. 나는 모험을 하기로 했다. 나중에 그만큼 되찾으면 그만이었다. 두 배이든 세 배이든.

그래서 로니 하넬리를 찾아갔다. 로니와 나는 대학에서 같이 축구를 했고 그 친구 동생이 내과의를 지망했을 때 레지던트 실습을 받도록 도와준 적이 있었다. 그런데 로니 자신은 법대 지망생이었으니 웃기는 노릇이 아닐 수 없었다. 우리가 자란 동네에서는 로니를 심판관 로니라고 불렀다. 동네 야구나 하키 시합이 있으면 어김없이 로니가 심판을 맡았다. 그의 별명이 맘에 들지 않는다 해도 그거야 내 알 바 아니다. 아가리 닥치고 집에서 발이나 닦으랄 수밖에. 푸에르토리코 사람들은 그를 로니짱이라고 불렀다. 로니짱. 물론 그런 식의 호칭은 다분히 아부 끼가 있다. 아무튼 놈은 대학에 갔고 로스쿨에 진학했다. 그리고 순항에 순항을 거듭해 첫 시험에서 변호사가 되었고 고향에서 목 좋은 곳에 사무실을 냈다. 지금도 눈을 감으면 로니가 흰색 컨티넨털을 타고 거리를 누비는 모습이 눈에 떠오른다. 이 도시에서 가장 더러운 고리대금업자 놈.

난 로니가 뭔가 해 줄 수 있으리라는 것을 알았다.

"위험한 일이야. 하지만 네가 항상 신중했다는 것도 안다. 네가 자격증을 되찾게 되면 시의원 한 명을 소개해 줄게."

로니는 이렇게 말하며 내게 두 사람 이름을 댔다. 그중 하나는 '헨리 리 추'라는 중국 놈이고, 또 하나는 베트남 사람인데 '솔롬 응고'라는 화학자였다. 베트남인은 돈을 받고 중국 놈의 상품을 검사해 줄 사람이었다. 중국 놈은 종종 '장난'을 치는 것으로 유명했다. 장난이란, 땀띠 가루약, 하수구 세척제, 옥수수녹말 등이 든 플라스틱 가방을 말한다. 로니는 언젠가 그 같잖은 장난으로 그자가 죽게 될 거라고 말했다.

2월 1일

비행기 한 대가 섬을 그대로 지나쳐 버렸다. 나는 바위산 위로 올라가 손을 흔들었다. 그날 기어이 바위틈에 발이 빠지고 말았다. 아마도 처음으로 새를 죽이던 날 빠졌던 바로 그 틈인 것 같다. 결국 발목을 삐고 말았다. 복합 골절이었다. 총이라도 맞은 것처럼 상상도 못 할 고통이 밀려들었다. 나는 비명을 질렀고 균형을 잃고 미친놈처럼 허우적거렸다. 그리고 넘어져 바위에 머리를 찧고 말았다. 모든 것이 새까매졌다. 다시 정신을 차린 것은 어둑해질 무렵이었다. 머리에는 핏자국이 선명했고 발목은 타이어처럼 부풀어 올랐다. 게다가 일사병 증세까지 있었는데 한 시간만 더 쓰러져 있었다면 온몸이 물집투성이가 되었을 것이다.

겨우 몸을 끌고 돌아와 하룻밤을 지냈다. 좌절과 오한에 엉엉 울어도 보았다. 관자놀이의 오른쪽 돌출부에 난 상처를 소독하고 정성스럽게 붕대를 감았다. 가벼운 찰과상에 가벼운 뇌진탕. 하지만…… 이놈의 발목은…… 최악이다. 최소한 두 군데, 어쩌면 세 군데에 금이 간 것이 분명했다.

이제 어떻게 새를 쫓아다니지?

칼라스호의 생존자를 찾아 나선 비행기였을 것이다. 어둠과 폭풍 속에서 구명정은 가라앉은 곳에서 멀리 떠내려간 것이 분명했다. 어쩌면 이쪽으로 돌아오지 않을 수도 있다.

젠장, 이 빌어먹을 발목을 어떡하지?

2월 2일

구명정이 상륙했던 섬 남쪽 해안의 작은 백사장에 표지를 만들기로 했다. 여러 번 그늘에서 쉬어야 했기 때문에 그 일 하나를 하는 데만도 하루 종일 걸렸다. 두 번 정도 실신하기도 했다. 대충 짐작만으로도 10킬로그램은 빠진 것 같은데 아마도 탈수 때문이리라. 아무튼 하루 종일 걸려 만든 글자 네 개가 보였다. 하얀 모래 위에 점점이 박힌 검은 돌들. 그건 글자 하나에 길이가 1.5미터나 되는 "HELP"라는 단어였다.

비행기가 다시 온다면 분명 볼 것이다.

비행기가 온다면.

발은 주기적으로 쑤셨다. 여전히 붓기가 빠지지 않았고 골절 주변에는 불길한 탈색 현상도 있었다. 탈색은 상당히 진척된 상태였다. 셔츠로 단단히 묶는 것으로 통증은 어느 정도 완화할 수 있었지만 그래도 의식을 잃을 정도의 고통이 뒤따랐다.

절단이라도 해야 하는 걸까?

2월 3일

붓기와 탈색이 더 심해졌다. 그래도 내일까지는 기다려 볼 생각이다. 만일 수술이 필요하다면 어떻게든 해낼 수 있을 것이다. 예리한 칼을 소독할 성냥도 있고 상처를 꿰매는 데 필요한 실과 바늘도 있다. 셔츠는 붕대로 쓰면 될 것이다.

내게는 '진통제'도 2킬로그램이나 있다. 원하는 처방은 아니지만 말이다. 하지만 그것을 손에 넣기 위해 뭐든지 하려는 족속들도 있다. 뿅 가게만 해 준다면 공기청정제라도 들이켤 족속들! 정말이다!

2월 4일

결국 발을 절단하기로 결심했다. 4일 동안 아무것도 먹지 못했다. 더 미루었다가는 수술 도중에 통증과 허기로 정신을 잃고 출혈 과다로 죽을 수도 있다. 처참한 상황이긴 하지만 아직 죽고 싶지는 않다. 기초 해부 시간에 모크리지가 한 말이 기억났다. 우린 그를 모키 토키라고 부르곤 했다. 의학도들은 언제고 이런 질문과 마주치게 될 것이라고 말했다. 모크리지가 묻는다. 환자가 견뎌낼 수 있는 충격의 양과 질은 어디까지이지? 그리고 신체 해부도를 지휘봉으로 탁 때린 후, 간, 신장, 심장, 비장, 대장을 하나하나 가리켰다. 그리고 말한다. 본질적인 것을 생각해 보라고, 친구들. 그 대답은 언제나 또다른 질문이 되네. 환자는 얼마나 절박하게 살고 싶어 할까?

해낼 수 있을 거야.

정말로 한다.

어쩌면 그 불가피한 선택을 미루기 위해 이 글을 쓰는지도 모른다. 하지만 여기까지 오게 된 경위에 대해 아직 이야기를 마무리 짓지 못했다. 수술이 잘못될 경우에 대비해서라도 단단히 챙겨야 할 일이다. 수술은 몇 분이면 끝날 것이다. 그리고 아직 수술에 필요한 시간은 넉넉하다. 손목시계는 오전 9시 9분을 가리키고 있다. 하!

나는 여행자 신분으로 사이공에 갔다. 이상한가? 이상할 것 하나도 없다. 닉슨의 전쟁에도 불구하고 베트남에 가는 사람은 매년 수천 명도 넘는다. 심지어 고물 자동차나 닭싸움을 보기 위해 가는 사람도 있으니 말이다.

중국 친구에게 거래 물건이 있었다. 그 물건을 응고에게 가져갔더니 매우 좋은 상품이라고 말해 주었다. 그리고 넉 달 전 리 추가 장난을 치려고 했는데 그의 아내가 자동차 시동을 걸다가 장난칠 상품을 날리고 말았다는 이야기도 해 주었다. 그 때문에 가짜는 하나도 없다는 것이다.

사이공에는 3주 동안 머물렀다. 샌프란시스코로 돌아가기 위해 유람선 칼라스호에 일등석으로 예약까지 해 두었다. 물건을 가지고 승선하는 것은 전혀 문제가 되지 않았다. 응고가 미리 돈으로 매수를 해 두었기 때문에 세관원 두 명은 가방들만 대충 훑어보고 보내 주었다. 여행 가방 안에 넣어 둔 물건은 아예 거들떠보지도 않았다.

"미국 세관을 통과하는 게 더 큰 문제지. 하지만 그건 당신 몫이라고."

응고가 말했다.

물건을 갖고 미국 세관을 통과할 생각은 없었다. 로니 하넬리가 3000달러에 약간의 장난을 쳐 줄 스킨다이버를 수배해 두었다. 세인트 레기스 호텔이라는, 샌프란시스코의 허름한 여인숙에서 그 스킨다이버를 만날 예정이었다.(지금 생각해 보니 이틀이 지났군.) 물건은 타이머와 붉은 물감통을 붙여 둔 방수 캔에 넣어 부두에 닿기 전에 배 밖으로 던지기로 했다. 물론 내가 던질 것은 아니었다.

나는 콩고물을 사용할 줄 알고, 영원히 입을 다물 만큼 충분히 똑똑한, 아니면 충분히 멍청한 요리사나 승무원을 찾아다녔다. 그리고 그때 칼라스호가 침몰했다.

어떻게? 왜? 나도 모른다. 태풍이 있었지만 배는 충분히 튼튼해 보였다. 23일 오후 8시경, 선실 어딘가에서 폭발이 있었다. 나는 라운지에 있었는데 칼라스호는 거의 폭발과 동시에 기울어지기 시작했다. 왼쪽으로……. 뭐라고 부르더라? 좌향? 좌현?

사람들이 비명을 지르며 사방으로 뛰어다녔고 바의 진열대에서는 술병이 쏟아져 산산 조각이 났다. 아래층에서 버둥거리는 남자는 셔츠가 온통 불에 탔고 살갗은 바비큐가 되어 가고 있었다. 유람선 승선 교육 때 할당 받은 구명정 대기장으로 이동하라고 스피커가 빽빽 소리를 질러 댔다. 승객들이 우왕좌왕하는 것도 당연한 일이었다. 사실 구명정 교육 때 나타난 사람은 거의 없었다. 나는 가장 먼저 교육에 참가했다. 탁 트인 전망을 확보하고 싶기도 했지만 내 피부에 관련된 사항에는 특별히 민감했기 때문이다.

나는 객실에서 헤로인 주머니를 꺼내 앞주머니에 하나씩 집어넣었다. 그런 다음 구명정 8번 대기장으로 갔다. 주 갑판으로 나가는 계단을 오르고 있을 때 두 번의 폭발이 뒤를 이었고 배는 더욱 급속도로 기울어졌다.

갑판은 온통 아수라장이었다. 아이를 안은 한 여인이 소리를 지르며 내 옆을 죽 미끄러져 지나갔다. 그러고서 레일에 허벅지를 부딪고는 밖으로 튕겨 나가 버렸다. 내가 마지막으로 본 것은 여자가 두 번 공중제비를 도는 참극이었다. 세 번째 공중제비는 보이지 않았다. 중년 남자는 셔플보드(긴 막대로 원반을 치는 놀이—옮긴이) 놀이판 가운데 앉아 머리카락을 쥐어뜯고 있었고 요리사 복장을 한 남자는 얼굴과 손에 심한 화상을 입은 채 허둥대고 있었다.

"살려 줘요! 앞이 안 보여! 제발요! 눈이 보이지 않아요!"

거의 모든 사람들이 공포에 휩싸여 있었다. 광기가 전염병처럼 승객들에게서 승무원들로 번져 나갔다. 최초의 폭발에서 칼라스호의 침몰까지 걸린 시간은 불과 20여 분이었는데 말이다. 어떤 구명정 대기장은 악을 써 대는 승객들로 혼잡한 반면에 아예 텅 빈 구명정도 있었다. 내 구명정은 배가 기울어진 쪽에 있었기 때문에 비쩍 마른 선원을 제외하고는 아무도 없었다.

"이 썩어문드러진 창녀 배때기를 물속에 처박자고요. 이 통은 바닥까지 곧장 내려갈 거외다."

선원이 허둥지둥 사방을 둘러보며 말했다.

구명정은 작동하기가 쉬웠지만 선원이 제정신이 아닌 탓에 그만 도르래와 삭구가 얽히고 말았다. 보트는 2미터 정도 떨어지다가 허공에 매달렸다. 이물이 고물보다 50센티미터 가까이 처진 형국이었다.

내가 도와주려고 다가가려 할 때 선원이 비명을 지르기 시작했다. 엉킨 삭구를 풀기는 했는데 그 바람에 밧줄에 손이 걸리고 만 것이다. 밧줄이 쉭 하고 내려가며 손바닥 껍질을 벗겨 냈다. 손바닥에서 연기까지 일었고 선원은 순식간에 배 밖으로 튕겨나가 버렸다.

나는 줄사다리를 배 아래로 던진 다음 타고 내려갔다. 그리고 구명정에 매달린 밧줄을 끊어 내고 노를 젓기 시작했다. 친구네 별장에 놀러 갔다가 심심풀이로 저어 본 게 전부인데 이제는 목숨을 걸고 있는 셈이다. 침몰하는 칼라스호에서 신속히 벗어나지 못한다면 칼라스호는 나를 끌고 들어가고 말았을 것이다.

5분쯤 후에 칼라스호는 가라앉기 시작했다. 하지만 나는 아직 안전한 곳으로 벗어나지 못한 상태였다. 칼라스호와 함께 빨려 들어가지 않기 위해 죽을힘을 다해 노를 저었다. 칼라스호는 빠른 속도로 침몰했다. 아직도 이물 난간에 매달려 비명을 지르는 사람들이 보였다. 마치 원숭이 떼 같다는 생각이 들었다.

폭풍은 더욱 거세졌다. 노를 하나 잃었지만 하나는 어떻게든 지켜 냈다. 그날 밤은 거의 꿈처럼 흘려 보냈다. 물을 퍼내다가도 다가오는 거대한 파도에 뱃머리를 먹히지 않기 위해 미친 듯이 노를 휘저었다. 밤새도록.

24일 새벽에 동이 트기 전, 등 뒤에서 엄청난 파도가 밀어닥쳤다. 구명정이 쏜살같이 앞으로 치닫기 시작했다. 무섭기도 했지만 사실 신나기도 했다. 그러다가 발밑에서 널빤지들이 하나하나 뜯겨 나가기 시작했는데, 다행인 것은 구명정이 가라앉기 전에 이 빌어먹을 바위섬에 처박혔다는 것이다. 나는 여기가 어디인지도 모른다. 아무것도. 항해는 내 전공이 아니다. 하! 하!

하지만 내가 무엇을 해야 할지는 안다. 마지막 고비일 수도 있겠지만 어떻게든 해낼 것이다. 언제나처럼 말이다. 아무튼 현대 의술에서 보철은 정말 놀랄 만한 진보를 해 오지 않았던가? 발 하나로도 충분히 잘 먹고 잘살 수 있으리라 믿는다.

생각만큼 내가 훌륭한 의사인지 확인할 때가 되었다. 행운이 있길.

2월 5일

해냈다.

고통은 내가 가장 우려했던 부분이었다. 통증을 참을 수는 있다. 하지만 몸이 약해진 상태에서 허기와 고통이 찾아오면 수술을 끝내기 전에 정신을 잃을지도 모른다는 생각이 들었다.

하지만 헤로인이 그 문제를 깨끗이 해결해 주었다.

나는 가방 하나를 열어 바위 위에 가루를 덜어 내고는 재빨리 두 번 들이마셨다. 오른쪽 코로 한 번, 왼쪽 코로 한 번. 그건 밑바닥에서 머리끝까지 치밀어 오르는 몽롱한 그리움 같았다. 어제 일기를 마무리 짓자마자 흡출기로 가루약을 빨아들였다. 그때가 9시 45분이었다. 그 후 다시 시계를 보았을 때는 그림자의 위치가 바뀌어 내가 부분적으로 태양에 노출되어 있었다. 시간은 12시 41분. 아마 깜빡 졸은 모양이다. 평생 그렇게 아름다운 환몽을 맛본 적이 없었다. 지금까지 왜 마약에 대해 그렇게 냉소적이었는지 이해가 가지 않았다. 고통, 공포, 비애, 이런 것들이 한 방에 사라지고 오직 평온한 포만감만 느껴졌다.

나는 그 상태에서 수술을 했다.

실로 엄청난 고통이었다. 수술 초반에는 최악이었다. 하지만 그 고통마저도 다른 사람의 괴로움을 지켜보는 것 같았다. 괴롭기도 했지만 재미있기도 했다. 그런 기분 아는가? 만일 강한 모르핀을 경험한 적이 있다면 쉽게 이해가 갈 것이다. 약은 진통 효과에 그치지 않고 마음의 평정까지 가져다주었다. 사람들이 마약에 집착하는 이유를 이해할 수 있었다. 아니 '집착'이라는 표현 자체가 일방적이었다. 그건 결국 한 번도 해 보지 않은 사람들이 하는 말일 뿐이다.

수술이 반쯤 진행되자 고통은 좀 더 구체적으로 다가왔다. 기절할 것 같은 느낌이 온몸을 휘감았다. 나는 하얀 가루가 담긴 가방을 탐욕스럽게 바라보다가 가까스로 눈을 돌렸다. 다시 몽환 상태에 빠진다면 기절할 때까지 기다릴 필요도 없이 그냥 피를 흘리다가 죽고 말 것이다.

출혈이 가장 위험한 요소였다. 외과의로서 그 사실을 너무나 잘 알았다. 한 방울도 허투루 흘려서는 안 된다. 병원이라면 수술을 하다 피를 너무 많이 흘렸을 경우 언제든 수혈이 가능하지만 지금 은 꿈 같은 일이다. 잃어버린 피는(수술을 끝낼 때쯤 발밑의 모래가 거멓게 물들어 있었다.) 내부기관이 스스로 재생산할 때까지 부족 한 채로 남아 있을 수밖에 없다. 부목도 지혈제도, 하다못해 수술 용 실도 없었다.

수술은 정확히 12시 45분에 시작되어 1시 50분에 끝이 났다. 나 는 즉시 헤로인을 복용했다. 전보다 더 많은 양이었다. 나는 잿빛 의 고통 없는 세계로 빠져들어 거의 5시까지 그 상태로 있었다. 정 신을 차렸을 때 태양은 서쪽 수평선에 황금빛 줄무늬를 뿌려 대고 있었다. 너무나 아름다웠다……. 그 한순간 모든 고통을 보상받 은 느낌이었다. 한 시간 후, 나는 조금 더 가루를 들이켰다. 석양 을 완전히 내 것으로 만들고 싶었다.

어두워진 후 나는…….

나는…….

잠깐. 내가 4일간 아무것도 먹지 못했다는 얘기를 했던가? 바 닥난 원기를 회복하기 위해 구할 수 있는 유일한 먹거리가 내 몸 밖에 없다는 것도? 생존이란 것이 결국 마음먹기 달렸다는 말을 입이 터져라 말했던 것 같은데? 마음? 얼어 죽을 마음? 당신이었 다 해도 똑같이 했을 거라는 식의 합리화는 나도 밥맛이다. 결국 외과의는 나다. 당신이 절단의 메커니즘에 정통하다 해도, 결국은 경험 미숙으로 인한 과다 출혈로 사망 선고를 받았을 것이다. 게

다가 수술과 쇼크증후군을 견뎌 낸다 해도, 당신들의 편협한 머리통으로 그런 방법을 생각해 내기는 처음부터 불가능했다. 아무래도 좋다. 아무도 모르면 그만이니까. 이 섬을 떠나기 전 마지막 할일은 이 책을 없애는 것이다.

완벽해야 했다.

나는 먹기 전에 철저하게 세척을 했다.

2월 7일

절단 부위의 통증은 이따금 숨을 끊어 놓을 듯했다. 하지만 그마저도 치유 과정 중에 나타나는 고질적인 간지럼에 비하면 새 발의 피였다. 오늘 아침에는 상처가 아물어 갈 때 생기는 지독한 간지럼증과, 그럼에도 불구하고 긁을 수 없는 고통에 대해 생각했다. 나는 미소 지으며 환자들에게 이렇게 대답하곤 했다. 내일이면 좀 편해질 것이라고. 하지만 속으로는 참을성이라고는 눈곱만큼도 없는 배은망덕한 의지박약아들이라고 욕을 퍼부어 댔다. 하지만 이제는 이해할 수 있다. 붕대를 갈기갈기 찢어 버리고 막 아물기 시작한 상처 부위를 마구 파 버리고 싶었던 적이 몇 번이었나? 조잡한 바늘 자국을 뜯어 버리고 피가 쿨럭쿨럭 모래 위로 쏟아진다 해도, 그 미치도록 끔찍한 가려움을 멈추게 하고 싶었다. 무슨 수를 써서라도 말이다.

그럴 때마다 거꾸로 100을 세었다. 그러다가 결국 헤로인을 빨았다.

몸속에 얼마나 많은 양을 쑤셔 넣었는지 모르겠다. 내가 아는 것은 수술 후 간헐적으로 '경련'을 일으켰다는 사실뿐이다. 알겠지만 배는 고프지 않다. 배고프다는 생각도 들지 않았다. 배 속에서 뭔가 깎여 나가고 있다는 아련한 느낌뿐이었다. 에너지도 고갈되어 갔다. 실험을 해 보았다. 이곳에서 저곳으로 기어 다니며 기력을 짜내어 보았다. 하지만 거의 잡히지 않았다.

맙소사, 신이여, 제발……. 수술이 또 필요한 걸까?

(잠시 후에.)

비행기다. 하지만 너무 높다. 소용이 없겠어. 보이는 거라고는 하늘을 가로지르는 비행기구름뿐이었다. 어쨌든 손은 흔들어 보았다. 손을 흔들며 소리까지 질렀다. 비행기는 사라졌고 나는 울었다.

너무 어두워 아무것도 보이지 않는다. 배고파. 나는 온갖 종류의 먹거리에 대해 생각해 보았다. 마늘빵, 달팽이요리, 랍스터, 프라임 립, 복숭아 토스트, 런던식 불고기, 커다란 파운드케이크, 그리고 1번가의 노블리제 레스토랑에서나 나올 법한 수제 바닐라 아이스크림, 프리첼 비스킷, 훈제 연어, 구운 소시지, 파인애플 원액을 곁들인 구운 햄, 포테이토칩, 양파 튀김, 감칠맛이 오래 지속되는 차가운 아이스티에 입술에 착착 달라붙는 감자 튀김.

100, 99, 98, 97, 96, 95, 94

젠장 젠장 젠장

2월 8일

오늘 아침 바위산에 다시 갈매기가 앉았다. 살이 두둑이 찐 놈. 나는 바위 그늘에 앉아 있었다. 그곳은 내가 캠프로 생각하는 곳이며, 붕대로 칭칭 감은 다리몽둥이를 기대 두는 곳이다. 갈매기가 내려앉자마자 입에서 침이 고이기 시작했다. 파블로프의 개처럼. 아기처럼 침을 질질 흘리는……. 아기처럼.

손에 들어맞는 돌멩이를 하나 집어 놈을 향해 기어가기 시작했다. 4쿼터. 현재 3점차. 세 번째 롱 숏. 패스를 위해 일단 뒤로 돌린 펀제티(아니, 파인, 파인이다.). 승산은 거의 없었다. 분명 놈이 날아가 버릴 거라고 생각했다. 하지만 시도는 해야 했다. 잡을 수만 있다면, 저 오만방자한 오동통한 갈매기를 잡을 수만 있다면, 두 번째 수술은 무기한 연기될 수도 있었다. 나는 계속 기었다. 잘린 다리가 바위에 이리저리 쓸릴 때마다 싸늘한 자극이 온몸을 훑고 지나갔다. 놈이 날아갈 거라고 생각했다.

놈은 날아가지 않았다. 놈은 부하들을 호령하는 장군새처럼 통통한 가슴을 앞으로 쭉 내민 채 총총걸음을 걸었다. 이따금 놈은 작고 못생긴 눈으로 나를 보았고 그럴 때면 나는 돌처럼 굳은 채 거꾸로 100을 헤아렸다. 하지만 놈은 다시 앞뒤로 어슬렁거리기만 했다. 놈이 날개를 퍼덕거릴 때마다 가슴이 싸늘하게 식었다. 계속해서 침이 흘러나왔는데 어쩔 도리가 없었다. 그저 아기처럼 침을 흘릴 수밖에.

얼마나 기었을까? 한 시간? 두 시간? 가까이 다가갈수록 심장은 더욱 심하게 뛰었고 갈매기는 더욱 맛있어 보였다. 놈은 거의 나를 놀리고 있는 것처럼 보였다. 내가 충분히 가까이 다가가면 푸드덕 날아가 버릴 것 같았다. 팔과 다리에서 경련이 일어나기 시작했고 입술은 바짝 타들어 갔으며 잘린 다리는 욱신거렸다. 지금 생각해 보니 분명 금단 증상이었다. 하지만 그렇게 빨리? 약을 시작한 지 불과 일주일도 되지 않았는데!

상관없다. 어쨌든 나는 그게 필요하다. 가루는 얼마든지 있다. 얼마든지. 돌아가 치료를 받아야 한다면 캘리포니아 최고의 의료진을 알아보고 웃으면서 치료를 받을 것이다. 그까짓 것은 아무 문제도 아니다. 그렇지 않은가?

사정권 안에 들어섰지만 돌을 던질 수가 없었다. 맞히지 못할 것이라는 허망한 확신 때문이었다. 최소한 1미터는 벗어날 것 같았다. 더 가까이 다가가야 했다. 나는 고개를 뒤로 젖힌 채 계속해서 바위 언덕을 기어올랐다. 지치고 말라빠진 몸뚱이에서 땀이 비 오듯 쏟아졌다. 이가 썩어 가고 있다는 말을 했던가? 내가 만일 미신을 믿는 사람이라면 못 먹을 걸 먹어서라고 생각……

하! 쓸데없는 생각일랑 집어치우자.

나는 다시 멈춰 섰다. 그 어느 때보다도 갈매기와 가까운 거리였다. 하지만 여전히 일을 치를 수가 없었다. 손가락이 저리도록 돌멩이를 움켜쥐었지만 여전히 던질 수가 없었다. 내가 맞히지 못한다면, 그게 어떤 의미인지 너무나 잘 알고 있었기 때문이다.

마약을 모두 탕진한다 해도 상관없다. 나는 어떻게든 헤어 나올 것이고, 남은 평생 동안 떵떵거리고 살고 말리라! 파인 박사 만만세!

놈이 날아가지 않았다면 아마 바로 옆에까지 기어갔을 것이다. 계속 기어가 손으로 목을 꺾어 버렸을 것이다. 하지만 놈은 두 날개를 펴고 이륙했다. 나는 비명을 지르며 무릎으로 일어섰고 온 힘을 다해 돌을 던졌다. 맞았다!

새는 꽥 하고 목이 메는 소리를 지르며 언덕 맞은편으로 떨어졌다. 나는 실실 웃으며 흐느적흐느적 언덕을 넘어 반대쪽으로 기어갔다. 바위에 다리를 부딪치고 상처가 벌어져도 개의치 않았다. 균형을 잃고 머리까지 찧었지만 거의 깨닫지도 못했다. 그때는 그랬다. 온몸을 비틀고 머리를 쥐어짠 것은 나중 일이었다. 그때는 머릿속에 그 새와 새를 맞힌 기쁨뿐이었다. 이런 행운이 있다니! 날아가는 새를 맞히다니!

녀석은 날개를 퍼덕거리며 해안 쪽으로 굴러 떨어졌다. 날개 한쪽이 부러졌고 배는 피로 범벅이 되었다. 나는 있는 힘을 다해 속도를 냈지만 놈이 구르는 속도가 더 빨랐다. 절름발이들의 달리기 시합! 하! 하! 이놈의 손만 아니었어도 간격을 줄이고 놈을 손에 넣었을지도 모른다. 하지만 손을 함부로 할 때가 아니다. 다시 필요하게 될 것이다. 그렇게 조심했건만, 손바닥만 한 백사장에 도달했을 땐 손바닥마저 갈가리 찢겨 있었다. 게다가 바위에 부딪쳤는지 펼사 손목시계의 유리가 산산 조각이 나 있었다.

갈매기는 퍼덕거리며 물로 뛰어 들어갔다. 놈은 여전히 꽥꽥 비명을 질러 댔다. 나는 놈을 움켜잡았다. 놈의 꼬리 깃털을 움켜쥐었다. 하지만 놈을 놓치는 바람에 넘어져 물을 들이마시고, 코로 물을 내뿜고 숨이 막혀 캑캑댔다. 콜록콜록. 웩웩.

나는 기어서 더욱 깊이 들어갔다. 심지어 헤엄까지 시도했다. 발에서 붕대가 풀려 나갔지만 더 깊이까지 들어갔다. 그리고 해안에 돌아왔을 때에는 거의 죽을 지경이었다. 탈진으로 몸을 떨었고 고통에 몸부림쳤다. 울며 불며 그놈의 빌어먹을 갈매기를 저주했다. 놈은 한참동안 물에 떠 있었지만 점점 섬과 멀어져 갔다. 제발 돌아오라고 사정하고 또 사정했지만 놈은 암초 너머로 떠나가 버렸다. 나는 그제야 놈이 죽었다는 것을 알았다.

말도 안 된다.

캠프로 기어오느라 거의 한 시간이나 걸렸다. 상당량의 헤로인을 들이마셨는데도 갈매기를 향한 분노는 좀체 가라앉지 않았다. 어차피 주지도 않을 거면서 왜 그렇게 괴롭혔단 말인가? 왜 그냥 날아가 버리지 않았느냔 말이다!

2월 9일

왼발마저 잘라내고 상처를 바지로 둘둘 말았다. 이해가 안 되는 것은 수술을 하면서도 내내 침을 질질 흘렸다는 것이다. 질질. 갈매기를 보았을 때처럼 말이다. 하지만 어두워질 때까지는 기다려야 한다. 나는 몸을 뒤로 젖힌 채 거꾸로 100을 세 나갔다……. 스무 번이고 삼십 번이고……. 하! 하!

그리고…….

계속 중얼거렸다……. 차가워진 쇠고기 구이, 차가워진 쇠고기 구이, 차가워진 쇠고기 구이.

2월 11일(?)

이틀 동안 비. 거센 바람. 중앙 언덕에서 바위 몇 개를 가져와 내가 기어 들어갈 수 있을 만한 구멍을 만들었다. 거미 한 마리. 놈이 달아나기 전에 손가락으로 잡아 꿀떡 삼켜 버렸다. 맛있었다. 꿀맛이었다. 바위가 무너지면 생매장될 수도 있다는 생각이 들었다. 아무렴 어떤가?

꼼짝도 않고 태풍을 견뎌 냈다. 이틀이 아니라 사흘이었던가? 아니면 하루? 어둠이 두 번 있었던 것 같다. 이제는 툭 하면 존다.

고통도 가려움도 없어서이다. 결국 살아남기야 하겠지만, 이 상황이 사람이 견뎌 낼 수 있는 한계일 리가 없다는 생각이 들었다.

내가 어렸을 때, 아주 왜소한 아이였을 때, 입만 열면 지옥과 지옥에 떨어질 대죄에 대해 나불대던 신부가 있었다. 신부는 장광설을 늘어놓았는데 요지는 용서받을 수 없는 죄악이 있다는 것이었다. 어젯밤 그 신부의 꿈을 꾸었다. 딸기코에 검은 목욕가운을 걸친 헤일리 신부가 내게 손가락질을 하며 외쳤다.

"리처드 펀제티, 더러운 놈⋯⋯. 죽음의 죄를 저지르다니⋯⋯. 지옥에 떨어지리라."

나는 신부를 비웃었다. 여기가 지옥이 아니면 뭔가? 지옥에 떨어질 대죄는 포기하는 것뿐이다.

하루의 반은 제정신이 아닌 상태로 있다. 그렇지 않으면 다리가 간지럽고, 습기 때문에 다리의 통증이 심했다.

하지만 난 포기하지 않아! 맹세한다. 절대로. 죽어도 그냥은 포기 안 해.

2월12일

다시 해가 나왔다. 멋진 날. 빌어먹을 놈들, 모두 엿이나 먹으면 좋으련만.

하루 종일 맘에 드는 날씨였다. 섬에 온 후로 가장 화려한 날이랄까? 폭우가 몰아칠 때의 고열은 거의 떨어진 것 같았다. 나는 가까스로 피신처에서 빠져나갔다. 기운도 없고 온몸이 덜덜 떨렸지만 막상 모래 위에서 두세 시간 일광욕을 하고 있자니 다시 정상인이 된 듯한 기분까지 들었다.

남쪽 해안으로 기어가 보았다. 파도에 밀려온 나무 조각들이 여기저기 흩어져 있었고 구명정의 파편도 몇 개 보였다. 나무에는 켈프와 해초들이 엉겨 붙어 있었다. 나는 그것들을 긁어 먹기 시작했다. 맛이 엿 같았다. 마치 비닐 샤워 커튼을 씹어 먹는 것 같았다. 하지만 오후에는 훨씬 기운이 났다.

할 수 있는 한 많은 나무를 긁어모아 말리기로 했다. 아직 방수 성냥통이 하나 남아 있으니 봉화를 피울 수도 있을 것이다. 아니면 요리라도 해 먹을까? 지금은 마약을 해야겠다.

2월 13일

게를 잡았다. 놈을 죽여 작은 불에 구웠다. 오늘 밤 다시 신이라도 믿을 수 있을 것 같다.

2/14

오늘 아침, 모래 위에 "HELP"라고 박아 놓은 돌이 태풍에 대부분 떠내려갔다는 사실을 발견했다. 하지만 태풍은 벌써 끝이 났다……. 사흘 전이던가? 내가 그렇게 오랫동안 의식을 놓고 있었던 건가? 위험 신호이다. 약을 줄여야겠다. 행여 몽환 상태에 빠져 있을 때 구조선이라도 지나가면?

다시 구조 신호를 만들었다. 거의 하루 종일 걸려 일을 마무리 짓고는 완전히 뻗어 버렸다. 게를 찾아보았지만 없었다. 구조 신호를 만들다 바위에 여러 번 손을 긁혔지만 즉시 요오드로 소독했다. 아무리 힘들어도 손만은 지켜야 한다. 무슨 일이 있어도.

2/15

오늘 갈매기 한 마리가 바위 언덕에 앉았다. 내가 다가가기도 전에 날아가 버렸다. 지옥에나 떨어질 놈. 헤일리 신부의 시뻘건 눈알이나 평생 쪼으라지!

하! 하!

하! 하!

하!

2/17(?)

오른쪽 다리를 무릎까지 절단했다. 출혈이 너무 심했다. 헤로인도 고통을 줄여 주지 않았다. 아니 어지간한 사람들은 그 고통만으로도 죽었을 것이다. 다시 한번 물어보고 싶다. 환자는 얼마나 절박하게 살고 싶어 할까? 얼마나 절박하게 살고 싶어 할까?

손이 떨린다. 놈들이 밀고하면 끝장이다. 하지만 놈들에게는 그럴 권리가 없다. 절대로. 평생 동안 돌봐 준 게 누군데. 일용할 양식을 준 내가 아니던가? 어떻게 감히.

다행히 배는 고프지 않다.

구명정 보트 밑바닥 파편이 있었다. 끝이 뾰족한 것인데, 그것을 이용하기로 했다. 침이 질질 흘렀지만, 아직은 안 된다. 머릿속에서는 한 가지 생각만이 맴돌았다……. 바비큐. 롱아일랜드의 월 해머스미스네 바비큐. 돼지 하나를 통째로 구울 수 있을 정도로 커다란 바비큐 통. 어두워질 때면 우린 마실 것을 들고 현관에 앉아 수술이나 골프 점수 등에 대해 수다를 떨었다. 산들바람이 지글지글 구워지고 있는 돼지고기 냄새를 실어다 주었다. 가룻 유다. 달콤한 바비큐 냄새.

2월(?)

남은 다리마저 무릎에서 끊어 냈다. 하루 종일 졸았다. "선생님, 꼭 해야 하는 수술이겠죠?" 하하. 노인네처럼 떨리는 손. 빌어먹을. 손톱 밑의 피. 딱지. 의대에 있을 때 봤던 유리 배를 가진 모델 기억나? 꼭 그 기분이군. 보고 싶지는 않지만. 캐세라세라. 돔은 그렇게 말하곤 했지. 폭주족 클럽 재킷 차림을 한 갈보가 당당한 표정으로 다가왔다고 치자. 그럼 이렇게 묻는 거야. 돔, 자넨 그 여자를 어떻게 대할 텐가? 그러면 돔은 이렇게 말할 거야. 캐세라세라. 개뿔. 개 같은 놈. 지금 놈이 옆에 있으면 좋겠군. 그 자식 말만큼이나 엿 같았어. 하하.

하지만 기죽을 건 없잖아, 응? 치료만 잘하고 장비만 잘 갖추면 난 다시 좋아질 수 있으니까 말이야. 이곳으로 돌아와 사람들에게 이렇게 말하는 거야. "여기야, 여기. 내 수술실이지."

하하하!

2월 23(?)

죽은 물고기. 썩어서 악취가 났지만 입 안에 우겨 넣었다. 구역질을 참았다. 살아남아야 해. 그리고 편안하게 쉬었다. 석양.

2월

어쩔 수 없는 선택이었다. 그렇다고 허벅지를 몽땅 끊어 낼 필요는 없었는데. 제기랄, 이건 완전히 통나무군.

할 수 없잖아? 난 허벅지 끝 여전히 통통해 보이는 부분에 표시를 했다. 바로 이 연필로 말이다.

제발 침을 그만 흘렸으면 좋겠다.

2우

오늘……. 쉬는……. 날…….일어나 가야지……. 맥도널드……. 소고기 파이 두 쪽……. 소스……. 상추……. 피클……. 양파 튀김……. 참깨 빵…….

담다디……. 디디……. 담다디…….

2워

물에 비친 얼굴을 보았다. 거죽을 뒤집어쓴 해골. 난 미친 걸까? 당연하지. 나는 괴물이다. 변종 괴물. 허리 아래로는 아무것도 없다. 괴물. 팔꿈치로 모래 위를 엉금엉금 기어가는, 토르소에 붙은 대가리. 게, 마약에 취한 게. 그들은 스스로를 어떻게 부를까? 선생님, 이 마약쟁이 게한테 한 푼만 적선합쇼.

하하하하.

그들이 말한다, 나는 내가 먹어치운 것이라고. 그런데 난 하나도 변한 게 없다! 오, 빌어먹을 충격 증후군. 충격 증후군 따위는 없단 말이야!

하.

2/40?

아버지 꿈을 꾸었다. 술에 취해 영어를 몽땅 잃어버린 아버지.

할 말이 없어서 그런 건 아니었다. 개새끼. 정말로 기쁜 건 기어이 당신 집을 탈출하는 데 성공했다는 사실이라고. 퉁퉁 불어터진 씨발 좆 같은 비렁뱅이 영감탱이야. 난 기어이 성공했다고. 안 그래? 이것 봐. 두 손으로 걸을 수도 있어.

네놈들이 잘라 낼 건 하나도 안 남았어. 어제 귓불을 잘라 먹었거든.

왼손이 오른손을 씻고 오른손이 한 일을 왼손이 모르게 하고 감자 하나 감자 둘 감자 셋 감자 넷 우리는 문이 여럿 달린 냉장고가 있지. 하하하.

아무렴 어때, 이 손이든 저 손이든. 맛있는 음식 맛있는 고기 식사하시죠?

섬섬옥수. 아리따운 여자 맛이 나는 손가락들.

오토 삼촌의 트럭

이 글을 쓸 수 있어서 다행이다.

오토 삼촌의 시신을 본 후로 거의 잠을 이루지 못했다. 가끔은 내가 정말로 미친 것은 아닌지 하는 생각도 들었다. 아니면 곧 그렇게 되든가. 서재로 물건을 가져온 것도 바보 같은 짓이었다. 여기에 두면, 보고 만지고 집어 들기도 해야 할 텐데, 그건 싫다. 그걸 만지고 싶지는 않다. 하지만 가끔씩 나는 그런다.

삼촌의 작은 원룸에서 뛰쳐나올 때 빈손으로만 나왔더라도 지금쯤 모든 것이 환각이었다고 자위할 수도 있을 텐데. 과로와 신경과민 탓이라고 말할 수 있을 텐데. 하지만 물건은 이곳에 있다. 존재하며 심지어 손으로 들 수도 있다.

모든 것이 현실이다.

이 회고록을 믿기 어려울 것이다. 결국 직접 당해 봐야 믿는 법이니까 말이다. 당신들의 믿음과 내 위안은 별개의 문제일 수밖에 없다. 그러나 나는 기꺼이 이 이야기를 쓸 것이다. 당신은 믿고 싶은 것만 믿어라.

몸서리쳐지는 이야기에는 기원이나 비밀이 있게 마련이다. 내 경우에는 둘 다이다. 기원부터 이야기하자면, 그래, 캐슬 카운티 기준으로 부유한 측에 드는 삼촌이, 어느 촌구석 뒷골목의 보일러도 없는 원룸에서 지난 20년을 숨어 산 이야기부터 해야겠다.

오토 삼촌은 1905년생이고 셴크가(家) 다섯 아이들 중 장남이었다. 1920년생인 아버지가 막내였다. 나는 우리 아버지 자식 중 막내로 1955년생이니, 삼촌은 나한테는 굉장히 어른이었다.

당시 근면한 독일인들이 그렇듯이, 할아버지와 할머니도 약간의 돈을 챙겨 미국으로 건너왔다. 할아버지는 제재업을 기반으로 데리에 정착했다. 그 일에 있어서는 꽤나 전문가였고 또 잘해 내기도 하셨다. 덕분에 자식들은 쾌적한 환경에서 태어나고 자랄 수 있었다.

할아버지는 1925년에 돌아가셨다. 그리고 오토 삼촌이 스무 살 때 전 재산을 물려받았다. 삼촌은 즉시 캐슬록으로 옮겨 와 부동산에 손을 대기 시작했다. 그 후 5년 동안은 임야와 주택 부지를 돌려 상당한 돈을 모을 수 있었다. 삼촌은 캐슬힐에 큰 집을 구입하고 하인들을 들였다. 덕분에 삼촌은 젊고 비교적 잘생겼으며(비교적이라는 수식어를 단 것은 삼촌이 안경을 썼기 때문이다.) 매우 지적인 독신남의 삶을 살 수 있었다. 물론 삼촌을 이상하다고 생각하는 사람은 없었다. 그건 나중 일이다.

삼촌은 1929년 대공황 때 타격을 받았다. 그리 심하지는 않았지만 타격은 타격이었다. 삼촌은 1933년까지 캐슬힐의 저택을 붙들고 있다가 거대한 임야가 상상을 초월하는 저가로 시장에 나왔을 때 팔아 버렸다. 삼촌은 그 땅을 간절히 갖고 싶어 했다. 그 땅은 뉴잉글랜드 제지 회사 소유였다.

뉴잉글랜드 제지는 지금도 있는 회사이다. 만일 누군가 그 회사 주식을 사고 싶다면 난 좋은 생각이라고 말해 줄 것이다. 하지만 1933년 당시만 해도, 회사는 살아남기 위해 최후의 발악을 하던 참이었고 그 와중에 소유하고 있던 대지를 헐값에 마구 쏟아 내고 있었다.

삼촌이 사려고 한 땅은 도대체 얼마나 넓었을까? 그 엄청난 계약서의 원본은 소실되었고 가치도 달라지기는 했지만, 어쨌든 500만 평이 훨씬 넘었다. 땅 대부분이 캐슬록에 있지만 일부는 워터포드와 할로우 쪽으로 뻗어 나가기도 했다. 거래가 결렬되자 잉글랜드 제지는 에이커당 2달러 50센트에 내놓았다. 단 땅을 모두 사야 했다.

대략 1만 달러 정도 되는 금액이었다. 삼촌은 혼자 감당할 수 없어 조지 맥커친이라는 양키를 끌어들였다. 뉴잉글랜드에 사는 사람 치고 셴크와 맥커친 이름을 모르는 사람은 없을 것이다. 두 사람의 이름으로 된 회사는 오래전에 팔렸지만 40여 개에 달하는 뉴잉글랜드 도시에는 아직도 셴크 맥커친 철물점이 있고, 센트럴 폴스에서 데리 사이에도 셴크 맥커친 재목상들이 있다.

맥커친은 짙고 검은 구레나룻이 있는 건장한 사내였다. 삼촌처럼 안경을 썼고 삼촌처럼 어느 정도 유산을 물려받았다. 두 사람이 임야를 사들이는 데 별다른 문제가 없었던 것으로 보아 상당한 액수의 유산이었을 것이다. 게다가 두 사람 모두 천성적인 악동이라 죽도 잘 맞았다. 동업 관계는 내가 태어나던 해까지 22년 동안이나 지속되었다. 사업도 날로 번창했다.

사실 모든 사건의 출발은 바로 그 500만 평의 땅을 구입하는 데서 시작되었다. 두 사람은 맥커친의 트럭을 타고 숲을 탐험했다. 맥커친과 삼촌이 번갈아 운전을 하며 거의 1단 기어만으로 숲길을 뚫고, 벌목용 도로를 뒤지고, 울퉁불퉁한 길과 유실도로 등을 헤매고 다녔다. 대공황의 어두운 심연 속에서 뉴잉글랜드의 대지주로 변신한 두 젊은 청년.

맥커친이 그 트럭을 어디서 구했는지는 아무도 모른다. 크레스웰 트럭으로 지금은 단종된 모델이다. 커다란 차체에 밝은 빨간색이었고, 내부도 무척 넓었다. 전기 시동 장치가 있었지만 고장 날 경우를 대비해 크랭크로도 시동을 걸 수 있도록 설계되었다. 크랭크라는 게 조심하지 않으면 어깨를 부러뜨릴 정도로 뻑뻑하다는 게 문제기는 했지만 말이다. 차체도 거의 7미터에 달했다. 하지만 무엇보다 기억에 남는 것은 앞대가리 쪽이었다. 몸체와 마찬가지로 새빨간 핏빛이었는데, 엔진을 살펴보기라도 할라치면 양쪽으로 두 개의 강철 패널을 들어 올려야 했다. 라디에이터 역시 어른 키의 가슴 높이에 달했다. 정말 끔찍하고 못생긴 트럭이었다.

맥커친의 트럭은 고장과 수리를 수도 없이 반복한 괴물이었다. 크레스웰사도 결국 그 거대한 괴물의 생산을 포기하고 결국 홈즈의 시에 나오는 유람마차 같은 것으로 방향을 선회하고 말았다.

1953년 어느 날 맥커친과 오토 삼촌은 블랙 헨리 로드를 달리고 있었다. 삼촌이 발동을 건 탓에 두 사람 모두 꼭지가 돌 정도로 취한 상태였다. 오토 삼촌은 트리니티 힐에 오르기 위해 1단으로 기어를 낮추었다. 그땐 아무 문제가 없었다. 하지만 삼촌은 만취 상태였기 때문에 언덕을 내려갈 때 다시 기어를 올려야 한다는 생각은 할 수가 없었다. 낡아빠진 크레스웰의 엔진이 과열되고 말았지만, 삼촌도 맥커친도 바늘이 다이얼 H를 지나 빨간 선으로 넘어가는 것을 보지 못했다. 언덕을 다 내려갈 때쯤 차가 폭발하면서 엔진 보닛이 붉은 용의 두 날개처럼 날아가 버렸다. 라디에이터 뚜껑이 로켓처럼 하늘로 치솟아 올랐고 올드 페이스풀(미국 옐로스톤 국립공원의 간헐온천—옮긴이)처럼 증기가 뭉게뭉게 피어올랐다. 기름이 터져 창문을 흠뻑 적시기도 했다. 오토 삼촌은 있는 대로 브레이크를 밟았으나 크레스웰은 지난 몇 년 동안 브레이크 오일을 토해 내는 아주 못된 버릇이 들어 있었다. 브레이크는 그냥 삼촌이 밟는 대로 쑥 들어가 버렸다. 차는 방향을 잃고 도로 밖으로 날아갔다. 차는 먼저 도랑에 처박혔다가 그대로 튀어나갔는데, 만일 그냥 도랑에 처박혀 있었다면 별 사고 없이 끝났을 수도 있었을 것이다. 하지만 엔진은 계속 돌아가며 피스톤 두 개를 차례차례 토해 냈다. 마치 독립기념일의 폭죽 같았다. 피스톤 하나가 핑 소리를 내며 문을 뚫고 들어왔는데 그 구멍이 거의 팔뚝만 했다고 오토 삼촌은 몸서리를 치며 말했다. 두 사람이 추락한 곳은 8월의 미역취로 가득한 들판이었다. 만일 창문이 다이아몬드 젬사의 오일로 뒤덮이지만 않았더라도 두 사람은 그 자리에서 화이트산맥을 멋지게 감상할 수도 있었을 것이다.

맥커친의 크레스웰은 그렇게 전사했다. 트럭은 그 들판에서 다시는 움직이지 않았다. 꽥꽥거릴 땅 주인이 있는 것도 아니었다. 두 사람이 주인이었기 때문이다. 사고로 술기운이 다 달아나자 두 사람은 밖으로 나와 피해 정도를 살폈다. 둘 다 정비공은 아니었지만 이제 트럭의 운명이 다했음을 모를 만큼 장님도 아니었다. 오토 삼촌은 당황했고(적어도 우리 아버지한테 그렇게 말했다.) 트럭 값을 변상하겠다고 했다. 맥커친은 바보 같은 소리 그만두라며 거절했다. 사실 맥커친은 흥분한 상태였다. 맥커친은 들판을 한번 훑어보고 산의 전망을 살피더니, 이곳이야말로 자신이 말년을 보낼 낙원이라고 확신했다. 그리고 오토 삼촌에게 그 생각을 말했는데, 그 어조가 마치 부활하신 예수님이라도 본 사람 같았다고 한다. 삼촌과 맥커친은 다시 도로로 빠져나와 차를 얻어 타고 캐슬록으로 돌아왔다. 마침 그곳으로 가던 쿠시망 베이커리 트럭이 있었다. 맥커친은 우리 아버지에게 하느님의 계시가 분명하다고 말했다. 그동안 완벽한 장소를 찾고 있었다는 것이다. 아무튼 일은 그런 식으로 흘러갔고 두 사람은 일주일에 서너 번은 그곳에 가서 정취를 만끽하며 시간을 보냈다. 맥커친은 연신 하느님의 계시임을 강조했다. 물론 2년 후 그 들판에서 죽게 되리라는 것은 생각도 못 했으리라. 맥커친은 자기 트럭에 정면으로 깔려 죽었다. 그러고 나서 트럭은 오토 삼촌의 소유가 되었다.

맥커친은 빌리 도드의 레커차를 불러, 크레스웰을 도로 옆으로 끌어올리게 했다. 그 길을 지날 때마다 그 차를 볼 수 있도록 말이다. 그러면서 다시 레커차를 불러 크로스웰을 연결해 끌고 가게 되는 날은 이미 자신이 죽어 인부들이 그곳에 자신의 무덤을 파는 날일 거라고 말했다. 맥커친은 감상주의자였지만, 그렇다고 돈 버는 데 장애가 될 정도는 아니었다. 1년쯤 후 베이커라는 벌목꾼이 와서 자기가 쓰는 트럭 규격과 딱 맞는다며 크레스웰의 운전대, 타이어 등속을 사겠다고 했다. 맥커친은 벌목꾼이 내민 20달러를 후닥닥 받아들었다. 맥커친이 백만장자였음을 기억한다면 웃기는 노릇이 아닐 수 없다. 맥커친은 베이커에게 트럭을 벽돌 위에 예쁘게 전시해 달라는 부탁까지 했다. 허리까지 자란 갈대와 목초와 미역취 들판에 그대로 방치하고 싶지 않았던 것이다. 베이커는 그대로 해주었다. 그리고 1년 후 크레스웰은 벽돌에서 미끄러져 맥커친을 깔아뭉개 버렸다. 늙은 벌목꾼은 그 얘기를 아주 신이 나서 떠벌리고 다녔는데, 언제나 조지 맥커친이 그 20달러를 보람 있게 쓰고 갔는지 궁금하다는 말로 끝을 맺었다.

나는 캐슬록에서 자랐다. 내가 태어날 때 아버지는 셴크 맥커친 회사에서 10년째 일을 하고 있었다. 그리고 그 트럭, 맥커친의 모든 재산과 함께 오토 삼촌에게로 넘어간 트럭은 내겐 하나의 경이였다. 어머니는 브리지턴의 워렌 상점에서 쇼핑을 했다. 어머니와 함께 그곳으로 가려면 블랙 헨리 로드를 경유해야 했는데 항상 트럭이 눈에 들어왔다. 화이트 산맥을 등지고 들판에 서 있는 트럭. 트럭은 더 이상 벽돌 위에 놓여 있지 않았다. 오토 삼촌은 사고는 한 번으로 족하다고 했다. 하지만 사고는 사실이었고 그것만으로도 어린 소년은 무릎을 달달 떨 정도로 무서웠다.

트럭은 여름에도 그곳에 있었다. 참나무와 느릅나무들이 들판의 세 면을 횃불처럼 불태웠던 가을에도, 진눈깨비들이 메뚜기 눈 같은 헤드라이트를 덮어 버려 트럭이 마치 하얀 모래늪에서 허우적거리는 매머드처럼 보였던 겨울에도, 그리고 봄에도 트럭은 그곳에 있었다. 들판이 완전히 진창으로 변하는 3월이면 트럭이 땅 밑으로 가라앉지 않는 것이 무척이나 신기했다. 메인의 단단한 암반층이 아니었다면 트럭은 백 번이고 천 번이고 땅 속으로 꺼지고 말았을 것이다. 하지만 아무리 많은 사계절이 흘러도 트럭은 그곳에 있었다.

나는 트럭 안에 들어간 본 적도 있다. 어느 날 프라이버그 시장에 가는 도중이었다. 아버지가 갓길에 차를 대더니 내 손을 잡고는 들판으로 내려갔다. 1960년이나 1961년이었을 것이다. 나는 그 트럭이 무서웠다. 나는 그 차가 어떻게 미끄러졌고 어떻게 삼촌의 동업자를 박살냈는지 들었다. 바퀴 값 20달러로 천국행 티켓이나 살 수 있었는지 모르겠다는 식의 비아냥거림까지 들은 적이 있었다. 어떤 사람은(미친 프랭크의 아버지 빌리 도드가 분명했다.) 맥커친이 "트랙터 바퀴에 깔려 곤죽이 된 호박" 같았다고 말하기도 했다……. 물론 아버지는 내가 그런 말을 들은 줄은 몰랐다.

아버지는 내가 낡은 트럭 위에 올라가고 싶어 할 것이라고 막연하게 생각한 것이다. 지나갈 때마다 트럭을 바라보는 내 시선을, 갈망의 표현으로 오해한 것이다.

난 지금도 그때의 미역취를 기억한다. 10월의 냉기로 힘을 잃은 샛노란 자태와 대기를 떠도는 잿빛 향기, 죽은 잎새들의 적막한 안타까움도 잊을 수가 없고, 사각거리는 발자국 소리도 생생하기만 하다. 하지만 무엇보다 기억에 남는 것은, 다가갈수록 점점 더 커지던 트럭의 모습이었다. 이를 드러내고 으르렁거리는 라디에이터, 피를 뒤집어쓴 듯한 차체, 유리창의 몽롱한 시선…… 아버지가 나를 들어 올려 차 꼭대기에 올려놓으며, "이 차를 운전해서, 포틀랜드까지 가렴, 틴…… 어서!"라고 했을 때, 차가운 대기보다 더 시큼하고 더 우울한 전율이 온몸을 휩싸던 것을 기억한다. 지붕 위로 올라갈 때 얼굴을 핥았던 바람을 기억하고, 낡은 다이아몬드 젬사 오일과, 찢어진 시트, 쥐똥…… 그리고…… 피 냄새로 얼룩졌던 대기의 냄새를 나는 생생히 기억한다. 아버지가 너무 짜릿하지 않느냐는 표정으로 씩 웃어 줄 때 간신히 울음을 참고 있던 내 모습을 또렷하게 기억한다.(짜릿했던 것은 사실이다. 아버지가 생각하는 짜릿함은 아니었지만 말이다.) 아버지가 돌아서거나 등을 돌리기만 해도 트럭이 나를 산 채로 먹어치울 것이라는 생각이 들었다. 그리고 놈이 뱉어 놓은 나는 온통 이빨 자국이 나 있고, 부러지고, 그리고…… 내장이 다 터져 버린 모습일 것이다. 트럭 바퀴에 깔린 호박처럼.

나는 울기 시작했다. 아버지는 나를 안고 달래며 우리 차로 돌아갔다.

아버지는 나를 들어 어깨에 앉혔다. 나는 이제야 저만치로 물러나는 트럭을 바라보았다. 놈은 그 자리에서 거대한 라디에이터를 이죽거리고 있었다. 크랭크를 찔러 넣던 어둡고 둥근 구멍은 마치 기형의 안구처럼 소름끼쳤다. 피 냄새가 나서 운 것이라고 아버지에게 말하고 싶었지만 어떻게 말해야 할지 몰랐다. 어쨌든 아버지는 믿지 않았을 것이다.

산타클로스와 이빨 요정과 망태 할배를 무서워하는 다섯 살배기 꼬마인 나는, 아버지가 트럭 위에 올려 주었을 때 감지된 기이하고 음산한 기운 역시 믿고 있었다. 그 후 크레스웰이 조지 맥커친을 살해한 것이 아니라, 오토 삼촌이 범인이라고 생각을 바꾸기까지 무려 22년이란 세월이 흘렀다.

크레스웰은 내 평생의 이정표였다. 하지만 그건 그 지역 누구에게나 마찬가지였다. 만일 브리지턴에서 캐슬록까지 가는 길을 설명해야 한다면, 11번 국도에서 꺾어 들어가 5킬로미터 정도 달리다가 왼쪽 들판에서 빨간색 낡은 트럭 한 대를 발견한다면 길을 옳게 들어선 거라고 말할 것이다. 여행객들은 종종 질퍽한 갓길에 차를 세워 두고(가끔 바퀴가 진창에 빠지기도 하는데 그럴 때면 한껏 웃어 주곤 했다.) 오토 삼촌의 트럭을 전경으로 화이트 산맥 사진을 찍어 대곤 했다. 아버지는 트럭을 가리켜 '트리니티 힐 트럭 기념관'이라고 부르곤 했는데 어느 날부터 그만두었다. 트럭에 대한 오토 삼촌의 집착이 너무 강해 농담할 기분이 사라져 버린 것이다.

기원에 대한 이야기는 이 정도로 하고 이제 비밀에 대해 이야기해야겠다.

나는 삼촌이 맥커친을 살해했다고 확신한다.

"아예 곤죽이 되었더라고."

이발소 늙은이들이 늘 하는 말이었다.

이런 말을 뇌까리는 노인도 있었다.

"그 양반, 트럭 앞에 잔뜩 웅크리고 있더래. 알라한테 기도하는 아랍 놈들처럼 말이야. 말 해 뭣하겠나? 둘 다 미쳤는데. 못 믿겠으면 오토가 어떻게 되었는지를 보라고. 도로 건너에 있는 그 작은 집을 학교로 쓰라고 내놓았다지? 완전히 맛이 간 거지 뭐야?"

이 말에 노인들은 눈을 반짝이며 고개를 끄덕거렸다. 그때까지만 해도 오토 삼촌이 괴짜이긴 해도 미쳤다는 생각까지 하는 사람은 없었다. 하지만 맥커친이 '기도하는 아랍 놈처럼' 트럭 앞에 무릎을 꿇고 있는 모습이 기이할 뿐만 아니라 수상하다고 생각하는 사람은 없었다.

작은 마을에서 소문이란 언제나 뜨겁다. 티끌만 한 증거와 터무니없는 추론에 사람들은 도둑이 되고 강간범이 되고 밀렵꾼이 되고 사기꾼이 되고 만다. 이런 대화는 종종 심심풀이로 시작된다. 이런 터무니없는 소문들이 쉽사리 꺼지지 않는 이유는, 작은 마을의 파티장, 채소 가게, 그리고 이발소에서 떠도는 소문은 기묘하게도 천진난만하기 때문이다. 너새니얼 호손에서 그레이스 메탈리오스까지 작가들은 늘 이런 식으로 작은 마을들을 묘사했다. 그곳 사람들은 마치 비열하고 천박한 이야기가 나오길 기대하는 듯, 없는 사실을 만들어 내기도 한다. 하지만 의도적이고 실제로 있었던 악한 행동은 결코 알아채지 못한다. 아랍 놈의 천일야화에 나오는 마술 융단처럼 바로 눈앞에서 진실이 왔다 갔다 할지라도 말이다.

어떻게 삼촌이 범인이라고 단정하느냐고? 단순히 그날 삼촌이 맥커친과 함께 있었기 때문이냐고? 아니, 그건 트럭 때문이다. 크레스웰. 삼촌은 망상에 사로잡혀, 집을 떠나 트럭 건너편에 있는 작은 집에 살기 시작했다. 죽기 전 몇 년 동안은 트럭이 도로를 가로질러 덮쳐 올까 봐 끔찍하게 무서워했으면서도 말이다.

크레스웰이 전시된 들판으로 맥커친을 끌어낸 것은 오토 삼촌일 것이다. 향후의 주거 계획에 대해 이야기하도록 유도하면서 말이다. 맥커친은 늘상 얼마 남지 않은 은퇴 생활과 자기 집에 대해 얘기하고 싶어 했다. 두 동업자는 큰 회사에서 매우 유리한 제안을 받아 둔 상태였고(회사 이름을 밝히지 않겠지만 누구나 알 만한 회사이다.) 맥커친은 그 제안을 받아들이고 싶어 했다. 오토 삼촌은 그 반대였다. 그 문제로 인해 그 해 봄 이후로 두 사람 사이에 무언의 갈등이 지속되고 있었음은 자명한 사실이다. 그리고 그 불화로 인해 삼촌은 동업자를 제거하기로 결심한 것이다.

삼촌은 그 순간을 위해 두 가지를 준비했을 것이다. 하나는 트럭을 받치고 있는 전시대 밑을 파 두는 것이고, 다른 하나는 맥커친의 시선을 끄는 무언가를 땅 속에 심어 두는 것이었다.

어떤 물건이냐고? 그건 모른다. 하지만 눈에 잘 띄는 물건이었을 것이다. 다이아몬드 같은. 어쩌면 깨진 유리 조각에 불과할 수도 있지만 그런 건 중요치 않다. 태양빛을 받아 반짝거리기만 하면 되니까 말이다. 만일 맥커친이 보지 못했다면 삼촌이 대신 봐 줄 수도 있었을 것이다. 저게 뭐지? 삼촌이 그 물건을 가리키며 묻는다. 글쎄. 맥커친이 대답하고 그쪽으로 다가간다.

맥커친은 크레스웰 앞에 무릎을 꿇는다. 말하자면 알라에게 기도하는 아랍 놈들처럼 말이다. 그가 물건을 집어들려고 할 때 삼촌은 얼른 뒤로 돌아갔고, 트럭을 툭 치는 것만으로 맥커친을 오징어포로 만들어 놓은 것이다. 아니, 호박처럼 으깨 놓은 것이다.

물론 맥커친이 그 정도로 무미건조하게 죽을 만큼 형편없는 약골일 리는 없다. 삼촌은 크레스웰의 코 밑에 깔린 맥커친을 보고 있다. 맥커친의 코와 입과 귀에서 피가 줄줄 흘러나오고, 백짓장처럼 하얀 얼굴로 삼촌에게 도와 달라고 하소연한다. 어서 도와 달라고. 빌고 또 빌고……. 결국 삼촌을 저주하기 시작한다. 반드시 복수하겠다고, 죽이고 말겠다고……. 삼촌은 주머니에 손을 집어넣은 자세로 맥커친을 내려다보며 일이 어서 끝났으면 좋겠다고 생각한다.

맥커친이 죽은 지 얼마 되지 않아 삼촌은 이발소 늙은이들이 독특하고…… 기이하고…… 별나다고 묘사했던 일들을 하기 시작했다. 그리고 때가 되자 사람들은 이발소 노친네들 말대로 삼촌이 '완전히 맛이 갔다'고 판단하게 되었다. 하지만 조지 맥커친이 죽은 무렵에 기이한 행동이 시작되었다는 사실을 의심하는 사람은 거의 없었다.

1965년, 삼촌은 트럭이 서 있는 곳 반대쪽에 방 하나짜리 작은 집을 하나 지었다. 늙은 오토 셴크가 트리니티 힐의 블랙 헨리 로드에서 무슨 짓을 하는지에 대해 수많은 소문이 오고 갔다. 하지만 오토 삼촌이 건물을 완성하고 처키 바거에게 붉은 페인트를 칠하게 한 다음, 마을에 선물로 주겠다고 선언했을 때만큼 사람들이 경악한 적은 없었다. 삼촌은 그 건물을 학교로 사용해야 하고 죽은 동업자의 이름을 붙여 달라는 조건을 내걸었다.

캐슬록의 공무원들을 비롯해 모든 사람들이 경악했다. 캐슬록 사람들은 거의 모두가 그런 식의 원룸 학교에 다녔다.(사실 다녔다 아니다의 차이조차 모호했다) 하지만 1965년쯤 원룸 학교는 완전히 사라졌다. 마지막 학교인 캐슬리지 학교가 바로 전해에 문을 닫았다. 이제 117번 국도에는 스티브의 피자 가게가 서 있다. 그때는 카빈 가에 새로 생긴 공립 고등학교 저편에 유리와 벽돌로 지은 초등학교가 있었다. 결국 그 기이한 제안으로 인해, 오토 삼촌은 '별난' 부자에서 '맛이 간' 노친네로 올라가는 데 성공했다.

도시 행정 위원들은 삼촌에게 편지를 보내(직접 만나서 얘기하려는 사람은 아무도 없었다.) 마을에 대한 그의 관심에 심심한 사의를 표했으나, 마을 아이들의 교육 여건은 현재 충분히 충족되었다는 이유로 작은 학교의 제안만큼은 거부했다. 오토 삼촌은 불처럼 화를 냈다. 관심에 심심한 사의를 표한다고? 삼촌은 아버지에게 달려와, 원하는 대로 관심은 주겠지만 놈들이 원하는 방식은 아닐 거라고 노발대발했다. 자기는 건초 트럭에서 떨어진 적도 없고 쇠톱과 매를 구분할 수 있다는 말도 했다. 자신을 엿 먹일 생각이라면 아마도 소 궁둥이에 매달린 똥줄기를 먹게 될 거라는 협박까지 덧붙여서 말이다.

"지금 뭐 하시는 거예요?"

아버지가 삼촌한테 물었다.

두 사람은 우리 집 부엌 탁자에 앉아 있었고 어머니는 바느질거리를 들고 위층으로 올라간 후였다. 어머니는 오토 삼촌이 목욕을 하지 않아 냄새가 지독하다고 투덜대곤 했다. "부자가 왜 그렇게 살죠?" 하면서 어머니는 콧방귀를 뀌었는데, 물론 삼촌의 냄새가 역겨운 것은 사실이지만 그보다는 삼촌을 무서워했던 것 같다. 1965년이면 삼촌이 외모와 행동 면에서 모두 맛이 간 후였다.

"뭐?"

"그곳에서 뭘 꾸미시는 거냐고요?"

"이런 호로자식, 내가 살 거다, 왜."

오토 삼촌은 그 말만 내던지고 자리에서 일어섰다.

그 다음 몇 년간의 일은 더 이상 말할 필요도 없다. 삼촌은 싸구려 타블로이드판 신문에서 종종 볼 수 있는 그런 광기에 시달렸다. '백만장자 임대아파트에서 영양실조로 죽다.' '복부인의 외로운 최후' '어느 은행 총수의 쓸쓸한 죽음' 같은 것 말이다.

그 다음 주에 삼촌은 작은 집으로 이사했다. 그리고 세월이 흘렀고 집은 빨간색에서 둔탁한 분홍색으로 변해 갔다. 하지만 아버지가 아무리 말려도 삼촌은 안에서 나오지 않았다. 1년 후 삼촌은 살인까지 저질러서 지키려 했던 사업체를 팔아 버렸다. 삼촌의 기행은 날로 악화되었지만 그렇다고 사업 감각까지 무디어진 것은 아니었다. 삼촌은 그 거래에서 상당한, 아니, 혀를 내두를 만한 수익을 올렸다.

재산이 700만 달러나 되는 오토 삼촌은 그렇게 블랙 헨리 로드의 작은 집에 살았다. 마을에 있는 삼촌의 집은 굳게 걸어 잠겨져 있었다. 그때쯤 '살짝 맛이 간' 단계에서 '완전히 돌아 버린' 단계로 진행 중이었다. 이제 남은 것은 '위험, 주의가 요망되는' 노친네가 되는 것인데, 그렇게 되면 감금밖에 수가 없었다.

어떤 점에서 오토 삼촌은 길 건너의 트럭처럼 하나의 구조물로 변해 갔다고 볼 수 있다. 삼촌의 사진을 찍고 싶어 하는 사람이야 없겠지만 말이다. 덥수룩해진 턱수염은 하얗다기보다는 누런색이 감도는 것이 마치 담배 니코틴에 찌든 것 같았고, 체중도 점점 불어 오물이 덕지덕지 붙은 턱이 이중 삼중으로 접히기 시작했다.

마을 사람들은 작고 이상한 집 앞에 꼼짝도 않고 서서 길을, 길 건너편을 바라보고 있는 삼촌을 종종 볼 수 있었다.

트럭을 보는 것이었다. 삼촌의 트럭을.

오토 삼촌이 더 이상 마을에 내려오지 않자 굶어죽지 않도록 돌봐 준 것은 아버지였다. 아버지는 매주 당신 돈으로 식료품을 사다 주었다. 삼촌은 돈을 갚기는커녕 생각조차 하지 않았을 것이다. 아버지가 죽고 2년 후에 오토 삼촌도 세상을 떴다. 삼촌의 재산은 그대로 메인 대학의 축산과로 넘겨졌다. 물론 대환영을 받았다. 그 금액을 보고 어찌 그러지 않겠는가?

1972년에 운전면허를 따고 나서는 내가 식료품을 사다 날랐다. 오토 삼촌은 처음에는 의심스러운 눈으로 보았지만 차츰 표정이 누그러졌다. 그리고 트럭이 집을 향해 다가오고 있다는 말을 한 것은 그로부터 3년 후인 1975년이었다.

당시 나는 메인 대학에 다니고 있었지만, 여름 방학 때 집에 오면 습관적으로 먹을거리를 사 가지고 삼촌에게 갔다. 삼촌은 탁자에 앉아 담배를 피우며 내가 식료품을 정리하며 수다를 떠는 것을 가만히 듣고 있었다. 삼촌은 내가 누구인지 잊은 듯 보였다. 가끔 정말로 모르는 것 같기도 했고 일부러 모르는 척하는 것 같기도 했다. 언젠가는 내게 "조지, 자넨가?"라고 함으로써 내 피를 거꾸로 치솟게 만들기도 했다. 창밖으로 내가 오는 모습을 보며 한 말이었다.

1975년의 7월 어느 날에는 내 시시콜콜한 수다를 끊고 갑자기 이렇게 물어 오기도 했다.

"퀸틴, 넌 저기 있는 트럭을 어떻게 생각하느냐?"

나는 갑작스런 질문에 당황해서 급기야 생각나는 대로 떠벌리고 말았다.

"다섯 살 때 트럭 위에 앉았을 때 오줌을 지렸어요. 근데, 지금도 다시 올라가게 되면 또 그럴 것 같아요."

오토 삼촌은 오랫동안 큰 소리로 웃었다. 나는 당황해서 삼촌을 바라보았다. 삼촌이 웃는 모습을 한 번도 본 적이 없었다. 결국 웃음은 발작적인 기침으로 이어져 삼촌의 뺨을 벌겋게 만들어 놓았다. 이윽고 삼촌이 나를 바라보았는데, 눈이 반짝거렸다.

"가까워지고 있단다."

삼촌이 말했다.

"예? 뭐라고 하셨죠?"

내가 물었다.

난 삼촌이 이 주제에서 저 주제로 혼돈스럽게 왔다 갔다 하고 있다고 생각했다. 아마도 크리스마스나 밀레니엄이나, 아니면 예수의 부활을 말하고 있나 보다고 생각한 것이다.

"저 벌레 같은 트럭 말이다. 매년 조금씩 다가오고 있어."

삼촌이 눈을 가늘게 뜨고 확신에 찬 흔들림 없는 시선으로 나를 보면서. 나는 그 시선이 싫었다.

"그래요?"

나는 조심스럽게 물었다.

그건 새롭고도 불쾌한 가정이었다. 나는 힐끗 크레스웰을 내다보았다. 트럭 주변으로 갈대가 무성했고 뒤쪽으로 화이트 산맥이 병풍처럼 펼쳐져 있었다……. 문득 놈이 조금씩 다가오고 있다는 정신 나간 생각이 들었다. 나는 눈을 깜빡여 환각을 떨쳐 냈다. 물론 트럭은 언제나처럼 같은 자리에 서 있었다.

"그래. 매년 조금씩 가까워지고 있어."

"이런, 삼촌도 돋보기를 쓰실 때가 된 모양이네요. 전 모르겠는걸요."

"그래, 그럴 거야. 시침이 움직이는 것을 어찌 보겠냐? 저 벌레 같은 놈은 아주, 아주 천천히 움직이거든……. 한 시도 눈을 떼면 안 돼. 나처럼 말이야."

삼촌은 내게 눈을 찡긋해 보였고, 나는 온몸에 소름이 끼쳤다.

"삼촌, 왜 트럭이 움직이는 거죠?"

"날 원해. 그게 이유야. 처음부터 끝까지 나를 노리고 있었어. 놈은 언제고 곧바로 쳐들어올 게다. 그러면 모든 게 끝나겠지. 맥에게 했던 것처럼 나도 짓이겨 놓을 테니까. 그래, 그러면 모든 것이 끝나는 거야."

이 말에 와락 겁이 났다. 무엇보다도 삼촌의 합리적인 어조가 무서웠다. 어린아이들이 공포에 대응하는 방법은 언제나 뻔하다. 뻥을 치거나 말이 많아지는 것이다.

"그렇게 무서우면 마을 집으로 가시면 되잖아요, 삼촌."

나는 이렇게 말했다. 내 말투로는 등에 소름이 돋았다는 사실을 아무도 눈치 채지 못했을 것이다.

삼촌이 나를 바라보았다……. 그러고는 다시 건너편 트럭으로 시선을 돌리고 말했다.

"틴, 그건 안 돼. 사람은 때때로 한 곳에 머물면서 기다려야 할 때도 있는 법이란다."

"뭘 기다리는데요?"

나는 그게 트럭이라는 것을 알면서도 이렇게 물었다.

"운명이지."

삼촌은 다시 눈을 찡긋해 보였다……. 하지만 무서워하는 것처럼 보이지는 않았다.

아버지가 신장질환으로 누운 것은 1979년이었다. 아버지는 병이 악화되기 시작하고 불과 며칠 만에 세상을 떴다. 그 해 봄 나는 무수히 병원을 찾았고 아버지와 삼촌에 대해 얘기를 나누었다. 아버지는 1955년에 실제로 무슨 일이 일어났는지 의심하고 있었다. 물론 아버지의 의심은 가벼운 것이었으나 그 후로 나는 심각하게 그 일을 고민하게 되었다. 아버지는 트럭에 대한 삼촌의 편집증이 얼마나 심각한지 몰랐다. 하지만 나는 알고 있었다. 삼촌은 하루 종일 문 앞에 앉아 트럭을 바라보았다. 마치 시침의 움직임을 보고야 말겠다는 듯 잠시도 눈을 떼지 않았다.

1981년, 오토 삼촌은 얼마 남지 않은 이성마저 놓치고 말았다. 만약 삼촌이 가난했더라면 벌써 몇 년 전에 쫓겨났을 것이다. 작고 가난한 마을은 삼촌의 광기를 너그럽게 보아 넘겼다. 물론 은행에 들어 있는 수백만 달러의 돈 때문이었다. 미친 늙은이의 유서에 마을을 위한 내용이 들어 있다고 믿는 사람들이 많았다. 그렇다고 해도 오토 삼촌을 병원으로 보내야 한다고 주장하는 사람들이 없었던 것은 아니다. 물론 삼촌을 위해서라는 단서를 붙였다. 그리고 '완전히 맛이 간'이라는 개념 대신 '위험, 주의 요망'

이라는 건조한 문구가 조금씩 늘어나기 시작했다. 삼촌은 숲속에서 은밀하게 일을 볼 수 있는데도 불구하고 드디어 도로가까지 기어 나와 오줌을 누기 시작했다. 볼일을 마치고서는 몸을 추스르며 이따금 크레스웰을 향해 주먹을 휘두르기도 했다. 덕분에 차를 타고 가다가 오토 삼촌이 자기들한테 엿을 먹이는 모습을 본 사람도 한둘이 아니었다.

멋진 화이트 산맥을 등지고 있는 망가진 트럭쯤이야 애교로 보아 넘길 수 있는 노릇이지만, 무릎까지 멜빵을 내리고 도로가에서 오줌을 누는 오토 삼촌의 모습은 또 다른 문제였다. 그 모습을 관광 명소라고 할 사람은 없을 것이다.

나는 대학 내내 청바지를 입고 나섰고 그 차림 그대로 삼촌 집에 식료품을 날랐지만, 그때쯤에는 정장을 입을 기회가 잦아졌다. 물론 여전히 음식을 갖다 나르고 있었다. 나는 틈날 때마다 삼촌한테 길가에서 볼일을 보지 말라고 설득했다. 여름이면 미시건, 미주리, 플로리다 등지에서 온 여행객들이 도로를 가득 메우는 판이니 어떻게든 말려야 했다.

하지만 소용은 없었다. 삼촌은 트럭에 대한 걱정을 제외하고는, 그 어떤 것도 개의치 않았다. 크레스웰에 대한 집착이 광기로 변한 지도 이미 오래였다. 삼촌은 트럭이 도로를 건너 집 앞마당에까지 들어왔다고 주장하기도 했다.

삼촌이 말했다.

"틴, 어젯밤 3시경에 일어났는데, 놈이 바로 창밖에 와 있었단다. 분명히 보았어. 달빛이 유리창을 두들기고 있었지. 내가 누운 곳에서 불과 2미터도 안 되는 거리야. 난 심장이 멎는 줄 알았다고. 심장이 멈추는 줄 알았단 말이야, 틴."

나는 삼촌을 데리고 나가 크레스웰이 언제나처럼 그 자리에 있다고 말해 주었다. 트럭은 도로 건너편, 맥커친이 세워 두었던 바로 그 자리에 있었다. 하지만 그것도 소용이 없었다.

"네 눈엔 그렇게 보이겠지. 보이는 대로 믿는 건 바보나 하는 짓이야."

삼촌은 잔뜩 역겨운 표정을 지으며 내뱉었다. 담배 꽁초도 흔들렸고 눈동자엔 초조한 빛이 역력했다.

나는 모처럼 경구를 인용하기로 했다.

"오토 삼촌, 백문이 불여일견이라는 말도 있어요."

삼촌은 들은 척도 하지 않고 중얼거렸다.

"하마터면 당할 뻔했어."

나는 소름이 끼쳤다. 삼촌은 미치지 않았어! 초조하고, 그래, 겁에 질리기는 했지만……. 분명히 미친 건 아냐! 순간 아버지가 나를 트럭 위에 올려놓았던 때가 떠올랐다. 기름과 가죽 냄새가 기억났고……. 그리고 피.

"그래, 당할 뻔했어."

삼촌이 반복해서 말했다.

그리고 3주 후에 벌레가 삼촌을 공격했다.

삼촌을 발견한 것은 나였다. 수요일 밤, 나는 뒷좌석에 식료품 가방 두 개를 싣고 길을 나섰다. 수요일 밤이면 언제나 반복되는 일과였다. 덥고 축축한 저녁이었는데 가끔씩 멀리서 천둥소리가 으르렁거렸다. 폰티악을 타고 블랙 헨리 로드를 달리면서 왠지 불안한 기분이 들었다. 당장이라도 무슨 일이 일어날 것만 같았다. 애써 저기압 탓으로 돌리긴 했지만 말이다.

마지막 모퉁이를 돌아 삼촌의 작은 집이 눈에 들어올 때쯤, 난 기이한 환각에 빠졌다. 빌어먹을 트럭이 정말로 삼촌의 앞마당에 있는 것이었다! 붉은 페인트와 녹슨 엔진판, 흉측하고 거대한 몸뚱이. 나는 하마터면 브레이크 페달을 밟을 뻔했다. 하지만 눈을 깜빡거리자 환각은 사라졌고 차는 그대로 나아갔다. 그때 난 삼촌이 죽었다고 확신했다. 트럼펫 소리도 없고 반짝이는 불빛도 없었지만 난 알 수 있었다. 매일 보는 방에서 가구가 어디 있는지 아는 것처럼 분명했다.

나는 집 앞에 차를 세운 다음 식료품 가방도 버려 둔 채 집 안으로 달려 들어갔다.

문은 열려 있었다. 삼촌은 문을 잠근 적이 없었다. 언젠가 이유를 물었을 때 문을 잠근다고 크레스웰을 막을 수 있겠느냐고 되물었다. 마치 멍청이에게 당연한 설명을 하게 되어 유감이라는 투였다.

삼촌은 방 왼쪽에 있는 침대에 누워 있었다. 부엌은 오른쪽에 있었다. 푸른색 바지에 보온 내의 차림이었고, 두 눈은 뜨고 있었다. 눈이 여전히 반짝거리는 것으로 보아 죽은 지 두 시간도 안 되는 것 같았다. 엄청나게 더운 날이었는데도 파리나 악취 따위는 없었다.

"오토 삼촌?"

나는 조용히 불러 보았다. 대답을 기대한 것은 아니었다. 삼촌은 침대에 누워 두 눈을 똑바로 뜬 채 나한테 장난을 칠 사람은 절

대 아니었다. 그때의 내 기분을 묻는다면 마음이 편했다고 말해야
겠다. 드디어 끝이 난 것이다.

"오토 삼촌?"

나는 삼촌에게 다가갔다.

"삼촌……?"

나는 멈춰 섰다. 삼촌의 아래턱 쪽이 왠지 기형적이라는 생각이
들어서였다. 얼굴은 퉁퉁 붓고 뒤틀려 있었다. 두 눈도 뜨고 있다
기보다는 부릅떴다는 표현이 옳을 것 같았는데, 문 쪽이 아니라 천
장을 보고 있었다. 침대 위의 작은 창을 노려보고 있었던 것이다.

'어젯밤 3시경에 일어났는데, 놈은 바로 창밖에까지 와 있었단
다. 틴, 하마터면 당할 뻔했어.'

"완전히 호박처럼 으깨어 놨더라고." 나는 《라이프》 잡지를 읽
는 척하며, 이발소 노인네들의 이야기를 엿듣고 있었다. 비탈리스
와 들장미 크림 오일 냄새가 코를 찔렀다.

'하마터면 당할 뻔했어, 틴.'

여기에서도 냄새가 났다. 이발소 냄새도 아니고 영감의 더러운
악취도 아니었다.

차고에서 나는 기름 냄새였다.

"오토 삼촌?"

나는 침대로 다가가며 조용히 불러 보았다. 내 몸이 덜덜 떨리
는 것을 느낄 수 있었다. 세월은 거슬러 흘러가……. 스물이 되었
다가, 다시 열다섯, 열, 여덟, 여섯……. 그리고 나는 다섯 살이
되었다. 나는 떨리는 조막손으로 삼촌의 퉁퉁 부은 얼굴을 만져
보았다. 손으로 삼촌의 얼굴을 감싸며 창문을 올려다보았다. 크레

스웰의 이글거리는 앞유리로 가득 찬 창문! 비록 순간에 불과했지만 환각이 아니었다고 성경에 대고 맹세라도 할 수 있다. 크레스웰은 그곳에 있었다. 창문에, 불과 2미터도 떨어지지 않은 곳에.

나는 한 손으로 삼촌의 두 뺨을 감싸 쥐고 있었다. 턱 부분의 이상한 붓기를 살펴볼 생각이었을 것이다. 그리고 창문에 나타난 트럭의 모습에 나도 모르게 주먹을 불끈 쥐었는데, 그 손이 시체의 얼굴 아래를 감싸고 있었다는 사실조차 잊고 있었다.

트럭은 연기처럼 사라져 버렸다. 아니, 유령처럼이라고 해야겠다. 그와 동시에 액체 같은 것이 터져 나오는 소리가 들렸고 뜨거운 액체가 손바닥을 때렸다. 손에는 축축하고 물컹물컹한 살갗 말고도 딱딱하고 각진 물체가 만져졌다. 나는 삼촌의 입을 내려다보고 기어이 비명을 지르고 말았다. 오토 삼촌의 입과 코에서 기름이 터져 나오고 있었다. 눈에서도 눈물 대신 기름이 새어나왔다. 다이아몬드 젬사의 경유, 5갤런짜리 플라스틱 용기에 넣어 파는 재생 오일, 맥커친이 크레스웰에 쏟아 부었던 바로 그 싸구려 기름이었다.

아니, 기름뿐만이 아니었다. 삼촌의 입 밖으로 뭔가 딱딱하고 끈적끈적한 것이 튀어나와 있었다.

나는 계속해서 비명을 질렀지만 꼼짝도 할 수가 없었다. 기름 범벅이 된 손을 떼어 낼 수도 없었고 입에 매달린 물체에서 눈을 뗄 수도 없었다. 삼촌의 얼굴이 기형적으로 보인 건 바로 그 물건 때문이었다.

겨우 마비가 풀려 그 집에서 달아나기는 했으나 여전히 비명은 멈춰지지가 않았다. 나는 폰티악에 몸을 던지다시피 올라탔고 그곳에서도 비명을 질렀다. 오토 삼촌에게 주려고 했던 식료품들이 바닥에 쏟아져 엉망이 되었다. 깨져 버린 계란들.

그때 내가 죽지 않은 것은 그야말로 천운이었다. 3킬로미터쯤 달린 후 퍼뜩 정신을 차려 보니 속도가 시속 115킬로미터에 달했다. 나는 차를 세운 다음 천천히 숨을 들이마셨다. 조금씩 정신이 들기 시작했다. 그제야 오토 삼촌을 그런 식으로 내버려 둬서는 안 되겠다는 생각이 들었다. 그랬다가는 기자들과 경찰의 질문 공세에 나도 죽고 말 것이다. 돌아가야만 한다.

사실 묘한 호기심이 동한 것도 사실이었다. 돌아가지만 않았더라면, 그 호기심만 억제할 수 있었더라면, 사람들이 질문을 하든 말든 내 알 바 아니라고 생각했더라면……. 하지만 나는 되돌아갔다. 5분 정도 문밖에 서 있었다. 삼촌이 하루 종일 트럭을 바라보던 곳에서 삼촌과 똑같은 자세로 서 있었다. 나는 그렇게 서서 트럭을 바라보았다. 분명한 것은 길 건너의 트럭의 모습이 달라졌다는 것이다. 아주 미세하지만 트럭은 분명히 달라져 보였다.

나는 안으로 들어갔다.

이제 파리 몇 마리가 날아와 삼촌의 얼굴 주변에서 붕붕거렸다. 기름 범벅이 된 뺨에는 내 지문이 선명하게 찍혀 있었다. 왼쪽에는 엄지 손가락, 오른쪽에는 다른 손가락 세 개. 나는 불안한 시선으로 크레스웰이 엿보던 창문을 바라보았다……. 그리고 삼촌의 침대로 갔다. 나는 손수건을 꺼내 지문을 깨끗이 닦아 낸 다음 삼촌의 입을 벌렸다.

입에서 떨어져 나온 것은 점화 플러그였다. 맥시 듀티 스타일에 천하장사 팔뚝만큼이나 굵은 플러그.

나는 놈을 챙겼다. 오, 그러지만 않았던들……. 하지만 난 당시에 충격에 휩싸여 있었다. 놈은 이제 내 서재을 점거하고 나를 노려보고 있다. 손만 내밀면 놈을 집어들 수도 있는 거리이다. 오토 삼촌의 입에서 떨어져 나온, 1920년대식 구식 점화 플러그.

만일 저게 이곳에 없다면, 삼촌의 원룸에서 두 번째로 달아날 때 들고 나오지 않았다면, 어쩌면 그 모든 것이 단지 환각이었을 뿐이라고 내 자신을 다독거렸을지도 모른다. 크레스웰이 마치 붉은 사냥개처럼 삼촌의 집 옆에 기대 있는 모습을 보지 않았다고 말이다. 하지만 놈은 그곳에 있었다. 화려한 조명까지 받으며 말이다. 놈은 실재하며 부피와 무게를 지니고 있다. 삼촌이 말했다. 트럭이 해다마 점점 가까워지고 있어. 삼촌의 말은 옳았다……. 하지만 오토 삼촌 자신도 크레스웰이 얼마나 가까워질 수 있는지에 대해서는 모르고 있었다.

사람들은 오토 삼촌이 기름을 마시고 자살했다는 쪽으로 결론을 내렸다. 그리고 사건은 '캐슬록의 9일간의 경이'로 막을 내렸다. 입이 가볍기로 정평이 난 마을 장의사 칼 더킨은 의사가 해부했을 때 기름이 4리터 이상 나왔다고 떠들었다……. 기름은 위뿐 아니라 몸 전체를 채우고 있었다. 마을 사람들이 궁금해 하는 일이 하나 더 있었다. 기름을 부을 때 쓴 플라스틱 깔대기는 도대체 어디 있냐는 것이다. 그 답은 아무도 찾지 못했다.

처음에 말했듯이, 이 회고록을 읽는 사람들도 내 말을 믿지 못할 것이다……. 언제나 직접 당해 봐야 믿는 법이니까 말이다. 하지만 트럭은 지금도 자기 들판을 차지하고 있다……. 그리고 필요하다면 놈은 또 일을 저지를 것이다.

우유배달부1: 아침 배달

새벽이 컬버 가(街)를 조용히 쓸고 내려갔다.

깨어 있는 사람이 없지는 않았으나 밖은 여전히 밤이었다. 새벽이 살금살금 발끝으로 걸어오기 시작한 지 겨우 한 시간 삼십 분. 컬버 가와 발포 가(街)의 모퉁이에 있는 커다란 단풍나무 위에서 붉은 다람쥐 한 마리가 불면의 눈을 깜빡거리며 아직 잠들어 있는 집들을 살폈다. 반 블록쯤 떨어진 매켄지네의 수반에는 제비 한 마리가 살포시 앉아 보석 같은 물방울을 퉁겨 내고 있었다. 낙수 홈통에서도 벌 한 마리가 윙윙거리다, 버려진 사탕 봉지에서 운 좋게 초콜릿 부스러기를 찾아내기도 했다.

나뭇잎을 흩날리고 커튼을 너울 치게 했던 밤바람도 지쳤는지, 모퉁이의 단풍나무 잎사귀들을 마지막으로 건드려 보고는 이내 조용해졌다. 이 조용한 전주 뒤로 이어질 웅장한 서곡을 기다리는 것일까?

희미한 빛무리가 동쪽 하늘을 적시기 시작했다. 어둠의 쏙독새 무리가 근무를 마치고 돌아가고, 이제는 박새들이 조금씩 기지개를 폈다. 잠이 깬 박새들은 아직은 아침이 낯설어서인지 여기저기서 쭈뼛거리고 있을 뿐이었다.

다람쥐가 단풍나무의 갈라진 옹이구멍 속으로 숨었다.

참새는 수반의 가장자리에서 총총거리다가 문득 움직임을 멈추었다.

개미도 사절판을 뒤지는 사서처럼, 자신의 보물 위에서 굳어 버렸다.

햇살의 지구 침략 문턱에서 컬버 가가 온몸을 부르르 떨고 있었다. 터미네이터를 소환하는 지구수비대.

그리고 침묵 속에서 소리 하나가 조용히 일어나고 있었다. 소리는 언제나 그곳에 있었다는 듯, 막 스러져간 어둠의 소음 속에 숨어 있었을 뿐이라는 듯, 조심스럽게 부풀어 올랐다. 소리가 점점 또렷해지더니 이윽고 우유 배달 트럭의 툴툴거리는 엔진 소리가 되었다.

트럭은 발포 가에서 컬버 가로 돌아들었다. 양쪽에 붉은 글씨가 새겨진 깔끔한 베이지색 자동차. 다람쥐가 옹이구멍 입구에서 헛바닥처럼 날름 나와 잠시 트럭을 바라보더니, 문득 살아 있는 먹이라도 찾아냈는지 재빨리 나무 아래로 내달렸다. 개미는 초콜릿을 조금 빼물고 언덕을 향해 다시 움직이기 시작했다.

박새들의 노랫소리가 더욱 커졌다.

옆골목에서 개 짓는 소리가 들렸다.

우유 트럭 양쪽에 '크레이머 우유' 라고 씌어 있었다. 그리고 우유병 그림이 있고 그 밑에는……. "아침에 배달되는 상쾌한 맛!"

우유 배달부는 청회색 유니폼에 모자를 삐딱하게 쓰고 있었다. 상의 주머니에 금실로 새겨진 이름이 보였다. "스파이크." 배달부는 뒤쪽 아이스박스 안에서 들려오는 우유병들의 달가닥거리는 소리에 맞춰 휘파람을 불고 있었다.

배달부는 트럭을 매켄지네 집 모퉁이에 세웠다. 그러고는 짐칸에서 우유 상자를 꺼내 보도블록 위에 내려놓았다. 그리고 잠시 대기를 한껏 들이마셨다. 신선하고 상큼하고 신비로운 공기. 배달부는 성큼성큼 문 쪽으로 걸어갔다.

편지함 옆 토마토 모양의 자석에 작고 하얀 네모난 종이가 눌려 있었다. 스파이크는 글자들을 자세히 그리고 천천히 읽었다. 마치 소금에 전 낡은 병에서 쪽지를 꺼내 읽는 동화 속 주인공이 된 기분이었다.

우유 1병
크림 1통
오렌지 주스 1병
감사합니다.

넬라 M.

우유 배달원 스파이크는 심각한 표정으로 상자를 보다가 바닥에 내려놓고 그 안에서 우유와 크림을 꺼냈다. 스파이크는 토마토 자석까지 떼어 내고 다시 쪽지를 살펴보았다. 혹시 구두점이나 쉼

표 따위를 잘못 보았을지도 모르기 때문이다. 스파이크는 고개를 끄덕인 다음 자석을 붙였다. 그리고 상자를 들고 트럭으로 돌아갔다.

우유 배달 트럭의 짐칸은 습하고 어둡고 추웠다. 왠지 진이 박힌 듯한 시큼한 냄새가 떠돌았는데, 유제품들의 냄새와 묘하게 섞여 있었다. 오렌지 주스는 어두운 구석에 있었다. 스파이크는 얼음 속에서 주스 하나를 꺼내 고개를 끄덕이고는 다시 집 앞으로 걸어갔다. 그리고 우유와 크림 옆에 주스를 내려놓고 다시 트럭으로 돌아왔다.

어딘가에서 5시를 알리는 벨 소리가 울렸다. 스파이크의 오랜 친구인 로키가 일하는 기업형 세탁소였다. 스파이크는 뜨거운 증기다리미로 세탁물을 다리고 있는 로키를 생각하며 씩 웃었다. 곧 로키를 만날 것이다. 어쩌면 오늘 밤……. 배달을 끝내고 만나게 될지도 모르겠다.

스파이크는 시동을 걸고 트럭을 움직였다. 핏자국으로 얼룩진 고기 갈고리가 트럭 천장에 걸려 있고, 갈고리에 연결된 인조 가죽 끈에 작은 트랜지스터라디오가 매달려 있었다. 스파이크는 라디오를 켰다. 그리고 엔진 소리에 묻혀 버린 조용한 음악을 들으며 매카시의 집 쪽으로 향했다.

매카시 부인의 쪽지는 언제나처럼 편지함에 끼어 있었다. 짧고도 명료한 주문.

'초콜릿'

스파이크는 펜을 꺼내 쪽지 위에 '배달 완료'라고 대충 흘려 쓴 다음 다시 편지함에 밀어 넣었다. 그리고 다시 트럭으로 돌아갔다. 초콜릿 우유는 냉장고 두 개에 들어 있는데, 트럭의 제일 뒤쪽, 그러니까 뒷문에서 제일 가까운 쪽에 두었다. 6월이면 그 우유를 찾는 사람이 많기 때문이었다. 우유 배달부는 냉장고를 힐끗 살펴보고는 안쪽 구석에 챙겨 둔 빈 초콜릿 우유 팩을 꺼냈다. 물론 갈색이고 크레이머 매일우유라고 적힌 팩이었다. 또 크레이머가 심벌처럼 사용하는, 깡충깡충 뛰노는 아이의 그림도 보였다.

'건강을 마셔요. 차게 마셔도 뜨겁게 마셔도 맛있는 우유. 아이들이 참 좋아해요.'

스파이크는 빈 팩을 우유 상자 위에 놓고 얼음 조각을 헤쳐 숨겨둔 마요네즈 통을 찾아냈다. 그리고 통 안을 들여다보았다. 독거미가 느릿느릿 움직였다. 추위 때문에 몸이 굳은 것이다. 스파이크는 우유 팩 위로 마요네즈 통을 뒤집어 얹었다. 독거미는 마요네즈 통의 미끄러운 면을 거꾸로 기어오르려 했지만, 결국 툭 소리와 함께 텅 빈 초콜릿 우유 팩 안으로 떨어졌다. 우유 배달부는 우유 팩을 접은 다음, 조심스럽게 손수레에 싣고 매카시의 진입로를 따라 올라갔다. 거미는 그가 좋아하는 것이다. 사실 아무한테도 말하지 않았지만, 제일 좋아하는 친구라고 자부했다. 거미를 배달할 수 있는 날은 스파이크에게 제일 흥겨운 날이다.

컬버 가를 오르고 있을 때조차 새벽의 교향곡은 여전히 진행 중이었다. 동녘의 잿빛 띠가 좀 더 깊은 분홍색으로 바뀌었다가, 이윽고 단호한 주홍빛으로 밝아진 다음, 천천히 여름의 완연한 푸른 빛을 내뿜기 시작했다. 첫 번째 햇살이 막 날개를 펼치려 하고 있었다. 아이들의 주일학교 책에 그려진 그림처럼 찬란한 햇살이었다.

스파이크는 베버네 집에 키토산이 함유된 다기능 우유 하나를 넣었고, 제너네 집엔 우유 다섯 병을 넣어 주었다. 제너네 아이들은 한창 성장기였다. 한 번도 본 적은 없지만 뒷마당에 나무 위 오두막집이 있고 마당에도 이따금 자전거 몇 대와 야구 세트가 놓여 있곤 했다. 콜린스 부부에게는 우유 두 병과 요구르트 하나. 오드웨이 양에게는 벨라도나 향이 첨가된 에그노그 한 통이 배달되었다.

골목 아래쪽에서 쾅 하고 문 닫히는 소리가 들렸다. 시내로 출퇴근을 하는 베버 씨가 서류가방을 흔들며 슬레트식 차고 안으로 들어가는 소리였다. 스파이크는 잠시 기다렸다가 소형 사브의 부드러운 시동 소리가 들리자 슬그머니 미소를 지었다. 스파이크의 어머니는 종종 이렇게 말했다. "다양성이야말로 인생의 묘미란다. 하지만 우린 아일랜드 사람이야. 아일랜드인들은 순리를 존중한단다. 항상 규칙적으로 살도록 노력하려무나, 스파이크, 그럼 모든 게 잘될 거야." 그건 부인할 수 없는 사실이다. 베이지색의 우유 배달 트럭을 몰고 새벽길을 달리면서 그것말고 무엇을 깨달았겠는가?

이제 세 집만 돌면 끝난다.

킹케이드는 "오늘은 넣지 마세요."라는 쪽지만 남겨 두었다. 스파이크는 뚜껑이 닫아진 우유병을 넣었다. 겉으로는 빈 병처럼 보였지만 치명적인 청산염이 들어 있었다. 윌커스의 집에는 우유 두 통과 생크림 통 하나를 두었다.

골목 끝 멀론네 집에 도착했을 때쯤 햇살이 나뭇가지를 비집고 들어왔다. 햇살은 머튼네 안마당의 사방치기 그림 위로 빛 얼룩을 잔뜩 토해 냈다.

스파이크는 허리를 굽혀 한쪽이 평편해서 돌차기 놀이에 좋은 자갈을 하나 집어 들어 저쪽으로 튕겨 보았다. 자갈은 선 위에 떨어졌다. 스파이크는 고개를 저으며 씩 웃고는 휘파람을 불며 걸어갔다.

산들바람에서 세탁소 비누 냄새가 묻어나자 스파이크는 다시 로키를 생각했다. 로키를 만나게 될 것이라고 더 확신했다. 오늘 밤.

멀론의 신문배달함에 쪽지가 핀으로 꽂혀 있었다.

'우유 사절.'

스파이크는 문을 열고 안으로 들어갔다.

집은 납골당처럼 추웠고 가구도 없었다. 벽지도 모두 벗겨져 있었으며 심지어 부엌에는 스토브도 보이지 않았다. 그 자리에 밝은 장판만이 휑해 보였다.

거실 벽지도 온통 떨어져 나갔고 천장의 둥근 조명도 없었다. 전구가 있던 자리에 뻥 뚫린 구멍만 있었다. 한쪽 벽으로 마른 피 얼룩이 있었는데, 마치 심리 테스트용 얼룩 같다는 생각이 들었다. 그 가운데 회벽에도 커다란 구멍이 뚫려 있었다. 헝클어진 머리카락 한 움큼과 뼈 몇 조각이 있었다.

우유 배달부는 고개를 끄덕이고는 다시 밖으로 나갔다. 그리고 현관에 잠시 멈춰 섰다. 청명한 날이 될 모양인지 태양이 벌써부터 아이 눈동자보다 더 파란색으로 빛나고 있었다. 군데 군데, 깃털구름……. 야구선수들이 '천사'라고 부르는 구름들.

스파이크는 신문 배달함에서 쪽지를 꺼내 둘둘 뭉친 다음 하얀색 우유 배달부 바지 왼쪽 앞주머니에 구겨 넣었다.

스파이크는 돌차기 놀이판에 놓인 돌을 낙수홈통 쪽으로 걸어차 날려 버리고는 트럭을 향했다. 잠시 후 우유 배달 트럭이 툴툴거리며 모퉁이를 돌아 사라졌다.

날이 밝았다.

한 소년이 집 밖으로 뛰쳐나오더니 맑은 하늘을 향해 씩 웃었다. 그리고 우유를 들이마셨다.

우유배달부2 : 세탁 게임 이야기

머리끝까지 술에 취한 로키와 레오는 느린 속도로 컬버 가를 지나 크레센트로 뻗은 발포 가에 들어서고 있었다. 두 사람 모두 로키의 1957년식 크라이슬러에 느긋하게 앉아 있었다. 운전축이 있는 중앙의 볼록한 부분에는, 술꾼답게 아이언시티 맥주 상자가 놓여 있었다. 그날 저녁 그들이 처치한 두 번째 상자였다. 사실 세탁소 퇴근 시간인 4시부터 시작된 술판이었다.

"니미 떡을 칠!"

발포가와 99번 간선도로의 교차로에서 깜빡거리는 붉은 신호등에 차를 세우며, 로키가 투덜거렸다. 로키는 양쪽 차량들은 살피지 않고, 차 뒤쪽을 슬쩍 돌아보았다. 테리 브래드쇼(피츠버그의 풋볼 선수——옮긴이)의 컬러 사진이 박힌, 반쯤 남은 맥주 캔이 가랑이 사이에 놓여 있었다. 로키는 맥주를 꿀꺽꿀꺽 들이켜고는 99번 도로 쪽으로 좌회전을 했다. 2단 기어에 걸린 크라이슬러는 온

몸을 삐걱거리며 비명을 질러 댔다. 두 달 전쯤 1단 기어가 고장이 났기 때문이다.

"떡 치기에는 아저씨 엄만 좀 심하네요."

레오가 말도 안 된다는 듯 지껄여 댔다.

"몇 시야?"

레오는 시계를 들어 올리다가 실수로 담뱃불을 건드리고 말았다. 덕분에 한참을 훅훅 불고 나서야 시계를 볼 수 있었다.

"8시 다 돼 가요."

"니미 떡을 칠."

두 사람은 피츠버그 44라고 쓰인 표지판을 지나쳤다.

"디트로이트에서 누가 이런 걸 검사해 주겠어요? 미친놈이 아니고서야."

레오가 말했다.

로키는 기어를 3단으로 올렸다. 크라이슬러는 몸을 비틀며 간질 환자처럼 비명을 질렀다. 흔들림이 잦아들자 계기판은 꾸준히 70을 향해 기어올랐고 그 후로는 아슬아슬하게 그 수준에서 왔다 갔다 했다.

99번 간선도로와 데본 스트림 로의(데본 스트림 로는 크레센트와 데본의 부락들을 가르는 경계로 약 130킬로미터 정도 된다.) 교차로에 도착했을 때 로키는 갑자기 데본 쪽으로 핸들을 꺾었다. 아무래도 빌어먹을 스티프 삭스에 대한 기억이 잠재의식을 건드린 모양이었다.

로키와 레오는 일을 마친 후부터 아무렇게나 핸들을 돌려 댔다. 6월의 마지막 날이었고 로키의 크라이슬러에 붙은 검사필증은 정확히 내일 새벽 12시 1분에 파기될 것이다. 지금부터 네 시간? 아니 네 시간도 남지 않았다. 로키는 이런 식의 마감을 기다리는 것이 너무나도 괴로웠다. 레오는 신경도 쓰지 않았다. 어차피 자기 차도 아니었다. 게다가 아이언시티 맥주까지 마실 만큼 마신 터라 지금 몽롱한 황홀감을 즐기기에도 여념이 없었다.

데본 로드는 크레센트의 울창한 숲 지역으로 굽이굽이 이어져 있었다. 거대한 느릅나무와 참나무들이 양쪽으로 빽빽해서인지, 도로는 너무나도 생생해 보였다. 펜실베이니아 서부가 어둠으로 덮이기 시작하면서는 움직이는 그림자까지 가득해졌다. 이 지역은 사실 데본 숲이라는 이름으로 알려져 있다. 1968년 어떤 여자아이와 남자 친구의 고문 살인 사건 덕분에 숲은 화려한 명성을 얻었다. 그 둘은 이곳에 주차된 남자 친구의 1959년식 머큐리에서 발견되었다. 천연 가죽 시트가 깔려 있고 후드에 커다란 크롬 장식이 달린 머큐리였다. 두 사람은 뒷좌석에 있었다. 아니, 앞좌석에도 있었고 트렁크와 비상함 안에도 들어 있었다. 하지만 살인자는 찾지 못했다.

로키가 말했다.

"이 똥차가 여기서 퍼지면 끝장이야. 150킬로미터 안에는 아무것도 없단 말이다."

"뻥까시네."

이 말은 요즘 레오의 쌍소리 40에 새로 진입한 말이다.

"저게 아무것도 아니면 그럼 유령 건물이에요?"

로키가 한숨을 쉬며 맥주를 들이켰다. 마을 불빛은 아니었지만 두 사람은 허튼 농담을 주고받을 만큼 가까운 사이였다. 그거 새로 생긴 쇼핑센터였다. 높고 강렬한 나트륨 불빛들이 눈이 부실 정도로 밝았다. 로키는 그쪽을 바라보다가 깜빡 왼쪽으로 핸들을 틀고 말았다. 결국 차를 세우고 후진한 다음, 오른쪽의 도랑을 살짝 비켜 원래의 길로 접어 들었다.

"이런."

로키가 투덜거렸다.

옆에서는 이따금 레오의 트림 소리와 꺽꺽대는 소리가 들렸다.

두 사람이 뉴아담스 세탁소에서 함께 일을 한 것은 9월부터였다. 레오는 로키의 세척장 조수로 고용되었다. 레오는 생쥐처럼 생긴 스물두 살의 청년이며, 어떻게 보아도 미래에 감방을 들락거릴 상으로 보였다. 레오는 중고 가와사키 오토바이를 사기 위해 매주 20달러를 저축하고 있다고 했다. 날이 추워지면 오토바이를 타고 서쪽으로 떠날 생각이라는 것이다. 레오는 열여섯 살에 학교라는 사회와 결별한 후 지금까지 무려 열두 개의 직업을 전전했다. 레오는 세탁 일이 꽤 마음에 들었다. 로키가 다양한 세탁 기술을 가르쳐 주었고 레오 자신도 생전 처음으로 기술을 배우고 있다고 생각했다. 플래그스태프로 옮길 때쯤이면 레오도 능숙한 전문가가 될 수 있을 것이다.

로키는 뉴아담스에서만 14년을 일한 전문가이다. 그건 거의 투명할 정도로 탈색된, 운전대를 잡은 손만 보아도 알 수 있다. 그는 1970년에 불법무기 소지죄로 4개월을 살았다. 그때 셋째 아이를 임신한 아내는 (1) 그 애가 로키가 아니라 우유 배달부의 자식이며 (2) 로키의 더러운 성격을 이유로 이혼을 하고 싶다고 알려 왔다.

두 가지 문제로 로키는 불법무기를 소지하게 되었다. (1) 자신은 여편네한테 엿 먹은 병신이며 (2) 자신을 엿 먹인 장본인이 송어 눈에 긴 머리를 하고 다니는 스파이크 멀리건이라는 우유 배달부라는 사실 때문이었다. 스파이크는 크레이머 우유 배달 트럭을 몰았다.

맙소사, 우유 배달부라니! 우유 배달부라고! 차라리 날더러 그냥 죽으라고 해! 접시 물에 코를 처박고 죽는 게 더 자랑스럽겠다. 독서라고는 일하면서 줄기차게 씹어 대는 풍선껌 포장지에 있는 만화밖에 모르는 로키에게조차, 그 상황은 악의적이고 고전적인 뉘앙스를 풍겼다.

결국 로키는 아내에게 두 가지 결론을 통보했다. (1) 이혼 불가. (2) 스파이크 멀리건의 배 가죽에 바람 구멍을 내 주겠다.

로키는 10년 전에 사들인 32구경 총이 있었는데, 이따금 그 총으로 병이나 깡통, 아니면 개새끼들을 쏘곤 했다. 로키는 그날 아침 오크가에 있는 집을 나와 목장으로 향했다. 아침 배달을 마치고 들어오는 스파이크를 잡기 위해서였다.

로키는 가는 길에 사거리 술집에 들러 맥주 몇 캔을 샀다. 몇 캔인지는 기억이 잘 나지 않았다. 여섯, 여덟? 아니면 스물? 로키가 술을 마시는 동안 아내가 경찰에 신고를 했다. 경찰은 오크가와 발포가 중간 모퉁이에서 기다리고 있었다. 로키는 도중에 붙잡혔고 경찰 하나가 로키의 허리춤에서 32구경 권총을 빼냈다.

"아무래도, 잠시 콩밥 좀 먹어야겠군, 친구."

총을 찾아낸 경찰이 이렇게 말했고, 로키는 펜실베이니아 주를 위해 4개월 동안 시트와 베갯잇을 빨아야 했다. 그동안 아내는 네바다 주의 이혼 허가를 얻어 냈고, 로키가 교도소에서 나왔을 때

에는 이미 스파이크 멀리건과 다킨가의 아파트에 살림을 차린 후
였다. 앞마당 잔디에 빨간 홍학이 서 있는 집이었다. 자신의 두 아
들(로키는 여전히 자기 아이들이라고 확신했다.) 말고도 두 사람은
스파이크와 똑같이 송어 눈을 한 아이를 안고 있었다. 게다가 이
혼 수당으로 주당 15달러까지 손에 넣은 상태였다.

"로키, 아무래도 멀미하나 봐요. 잠시 차 좀 세우고 마시면 안
될까요?"

레오가 말했다.

"검사필증을 갱신해야 해. 이건 중요한 일이라고. 차 없이 사내
자식이 뭘 하겠냐?"

"제정신이라면 아무도 이 차를 검사해 주시 않을 거라고요. 아
까 말했잖아요. 깜빡이 등도 없으면서……."

"브레이크를 같이 밟아 주면 깜빡거려. 그리고 핸들을 꺾을 때
브레이크를 밟지 않는 사람은 사고가 나고 싶어 안달난 사람들
이야."

"이쪽 창문도 깨졌잖아요."

"내려 버리면 돼."

"검사관이 올리라면 어쩌려고요?"

"도착하는 대로 아예 브리지를 태워 버릴 거야."

로키가 차갑게 응수했다.

로키는 맥주 캔을 밖으로 던져 버리고 다시 새 것을 땄다. 이번
에는 프랑코 해리스가 찍힌 캔이었다. 아이언시티사가 올여름에
는 최고의 매출고를 올리려는 모양이었다. 로키가 뚜껑을 따자 맥
주가 터져 나왔다.

242

"여자라도 있었으면……"

레오가 어둠 속을 바라보며 묘한 미소를 지었다.

"여자가 있으면 서쪽으로 못 간다. 여자가 하는 일이 바로 남자가 달아나지 못하게 하는 거야. 암, 물론이지. 그게 여자들 사명이거든. 너 서쪽으로 가고 싶다고 했지?"

"예. 갈 거예요."

"넌 못 가. 여자가 생기고 그 다음엔 애새끼가 매달리지. 그럼 돈을 벌어야 해. 이혼해도 이혼 수당이란 게 따라붙을 거고 말이야. 차라리 자동차가 났다. 자동차에 정 붙여 봐."

로키가 말했다.

"자동차랑 어떻게 그 짓을 해요?"

"해 봐, 아마 죽일 거다."

로키가 말하며 키득거렸다.

숲이 점점 엷어지며 마을이 보이기 시작했다. 왼쪽 위로 불빛들이 반짝였다. 로키가 갑자기 브레이크를 밟았다. 브레이크등과 깜빡이등이 동시에 켜졌는데 거의 실내 배선 수준이었다. 레오가 앞으로 튕겨 나가며 시트에 맥주를 쏟고 말았다.

"뭐? 뭐예요?"

"잠깐만. 아는 놈 같은데?"

로키가 말했다.

도로 왼쪽에 거의 무너질 듯한 차고와 '시트고'라는 주유소가 보였다. 앞에 놓인 표지판에는 이렇게 씌어 있었다.

보브 주유소와 정비소.

보브 드리스콜, 1급 정비사.

얼라인먼트 전문.

무기 소지는 하느님이 주신 권리. 우리의 권리를 보호하자!

그리고 맨 밑에는

주립 자동차 검사소(등록번호 72)

"제정신으로는 아무도……"

레오가 다시 떠벌리려 했다.

그때 로키가 외쳤다.

"보비 드리스콜이야! 나하고 같은 학교에 다녔다고! 우리 둘이서 학교를 들었다 놓았다 했지! 분명히 그놈이야!"

로키는 덜거덕거리며 차를 몰고 안으로 들어갔다. 헤드라이트가 열려 있는 차고 문을 비추었다. 로키는 클러치를 밟고 그쪽을 향해 차를 몰았다. 녹색 작업복 차림의 구부정한 사내가 차를 세우라고 황급히 손을 휘저으며 달려왔다.

로키가 신나서 외쳤다.

"보비! 이봐, 왕꼴통!"

그들은 차고 옆쪽으로 돌아갔다. 크라이슬러가 또 한 번 발작을 일으켰는데, 이번에는 조금 셌다. 굽은 배기관 쪽에서 작고 노란 불꽃이 일더니 곧이어 픽 하는 소리와 함께 푸른 연기가 터져 나왔다. 차가 완전히 퍼지면서 레오가 앞으로 쏠렸고 또 다시 맥주를 쏟았다. 로키는 다시 시동을 걸어 보았다.

보브가 두 팔을 휘저으며 있는 욕 없는 욕 닥치는 대로 해 댔다.

"……지랄. 도대체 무슨 짓이야? 이런 빌어먹을 개……"

"보비! 이봐, 왕꼴통! 이런, 이게 얼마 만이야?"

로키가 외쳤다. 로키는 극도로 흥분해 있었다.

보브는 차 안을 들여다보았다. 그의 일그러지고 피곤에 지친 얼굴은 모자챙 그림자에 가려 아직은 보이지 않았다.

"어떤 개자식이 왕꼴통이라고 불러!"

"나야, 이놈아! 나라고! 네 불알친구란 말이다! 나 모르겠어?"

로키가 빽 하고 비명을 질러 댔다.

"도대체 어떤……"

"조니 록웰! 이젠 꼴통도 모자라 눈까지 멀었냐?"

보브가 머뭇거리며,

"로키?"

"그래, 이 개자식아."

"맙소사."

어색한 미소가 천천히 보브의 얼굴에 번졌다.

"이게 도대체 몇 년 만이야? 이런, 카타마운트 시합 이후로……. 아무튼……."

"말해 뭘 해? 죽이는 시합이었지!"

로키는 자기 허벅지를 때리며 아이언시티 냄새를 뿜어 댔다. 레오도 옆에서 트림을 했다.

"그래, 그랬어. 우리가 학교에서 이긴 유일한 시합이었지. 그때까지만 해도 우승할 줄은 꿈에도 생각 못 했는데. 이봐, 그건 그렇고, 썹할, 내 차고를 박살낼 뻔했잖아……. 너……."

"그래, 하나도 안 변했어. 꼴통도 그대로고. 머리카락 하나 안 변했다고."

로키는 뒤늦게 친구의 야구모자 챙 아래를 훔쳐보려 했다. 자신의 말이 사실이기를 바라면서 말이다. 하지만 옛날의 왕꼴통은 이미 대머리가 되어 있었다.

"맙소사! 대단해. 널 이렇게 만나다니. 너 마시 드루와 결혼한 거야?"

"젠장, 그래. 1970년도에. 넌 어디 있었냐?"

"감옥에. 아마 그럴 거야. 그건 그렇고, 너 이 아가씨 좀 만져 줘야겠다."

다시 긴장.

"네 차 말이야?"

로키가 킬킬거렸다.

"아니, 내 애인 말이다! 하하하! 물론, 내 차지! 해 주겠지?"

보브는 입을 열었지만 아무 말도 하지 못했다.

"아, 그리고 여기는 나랑 같이 일하는 친구야. 레오 에드워드. 레오, 이 분은 크레센트 고교에서 4년 동안 한 번도 운동 양말을 갈아 신지 않은 전설적인 분이시다."

"안녕하세요?"

레오가 인사를 했다. 술에 취해 있지 않은 숙녀를 대할 때는 항상 친절해야 한다고 어머니가 말했다. 레오는 나름대로 신사의 예를 다하고 있는 것이다.

"맥주 마실래, 꼴통?"

로키가 킬킬거렸다.

보브가 입을 열었지만 여전히 아무 말도 없었다.

"자, 이건 왕년의 똥개가 주는 선물이다!"

로키가 소리쳤다.

로키가 맥주 뚜껑을 따는데, 자동차가 갑자기 쿨럭거리며 보브 드리스콜의 차고 안으로 움직였고, 그 바람에 맥주가 로키의 팔목 으로 넘쳐 내렸다. 로키는 캔을 그대로 보브의 손에 넘겼다. 보브 는 재빨리 넘치는 맥주를 들이마셨다.

"로키, 벌써 문 닫을 시간이……."

"잠깐, 잠깐만! 차 좀 뒤로 뺄게. 이놈이 단단히 체한 모양이 거든."

로키는 기어를 후진에 두고 클러치를 넣어 크라이슬러를 안으 로 밀어 넣었다. 자동차가 딸꾹질을 해 댔다. 로키는 순식간에 밖 으로 빠져나와 국회의원 후보라도 되는 양 보브의 손을 잡고 흔들 어 댔다. 보브는 당혹스러운 표정을 지었다. 레오는 차 안에 남아 서 새 맥주를 땄는데, 이제는 아예 방귀까지 뀌어 댔다. 맥주만 마 시면 항상 방귀가 골칫거리였다.

"아 참! 너 다이아나 러클하우스 기억하니?"

로키가 녹슨 바퀴 휠캡을 피해 가며 외쳤다.

"물론이지."

보브가 말했다. 다시 어색한 미소가 입가에 맺혔다.

"여기가 이렇게 빵빵한 그……."

보브는 두 손으로 가슴에 공을 두 개 그렸다.

로키가 으르렁거렸다.

"그래, 바로 걔야! 젠장. 그거 아직 여기 사니?"

"글쎄, 이사했다는 소리를 들었는데?"

"어디로? 역마살이 낀 애라 한 군데 붙어 있을 리야 없겠지. 아무튼, 이 똥차에 스티커 하나만 붙여 줄 수 있지?"

"이봐, 집사람이 저녁을 차려 놓고 기다릴 거야. 또 문을 닫을 시간이……."

"맙소사. 네가 해 주기만 한다면 정말 은혜는 잊지 않을게. 난 은혜를 갚는 놈이라고. 자네 아내를 위해 세탁을 해 줄 수도 있어. 그게 내 직업이거든. 세탁 말이야. 뉴아담스에서 일해."

"전 견습생이에요."

레오가 이렇게 말하며 다시 방귀를 뀌었다.

"아주 죽이게 세탁해 줄게. 뭐든지 말이야. 꼭 부탁하네, 보비."

"글쎄, 우선 살펴보기나 하자고."

"물론이지."

로키가 찰싹 보브의 등을 때렸다. 그러고는 레오에게 눈을 찡긋해 보이며 말했다.

"옛날에도 의리 하나는 끝내줬지, 정말이야."

"그래."

보브가 한숨을 쉬며 대답했다.

보브가 맥주를 들어 올렸는데, 기름 묻은 손 때문에 캔에 새겨진 비열한 조 그린의 얼굴이 희미해져 있었다.

"범퍼가 완전히 나갔군그래."

"대충 점수만 받으면 돼. 통과할 정도만 말이야. 그래도 차 하나는 화끈하다고. 이런, 정말이라니까?"

"그래, 그런 것 같군……."

"아 참! 함께 일하는 친군데 인사하지그래. 레오, 여기 이 분은 크레센트 고교에서……."

"아까 소개했잖아."

보브가 힘없는 미소를 지으며 말했다.

"안녕, 안녕."

레오가 말했다.

레오는 어느새 아이언시티 캔 하나를 찾고 있었다. 더운 날 오후면 어김없이 선로에 뜨는 하얀 아지랑이들이 환각처럼 눈앞을 떠돌았다.

"양말을 갈아 신지 않은 순꼴통."

"헤드라이트를 보여 주겠나, 로키?"

보브가 물었다.

"그래. 헤드라이트는 끄떡없어. 할로겐인지 니토르겐인지, 아니면 욜라 도루무겐인지는 몰라도 말이야. 그건 아무 문제없어. 야, 레오. 와이퍼 좀 돌려 봐라!"

레오가 앞유리 와이퍼를 작동했다.

"좋군. 헤드라이트는 어떤지 보지."

보브가 고통스럽게 내뱉으며 맥주를 한 모금 들이켰다.

레오가 헤드라이트를 켰다.

"상향등?"

레오가 왼쪽발로 조광등 스위치를 더듬었다. 레오는 스위치가 이쯤 어딘가에 있을 거라고 확신했고, 결국 찾아냈다. 상향등은 로키와 보브를 날카로운 부조상처럼 보이게 만들었는데, 흡사 경찰서에 길게 늘어선 용의자들처럼 보였다.

"그래, 내가 죽인다고 했잖아! 맙소사, 보비. 자네를 보니 도망간 여편네를 찾은 것보다 더 기쁘이!"

로키가 소리치고는 다시 킬킬거렸다.

"방향 지시등은?"

보브가 물었다.

레오는 보브에게 히쭉 웃어 보이고는 아무 행동도 하지 않았다.

"내가 해 보지."

로키가 말했다.

로키는 머리까지 박으면서 운전대 앞에 들어가 앉았다.

"저 자식, 거의 맛이 갔거든. 그래서 그래."

로키는 방향 지시등을 켜면서 브레이크를 힘껏 밟았다.

"좋아. 그런데, 브레이크 안 밟으면 안 들어오는 거야?"

보브가 말했다.

"자동차 검사 지침서에 그러면 안 된다고 씌어 있는 거 아니잖아?"

로키가 교활하게 물었다.

보브가 한숨을 쉬었다. 보브의 아내는 저녁을 준비 중이었다. 아내는 뿌리가 까만 금발머리에 유방은 늘어졌고 자이언트이글 할인점에서 파는 더즌 도넛을 유달리 좋아한다. 목요일 밤 빙고할 돈을 뜯으러 차고에 올 때에는, 커다란 녹색 롤러로 머리를 말고 그 위에 시폰 스카프를 쓰고 나타난다. 그럴 때면 머리가 무슨 미래형 AM FM 라디오처럼 보였다. 어느 날인가 3시쯤 일어나 아내의 푸석푸석한 얼굴을 본 적이 있었다. 침실 밖 가로등도 졸린 눈으로 함께 아내를 내려다보았다. 그때 보브는 얼마든지 아내를 죽일 수 있겠구나 하는 생각을 했다. 아내의 정수리에 잭나이프를 찔러 넣을 수도 있고, 무릎으로 배를 가격해 숨구멍을 막아 버릴 수도 있다. 그냥 두 손으로 목을 졸라 목욕탕에서 토막을 낸 다음, 어딘가에 있을 로버트 드리스콜에게 택배로 보내 버릴 수도 있을 것이다. 어디든 말이다. 인디애나의 리마, 뉴햄프셔 북극, 펜실베이니아의 인터코스, 아이오와의 쿵클. 어디든 좋다. 너무나 쉬운 일이다. 너무나 쉬운 일.

보브가 로키에게 대답했다.

"그렇지. 브레이크를 밟지 않았을 때도 켜져야 한다는 규정은 지침서 어디에서도 못 본 것 같아. 그런 말은 없었어."

보브는 캔을 거꾸로 세워 남은 맥주를 꿀꺽꿀꺽 마셨다. 아직 저녁 전인 데다 차고는 열기로 후끈했다. 맥주가 서서히 보브의 기분을 달뜨게 했다.

"이봐, 왕꼴통 술이 떨어졌잖아! 레오, 빨리 하나 드리란 말이야!"

로키가 외쳤다.

"아니, 로키, 난 정말……."

레오는 거의 인사불성인 채로 캔 하나를 겨우 찾아냈다.

"쿼터백 좋아해요?"

레오는 이렇게 물으며 맥주를 로키에게 주었고 로키가 다시 보브에게 건넸다. 손에 맥주의 차가운 현실이 전해지자 보브의 항변은 눈 녹듯 녹아 버렸다. 린 스완의 웃는 얼굴이 찍힌 캔이었다. 보브는 맥주를 땄고, 레오가 거래에 도장이라도 찍듯 느긋하게 방귀를 뀌었다.

잠시 세 사람은 아무 말 없이 축구 선수 캔 맥주를 마셨다.

"클랙슨은 돼?"

보브가 조심스럽게 침묵을 깨뜨렸다.

"물론이지."

로키가 팔꿈치로 운전대를 때리자 삑 하는 소리가 약하게 들렸다.

"배터리가 약해서 그래."

모두 말없이 맥주를 마셨다.

"와, 저 쥐새끼는 정말 싸움닭만 하네!"

레오가 외쳤다.

"요새 애새끼들은 싹수가 없어."

로키가 변명했다.

보브가 잠시 생각하더니, "그래." 하고 대답했다.

순간 로키는 갑자기 웃음보가 터졌고 입 안에 맥주를 머금은 채 키득거렸다. 결국 코에서 맥주가 흘러나오고 말았고 그 광경에 이번엔 보브가 웃었다. 로키는 보브의 웃음소리를 듣자 마음이 놓였다. 처음에 들어왔을 때 보브는 말 그대로 비탄에 빠진 얼간이 같았던 것이다.

그들은 아무 말 없이 좀 더 맥주를 마셨다.

"다이아나 러클하우스."

보브가 심각한 얼굴로 말했다.

로키가 킬킬거렸다.

보브가 키득거리며 손으로 가슴에 공을 만들어 붙였다.

로키도 웃으며 자기 가슴에 더 크게 만들어 붙였다.

보브가 큰 소리로 웃으며 말했다.

"로키, 팅커 존슨이 여학생 게시판에 붙인 어술라 안드레스 사진 기억하지?"

로키는 웃다 못해 거의 자지러졌다.

"그래, 그 자식 젖통 두 개를 얼마나 크게 그렸다고……."

"그 여자 애, 거의 심장마비를 일으켰어."

"허파에 총들 맞았어요?"

레오가 생뚱맞게 끼어들며 방귀를 뀌었다.

보브가 레오를 보며 눈을 깜박였다.

"뭐?"

"귀 먹었어요? 허파에 총 맞았냐고요? 웃을 걸 갖고 웃어야지, 원?"

"보브, 신경 꺼. 요새 애들이 다 그래."

로키가 (다소 불안한 눈빛으로) 말했다.

"넌 허파에 바람구멍 안 뚫렸냐?"

보브가 물었다.

"세탁 일 알아요? 이따만한 세탁기가 있어요. 우린 그걸 뺑뺑이라고 불러요. 뺑뺑 도니까. 거기에 빨래 넣고 돌리고 다시 넣고 돌리는 거죠. 아무리 더러운 걸레도 때가 쭉 빠진다고요. 그게 내 일이에요. 나도 꽤 쌈박하게 하거든. 하지만 그런다고 허파에 구멍 날 일은 좆도 없지만요."

레오는 근거 없는 확신에 들떠서 보브를 보았다.

"그래?"

보브가 감탄스러운 눈으로 레오를 보았다. 로키가 초조한 듯 몸

올 뒤척였다.

레오가 말했다.

"구멍 난 건 이 차 지붕인걸요. 세 번째 바퀴 위쪽. 하, 그것도 뺑뺑이네. 뺑뺑 도니까. 비가 오면 빗물까지 떨어져요. 똑 똑 똑. 덕분에 빗방울에 당하는 건 나라고요. 여기 이 등짝을 찰싹찰싹 때리거든요. 그래서 여기 구멍이 났어요. 볼래요?"

레오는 손으로 등을 가리켰다.

"야, 그런 병신 등은 봐서 뭘 하게? 한창 옛날 얘기 중인데, 말 같지도 않은 구멍 얘기는 또 웬 개소리냐?"

로키가 외쳤다.

"아냐, 난 좀 봐야겠이."

보브가 말했다.

"구멍이 동그래서 우린 그걸 뺑뺑이라고 불러요."

레오가 말했다.

로키가 미소를 지으며 레오의 등을 때렸다.

"한번만 더 나불대 봐. 걸어서 집에 갈 테니까, 이 개자식아! 헛소리 집어치우고 남은 거 있으면 그거나 내봐!"

레오는 맥주 상자를 뒤지더니 한참 후에 로키 블라이어가 있는 캔을 건넸다.

"와, 이거 봉이네?"

로키는 다시 기분이 좋아졌다.

한 시간 후, 상자가 완전히 동이 나자 로키는 레오를 길 위쪽에 있는 폴린 슈퍼마켓으로 보내 맥주를 더 사오게 했다. 레오는 완전히 족제비 눈에 셔츠도 엉망이었다. 접은 셔츠 소매에서 담배를 꺼내는데, 거의 눈을 뜨지도 못했다. 보브는 화장실에 들어가 소변을 보며 고등학교 교가를 불러 대고 있었다.

"날더러 저기까지 걸어가라고요?"

레오가 중얼거렸다.

"그래, 네놈은 이제 맛이 가서 운전도 못 하잖아."

레오는 비틀거리며 걷기 시작했고 여전히 소매에서 담배를 꺼내려 애를 썼다.

"젠장, 엄청 춥고 깜깜하네."

"이 자식아, 아무튼 스티커는 얻어 내야 할 것 아냐."

로키가 레오에게 으르렁거렸다.

로키도 눈앞에 헛것이 보일 정도였다. 가장 집요한 환각은 눈앞에 매달린 거미줄에 커다란 벌레가 붙잡혀 있는 모습이었다.

"내 차가요, 뭐?"

레오가 충혈된 눈으로 로키를 보았다. 짐짓 짓궂은 표정을 지으면서.

"그래서 안 타겠다는 거냐? 그럼 맥주 같은 것 안 사와도 돼. 네 멋대로 해 봐. 나도 하고 싶은 대로 할 테니까."

로키는 겁먹은 표정으로 구석에 있는 죽은 벌레를 보았다.

레오가 끙끙거리며 대답했다.

"젠장. 알았어요. 가면 될 거 아니에요?"

레오는 모퉁이까지 가는 도중에 길을 두 번 건넜고 올 때에는 한 번 건넜다. 레오가 간신히 차고의 온기와 빛 속으로 돌아왔을 때 두 사람은 교가를 열창하고 있었다. 고리를 썼는지 갈고리를 썼는지, 보브는 용케 크라이슬러를 왼쪽으로 들어 올렸고, 지금은 그 밑에서 녹슨 배기 시스템을 들여다보고 있었다.

"로키, 직배관이 구멍투성이야."

"직배관이란 게 원래 구멍을 좋아하잖아!"

로키의 대답에 들어 있는 그 성적인 암시에 두 친구는 키득거렸다.

"맥주 대령이오!"

레오가 상자를 내려놓으며 외쳤다. 그러고는 바퀴 휠에 앉자마자 꾸벅꾸벅 졸기 시작했다. 돌아오는 길에 짐을 덜기 위해 연속 세 캔을 들이켠 탓이었다.

"시합? 옛날처럼 말이야?"

"그래."

보브가 대답하며 히죽 웃었다. 그의 마음은 벌써 자동차 경주장의 출발선으로 가 있었다. 날씬한 유선형의 포뮬러 원 레이스. 보브는 한 손으로 단단히 핸들을 거머쥐고 깃발이 떨어지기를 기다렸다. 다른 손으로는 행운의 상징인, 1959년식 머큐리의 후드 장식을 만지작거렸다. 로키의 직배관이나 트랜지스터 머리카락을 가진 뚱땡이 여편네 따위는 잊은 지 오래였다.

두 친구는 맥주를 땄다. 맥주에서 칙 하고 거품 빠지는 소리가 들렸다. 가히 살인적인 더위였다. 두 사람은 캔을 갈라진 콘크리트 바닥에 떨어뜨리고는 동시에 가운데 손가락을 치켜들었다. 트림 소리가 라이플 총소리처럼 벽을 때렸다.

"옛날처럼 말이야. 옛날 같은 게 하나도 없어, 로키."

보브의 목소리가 왠지 공허하게 들렸다.

"그래, 그 말이 맞아."

로키가 동의했다. 로키는 심각한 표정을 짓더니 문득 기발한 표현이라도 찾아냈다는 듯 금세 환한 표정을 지었다.

"우린 하루하루 늙어 가는 거야, 꼴통."

보브가 한숨을 쉬더니 다시 트림을 했다. 레오가 구석에서 방귀를 뀌며 「구름이 걷히고」라는 노래를 콧노래로 부르기 시작했다.

"다시 해 보지그래?"

로키가 보브에게 맥주를 내밀며 물었다.

"그럴 수도 있겠지. 로키, 못 하란 법도 없잖아?"

레오가 사온 상자는 한밤중이 돼서야 모두 동이 났다. 보브는 사시눈으로 앞유리 왼쪽 부분을 검사하고 있었다. 로키는 어떻게든 스티커를 받아 내기 위해 갖은 핑계와 설명을 갖다 붙였고, 비상함에서 찾아낸 기름때 묻은 등록증의 숫자들을 조심스럽게 베꼈다. 신중해야 했다. 이번에 걸리면 삼진아웃이 되기 때문이다. 보브는 반쯤 빈 아이언시티를 앞에 두고, 요가 도사처럼 책상다리를 하고 바닥에 앉았다.

로키가 말했다.

"보비, 자네가 내 생명을 구한 거야."

로키는 레오의 갈비뼈를 걷어차 깨웠다. 레오가 투덜거리며 으르렁거렸다. 레오의 눈썹이 살짝 들리는가 싶더니 다시 닫혔다. 로키가 다시 걷어차자 레오는 그제야 화들짝 일어났다.

"벌써 집이에요, 로키? 우리……."

"아내를 잘 달래 봐, 보비."

로키가 신나는 목소리로 말했다.

로키는 손가락으로 레오의 겨드랑이를 꼬집었고 레오는 비명을 지르며 일어섰다. 로키는 레오를 거의 끌다시피 크라이슬러로 데러가 앞자리에 던져 넣었다.

"보비, 언젠가 다시 돌아와 신세를 갚음세."

"좋은 시절이었어. 그 이후론 모든 게 엉망이었어. 자네도 이해하지?"

보브의 두 눈이 촉촉했다.

"알고말고. 모든 게 지랄 같잖아. 하지만 그렇다고 기죽을 건 없다고. 지랄, 세상이 다 그런데, 재간 없잖아? 나라면……."

"여편네랑 자 본 지도 1년 반이나 지났어."

하지만 보브의 넋두리는 엔진이 쿨럭거리는 소리에 묻혀 들리지 않았다. 보브는 자리에서 일어나 크라이슬러가 후진하는 것을 지켜보았다. 차가 문 왼쪽을 받아 나무 일부가 쪼개져 나갔다.

레오가 얼간이 성인처럼 웃으며 창밖으로 얼굴을 내밀었다.

"아저씨, 언제 세탁소에 들러요. 내 허파에 난 구멍 보여 줄게요. 내 뺑뺑이도 보여 주고, 내……."

그때 로키의 손이 우스꽝스럽게 불쑥 나와 레오를 어두운 안쪽으로 끌어당겼다.

"잘 있게, 친구!"

로키가 외쳤다.

크라이슬러는 술에 취한 듯, 세 개의 가스펌프 주변을 크게 돌아 어두운 밤 속으로 빨려들어가 버렸다. 보브는 후미등이 깜빡거릴 때까지 바라보다가 천천히 차고 안으로 돌아갔다. 어지러운 작업대 위에 어느 낡은 차에서 떼어 낸 크롬 장식이 있었다. 보브는 장식을 가지고 놀다가 옛날을 떠올리곤 뚝뚝 눈물을 흘리기 시작했다. 그리고 새벽 3시쯤, 아내를 목 졸라 죽이고 사고로 위장하기 위해 집을 불태워 버렸다.

보브의 차고가 하얀 점이 되었을 때쯤 로키가 말했다.

"맙소사. 완전히 넘어갔다고, 왕꼴통 같은 놈."

로키 역시 그때쯤 완전히 취해 있었다. 사지에 감각이 거의 느껴지지 않을 정도였다. 그저 마음 깊은 곳에서 맨 정신의 불씨가 꺼질 듯 깜빡거리고 있었다.

레오는 대꾸하지 않았다. 계기판에서 나오는 창백한 푸른 불빛 때문에 마치 앨리스의 티 파티에 나오는 시궁쥐 같아 보였다.

"미친 놈, 완전히 얼이 빠졌어."

로키는 계속 떠벌렸다.

로키는 한동안 도로 일차선으로 차를 몰았지만 그 다음부터는 마구잡이로 비틀거렸다.

"잘됐어. 그 새끼 아마 네가 무슨 말을 했는지도 기억 못 할 거다. 술이 깨면 말짱 황일 테니까 말이야. 그건 그렇고 너 이 자식 몇 번을 말해야 정신 차릴 거냐? 왜 쓸데없이 구멍이 어쩌고 하는 개소리를 하는 거야?"

"등에 구멍 있잖아요?"

"그래서 어쨌는데?"

"내 구멍이에요. 어쩌긴 뭘 어째요? 게다가 내가 구멍에 대해 씨부린 게……."

레오가 갑자기 주변을 둘러보았다.

"뒤에 트럭이 있어요. 갓길로 차를 대는데요. 불도 켜지 않았어요."

로키는 백미러를 보았다. 그랬다. 트럭이 있었다. 모습도 뚜렷했다. 우유 배달 트럭. 누구 차인지 확인하기 위해 크레이머 우유라는 글을 읽을 필요조차 없었다.

로키가 겁에 질린 목소리로 말했다.

"스파이크야. 스파이크 멀리건! 저 자식 아침 배달만 하는 줄 알았는데!"

"누구라고요?"

로키는 대답하지 않았다. 술에 찌든 찐득한 미소가 입가에 걸렸다. 미소는 애매하면서도 커다랬고 또 핏빛처럼 새빨갰다. 마치 가로등 불빛 같았다.

로키는 갑자기 크라이슬러를 밟았다. 트럭은 푸른 매연을 토해 내며 순식간에 시속 100킬로미터까지 속도가 올라갔다.

"아저씨. 술에 떡이 되어 가지고 이렇게 밟으면 어떡해요? 이런……."

레오는 할 말을 잊었다는 듯 입을 닫고 말았다. 나무와 집들이 쏜살같이 스쳐 지나갔다. 12-15번지의 공동묘지 무덤들의 윤곽도 흐릿하게만 보였다. 로키는 신호를 무시했고, 과속방지턱을 뛰어넘었고 이따금 도로를 벗어나기도 했다. 차가 곤두박질치면서 아래쪽 머플러가 아스팔트를 때려 크게 불꽃이 일었다. 뒤 칸에서는 맥주 캔들이 쉴 새 없이 달그락거렸는데, 피츠버그 스틸러 선수들 얼굴이 빛과 어둠의 혼돈 속에서 잔뜩 얼어붙어 있었다.

레오가 질린 목소리로 외쳤다.

"농담이에요! 트럭 같은 건 없었어요."

로키가 비명을 질렀다.

"그놈이야. 놈은 사람들을 죽인다고! 차고에서 저 자식 벌레를 봤어. 빌어먹을!"

로키는 서던 힐로 올라갔다. 길을 잘못 든 것이다. 다른 쪽에서 달려오던 스테이션왜건이 미친 듯이 미끄러지더니, 자갈 갓길을 벗어나 도랑 속에 처박혀 버렸다. 레오는 뒤를 돌아보았다. 도로에는 아무것도 보이지 않았다.

"로키……."

"그래, 어디 잡아 보라고, 스파이크! 빨리 와서 잡아 봐!"

로키가 비명을 질렀다.

크라이슬러는 이미 시속 130킬로미터에 육박하고 있었다. 그건 로키가 맨 정신에도 불가능한 속도이다. 그들이 존슨 플랫 로드 쪽으로 핸들을 꺾었을 때 크라이슬러의 닳아빠진 타이어에서 연기가 뿜어져 나왔다. 차는 앞쪽의 텅 빈 도로를 핥으며 유령처럼 비명을 질러 댔다.

갑자기 1959년식 머큐리가 어둠 속에서 뛰어나와 그들에게 달려들었다. 차는 중앙선을 왔다 갔다 하고 있었다. 로키는 비명을 지르며 두 손으로 얼굴을 가렸다. 레오가 충돌 직전에 본 것은 머큐리의 후드 장식이 없다는 사실이었다.

1킬로미터 뒤쪽의 십자로에 자동차 불빛 두 개가 깜빡거리고 있었다. 차체 양 옆에 크레이머 우유라고 씌어 있는 우유 배달 트럭이었다. 트럭은 천천히 속도를 높이더니 길 중앙의 불기둥과 일

그러진 물체를 향해 움직이기 시작했다. 매우 편안한 속도였다. 갈고리에 걸린 라디오에서 블루스가 흘러나오고 있었다.

스파이크가 말했다.

"그래. 이제 보브 드리스콜의 집으로 가야겠군. 놈이 차고에서 가솔린을 챙겨 간다고 했지만, 믿을 수가 있어야지. 아무튼 오늘은 정말 힘든 날이군, 안 그래?"

하지만 스파이크가 돌아보았을 때 트럭 뒤에는 아무것도 없었다. 벌레 한 마리 없었다.

할머니

조지의 엄마는 문까지 갔다가 머뭇거리고는 다시 돌아섰다. 그리고 조지의 머리를 헝클어뜨리며 말했다.

"걱정하지 마. 아무 문제없을 거야. 할머니도 그렇고."

"그럼요. 문제없어요. 형이나 짠하고 있으라 그래요."

"응?"

조지가 미소 지었다.

"잘 지내라고요."

엄마도 미소를 지어 주었다. 오만 가지 상념이 끼어든 그런 미소였다.

"오, 재미있구나. 조지, 너 정말……."

"괜찮다니까요."

'너 정말 뭔데요? 너 정말 할머니하고 단 둘이 있어도 무섭지 않겠냐고요? 엄마가 묻고 싶은 게 그거예요?

만일 그렇다면 대답은 '아니요'였다. 하지만 할머니를 돌보기 위해 처음 메인에 왔을 때의 여섯 살짜리 꼬마처럼 굴 수도 없었다. 그때는 할머니가 홍두깨만 한 두 팔을 내밀 때마다 무서움에 악을 쓰며 울었다. 하얀 비닐 의자에 앉아 지내는 할머니에게선, 소화 안 된 계란 반숙 냄새와 늘어진 팔뚝에 발라 준 분가루 냄새가 났다. 할머니는 흰 코끼리 다리만 한 팔뚝으로 손자를 낚아채 거대한 흰 코끼리 몸통에 비벼 대고 싶어 했다. 버디 형은 할머니한테 갔다. 형은 할머니의 맹목적인 포옹에 사로잡혔다가 결국 살아서 돌아오기는 했지만……. 하지만 형은 두 살이나 위였다.

지금 버디는 다리가 부러져 루이스턴의 병원에 있다.

"조지, 무슨 일이 있으면 의사 선생님을 불러. 그럴 일이야 없겠지만 말이다."

"알았어요."

조지는 목구멍으로 마른 침을 삼켰다. 그리고 미소 지었다. 미소 하나는 죽이지 않아요? 물론, 죽이고말고. 더 이상 할머니는 무섭지 않았다. 결국, 이제 여섯 살짜리 꼬마가 아니니까. 엄마는 형을 보러 병원에 가야 하고 조지는 이곳에 홀로 남아 짠하고 있어야 하는 것이다. 할머니와 함께 말이다. 물론 아무 문제없다.

엄마는 다시 문 쪽으로 갔고, 머뭇거리다가 다시 돌아와 미소를 또 지어 보였다.

"할머니가 깨서 차를 달라고 하면……."

"알아요."

조지가 대답했다.

조지는 엄마의 미소에서 엄마가 얼마나 두려워하고 걱정하는

264

지 읽을 수 있었다. 엄마는 버디 형을 걱정했다. 형과 리틀 야구 시합 말이다. 코치는 전화를 걸어 버디가 야구를 하다가 다쳤다고 했다. 조지는(조지는 막 학교에서 돌아와 테이블에 앉아 쿠키와 네 슬레 코코아를 마시고 있었다.) 엄마가 우스꽝스운 신음소리를 내며 "다쳐요? 버디가요? 얼마나?" 하고 말하는 모습을 보았다.

"나도 다 안다니까 그러네, 엄마도. 두말 하면 잔소리고요. 이제 가요."

"그래, 착하기도 해라. 조지, 겁먹으면 안 돼. 이젠 할머니 무섭지 않잖니, 그지?"

"음흠."

조지는 이렇게 대꾸하고 쌩긋 웃어 보였다. 정말 멋진 미소였다. 이마에 식은땀이 나는데도 침착할 수 있는 사나이의 미소, 두말 하면 잔소리가 되는 사나이의 미소, 더 이상 결코 여섯 살이 아닌 남자의 미소. 조지는 숨을 크게 들이쉬었다. 분명 멋진 미소였지만, 미소 저편 어두운 곳에서는 목이 바짝 타 들어갔다. 마치 뜨개실로 목을 조이는 것 같았다.

"형한테 다리 다친 거 안됐다고 말해 줘요."

"그래, 그럴게."

엄마는 다시 문으로 향했다.

4시의 햇살이 비스듬히 창문에 걸려 있었다.

"조지, 그나마 운동 보험을 든 게 있어서 다행이란다. 그거라도 없었으면 어떡할 뻔했니?"

"형이 그 멍청이를 터치아웃 시켰기를 바란다고도 전해 줘요."

엄마는 다시 심란한 미소를 지었다. 늦둥이 아들 둘이 있는 50대

초반의 과부. 큰애는 겨우 열세 살, 작은애는 열한 살이었다. 엄마
는 마침내 문을 열었다. 10월의 차가운 바람이 차고를 뚫고 들어
왔다.

"그리고 안데르 박사님은······."

"엄마, 이러다간 엄마가 도착할 때쯤에는 형 발이 다 나아 있겠
어요."

"할머니는 아마 거의 주무시고 계실 거야. 사랑한다, 조지. 넌
멋진 아들이야."

엄마는 그 말을 끝으로 문을 닫았다.

조지는 창가로 가서 엄마가 주머니에서 열쇠를 찾으며 1969년
식 닷지를 향해 가는 모습을 지켜보았다. 너무나 낡아 기름을 먹
고 매연만 뿜어 대는 닷지였다. 밖으로 나간 엄마는 아들이 지켜
보고 있다는 사실도 잊었는지, 이제는 그 어정쩡한 미소마저 얼굴
에서 씻어 냈다. 엄마는 정말로 당혹스러워 보였다. 형 걱정으로
저렇게 당황하고 불안해하다니. 조지는 엄마가 안쓰러웠다. 형에
대해서는 결코 그런 마음이 들지 않았다. 형이란 존재는 늘 자신
을 괴롭히는 악마일 뿐이었다. 툭 하면 와서 넘어뜨리고, 깔고 앉
아 숟가락으로 정수리를 찌르는 통에 거의 미쳐 버릴 지경이었으
니 말이다.(형은 숟가락을 중국식 고문 도구라고 부르며 미친 듯이
웃어 댔고 정말로 조지가 울 때까지 고문을 하기도 했다.) 인디언로
프로 세게 묶는 바람에 새벽 풀잎에 맺힌 이슬처럼 팔뚝에 피가
송글송글 맺힌 적도 있었다. 어느 날 밤인가는 어두운 침대에 함
께 누워 '헤더 맥아들'을 좋아한다는 조지의 고백을 공감하듯 듣
고 있다가, 다음 날 학교로 달려가자마자 "조지와 헤더는 나무 위

에서 뽀뽀한대요! 얼레리 꼴레리, 얼레리 꼴레리, 조지, 헤더는 뽀
뽀한대요. 둘이는 결혼도 하고 애도 난대요."라고 외쳐 댄 적도 있
었다. 다리가 부러졌다고 버디 같은 인간이 기가 죽지는 않겠지만
그래도 조지는 이런 기회를 놓치고 싶지 않았다. 다리에 깁스를
하고서도 나한테 그놈의 중국식 고문기를 들이댈 수 있는지 보자
고. 꼬마야, 내가 못 할 것 같니? 날마다 해 주지.

엄마는 후진으로 진입로를 벗어나서는 양쪽을 살피기 위해 잠
시 멈춰 섰다. 물론 차는 없었다. 지금껏 다른 차를 본 적이 없다.
울퉁불퉁한 길을 3킬로미터 이상 달려야 포장도로가 나오고 루이
스턴까지는 그러고도 30킬로미터를 더 달려야 했다.

엄마는 후진으로 길에 들어선 다음 차를 몰고 떠났다. 잠시 먼
지가 10월의 밝은 공기를 흔들다가 잦아들었다.

이제 혼자 남았다.

할머니와 함께.

조지는 숨을 들이쉬었다.

'이봐! 쫄 필요 없어! 넌 짠한 사나이잖아, 응?'

"그래."

조지는 낮은 목소리로 중얼거리고는 부엌을 가로질러갔다. 조
지는 담황색 머리카락을 가진 잘생긴 사내아이이다. 콧등과 두 뺨
에 주근깨가 흩뿌려 있고, 짙은 회색 눈은 선해 보였다.

버디는 10월 5일 리틀 야구대회 결승전에서 사고를 당했다. 조
지가 속한 저학년 팀인, 타이거스는 2주 전 첫날 토너먼트에서 일
찌감치 떨어져나갔다.(완전히 아기들이잖아! 조지가 눈물을 흘리며
필드에서 걸어 나올 때 버디는 신나서 어쩔 줄을 몰라 했다. 병아리

야구단도 너네보단 낫겠다!) 그리고 버디는 발이 부러졌다. 엄마가 저렇게 걱정하고 불안해하지만 않았던들, 조지는 행복해서 어쩔 줄 몰라 했을 것이다.

전화기는 벽에 걸려 있고 그 옆으로 유성펜이 매달린 메모판이 있었다. 그 메모판 위쪽 모퉁이에는 할머니 캐릭터가 그려져 있었다. 장밋빛 뺨에 흰머리를 뒤로 묶은 만화 캐릭터 할머니는 메모판을 가리키고 있었다. 명랑한 시골 할머니의 입에서 튀어나온 말풍선에는 "잊지 말거라, 애야!"라는 말이 둥둥 떠다녔다. 메모판에는 엄마의 갈겨 쓴 글씨로 '알린더 박사, 681-4330'이라고 적혀 있었다. 그 메모는 오늘 적은 것이 아니었다. 버디에게 가야 했기 때문이다. 그 번호는 3주 내내 적혀 있었는데 그건 할머니가 다시 '발작 겸 저주의 주문'을 시작했기 때문이었다.

조지는 전화기를 들어 귀에 댔다.

"……그래서 그 애한테 그랬어. '마블, 그 자식이 너한테 또 그런 식으로……'"

조지는 전화기를 내려놓았다. 헨리에타 도드. 헨리에타는 전화를 붙들고 살았다. 오후만 되면 전화 속에서는 지루한 연속극 이야기들이 배경음으로 들렸다. 어느 날 엄마는 할머니와 와인 한 잔을 마시고 나서(할머니가 다시 방언을 시작한 후로, 알린더 박사는 저녁식사 때 와인을 마시면 안 된다는 명령을 내렸고, 그래서 이제는 엄마도 와인을 마시지 않는다. 그건 불만이었다. 조지는 술 취한 엄마가 키득거리며 어린 시절 이야기를 들려주는 것이 좋았다.), 헨리에타가 물속에 빠지면 나불거리는 주둥아리만 둥둥 뜰 것이라고 말했다. 버디와 조지는 배를 잡고 웃었다. 그러자 엄마는 손가락을 입에다 대고 "절대 아무한테도 말하면 안 돼."라고 너스레를 떨고는 함께 웃기 시작했다. 셋은 저녁 식탁에 앉아 키득거렸는데, 그 소란에 그만 할머니가 깨고 말았다. 할머니는 요즘에는 내내 잠만 잤는데 말이다. 아무튼 할머니는 일어나자마자 "루스! 루스! 루우우우우스!"라고 외치기 시작했다. 날카롭고 호전적인 목소리에 엄마는 웃음을 멈추고 할머니 방으로 뛰어갔다.

오늘 헨리에타 도드는 원 없이 수다를 떨 수 있으리라. 조지는 어차피 전화기가 고장 나지 않았다는 사실만 확인할 참이었다. 2주 전에 심한 폭풍이 불었는데 그 후로 가끔 불통이 되곤 했기 때문이다.

조지는 명랑한 할머니 만화 그림을 다시 바라보며, 저런 할머니가 있으면 어떤 기분일까 생각해 보았다. 조지의 할머니는 거대하고 뚱뚱하고 장님이었으며 고혈압으로 꼼짝도 못 했다. 이따금 '발작'을 할 때면, 할머니는 마치 (엄마 말대로) '타타르 족 여편네'처럼 굴었다. 있지도 않은 사람을 허공으로 불러내 얘기를 하는가 하면 도통 알아들을 수 없는 이상한 말들을 지껄여 댔다. 언젠가 할머니가 저주의 주문을 퍼부은 적이 있었는데, 갑자기 엄마의 낯빛이 창백해지더니 안으로 들어가 할머니에게 입 닥치라고 외쳤다. 그만, 그만, 제발 입 좀 닥쳐요! 조지는 그 당시를 생생히 기억할 수 있었다. 엄마가 할머니에게 소리를 지른 적이 한 번도 없었던 탓도 있지만, 그 다음 날 메이플슈가 로드 옆에 있는 버치스 공동묘지가 파헤쳐졌다는 말을 전했기 때문이다. 묘비들이 쓰러지고, 19세기풍의 낡은 문들이 넘어지고, 무덤 한두 개가 사라졌다는 것이다. 버든 교장 선생님은 신성모독이라는 말을 썼다.

교장 선생님은 다음 날 8학년 모두를 운동장에 모아 놓고 '추악한 불행'과 '묵과할 수 없는 폭력'에 대해 일장연설을 늘어놓았다. 그날 밤 집으로 가는 길에, 조지는 신성모독이 무슨 뜻인지 버디에게 물었다. 버디는 그 말이 무덤을 파고 관에다 오줌을 싸는 것이라고 했지만, 조지는 그 말을 믿지는 않았다……. 하지만 그때는 어두운 밤이었다.

할머니는 '발작'을 일으키면 무척이나 소란스러웠지만, 대개는 침대 위에서 잠만 잤다. 벌써 3년째이다. 할머니는 플란넬 나이트가운 밑에 고무 바지와 기저귀를 찬 거인 달팽이 같았다. 얼굴은 균열과 주름으로 복잡한 계곡을 이루었고 눈은 공허하고 멀어 있었다. 노란 각막 위를 떠도는 점점 연해지는 푸른 홍채.

할머니가 처음부터 눈이 먼 것은 아니었다. 하지만 지금은 계란과 베이비파우더 냄새 나는 흰색 비닐 의자에서 일어나, 침대나 화장실로 움직이기 위해서는 양쪽에 두 사람이 달라붙어야 할 지경이 되었다. 5년 전에도 거의 100킬로그램에 달했던 할머니이다.

그때 할머니가 두 팔을 벌리면 여덟 살인 버디는 가까이 다가갔다. 하지만 조지는 뒷걸음질 치며 울었다.

조지는 단화 차림으로 부엌을 어슬렁거리며 중얼거렸다. 하지만 이제는 무섭지 않아. 전혀. 가끔 발작이나 일으키는 늙은 여자일 뿐이잖아.

조지는 찻주전자에 물을 채우고 버너 위에 올려놓았다. 그러고는 찻잔을 찾아 할머니의 특수 허브 티백을 그 안에 넣었다. 혹시나 깨어나 차를 원할 수도 있기 때문이다. 물론 그러지 않기를 간절히 빌었다. 행여 그렇게 되는 날이면, 병원 침대의 크랭크를 열

심히 돌린 다음 옆에 앉아 한 모금씩 차를 먹여 주어야 한다. 이
하나 없는 입으로 잔의 가장자리를 오물거리며, 흐물거리는 내장
속으로 찻물을 넘기는 모습을 지켜보고, 또 꿀꺽거리는 소리까지
들어 보라. 게다가 침대 위에 흘리기라도 하면 할머니를 뒤쪽으로
끌어당기기까지 해야 하는데……. 오, 그 물컹거리고 흐물거리는
살이라니……. 할머니는 정말로 뜨거운 물로 가득 채운 고무 인
형 같았다. 그 인형이 초점 풀린 눈으로 당신을 내려다보고 있다
고 생각해 보라…….

조지는 입술을 빨고는 다시 부엌 탁자로 향했다. 먹다 남은 쿠
키 하나와 네스퀵 한 잔이 남아 있었지만 더 이상 먹고 싶은 생각
은 없었다. 조지는 캐슬록 쿠거 책표지로 싼 교과서들을 무심히
내려다보았다.

조지는 들어가 할머니를 살펴봐야 했다.

가고 싶지 않았다.

조지는 숨을 들이켰다. 털실로 조른 듯 목이 따끔거렸다.

'할머니가 뭐가 무서워? 할머니가 두 팔을 벌리면 달려가 안길
수도 있다고. 그냥 늙은 여자일 뿐이잖아? 늙었을 뿐이야. 할머니
가 발작하는 이유도 그 때문이야. 그것뿐이라고. 할머니가 안아도
이제는 울지 않을 거야. 형처럼 말이야.'

조지는 할머니 방으로 통하는 짧은 복도를 걸었다. 쓴 약을 먹
은 어린애처럼 창백한 입술을 꽉 다물고 있었다. 할머니는 방 안
에 잠들어 있었다. 바랜 노란 머리카락이 광채처럼 흩어져 있고,
이 없는 입은 헤 벌어져 있었다. 이불에 덮인 가슴의 움직임은 너
무 느려서 거의 알아챌 수 없었고, 정말로 죽은 것은 아닌지 확인

하기 위해 한참을 살펴봐야 했다.

'맙소사. 엄마가 병원에 간 사이에 죽으면 어떡하지?'

'아니, 아닐 거야. 죽지 않을 거야.'

'그래. 하지만 죽으면 어떡하지? 안 죽어. 바보처럼 굴지 말라고.'

할머니의 문드러진 손 하나가 천천히 침대보 위로 빠져나왔다. 기다란 손톱이 시트 위를 가르며 기분 나쁜 소리를 냈다. 조지는 재빨리 빠져나왔다. 가슴이 콩닥거렸다.

'이런 띨한 놈 같으니, 젠장. 무서울 게 뭐가 있어?'

조지는 부엌으로 가서 엄마가 떠난 지 얼마나 되었는지 보기로 했다. 한 시간? 한 시간 삼십 분? 만일 후자라면 엄마가 돌아오기를 차분히 기다릴 수 있을 것 같았다. 시간은 이십 분밖에 지나지 않았다. 조지는 정신이 멍해졌다. 엄마가 돌아오기는커녕 아직 마을에 가지도 못한 것이다! 조지는 가만히 서서 침묵의 소리를 들었다. 냉장고와 전자시계의 희미한 소리가 들렸다. 오후의 산들바람이 집 모퉁이를 돌며 할머니의 코 고는 소리를 흉내 내고 있었다. 그리고…… 들릴락말락하게…… 사각사각 피부가 천을 스치는 소리……. 할머니의 주름지고 퉁퉁한 손이 침대보를 핥는 소리.

조지는 헉 하고 숨을 몰아쉬고는 두 손을 모아 얼른 기도를 했다.

'제발하느님엄마가집에돌아올때까지할머니가잠을깨지않게해주세요아멘.'

조지는 식탁에 앉아 쿠키를 마저 먹고 네스퀵을 마셨다. 텔레비전을 틀고 뭐든 볼까 하는 생각도 했지만 소리 때문에 할머니가 깰까 봐 무서웠다. '루우스! 루스! 차 안 주냐? 차 말이야! 루우우우우우우스!' 신경질적이고, 호전적이고, 절대적인 고음의 목소리.

조지는 마른 혀로 마른 입술을 적셨다. 그러고는 계집애처럼 굴지 말라고 자신을 나무랐다. 기껏해야 침대에서 한 발짝도 꼼짝 못 하는 늙은이일 뿐이다. 일어나서 해코지를 할 수도 없지 않은가? 벌써 나이가 여든셋이긴 하지만 하필 오늘 오후에 죽을 이유도 없다고 말이다.

조지는 다시 전화 수화기를 들었다.

"……그래, 그날이야! 그 여자, 남자가 유부남이라는 것도 알았대잖니. 혼자 잘났다고 잔머리 굴리는 년들은 진짜 밥맛이야! 그렌지에 있을 때도 내가……."

헨리에타는 아마도 코라 시마드와 통화 중인 모양이었다. 헨리에타는 오후 내내, 1시부터 6시까지 전화기를 붙들고는 「라이언의 희망」부터 시작해서 「단 하나의 인생」, 「아들 딸들아」, 「세상은 돈다」, 「내일을 찾아서」, 그리고 이름도 모르는 잡다한 연속극 이름을 들먹이며 수다를 떨었는데, 코라 시마드는 헨리에타가 가장 즐겨 찾는 전화 상대 중 하나였다. 둘이서 하는 수다는 1) 누가 터퍼웨어 파티(각각 음식을 싸오는 파티의 일종——옮긴이)를 열고 어떤 쓰레기 음식들이 등장할 것인가에 대한 얘기와 2-a) 그렌지 2-b) 교회바자회 2-c) 빙고 게임장들에 있는 3) 밥맛없는 년들에 대한 이야기였다.

"……또다시 그런 식으로 나오면 가만 안 두겠다고 했거든. 열

받으면 경찰에 고발할 수도……."

조지는 전화기를 내려놓았다. 조지와 버디도 다른 아이들처럼 코라의 집을 지나가며 놀려 댄 적이 있었다. 코라는 뚱뚱하고 게으르고 수다스러웠다. '코라, 코라, 구라 나라, 코라. 왕뺑 있나 어디 보라.' 하는 식으로 노래를 부르곤 했는데, 아마도 엄마가 알았다면 두 아이를 죽이려 했을 것이다. 하지만 지금은 조지는 코라가 헨리에타와 수다를 떤다는 사실이 기뻤다. 조지가 어떤 심정이든 두 사람은 오후 내내 전화기를 끌어안고 있을 것이다. 게다가 조지는 코라가 싫지만은 않았다. 언젠가 집 앞에서 넘어져 무릎이 까졌을 때에(버디한테 쫓기고 있었다.) 코라는 상처에 일회용 반창고를 붙여 주고 조지와 버디한테 쿠키도 주었다. 물론 내내 수다를 떨긴 했지만 말이다. 그 다음부터는 구라나 왕뺑에 대한 같잖은 운율을 지껄였다는 사실에 미안한 마음이 들었다.

조지는 읽던 책을 집어 들었다. 하지만 잠시 들여다보다가 다시 제자리에 갖다 놓았다. 학기가 시작된 지 한 달밖에 안 됐지만 조지는 그 책을 벌써 다 읽었다. 조지는 성적이 좋았고 버디는 운동을 잘했다.

'한동안은 운동도 내가 더 나을 거야. 그 다리로 뭘 어떻게 하겠어?'

조지는 잠시 즐거운 결말을 즐겼다.

조지는 역사책을 꺼내 식탁에 앉았다. 그러고는 콘월리스 장군이 요크타운에서 항복을 선언한 배경에 대해 읽었다. 물론 집중할수가 없었다. 조지는 자리에서 일어나 다시 할머니 방으로 향했다. 노란 손은 그대로였다. 할머니는 잿빛의 축 처진 얼굴을 베개

274

에 파묻은 채 자고 있었다. 저물어 가는 햇살이 할머니의 누리끼리한 화관 머리 옆에서 머뭇거렸다. 조지에게 할머니는 그저 늙어서 죽어 가는 사람이 아니었다. 할머니는 전혀 평화로워 보이지 않았다. 할머니는 미쳤고 그리고…….

(위험했다.)

……그래, 맞아. 위험했다. 발톱에 마지막 안간힘을 감추고 있는 늙은 암곰처럼 위험했다.

조지는 할아버지가 죽은 후 어떻게 이곳 캐슬록으로 이사 와 할머니를 돌보게 되었는지 똑똑히 기억하고 있었다. 그때까지 엄마는 코네티컷 주 스트래트포드에 있는 스트래트포드 세탁소에서 일했다. 할아버지는 할머니보다 서너 살 아래였고 평생 목수 일을 했다. 죽는 날까지도 말이다. 할아버지는 심장마비로 죽었다.

당시에도 노년기에 접어든 할머니는 때때로 발작적인 주문을 퍼부어 댔다. 때문에 가족들에게 늘 골칫거리였다. 그랬다. 할머니는 15년 동안 교단에서 아이들을 가르쳤고, 아이들을 낳았고, 할아버지와 아홉 명의 자식이 다니는 조합교회와 맞서 싸웠다. 엄마 말로는 할머니가 교직을 그만두는 동시에 스카보로의 조합교회를 그만두었다고 했다. 하지만 플로 이모가 솔트레이크시티에서 놀러와 엄마와 밤늦게까지 수다를 떨었을 때, 조지와 버디가 엿들은 이야기는 사뭇 다른 것이었다. 할아버지와 할머니는 교회에서 쫓겨났고 학교에서도 해고되었는데, 할머니가 뭔가 큰일을 저질렀기 때문이라는 것이었다. 무슨 책들 때문이라는 말도 들었다. 어떻게 책 때문에 학교에서 해고되고 교회에서 쫓겨날 수 있을까, 조지는 이해할 수 없었다. 그리고 방으로 돌아갔을 때 버디에게 물어보았다.

"책이 뭐 한두 가지냐, 멍청아?"

버디가 속삭였다.

"하지만, 어떤 책이야?"

"내가 어떻게 아냐? 잠이나 자!"

침묵. 조지는 곰곰이 생각해 보았다.

"형?"

"왜!"

짜증 섞인 목소리.

"엄마는 왜 할머니가 교회와 학교를 그만두었다고 말한 거야?"

"벽장 속에 해골이 있어서지, 왜겠냐? 잠이나 자!"

하지만 조지는 한참 동안 잠을 잘 수가 없었다. 조지는 달빛에 희미하게 윤곽만 남은 벽장문을 노려보며 생각했다. 문이 활짝 열려 해골 귀신이 달려 나오면 어쩌지? 묘비처럼 들쭉날쭉한 이, 저수조처럼 깊고 어두운 눈, 앵무새 새장 같은 갈비뼈들. 하얀 달빛에 비친 하얀 뼈는 거의 푸르스름하게 보였다. 비명을 질러야 하는 걸까? 벽장 속에 해골이 있다니 무슨 뜻이지? 해골이 책하고 도대체 무슨 관계란 말인가? 마침내 조지는 자기도 모르게 잠이 들었고 꿈속에서 다시 여섯 살이 되어 있었다. 할머니가 두 팔을 벌리고 퀭한 두 눈으로 조지를 찾고 있었다. 할머니의 날카롭고 신경질적인 목소리로 말했다. 작은 놈은 어디 간 거니, 루스? 왜 우는 거야? 그냥 벽장 속에 가두는 것뿐인데? 해골과 함께 말이야…….

조지는 그 후로도 오랫동안 이 문제로 끙끙 앓아야 했다. 그리고 이모가 떠난 후 한 달쯤 지난 다음에 엄마에게 두 사람의 이야기를 엿들었다고 실토했다. 물론 그때는 벽장 속의 해골이 무슨 뜻인지 알고 있었다. 라덴베이처 선생님에게 물었더니 그 뜻이 가족의 스캔들을 의미하고 스캔들이란 사람들이 수군거리는 비밀 같은 것이라고 했다. 그럼 코라 스마드의 수다 같은 거예요? 조지가 이렇게 묻자 라덴베이처 선생님은 인상을 쓰며 떨리는 입술로 대답했다. 남을 헐뜯는 건 나쁜 짓이야, 조지. 아무튼……. 그래, 비슷하기는 하단다.

엄마는 아무 대꾸도 하지 않았다. 그저 펼치고 있던 트럼프 패를 꼭 붙들고 있을 뿐이었다.

"조지, 설마 잘했다고 생각하는 건 아니겠지? 언제부터 남의 말을 엿듣는 버릇이 생긴 거니?"

겨우 아홉 살인 조지는 고개를 저었다.

"우리가 이모를 좋아하잖아요. 그저 이모 말을 듣고 싶었을 뿐인데."

사실이었다.

"버디 생각이었지?"

그것도 사실이지만 엄마에게 이를 생각은 없었다. 평생 숨어서 살고 싶은 생각은 없었기 때문이다. 고자질했다는 사실을 들키기라도 하면 버디가 어떤 해코지를 할지 뻔했다.

"아니, 내 생각이었어요."

엄마는 한참 동안 아무 말 없이 있다가 천천히 다시 카드를 늘어놓기 시작했다.

"아무튼 엿듣는 것보다 거짓말하는 게 더 나쁘니까. 우린 할머니에 대해 거짓말을 해 왔어. 너희들뿐만 아니라 우리 자신에게도 말이지. 그래, 언제나 그랬구나."

그리고 엄마는 갑자기 끔찍한 얘기를 시작했는데, 마치 엄마가 입으로 바늘을 뿜어 내기라도 하는 것 같았다. 조지는 엄마의 말이 너무나 따가워서, 주춤하지 않았더라면, 얼굴이 온통 바늘 구멍투성이가 될 것만 같았다.

"이젠 아니야. 어차피 할머니와 같이 살아야 하는데, 거짓말 같은 사치를 감당할 자신이 없어."

그리고 엄마는 얘기를 시작했다. 할아버지와 할머니가 결혼한 후 낳은 첫째 아이는 사산아였다. 그리고 일 년 후에 또다시 아이를 낳았는데 이번에도 사산아였다. 의사는 할머니가 아이를 출산 일까지 배 속에 담고 있을 수가 없는 체질이라고 말했다. 죽은 아이를 품거나 살았다 해도 공기를 마시자마자 죽게 될 텐데, 아기가 배 속에서 일찍 죽으면 밖으로 나오기도 전에 썩기 시작해 산모마저 죽게 될 거라고 했다.

의사는 그렇게 말했다.

그리고 얼마 되지 않아 책 사건이 터지고 말았다.

'아기를 낳는 방법에 관한 책들인가?'

하지만 엄마는 그 책들이 어떤 종류인지, 어디에서 구했는지, 어떻게 알게 되었는지 등에 대해서는 말하지 않았다. 아니, 말하려 하지 않았다. 할머니는 다시 임신을 했다. 아이는 죽지 않았고 태어나서도 아무 문제없이 공기를 들이마셨다. 아이는 건강했다. 라슨 삼촌은 그렇게 태어났다. 그리고 그 후 할머니는 계속해서 임신을 했고 아이들을 낳았다. 언젠가 할아버지는 그 책들 없이도

해낼 수 있는지 보자며 할머니를 설득했다.(아이를 낳지 못한다 해
도 이미 넘쳐날 만큼 아이를 낳았으니, 아무 상관이 없다고 생각했을
것이다.) 하지만 할머니는 거부했다. 조지가 그 이유를 묻자 엄마
가 대답했다.

"엄마 생각엔, 이제 할머니한테는 아이를 갖는 것만큼이나 책
을 갖는 것이 소중해진 것 같아."

조지가 말했다.

"잘 모르겠어요."

"음, 엄마도 확실하게는 모른단다……. 그땐 나도 너무 어렸거
든. 어쨌든 확실한 건 그 책들이 할머니를 사로잡고 있었다는 거
야. 할머니는 더 이상 그 얘기는 하지 말라고 선언했고 그걸로 끝
이었지. 할머니는 우리 집에서 힘이 가장 셌거든."

조지는 탁 소리가 나도록 역사책을 덮었다. 시계를 보니 5시가
조금 안 된 시간이었다. 배 속에서 꾸르륵 소리가 들렸다. 그러고
는 갑자기 끔찍한 생각이 들었다. 만일 엄마가 6시까지 돌아오지
않으면, 할머니가 잠에서 깨어 밥 달라고 소리를 질러 댈지도 모
른다. 엄마는 이럴 경우에 어떻게 해야 하는지 일러 주지 않았다.
버디가 다리를 다쳤다는 사실에 정신이 없어 잊은 것이리라. 할머
니가 먹는 냉동식품 하나를 데워 주면 될 것도 같았다. 소금을 완
전히 제거한 특별식이었다. 할머니는 또 수없이 많은 알약들을 먹
었다.

조지는 어젯밤에 먹다 남은 치즈 마카로니를 데워 먹으면 그만
이었다. 케첩을 잔뜩 부어 먹으면 꽤 괜찮을 것이다.

조지는 냉장고에서 마카로니를 꺼냈다. 그리고 숟가락으로 치즈를 떠서 찻주전자 옆에 있는 팬에 담았다. 주전자는 할머니가 깨서 차를 달라고 할 때를 대비한 것이다. 조지는 자리에 앉아 우유를 마시다가 말고 다시 전화기를 들어 보았다.

"……난 그때 내 눈을 의심했단 말이……."

헨리에타 도드의 목소리가 끊기더니 이내 앙칼진 소리가 들려왔다.

"어떤 개자식이 엿듣는 거야? 도대체 누구야?"

조지는 전화기를 얼른 내려놓았다. 얼굴이 후끈거렸다.

'멍청아, 그 여자가 어떻게 알겠어? 자그마치 여섯 가구가 그 전화선을 쓴다고.'

어쨌거나 엿듣는 것은 나쁜 짓이다. 아무리 집에 아무도 없어서 다른 누군가의 목소리가 그리웠다고 하더라도 말이다. 물론 할머니가 있긴 했지만 기껏해야 병원 침대에 누워 있는 비곗덩어리이지 않는가? 조지는 다른 사람의 목소리가 너무 듣고 싶었다. 엄마는 루이스턴에 가 있고 곧 어두워지는 데다, 옆방에 있는 할머니는……

(그래 그래 정말 그랬어.)

뭉툭한 발톱에 최후의 일격을 숨겨 놓았을지 모르는 불곰 같아 보였다.

조지는 우유를 마셨다.

조지의 엄마는 1930년에 태어났고, 플로 이모는 2년 후 1932년에 태어나고, 프랭클린 외삼촌은 1934년에 태어났다. 외삼촌은

1948년에 복막염으로 죽었는데, 엄마는 아직도 외삼촌의 사진을 보며 눈물 짓곤 했다. 엄마는 형제들 중에서도 유독 프랭클린을 좋아했다. 프랭클린이 복막염 따위로 죽은 건 말이 안 되며, 하느님이 프랭클린을 데려간 건 더러운 짓이라고 말했다.

조지는 싱크대 너머 창을 내다보았다. 금빛을 띠기 시작한 햇살이 언덕 위에 낮게 깔리고 있었다. 집 뒤의 헛간 그림자가 잔디를 온통 덮어 버렸다. 버디가 멍청하게 다리를 부러뜨리지 않았던들, 엄마는 지금 이곳에서 칠리 같은 것(할머니의 소금을 넣지 않은 특별식까지)을 만들고 있을 것이다. 둘은 수다도 떨고 웃기도 하고 나중에는 카드놀이도 했을 것이다.

조지는 아직 그 정도로 어두워지진 않았는데도 부엌 불을 켰다. 그리고 마카로니를 데우기 시작했다. 그러면서도 내내 생각은 할머니를 향했다. 하얀 비닐 의자에 거대한 벌레처럼 앉아, 마구 엉클어진 화관 머리를 분홍색 레이온 가운을 걸친 어깨까지 늘어뜨린 채 엄마 뒤에 숨어 울고 있는 아이에게 가까이 다가오라며 팔을 내밀고 있는 할머니.

"그 애를 내게 보내, 루스. 내가 꼭 안아 줄 테니까."

"어머니, 애가 약간 겁먹었어요. 아직 낯설어서 그래요."

하지만 조지의 엄마도 겁에 질린 목소리였다.

"무서워요? 엄마?"

조지는 여기에서 생각을 멈추었다. 그게 사실일까? 버디는 기억이 때때로 사기를 친다고 했다. 정말로 엄마도 겁먹었던 걸까?

그래. 그랬어.

할머니의 목소리가 점점 엄해졌다.

"애들 응석 받아 주면 안 돼, 루스! 어서 보내거라. 안아 주고 싶어서 그러니까."

"나중에요. 애가 울잖아요."

그제야 할머니는 거대한 밀가루 반죽 덩어리 같은 팔을 내려놓았고 힘은 없지만 음흉한 미소가 얼굴에 번졌다. 할머니는 이렇게 말했다.

"이 아이, 프랭클린 닮지 않았니, 루스? 이 아이도 프랭크를 좋아한다고 네가 그랬지."

조지는 마카로니와 치즈와 케첩을 천천히 휘저었다. 전에는 이렇게 생생하게 기억나지 않았다. 아바 너무 조용해서 기억이 났을지도 모른다. 고요, 그리고 할머니와 단 둘만 있다는 사실.

할머니는 그런 식으로 아이들을 낳았고 학교 일을 해냈다. 물론 의사는 아연실색해야 했다. 할아버지의 목공 일도 나날이 번창해 대공황 중에도 일이 넘쳐날 정도였다. 결국 사람들도 할머니와 할아버지를 두고 수군거리기 시작했다.

"뭐라고 했는데요?"

조지가 물었다.

"별 얘기 아니었어."

엄마는 이렇게 말했지만 카드를 갑자기 옆으로 치워 버렸다.

"네 할머니와 할아버지가 너무 운이 좋은 것 아니냐는 얘기들이었지. 그게 다야."

그 직후 책들이 발견되었다. 엄마는 학교 위원회에서 몇 권을 찾아냈고 고용인이 몇 권을 더 찾아냈다는 사실까지만 말했다. 큰 소동이었다. 그래서 할아버지와 할머니는 벅스턴으로 이사를 했고, 사건은 마무리되었다.

아이들은 자라나 부모가 되었고 또 삼촌과 이모가 되었다. 조지의 엄마도 결혼해서 남편과(조지는 아빠를 기억하지 못한다.) 함께 뉴욕으로 갔다. 버디가 태어난 후 조지가 태어났으며, 조지가 태어났던 1961년에는 다시 스트래트포드로 이사했다. 조지의 아빠는 1971년 음주 운전자의 차에 치여 세상을 떠났다.

할아버지가 심장마비를 일으켰을 때 삼촌과 이모들은 수없이 많은 서신들을 교환했다. 자식들은 어머니를 요양소에 보내고 싶지 않았다. 그리고 조지의 할머니는 집으로 가고 싶어 하지 않았다. 최선책은 할머니가 원하는 대로 해 주는 것이었다. 노인네는 자식네 집으로 가서 손자들과 함께 여생을 보내고 싶어 했다. 하지만 자식들은 모두가 결혼을 했고, 저 늙고 역겹기까지 한 늙은 노파와 함께 지내고 싶어 하는 배우자는 아무도 없었다. 오직 루스만이 홀몸이었다.

편지들이 오고 가고, 결국 조지의 엄마가 굴복을 해야 했다. 조지의 엄마는 직장을 그만두고 할머니를 돌보기 위해 메인으로 왔다. 다른 가족들은 돈을 조금씩 모아 캐슬뷰 외곽에 작은 집을 사 주었다. 집값이 무척 싼 곳이었다. 그리고 매달 수표를 보내 엄마가 할머니와 아이들을 돌볼 수 있도록 도와주었다.

"형제, 자매들이 날 연금 수혜자로 만들어 버린 거야."

언젠가 엄마가 이런 얘기를 했다. 조지는 그게 무슨 뜻인지는 몰랐지만, 다만 그 말을 하던 엄마의 표정이 씁쓸한 것으로 보아,

그저 웃어넘길 수 있는 그런 농담은 아닌 것 같았다. 조지는 엄마
가 그 제안을 받아들인 진짜 이유를 알고 있었다.(버디가 말해 주
었다.) 모든 친척들이 할머니가 오래 살지는 못할 거라고 장담했
기 때문이었다. 고혈압, 요독증, 비만, 심계항진 등 할머니는 안
좋은 곳이 너무 많았다. 게다가 그런 질병들을 너무 오래 앓고 있
었다. 플로 이모, 스테파니 이모, 조지 삼촌(조지의 이름을 따온 삼
촌이다.) 모두가 그렇게 말했다. 기껏해야 1년이라고. 하지만 벌써
5년이 지났고, 그건 조지에게조차 기나긴 세월이었다.

　할머니의 명줄은 질기고도 질겼다. 무언가를 기다리며 동면에
든 암곰처럼 말이다. 그런데 뭘 기다리는 거지?

　(누나, 누나가 어머니를 제일 잘 알잖아. 누나 아니면 누가 어머니
를 감당하겠어.)

　조지는 할머니의 특별식이 있는 냉장고로 가다가 그 자리에 멈
춰 섰다. 어디서 나는 소리지? 조지의 머릿속에서 나는 소리인가?

　갑자기 뱃가죽과 가슴에 소름이 돋았다. 조지는 셔츠 안으로 손
을 넣고 한쪽 젖꼭지를 만져 보았다. 마치 조그마한 자갈 같았다.
조지는 얼른 손을 빼냈다.

　조지 삼촌. 뉴욕의 스페리랜드 컴퓨터사에 근무하는, 동명의 삼
촌 목소리였다. 2년, 아니 3년 전 크리스마스 때 가족을 데리고 왔
을 때 한 말이었다.

　"어머닌 기운이 없으실 때가 더 위험하잖아."

　"조지, 조용히 해. 애들이 듣겠어."

조지는 한 손으로 차가운 크롬 손잡이를 잡은 채 냉장고 옆에 서 있었다. 짙어 가는 어둠을 내다보며 기억을 해내고, 생각을 했다. 그날 버디는 썰매를 타러 나가 집에 없었다. 조지도 함께 조 캠버의 언덕에서 썰매를 탈 생각이었지만 멀쩡한 썰매를 챙긴 버디만 나가고, 조지는 집에 남아 날이 휜 썰매를 원망해야 했다. 조지는 통로에 앉아 짝이 맞는 양말을 찾기 위해 양말 상자를 뒤지고 있었다. 엄마와 조지 삼촌이 부엌에서 대화를 한 것이 조지 잘못은 아니지 않는가? 조지는 아니라고 생각했다. 하느님이 자신을 귀머거리로 만들지 않은 게 자기 잘못도 아니고 두 사람이 어디에서 대화를 나누고 있는지 몰랐다고 천벌 받을 일도 아니다. 조지는 그 점도 확신했다. 엄마가 한두 번(주로 와인을 한두 잔 마신 후에) 지적했듯이, 하느님도 가끔은 반칙을 하는 법이다.

"내 말뜻 알잖아."

조지 삼촌이 말했다.

조지 삼촌의 아내와 세 딸은 크리스마스의 마지막 쇼핑을 위해 게이트 펄스에 가 있고 조지 삼촌은 상당히 취해 있었다. 말이 꼬이는 것으로 보아, 조지는 삼촌도 아빠를 친 주정뱅이처럼 취한 거라고 생각했다.

"어머니한테 대들었다가 프랭클린에게 어떤 일이 일어났는지 알잖아."

"조지, 조용히 해라. 아무래도 너 너무 마신 모양이구나."

"물론, 어머니가 일부러 그런 건 아니라고 봐. 그냥 나오는대로 마구 한 말이야. 복막염은……."

"조지, 그만 해!"

어쩌면. 조지는 그때 막연히 이런 생각을 했다. 반칙을 저지르는 건 하느님뿐만이 아닐지도 몰라.

조지는 이제 기억의 편린을 털어 버리고 냉장고 안을 들여다보았다. 그러고는 할머니의 저녁식사 하나를 꺼냈다. 완두콩이 곁들어진 송아지 요리. 오븐을 먼저 데운 후 300도에 40분간 두면 된다. 조지는 모든 준비를 해 두었다. 할머니가 찾을 경우를 대비해 스토브 위에 찻물도 올려 두었다. 할머니가 깨어나 먹을 것을 달라고 외치면 차를 만들어 줄 수도 있고 금세 식사를 데울 수도 있다. 식사냐 아니면 차냐. 조지는 전설적인 쌍권총잡이라도 된 기분이 들었다. 알린더 박사의 전화번호는 비상사태에 대비하여 메모판 위에 적혀 있다. 모든 것이 완벽했다. 그런데 왜 무서운 거지?

조지는 한 번도 할머니와 단둘이 남은 적은 없었다. 그게 무서웠다.

"아이를 이리 보내. 어서 아이를 보내."

"나중에요. 울잖아요."

"지금이 더 위험하다고……. 누난 무슨 말인지 알잖아."

"우리 모두 할머니에 대해서 우리 아이들에게 거짓말을 했어."

조지도 버디도, 할머니와 둘이서만 남겨진 적은 한 번도 없었다. 지금까지는.

갑자기 조지는 입 안이 바짝 탔다. 싱크대로 가서 물을 마셨다. 기분이…… 묘했다. 이런 생각들……. 기억들이라니. 뇌는 왜 하필 지금 이런 것들을 끌어내는 것이지?

누군가가 도저히 꿰어 맞출 수 없는 퍼즐 조각들을 펼쳐 놓은 것 같았다. 어쩌면 맞출 수 없는 편이 다행인 것일까? 그 그림은……. 어쩌면 너무나도 끔찍한 것일지도 모른다. 어쩌면.

갑자기 할머니의 방에서 꺽꺽 캑캑거리는 소리가 들렸다.

조지는 헉 하고 외마디 비명을 질렀다. 조지는 할머니 방 쪽으로 몸을 틀었지만, 두 발은 리놀륨 바닥에 단단히 못 박혀 있었다. 심장이 가슴을 뚫고 나오고 두 눈도 개구리처럼 튀어나올 지경이었다. 어서 가. 조지의 뇌가 발에게 명령을 내렸지만 두 발은 꼿꼿하게 서서 "안 됩니다, 대장." 하고 대답했다.

할머니는 전에 저런 소리를 낸 적이 없었다.

할머니는 한 번도 저런 소리를 낸 적이 없었다.

꺽꺽거리는 소리는 더 커졌다가 조금씩 가라앉았다. 그러고는 벌레가 붕붕거리는 소리가 들렸고 마침내 완전히 사라졌다. 조지는 그제야 움직일 수 있었다. 조지는 부엌과 할머니 방의 경계가 되는 통로를 지나 조심스럽게 할머니 방을 엿보았다. 가슴이 쿵쾅거렸다. 누군가가 털실로 목을 조르고 있었다. 숨을 쉬기가 어려웠다.

할머니는 여전히 잠들어 있었다. 먼저 다행이라는 생각부터 들었다. 결국 그 소리는 말 그대로 이상한 소리에 불과했던 것이다. 어쩌면 조지와 버디가 학교에 있을 때 늘 그런 소리를 냈는지도 모를 일이다. 그냥 코 고는 소리이다. 할머니는 괜찮다. 여전히 자고 있다.

그런 생각을 하고 있는데, 아까까지만 해도 침대보 위에 놓여 있던 누런 손이 밑으로 축 늘어져 있는 것이 보였다. 긴 손톱이 거의 바닥에 닿을 것처럼 보였다. 게다가 입도 벌린 채였다. 썩은 과일을 씹어먹은, 일그러지고 뒤틀린 악취 나는 구멍.

조지는 주저하며 할머니에게 다가갔다.

그리고 한참 동안 옆에 서서 할머니를 내려다보았다. 건드릴 엄두는 나지 않았다. 침대보가 조금도 움직이지 않는 것으로 보아 숨도 완전히 멈춘 것처럼 보였다.

그렇게 보였다.

문제는 그렇게 보였다는 것이다.

'하지만 그건 네가 쫄았기 때문이야. 버디 말대로 넌 얼간이 겁쟁이야. 이건 게임이라고. 네 머리가 네 눈을 속이고 있단 말이야. 할머니는 제대로 숨을 쉬고 있는 거야, 할머니는……'

"할머니?"

할머니를 불러 보았다. 모기만 한 목소리였다. 조지는 목을 가다듬다가 자기 소리에 놀라 뒤로 펄쩍 뛰었다. 하지만 목소리는 좀 더 크게 나왔다.

"할머니? 차 한 잔 드려요, 할머니?"

반응이 없었다.

두 눈은 감겨 있었다.

입은 벌어져 있었다.

손은 늘어져 있었다.

밖에서는, 해가 저물며 나무 사이로 황적색 물감을 뿌려 댔다.

그때 조지는 할머니의 건강한 모습을 보았다. 조지는 어린아이의 천진난만하고 미숙한 시선으로 할머니를 보고 있었다. 그건, 여기, 지금도 아니고, 저 침대도 아니었다. 할머니는 하얀 비닐 의자에 앉아 두 팔을 내밀고 있었다. 자신감 있어 보이기도 하고 얼이 빠진 것 같기도 한 할머니의 얼굴. 조지가 보고 있는 것은 할머니의 '발작'이었다. 할머니는 낯선 언어로 소리를 질러 댔다.

"그야아진! 그야아진! 하스투르 데그리온 요스 소드 오쓰!"

그러면 엄마는 조지와 버디를 밖으로 내보냈다.

버디가 장갑을 찾겠다고 상자를 붙들고 있자 엄마는 "그냥 나가!" 하고 소리쳤고, 버디는 잔뜩 겁에 질린 눈으로 울먹거리며 엄마를 돌아보았다. 엄마가 그런 식으로 소리친 적이 없었기 때문이다. 조지와 버디는 밖으로 나갔고, 조금이라도 따뜻하라고 두 손을 주머니에 쑤셔 넣은 채 의아해하며 진입로에 서 있었다.

나중에 엄마는 아무 일도 없었다는 듯 저녁을 먹으라고 두 아이를 불렀다.

(누나, 누나가 어머니를 제일 잘 알잖아. 누나 아니면 누가 어머니를 상대하겠어.)

조지는 그날부터 지금까지 그 '발작'에 대해 생각해 본 적이 없었다. 그런데 지금 크랭크식 병원침대에 기묘한 자세로 잠들어 있는 할머니를 보고서, 가끔 할머니를 찾아오던 하르함 부인이 그날 밤 잠자다 숨을 거두었다는 사실이 떠올랐다.

할머니의 저주.

주문.

마녀들은 주문을 걸 수 있다고 한다. 그래서 마녀 아닌가? 독을 바른 사과. 두꺼비 왕자. 과자로 만든 집. 수리수리마수리. 열려라 참깨. 주문.

조지의 머릿속에서 주문으로 빚어 낸 퍼즐들이 훨훨 날아다녔다. 마술처럼.

　마술. 조지는 그 단어를 되새기며 끙 하고 신음소리를 흘렸다.

　어떤 그림이지? 물론 할머니가 있다. 할머니와 할머니의 책들. 마을에서 쫓겨난 할머니. 아기를 가질 수 없었다가 가능하게 된 할머니. 마을에서도 교회에서도 쫓겨난 할머니. 그 그림은 할머니였다. 주름살투성이에 뚱뚱하고 누렇게 뜬, 민달팽이 같은 할머니, 이 빠진 입으로 추한 미소를 짓는 할머니. 교활하고 사악하지만 아무것도 보지 못하는 뻥 뚫린 눈동자. 은색 별들과 반짝이는 바빌론 초승달로 장식된 검은 고깔모자. 발아래에는 오줌처럼 누런 눈을 가진 검은 도둑고양이가 있고, 구린내와 지린내. 관이 묻힌 땅만큼 어두운 고대의 별들과 촛불들. 조지는 고대의 주문서가 내뱉는 말을 들었다. 단어 하나하나가 뼛조각이 즐비한 납골당의 비문 같고, 글귀 하나하나가 화장터로 끌려가는 페스트 시체들의 행렬 같았다. 조지의 어린 눈이 그 순간 활짝 열리며 어둠 속에서 이해의 실마리를 쫓기 시작했다.

　할머니는 마녀였던 것이다. 오즈의 마법사에 나오는 사악한 마녀 말이다. 그리고 이제 할머니는 죽었다. 가르릉거리던 소리를 생각하니 점점 더 무서워졌다. 꺽꺽 가르릉거리던 그 소리는······ 바로 단말마의 고통이었다.

　"할머니?"

　조지가 속삭였다. 머릿속에서 이런 생각이 끝없이 맴돌았다.

　'야호, 사악한 마녀가 드디어 죽었도다!'

　대답이 없었다. 조지는 손을 오므려 할머니 입 가까이에 대 보았다. 작은 바람도 새어 나오지 않았다. 죽음의 바다에는 돛도 시들고 용골 뒤에서는 아무런 바람도 일지 않았다. 두려움이 조금씩 물러가고, 조지는 기억을 더듬었다. 프레드 삼촌이 손가락에 물을 묻혀 바람을 실험하는 방법을 가르쳐 주었다. 조지는 손바닥 가득 침을 발라 다시 할머니 입 앞에 갖다 댔다.

여전히 아무것도 느껴지지 않았다.

조지는 알린더 박사에게 전화를 하러 가다가 멈춰 섰다. 의사를 불렀는데 할머니가 정말로 죽은 게 아니면 어쩌지? 그럼 정말로 난처해질 것이다.

'맥박을 재 봐.'

조지는 멈춰 서서 할머니의 축 늘어진 손을 돌아보았다. 잠옷 소매가 접혀 있어 팔목이 드러나 있었다. 그건 무리였다. 언젠가 간호원이 조지의 손목을 잡고 맥박을 재 주었을 때 조지도 따라 해 보았지만 아무것도 알아낼 수가 없었다. 자신의 미숙한 손가락 으로 맥박을 재 본 결과 조지는 죽은 상태였다.

게다가 조지는 정말로 할머니를…… 만지고 싶지 않았다. 비록 죽었다 해도 말이다. 아니 죽었기 때문에 더욱 싫었다.

조지는 문 앞에 서서 할머니를 보았다가 알린더 박사의 전화번호 옆에 있는 전화기를 보고 다시 할머니를 보았다. 아무래도 전화를 해야 할 것 같다. 아무래도…….

'거울로 해 보자!'

그렇다! 거울에 입김을 쐬면 뿌옇게 된다. 언젠가 영화에서 의사가 의식을 잃은 사람을 그런 식으로 확인하는 것을 본 적이 있었다. 거울은 할머니 방에 딸린 화장실에 있었다. 조지는 서둘러 들어가 할머니의 손거울을 들고 나왔다. 한쪽은 평범한 거울이고,

다른 한쪽은 볼록한 거울이라 흰머리를 뽑는다거나 할 때 사용할 수 있었다.

조지는 침대로 돌아가 거울 한 면이 할머니 입에 거의 닿을 정도까지 갖다 댔다. 그리고 거울을 댄 채 60까지 세었는데 한순간도 할머니에게서 눈을 떼지 않았다. 아무것도 변하지 않았다. 조지는 거울을 거둬들여 살피기도 전에 할머니가 죽었음을 확신했다. 물론 거울은 깨끗하고 김도 서리지 않았다.

할머니는 죽었다.

조지는 그제야 안도의 한숨을 내쉬며 할머니의 죽음에 조의를 표하기까지 했다. 할머니가 마녀였을 수도, 아닐 수도 있다. 그저 할머니 자신이 마녀라고 생각했을 뿐인지도 모른다. 어느 쪽이든 이제 할머니는 죽었다. 죽은 자의 온화한 얼굴에 현실적인 질문들을 던지면 그 질문들이 하찮아지지는 않지만 치명성은 줄어든다. 다소 철학적인 상념이지만 조지는 그 의미를 깨달았다. 그리고 아이들이 어른다운 자각을 할 경우에 으레 그렇듯이, 상념은 조지의 마음속에 지문과 족적만을 남기고 금세 사라져버렸다. 자신이 그런 들쭉날쭉한 경험들로 만들어지고, 형성되고, 틀이 잡혀 간다는 것을 이해하는 것은 그보다 한참 후가 될 것이다. 그 순간 깨달음의 족적 위에 남겨진 것은, 한 아이의 짧은 생애를 초월하여 우연히 지펴진 관념의 불씨에 지나지 않는다.

조지는 욕실에 거울을 갖다 놓고 왔다. 그리고 지나가는 길에 시신을 힐끗 바라보았다. 저무는 해의 야만적인 주홍빛이 시신의 쭈글쭈글한 얼굴을 핥았다. 조지는 얼른 눈을 돌렸다.

조지는 문을 빠져나가 부엌에 있는 전화기로 갔다. 이제부터는 해야 할 일을 할 참이다. 이미 조지의 머릿속에서는 버디에 대한 우월감이 자라 있었다. 버디가 또 놀리려고 하면 이렇게 말할 수 있을 것이다. 난 할머니가 돌아가셨을 때 집에 나 혼자 있었고, 난 모든 일을 잘 해냈다고.

알린더 박사에게 전화하기. 가장 먼저 할 일이었다. 전화해서 이렇게 말하는 것이다.

"할머니가 돌아가셨어요. 제가 어떻게 해야 할지 일러 주시겠어요? 할머니 얼굴을 덮어야 하나요?"

아냐.

"할머니가 돌아가신 것 같은데요."

그래. 그래. 그게 낫다. 아무튼 어린아이가 너무 나대는 것도 볼썽사나운 일이다.

아니면 이건 어떤가?

"아무래도 할머니가 돌아가신 것 같아요."

좋아. 그게 제일 좋겠어.

그리고 거울과 마지막 발작에 대해서도 알려 주자. 그러면 의사가 당장 달려와 할머니를 살펴본 다음 이렇게 말하겠지.

"할머니의 사망을 공식적으로 인정합니다."

그리고 조지에게도 한마디 할 것이다.

"힘들었을 텐데 정말 침착하게 잘 해 주었다, 조지. 장하다."

그러면 조지는 적절한 겸손의 말을 한 마디 할 생각이다.

조지는 알린더 박사의 전화번호를 확인한 다음, 천천히 심호흡을 두 번 하고 전화기를 들었다. 심장이 빠르게 뛰었지만 아까처럼 가슴이 찢어질 정도는 아니었다. 할머니는 죽은 것이다. 최악의 일이 일어났지만, 어찌된 일인지 할머니가 일어나 차를 갖다 달라고 악을 쓰는 것보다는 나았다.

전화기가 불통이었다.

조지는 먹통이 된 전화기에 대고, "미안해요, 도드 아줌마. 전 조지 브루크너인데요. 할머니 때문에 의사 선생님한테 전화해야 하거든요."라는 말을 되뇌었다. 하지만 목소리도, 신호음도 들리지 않았다. 죽음 같은 침묵. 저 침대에 놓인 죽음과도 같은.

할머니는…….

할머니는…….

(오 할머니는)

할머니는 싸늘하게 누워 있다.

다시 소름. 조지는 곤혹스럽고 당혹스러웠다. 시선은 스토브 위의 파이렉스 찻주전자에 고정되어 있었다. 허브 티백을 물고 있는 컵. 이제 쓸모없게 된 차. 더 이상은.

(너무나도 짠하게 누워 있는)

조지는 몸을 떨었다.

손가락으로 차단 단추를 눌러 댔지만 전화기는 묵묵부답이었다. 할머니처럼…….

(싸늘하게 식은.)

조지는 전화기를 쾅 하고 내던졌다가 희미하게 들리는 벨 소리에 황급히 다시 집어 들었다. 혹시 기적적으로 고쳐졌나 했지만 역시 아무 소리도 없었다. 이번에는 천천히 내려놓았다.

조지의 심장이 다시 쿵쾅거리기 시작했다.

'죽은 할머니와 나뿐이야.'

조지는 천천히 부엌을 가로질러 식탁 옆에 잠시 서 있었다. 그리고 불을 켰다. 밖은 꽤나 어두워졌다. 곧 해가 저물고 밤이 찾아들 것이다.

'기다려. 그러면 되는 거야. 그냥 엄마가 돌아올 때까지 기다리면 된다고. 사실 더 잘된 일이지 뭐야. 전화기가 불통이라면 말이지. 할머니가 입에 거품을 물고 발작을 일으키거나, 침대에서 굴러 떨어지는 것보다야 죽어 버린 게 백배 났잖아?'

아쉽기도 했다. 전화기만 먹통이 아니었다면 끝내 주게 처리할 수 있었는데 말이다.

어둠 속에서 체온도 식지 않은 시체와 단 둘이 있기. 벽에 비친 그림자를 보며 죽음과 죽은 시체에 대해 생각하기. 시체들이 썩어가고 어둠 속에서 일어나 다가오는 모습을 상상하기. 이런 생각 저런 생각. 시체 속에서 꿈틀거리는 구더기, 살갗을 비집고 나오는 구더기에 대해 생각하기. 맙소사, 어둠 속에서 움직이는 두 눈. 그래, 그 눈에 대해 생각하기. 어둠 속에서 다가오는 두 눈과, 유리창의 얼룩 무늬 그림자를 뚫고 누군가 삐걱거리며 걸어오는 소리에 대해 생각하기. 오, 예.

어둠 속에서 하는 생각은 언제나 한 가지 생각으로 돌아온다. 꽃다발, 예수님, 야구, 올림픽 평영 금메달 등등 어떤 것을 생각하든 간에 언제나 발톱과 미동도 없는 눈동자를 가진 어둠 속의 형체를 생각하게 된다.

"제기랄!"

조지는 신경질을 내며 제 뺨을 때렸다. 그것도 세게. 초조해서 미칠 지경이었다. 이제 그만둘 때도 되지 않았는가? 더 이상 여섯 살도 아니고 할머니도 죽었는데 말이다. 그렇다, 죽은 것이다. 할머니는 이제 대리석이나 마룻바닥이나 문고리, 라디오 다이얼만큼이나 의식이 없는 존재가 된 것이다.

그리고 전혀 뜻밖의 목소리, 어쩌면 생존을 위한 본능의 목소리가 내면에서 터져 나왔다.

'제발 그만 앵앵거리고, 네 할 일이나 제대로 해, 조지!'

'그래, 알았어. 알았다고. 그렇지만……'

조지는 할머니 침실로 돌아가 확인하기로 했다.

할머니는 그대로 누워 있었다. 한 손이 침대에서 비어져 나와 바닥에 닿았고 입은 여전히 쩍 벌린 채였다. 마치 가구 같다는 생각이 들었다. 할머니의 손을 이불 안에 넣어 줄 수도 있고, 할머니의 머리카락을 잡아당기거나 입에 물 한 잔을 쏟아 붓거나 귀에 이어폰을 꽂아 주고 척 베리를 최고음으로 틀 수도 있다. 할머니에게는 모두가 매한가지인 것이다. 버디가 종종 말했듯이 할머니는 끝났다. 쫑 나고 땡 쳤다는 말이다.

갑자기 왼쪽 가까이에서 둔탁한 소리가 들렸고, 조지는 깜짝 놀라 우는 소리를 냈다. 바로 지난주에 버디가 달아 놓은 방풍문에서 난 소리였다. 산들바람에 걸쇠가 풀려 방풍문이 앞뒤로 너풀거리고 있었다.

조지는 안문을 열고 밖으로 나가 흔들리는 방풍문을 잡았다. 바람이(그건 산들바람이 아니라 진짜 바람이었다.) 머리카락을 온통 흔들어 놓았다. 조지는 문을 단단히 걸어 잠그고 바람이 갑자기 어디에서 불어 왔는지 생각했다. 엄마가 떠날 때만 해도 날씨는 죽은 듯 잠잠했다. 하지만 엄마가 떠났을 때는 밝은 대낮이었고 지금은 깜깜한 밤이다.

조지는 다시 할머니를 바라보고, 부엌으로 돌아가 전화기를 들어 보았다. 여전히 먹통이었다. 조지는 앉았다가 일어나서 부엌을 왔다 갔다 하기 시작했다. 무슨 생각이든 해야 했다.

한 시간 후 완전히 어두워졌다.

전화는 여전히 불통이었다. 조지는 바람을 의심했다. 이미 돌풍에 가까워진 바람이 전봇대를 건드린 것이 분명했다. 아마도 비버보그 외곽일 것이다. 죽은 나무와 늪지 속에 나무들이 아무렇게나 자라고 있는 곳이었다. 전화기는 때때로 팅 하고 음산한 소리를 내기도 했지만 먹통은 먹통이었다. 바깥에서는 처마를 따라 바람 소리가 비명을 질러 댔다. 조지는 내년에 보이 스카우트 잼보리 대회에 가면 할 얘기가 생겨서 잘 됐다는 생각을 했다. 죽은 할머니와 단둘이 집에 있는데, 전화는 고장 났고 바람은 구름 조각들을 마구잡이로 헝클어 놓고 있다. 위쪽은 까맣고 아래쪽은 굳은 촛농 색인 구름, 할머니의 늘어진 앞발과 색이 똑같았다.

버디 말마따나 이런 이야기는 진짜 끝내 준다.

조지는 지금 당장이라도 말해 주고 싶었다. 너무나 생생하고 실감날 것이다. 하지만 조지는 지금 부엌에 역사책을 펴 놓고 앉아서 무슨 소리가 들릴 때마다 흠칫 놀라고 있다. 바람 소리가 거세지면서 손바닥만 한 집 구석구석에서 기름칠을 하지 않은 돌쩌귀들이 온갖 비명소리를 지르기 시작했다.

'엄마는 곧 집에 올 거야. 엄마는 집에 올 거고 그러면 다 괜찮아질 거야. 모두 다.'

(할머니를 덮어 줬어야지.)

'만사가 괜······.'

(얼굴이라도 덮어 줬어야지.)

조지는 누군가가 큰 소리로 말하기라도 한 듯 깜짝 놀랐다. 그러고는 커다래진 눈으로 부엌 저편의 고장 난 전화기를 바라보았다. 사람이 죽으면 얼굴 위에 이불을 덮어 주어야 한다. 영화에서는 늘 그랬다.

'개 같은 소리 집어쳐! 난 그 방에 안 갈 거야!

싫어. 왜 내가 해야 돼? 엄마가 와서 덮어 줘도 돼잖아! 아니면 알린더 박사가 하든지. 아니면 장의사도 있잖아!

누구든, 아무든, 직어도 난 아냐!

내가 왜 해야 해?

어차피 상관없는 일이다. 할머니도 상관없어.'

머릿속에서 버디의 목소리가 들렸다.

'무섭지 않았다면 왜 얼굴 덮을 생각을 안 했냐?

나한테는 아무것도 아닌 일인데.

겁쟁이!

덮는다고 뭐가 달라져?

얼간이 겁쟁이!'

조지는 읽지도 않을 역사책을 펴 놓고 앉아 곰곰이 생각하다가, 할머니 얼굴을 덮지 않으면 결국 모든 것을 잘 처리한 게 아니라는 생각이 들었다. 그러면 형도 한 다리만으로도(비록 부들부들 떨기야 하겠지만) 너끈히 조지를 깔볼 생각을 할 것이다.

이제 조지는 잼보리 캠프파이어에서 할머니의 죽음에 대한 소름끼치는 이야기를 들려주고 있는 자신의 모습을 상상했다. 이제 이야기는 엄마의 차 헤드라이트가 집 앞을 비추었다는 편안한 결말 부분에 이르렀다. 어른이 다시 등장하면 항상 질서의 개념이 다시 세워지고 재확인되지 않던가? 그런데 어둠 속에서 시커먼 형체가 나타났다. 불속에서 갑자기 소나무 숯이 퍽 하고 터지며 조지는 어둠 속에 서 있는 버디를 볼 수 있었다. 버디는 조지를 향해 말했다.

'네가 그렇게 용감하다면 어떻게 얼굴을 덮어 드리지도 못했냐, 얼간아?'

할머니는 이미 끝났다, 할머니는 이미 죽었고 차갑게 식어 버렸다고 되뇌이며 자리에서 일어났다. 조지는 할머니 손을 침대 안으로 넣어 줄 수도 있고, 코에 티백을 쑤셔 넣을 수도 있고, 이어폰을 씌우고 척 베리를 있는 대로 크게 틀 수도 있을 것이다. 그리고…… 어떻게 해도 할머니를 다시 살아나게 하지는 않을 것이다. 그게 죽음이라는 것이고 누구도 죽은 사람을 되살릴 수는 없기 때문이다. 죽은 사람은 영원히 꼼짝않고 누워 있을 것이고, 그외의 모습은 그저 악몽에 지나지 않는다. 한밤중 죽음의 아가리 속에서 활짝 열리는 벽장문에 대한 악몽, 해골 조각들의 푸르스름한 인광을 핥고 스치는 달빛에 대한 불가피하고 묵시적이며 절망적인 악몽……. 단지…… 그뿐이다.

문득 정신을 차렸다.

"그만 해! 그만 하라고! 제발 좀!"

(끔찍한 상상 좀 그만…….)

조지는 마음을 다졌다. 안으로 들어가 할머니 얼굴에 이불을 덮어 주는 것으로 버디의 잘난 절름발을 걸어 넘길 생각이었다. 할머니의 죽음에 필요한 몇 가지 의식을 완벽하게 해치울 작정이었다. 할머니 얼굴을 덮은 다음(조지의 얼굴이 그 일의 상징성으로 밝은 빛을 뿜었다.) 이제 필요 없게 된 티백과 컵을 치울 것이다. 그래, 그렇게 할 것이다.

조지는 한 걸음 한 걸음을 단호하게 내딛으며 안으로 들어갔다. 할머니 방은 어두웠고 시신은 불꺼진 진열대 속에 있는 고깃덩어리처럼 보였다. 조지는 황급히 스위치를 더듬었지만 손에 걸리는 것이 없었다. 겨우 딸깍 소리가 들리며 방은 순식간에 누런 형광등 불빛으로 가득 찼다.

할머니는 여전히 입을 벌리고 팔을 늘어뜨리고 있었다. 조지는 가만히 할머니를 바라보았다. 작은 땀방울이 이마에 송글송글 맺혀 있음을 어렴풋이 느끼며 이 일에 대한 책임은 어디까지인지 생각해 보았다. 할머니의 나머지 몸뚱이가 있는 이불 안으로 손을 집어넣어 주는 것까지? 그건 아니라고 생각했다. 할머니의 손은 언제든 침대 밖으로 떨어질 수 있었다. 그건 너무 어려운 일이었다. 조지는 할머니의 몸에 손을 댈 수 없었다. 다른 일은 하겠지만 그것만은 절대 할 수 없었다.

마치 공기가 아니라 끈끈한 액체 속을 헤쳐나가기라도 하듯, 조지는 천천히 할머니에게 다가갔다. 조지는 할머니를 내려다보았다. 할머니는 노랬다. 빛이 낡은 가구에 반사된 탓이기도 했지만, 순전히 그 때문만은 아니었다.

조지는 숨을 몰아쉬었다. 숨소리가 귀에 들릴 정도로 거칠었다. 조지는 이불을 잡고 할머니 얼굴 위로 끌어올렸다. 손을 놓자 이

불이 약간 미끄러지며 이마와 이마를 뒤덮은 주름살이 보였다. 조지는 각오를 다진 다음 다시 이불을 쥐었다. 한 손은 반대쪽 끝을 잡고 다른 손으로는 머리 쪽을 잡으면, 굳이 할머니 몸을 만질 필요가 없었다. 조지는 이불을 다시 끌어올렸고 이번에는 제자리에 가만히 있었다. 만족스러웠다. 두려움도 조금 잦아들었다. 기어이 할머니를 땅에 묻은 기분이었다. 그렇다. 그래서 죽은 사람을 덮는 것이다. 그래서 해야 할 일인 것이다. 그건 매장과도 같았다. 결국 하나의 선언인 셈이다.

조지는 늘어진 손을 보았다. 무덤 밖으로 삐져나온 손. 조지는 이제 그 손을 만질 수 있었다. 그 손을 집어 올려 나머지 몸뚱이와 함께 묻어 버릴 수 있었다.

조지는 허리를 굽혀 차가운 손을 집어 들었다.

할머니의 손이 비틀리더니 조지의 팔목을 부여잡았다.

조지는 비명을 지르며 뒷걸음질 쳤다. 텅 빈 집에 울리는 찢어질 듯한 비명 소리. 처마를 찢는 돌풍 소리를 삼켜 버린 비명 소리. 삐걱거리는 돌쩌귀 소리들을 묻어 버린 비명 소리. 조지가 뒷걸음질 치자 할머니의 몸이 이불 밑에서 비스듬히 끌려 왔다. 뒤틀리고 흔들리고 허공을 휘젓는 손…… 그러고는 다시 죽은 듯이 멈춰 선……

괜찮아. 아무것도 아니야. 아무것도. 그러니 진정해.

조지는 모든 상황을 이해한다는 듯 고개를 끄덕였다. 그러다가 할머니의 손이 꺾이며 자기의 손을 잡아챘다는 사실을 떠올렸다. 조지는 다시 비명을 질렀다. 조지의 눈이 튀어나올 듯 커졌고, 머리카락도 온통 곤두서 마치 원뿔모자를 쓴 것 같았다. 심장도 터질 듯이 방망이질 쳤다. 이성적인 생각이 돌아오려고 할 때마다 공포가 다시 상황을 장악해 버렸다. 조지는 현기증이 났다. 그 방을 벗어나 다른 방으로 가고 싶은 마음뿐이었다. 아니, 아예 10킬로미터쯤 멀리 달아나 버릴까? 그러면 이 말도 안 되는 상황이 정리가 될까? 조지는 머리가 빙빙 돌아 불과 두 발자국 떨어져 있는 문을 찾지 못하고 벽 쪽으로 쏜살같이 도망쳤다.

조지는 벽에 부딪쳐 넘어졌다. 칼날 같은 고통이 공포를 조각조각 잘라 냈다. 코피는 한 손을 피범벅으로 만들고 셔츠마저 흥건히 적셨다. 조지는 겨우 두 발로 일어서서 주변을 재빨리 훑었다.

할머니의 손은 전처럼 바닥까지 늘어져 있었다. 하지만 할머니의 몸은 비스듬히 놓여 있지 않았다. 전에 있던 위치 그대로였다.

그 모든 것이 환각이었다는 건가? 방으로 들어온 후 있었던 모든 상황이 공포가 빚어낸 잘 짜인 영화에 지나지 않았단 말인가?

아니, 그럴 리가 없다.

머리가 지끈지끈거렸지만 의식은 더욱 또렷해졌다. 죽은 사람은 팔목을 잡을 수 없다. 죽은 건 죽은 거다. 죽은 사람을 모자걸이로 사용할 수도 있고 트랙터 타이어에 시체를 채워 언덕 아래로 굴릴 수도 있고, 이럴 수도 저럴 수도 있다. 죽은 사람은 움직여질 수는 있지만(예를 들어 어린 꼬마가 침대 밑에 늘어진 죽은 자의 손을 침대에 올려 놓는다.) 스스로 움직일 수 있는 시절은 끝난 것이다.

'마녀가 아니라면, 집에 어린아이밖에 없을 때를 죽는 시간으로 선택할 수 있는 마녀가 아니라면……. 그 시간을 택한 건 가장 좋은 방법이기 때문이다. 그 일을 하기에…….'

'그 일을 하기에?'

말도 안 돼. 바보 같은 생각이야. 조지는 겁을 집어먹었고 그래서 환각을 본 것뿐이라고 생각했다. 조지는 무심코 팔뚝으로 코를 훔치다 아파서 인상을 찡그렸다. 팔뚝 안쪽에 피가 묻어 나왔다.

조지는 다시는 할머니 옆에 가지 않을 것이다. 그러면 된다. 차츰 공포의 화염이 가시기 시작했지만, 그렇다고 무섭지 않은 것은 아니었다. 눈물이 나올 정도로 무서웠고, 피를 본 다음에는 다리까지 후들거렸다. 어서 엄마가 돌아와 이 지긋지긋한 상황을 떠맡으면 좋으련만.

조지는 방에서 빠져나왔다. 그리고 부엌으로 들어가 크게 심호흡을 했다. 코를 닦을 젖은 수건을 찾으려는데 갑자기 구토가 나올 것 같았다. 조지는 싱크대로 달려가 찬물을 틀었다. 그러고는 싱크대 밑의 수반에서 걸레를 꺼냈다. 할머니의 오래된 기저귀였다. 조지는 기저귀를 차가운 수도꼭지 아래 밀어 넣으며, 코를 훌쩍거렸다. 조지는 부드러운 사각의 기저귀를 물에 적신 다음 수도꼭지를 잠그고 손이 아릴 때까지 물을 짜냈다.

그것으로 코를 닦아 낼 참이었다. 그때 옆방에서 할머니 목소리가 들렸다.

"아가야, 이리 오렴. 이리 들어와. 할머니가 안아 줄게."

할머니가 희미하게 윙윙거리는 목소리로 불렀다.

조지는 비명을 지르고 싶었지만 아무 소리도 나오지 않았다. 아무 목소리도. 하지만 옆방에서 그 소리가 들렸다. 엄마가 할머니를 침대에서 씻겨 줄 때 나는 소리. 거구를 일으키고 눕히고 돌리고 다시 눕히는 소리.

그 소리들은 이제 아까와는 다른 특별한 의미로 들렸다. 그건 마치 할머니가, 할머니가…… 침대에서 나오려고 애쓰는 소리 같았다!

"얘야! 이리 오라니까! 어서! 당장!"

먼저 조지의 두 발이 명령에 복종하고 있었다. 거부할 수 없는 부름이었다. 조지는 두 발에게 멈추라고 소리쳤지만 소용이 없었다. 왼발, 오른발, 왼발, 오른발, 조지는 리놀륨 바닥 위를 미끄러지고 있었다. 조지의 두뇌는 육신에 갇힌 겁먹은 죄수이며 탑에 갇힌 인질에 불과했다.

'할머니는 마녀야. 지금 마녀가 저주의 주문을 외고 있는 거라고. 오 맙소사, 마술이야. 흑마술이야. 저주야. 오 하느님 오 예수님 제발 저를 도와주세요. 제발 도와……'

조지는 부엌을 지나 복도에 들어섰고 곧바로 할머니의 방으로 들어갔다. 이런, 할머니는 침대에서 빠져나오려는 것이 아니었다. 할머니는 밖에 나와 있었다. 할머니는 4년 동안 앉아 보지 못했던 하얀 비닐 의자에 앉아 있었다. 너무나 무거워 걸을 수가 없고 너무나 늙어 이곳이 어딘지도 분간 못 하는 할머니가 말이다.

할머니는 더 이상 노쇠한 환자로 보이지 않았다.

얼굴은 쭈글쭈글하고 물컹거렸지만 병약한 모습은 아니었다. 언제나 그렇게 그 자리에 있었다는 듯이, 자신의 얼굴이 어린 꼬마들을 유혹하고 피곤한 미망인을 현혹하기 위한 가면이 아니라고 주장이라도 하는 듯이 말이다.

할머니의 얼굴은 냉혹한 지성으로 반짝였다. 낡고 악취 나는 양초처럼 반짝였다. 얼굴 속으로 가라앉은 두 눈은 총기 없이 죽은 그대로였고 가슴도 움직이지 않았다. 잠옷이 말려 올라가 코끼리만 한 허벅지가 드러났다. 죽음의 휘장이 걷히고 만 것이다.

할머니가 거대한 두 팔을 내밀었다.

"안아 주고 싶어 그래, 조지. 설마 옛날처럼 울지는 않겠지? 자 이리 와서 안겨 보렴."

단조롭고 황폐한 죽음의 목소리.

조지는 거역할 수 없는 소환에 저항하며 움찔했다. 밖에서는 바람이 비명을 질러 대고 있었다. 조지의 얼굴은 극도의 두려움으로 일그러지고 뒤틀어졌다. 고대의 책에 갇힌 목판화의 얼굴이 그럴 것 같았다.

조지는 할머니를 향해 다가가고 있었다. 어쩔 수가 없었다. 할머니가 내민 손을 향해 내딛은 발이 다른 발을 끌어당기고 또 끌어당기고……. 버디에게 할머니가 무섭지 않다는 증거까지 보여 줄 것이다. 이제 할머니에게 안길 것이다. 더 이상 울보 꼬마는 되기 싫다. 이제 할머니에게 갈 것이다.

조지가 막 할머니의 팔에 안길 때쯤, 갑자기 왼쪽 창문이 와장창 하고 깨지더니 바람에 늘어진 나뭇가지가 방 안으로 들어왔다. 가을잎이 무성한 나무였다. 바람의 강물이 방 안으로 범람하며 할머니의 사진들을 흔들고 할머니의 잠옷과 머리카락을 흩날렸다.

이제야 조지의 입에서 비명 소리가 터져 나왔다. 조지는 허둥지둥 할머니의 품 안에서 빠져나왔고 할머니는 잇몸을 드러내며 달래듯 쉿쉿 소리를 냈다. 결국 할머니의 두텁고 주름진 두 손은 빈 허공만 속절없이 끌어안았다.

조지는 두 발이 엉켜 바닥에 넘어지고 말았다. 할머니가 비닐 의자에서 일어나려 했다. 비틀거리는 고깃덩어리. 할머니는 손자를 향해 비틀거리며 다가가기 시작했다. 하지만 조지는 일어날 수 없었다. 다리에 힘이 하나도 없었다. 조지는 헉헉거리며 뒤쪽으로 허겁지겁 기었다. 할머니가 다가왔다. 느리지만 단호하게, 죽었지만 살아서. 문득 조지는 포옹의 의미를 깨달았다. 퍼즐의 마지막 조각을 찾은 것이다. 할머니의 손이 조지의 셔츠 자락을 잡았을 때에야 조지는 겨우 두 발로 일어섰다. 옷자락이 찢어지며 순간적으로 살갗에 닿은 차가운 손을 느낄 수 있었다. 조지는 부엌으로 달아났다.

조지는 어둠 속으로 달아나고 싶었다. 할머니 마녀에게 안겨 있지만 않으면 무엇이든 상관없었다. 아무튼 조지의 엄마가 돌아와서 할머니는 죽고 조지는 살아 있는 것을 발견하면 된다. 그뿐이다……. 문득 조지는 허브차가 마시고 싶다는 생각이 들었다.

어깨너머로 돌아보니 복도를 걸어오고 있는 할머니의 기이하고 왜곡된 그림자가 벽에 나타났다.

그리고 그 순간 전화벨 소리가 들렸다. 날카로우면서도 거슬리는 소음.

조지는 생각해 볼 겨를도 없이 전화기를 집어 들고 비명을 질렀다. 누구든 빨리 와 달라고. 제발 와 달라고 소리 질렀다. 하지만 그건 생각뿐이었다. 잠길 대로 잠긴 목에서는 숨소리 하나 나오지 못했다.

할머니는 분홍색 잠옷 차림으로 부엌으로 들어왔다. 바랜 노란색 머리가 얼굴 주변에서 거칠게 흩날렸다. 주름진 목 부근에는 뿔로 만든 빗 하나가 비스듬히 걸려 있었다.

할머니는 웃고 있었다.

"루스? 루스, 너 거기 있니?"

플로 이모의 목소리였다. 장거리 전화의 혼잡한 잡음 속에 묻히긴 했지만, 분명했다. 미네소타에 있는 플로 이모. 무려 3000킬로미터나 떨어져 있는.

"살려 줘요."

조지는 전화에 대고 소리쳤지만 여전히 가냘픈 숨소리뿐이었다. 마치 썩은 갈대로 만든 피리를 부는 것 같았다.

할머니가 리놀륨 바닥 위를 터벅터벅 밟으며 다가왔다. 여전히 조지를 향해 두 팔을 벌린 채, 헛손질을 하고 있었다. 할머니에게 필요한 것은 먹이였다. 지난 5년 동안 품에 안기 위해 기다렸던 먹이.

"루스, 내 말 들려? 여긴 태풍이 대단하구나. 지금 막 시작됐는데, 난…… 너무 무서워서. 루스, 뭐라고 말 좀 해 봐……."

"할머니가……."

조지가 전화기에 대고 끙끙 앓는 소리를 냈다. 할머니는 거의 조지를 잡을 수 있을 만큼 가까이 왔다.

"조지? 조지, 너니?"

플로 이모의 목소리가 갑자기 날카로워졌다. 거의 비명에 가까운 목소리였다.

조지는 할머니에게서 달아났다. 하지만 어리석게도 문이 아니라 부엌 찬장들과 싱크대로 가득한 모퉁이 쪽으로 가고 있음을 깨달았다. 너무나 무서웠다. 할머니의 그림자가 덮쳐 올 때에는 몸을 꼼짝할 수도 없었다. 조지는 속절없이 전화기 쪽에 대고 소리를 질렀다. 지르고 또 질렀다.

"할머니예요, 할머니! 살려 줘요!"

할머니의 차가운 두 손이 조지의 목에 닿았다. 할머니는 흐리멍덩하고 늙은 눈으로 꼼짝않고 조지를 노려보며 의지를 빨아들이기 시작했다.

먼 거리만큼이나 수십 년의 세월을 가로질러 오는 것처럼 아득하면서도 아련하게 이모의 목소리가 들렸다.

"할머니에게 누워 계시라고 말해, 조지. 누워서 얌전히 있으라고 말해야 해. 네 이름과 증조할아버지의 이름을 걸고 당장 그렇게 하라고 말해. 증조할아버지 이름은 하스투르야. 할머니가 무서워하는 이름이란다. 조지, 어서 하스투르의 이름으로 누우라고 말해라. 어서!"

할머니의 주름진 손이 조지의 떨리는 손에서 전화기를 잡아챘다. 코드가 전화기에서 끊어져 나가며 툭 하는 소리가 들렸다. 조지는 구석에 주저앉았고 할머니는 따라서 몸을 굽혔다. 조지의 위로 살덩어리가 쏟아지며 빛을 가로막았다.

조지가 외쳤다.

"누워! 움직이지 마! 하스투르의 이름으로! 하스투르! 누워 있어! 조용히!"

할머니의 손이 조지의 목을 감쌌고……

"당장 하란 말이야! 플로 이모가 그렇게 하라고 했어! 내 이름으로! 증조할아버지 이름으로! 얌전히 누워……"

조지의 목을 졸랐다.

한 시간 후 자동차 불빛이 마당을 비출 때 조지는 부엌 식탁에 역사책을 펴 놓고 앉아 있었다. 조지는 자리에서 일어나 뒷문을 열어 주었다. 왼쪽에 있는 공주풍 전화기는 제자리에 놓여 있었다. 쓸모 없는 전화선도 둘둘 말려 있었다.

엄마가 안으로 들어왔다. 코트 깃 위에 낙엽 하나가 매달려 있었다.

"지독한 바람이구나. 그래, 별일 없…… 조지? 조지, 무슨 일 있구나."

엄마의 얼굴에서 순식간에 핏기가 사라지고 하얀 분장을 한 광대처럼 변했다.

"할머니, 할머니가 죽었어요. 할머니가요."

그리고 조지는 울기 시작했다.

엄마는 조지를 두 팔로 안고는 뒷걸음질 쳐서 벽에 기댔다. 아들을 안는 것만으로도 마지막 남은 힘이 소진된 듯 보였다.

"무슨……. 다른 일은 없었어? 조지, 그리고 다른 일은 없었어?"

"나뭇가지가 할머니 창문을 깨뜨렸어요. 바람 때문에요."

엄마는 조지를 떼어 내고는 잠시 아들의 놀란 표정을 살폈다. 그리고 비틀거리며 할머니 방으로 들어갔다. 엄마는 한 4분 정도 그곳에 머물렀다. 엄마가 돌아왔을 때 손에는 빨간 옷 조각이 들려 있었다. 조지의 셔츠 자락이었다.

"할머니 손에서 이걸 찾았다."

엄마가 속삭이듯 말했다.

"그 얘긴 하고 싶지 않아요. 알고 싶으면 플로 이모한테 전화해 보세요. 피곤해요. 전 잠 좀 잘래요."

엄마는 조지를 잡으려다가 그만두었다. 조지는 형과 함께 쓰는 이층 방으로 올라가 통풍구를 열었다. 엄마가 다음에 취할 행동을 엿듣기 위해서였다. 엄마는 이모에게 전화하지 못할 것이다. 적어도 오늘 밤은 아니다. 전화 코드가 뽑혀 있기 때문이다. 내일도 아니다. 엄마가 집에 오기 바로 전에, 조지는 짧은 몇 마디 말을 외웠다. 저급한 라틴어에 초기 드루이드 욕설까지 섞인 말이었다. 그리고 3000킬로미터 밖의 플로 이모는 과다한 뇌출혈로 죽었다. 이 주문들이 돌아온 것은 기적이었다. 이제 모든 것이 제자리를 찾았다.

조지는 옷을 벗고 침대에 누웠다. 두 손으로 머리를 받친 다음 어둠 속을 올려다보았다. 천천히, 아주 천천히, 잔잔하지만 끔찍한 미소가 얼굴에 나타났다.

이제부터 모든 일이 달라질 것이다.

완전히 달라질 것이다.

예를 들어, 버디가 있다. 조지는 버디가 병원에서 돌아오더라도, 중국 이교도의 숟가락 고문이나 인디언 밧줄 놀이를 참아 줄 생각은 눈곱만치도 없었다. 조지는 당분간 버디가 제멋대로 하도록 내버려둘 생각이었다. 적어도 사람들이 보는 앞에서는 말이다. 하지만 밤이 오고 어두운 방에 단 둘이 있을 때면, 문을 걸고…….

조지는 소리 없이 웃기 시작했다.

버디가 늘 말했듯이, 정말 끝내 주는 일이 일어날 것이다.

고무 탄환의 발라드

바비큐는 끝났다. 음식은 훌륭했다. 술, 티본 숯불구이, 신선한 샐러드 그리고 메그의 특별 드레싱까지 모두. 5시에 시작했는데, 이제 8시가 되었고 땅거미가 지고 있다. 큰 파티라면 한창 시끄러워질 시간이었다. 하지만 이 파티는 큰 파티가 아니었다. 참석자는 다섯뿐이었다. 에이전트 부부, 젊은 유명 작가 부부, 그리고 잡지 편집자. 편집자는 60대 초반이었지만 더 늙어 보였다. 편집자는 프레스카만 마셔 댔다. 편집자가 도착하기 전에 에이전트는 젊은 작가에게 귀띔해 주었다. 지금은 괜찮아졌지만 편집자가 한때 술 때문에 문제가 있었고, 그래서 아내와도 헤어졌다고 말이다. 덕분에 참석자는 여섯이 아니라 다섯이 된 것이다.

호수가 내려다보이는 젊은 작가의 뒷마당에 어둠이 깔리자 떠들썩해지는 것이 아니라 조용히 성찰하는 분위기가 조성되었다. 작가의 처녀작은 평도 좋았고 판매 부수도 상당했다. 한마디로 행운의 사나이였고 자신도 그 사실을 알고 있었다.

대화는 젊은 작가의 이른 성공담에서, 과거 급격히 명성을 얻은 후에 자살을 택한 다른 작가들의 이야기로 넘어 가고 있었다. 사실 조금은 떨떠름한 대화라고 해야겠다. 로스 로크리지와 톰 헤이건이 거론되었고, 에이전트의 아내는 실비아 플라스와 앤 섹스톤을 들먹였다. 그러자 젊은 작가가 플라스를 성공한 작가로 규정할 수 있을지 잘 모르겠다고 대꾸했다. 그리고 플라스는 성공해서 자살한 것이 아니라 자살했기 때문에 성공한 것이라고 말했다. 에이전트가 미소를 지었다.

작가의 아내가 초조한 목소리로 사정했다.

"제발, 다른 얘깃거리를 꺼내는 게 어때요?"

에이전트는 그 말을 무시하고 말했다.

"광기도 있네. 성공 때문에 미쳐 버린 작가들도 있지."

에이전트의 목소리는 온화하면서도 부드러워 마치 연극배우의 톤을 듣는 듯했다.

작가의 아내는 다시 한번 이야기를 끊어 보려고 했다. 그녀는 남편이 그런 이야기들을 좋아할 뿐만 아니라 그런 작가들을 상대로 농담도 서슴지 않는다는 사실을 알고 있었다. 게다가 남편이 그들에 대해 농담을 즐기는 이유는 그들에 대해 너무 많이 생각하고 있기 때문인 것이다. 하지만 잡지 편집자가 입을 열었을 때 그의 기묘한 말에 작가의 아내도 그만 저항하는 것을 잊고 말았다.

"광기란 고무 탄환과도 같지."

에이전트의 아내는 놀란 표정을 지었다. 젊은 작가는 재미있다는 듯 앞으로 허리를 숙이기까지 했다.

"어디선가 들어 본 듯한 소리……."

편집자가 대답했다.

"물론일세. 그 말, 고무탄환이란 이미지는 메리앤 무어(20세기 초 미국의 여류시인─옮긴이) 것이지. 자동차 같은 것을 설명할 때 썼어. 난 언제나 그 개념이 광기를 매우 적절하게 표현해 주고 있다고 생각했네. 광기란 일종의 정신적 자살이니까 말일세. 현대 의사들도 사망을 측정하는 유일한 척도가 정신의 죽음이라고 하지 않던가? 그러니 광기란 머리통에 박힌 고무 탄환이라고 할 수 있겠지."

작가의 아내가 펄쩍 일어섰다.

"한 잔 더 하실 분 안 계세요?"

하지만 대답하는 사람은 없었다.

"좋아요. 계속 이런 이야기를 할 거라면 전 한 잔 더 해야겠어요."

작가의 아내는 그렇게 말한 후 자리를 떴다.

편집자가 말했다.

"언젠가 원고를 받은 적이 있는데, 내가 《라간》에서 일할 때였어. 물론 《컬리어스》나 《세터데이 이브닝 포스트》와 같은 운명이었지만, 그래도 그 둘보다는 오래 버틴 잡지였다네."

편집자의 표정에 살짝 자부심이 떠올랐다.

"우린 매년 단편 소설을 서른여섯 편 정도 출판했네. 그래, 매년 그중에 네다섯 편은, 누군가가 선정한 올해의 최고의 책에 선정되었네. 그러면 사람들이 그 책을 읽었지. 아쨌든 다시 이야기로 돌아가서, 그 원고는 「고무탄환의 발라드」라는 단편이었고 작

가는 레그 소프라는 남자였어. 이 친구만큼이나 젊고 성공한 작가
라고 해야겠군, 그래."

"『지하 인간』을 쓴 사람 아닌가요?"

에이전트의 아내가 물었다.

"맞습니다. 처녀작치고는 선풍적이었어요. 비평도 호의적이고,
양장본이나 문고본 모두 잘 팔렸고, 영화도 꽤 괜찮았어요. 물론
원작에는 미치지 못했지만요. 하, 어림도 없었지."

"그 책 나도 좋아해요."

작가의 아내가 끼어들었다. 조금 전까지의 판단력은 어디 갔는
지 어느새 대화 속에 들어와 있었다. 오랫동안 잊고 지냈던 과거
에 대한 회한 때문인지 여자의 얼굴은 가벼운 흥분으로 빛나기까
지 했다.

"그 사람, 그 후에 쓴 글이 있던가요? 『지하 인간』을 읽은 것이
대학생 때인데, 그게…… 너무 오래전이라 잘 기억이 안 나요."

"오, 웬걸요. 지금도 아직 젊은데."

에이전트의 아내가 상냥하게 말했다. 하지만 내심으로는 이 여
자가 입고 있는 홀터가 너무 작고 반바지도 너무 꽉 낀다고 생각
하고 있었다.

"아뇨, 그 후로는 쓰지 않았어요. 이 단편 말고는. 자살했어요.
미쳐서 스스로 목숨을 끊은 거요."

편집자가 대답했다.

"오."

작가 아내의 목소리가 잦아들었다. 이런 또 그 얘기군.

"그 단편 소설은 출간되었나요?"

작가가 물었다.

"아니. 하지만 작가가 미쳐서 자살했기 때문은 아니야. 소설이 발표되지 못한 이유는 편집자까지 미쳐서 자살을 기도했기 때문이지."

에이전트가 마실 것이 필요하다며 갑자기 자리에서 일어났다. 하지만 잔엔 아직 술이 남아 있었다. 에이전트는 1969년 여름, 《라간》이 기나긴 적자의 늪에 침몰하기 바로 전에 미쳐 버린 편집자가 바로 이 사람임을 알고 있었다.

"내가 바로 그 편집자라네. 어떤 점에서 우리 둘은 함께 미쳐 갔어. 레그 소프와 나, 우리 모두. 하지만 나는 뉴욕에, 그 사람은 오마하에 살고 있었기 때문에 직접 만난 일은 한 번도 없었지. 그가 오마하로 이사한 건 첫 작품이 나오고 6개월째 됐을 때였어. '머리를 정리하기 위해서'라는 것이 알려진 이유였지. 소설의 배경에 대해 알게 된 건 그 친구 아내를 종종 만났기 때문이네. 화가라 종종 뉴욕에 왔거든. 꽤 알려진 화가인가 보더군. 그 여자는 운이 좋았어. 하마터면 그 친구 길동무가 될 뻔했는데."

에이전트가 돌아와 자리에 앉았다.

"그래, 조금씩 기억이 나는군. 아내만 있었던 게 아니었지? 그 친구, 다른 사람들도 쐈어. 그중 하나는 아이였던 것 같은데."

"그래. 그리고 결국 그 아이가 그 친구를 날려 버렸지."

편집자가 인정했다.

"날려 버리다니요? 그게 무슨 말이에요?"

에이전트의 아내가 물었다.

그러나 편집자의 표정은 단호했다. 얘기는 하되 질문은 받지 않겠다는 투였다.

편집자의 말이 이어졌다.

"이런 이야기를 알고 있는 이유는 내가 장본인이었기 때문이요. 난 운이 좋았지. 천운이라고 해야 하나? 머리에 총을 대고 방아쇠를 당겨 자살을 기도하는 사람들에게는 재미있는 구석이 있지. 대개는 이 방법이 약을 먹거나 손목을 긋는 것보다 훨씬 효율적이라고 생각들 하지만 사실 그렇지 않다네. 머리에 대고 총을 쏜다 해도 결과는 장담할 수 없어. 총알이 두개골에 맞고 튀면서 다른 사람을 죽일 수도 있고 두개골의 둥근 면을 타고 미끄러져 반대쪽으로 튀어나올 수도 있으니까 말이야. 뇌 속에 총알을 박은 채로 나 몰라라 살아갈지 누가 알겠나? 38구경으로 이마를 쏜 사람이 병원에서 눈을 뜨고 22구경을 박은 자는 지옥에서 눈을 뜰 수도 있겠지……. 하긴 그것도 지옥이 있을 경우에나 말이 되겠군 그래. 난 지옥이 지구에 있다고 생각하네. 특히 뉴저지가 의심이 간다고."

작가의 아내가 다소 신경질적인 웃음을 흘렸다.

"실패할 가능성이 없는 자살 방법은 고층 빌딩에서 뛰어내리는 걸세. 특별한 목적에 자신의 몸을 던지는 사람들이 택하는 방법이지. 사실 너무 지저분하기도 하고.

아무튼 요점은 이걸세. 고무 총알로 머리를 쏜다 해도 결과를 알 수 없긴 마찬가지라는 거야. 난 다리에서 뛰어내리는 방법을 택했어. 그리고 쓰레기투성이 강둑에서 깨어났지. 트럭 기사가 내 등을 두들기고 두 팔을 위아래로 들었다 내렸다 하고 있더군. 하, 얼마나 흔들어 대던지 근육질 몸을 만들어야 하는데 딱 스물네 시간의 여유밖에 없는 사람이 나를 운동 기구로 착각한 것 같더라고. 레그의 경우는 탄환이 치명적이었지. 하지만…… 이런 이야기…… 별로 듣고 싶지 않을 거야."

편집자는 질문을 던지듯 사람들을 바라보았다. 실내의 공기는 무겁게 가라앉아 있었다. 에이전트와 그의 아내는 언뜻 서로 시선을 교환했다. 작가의 아내가 그런 께름칙한 대화는 그만두자고 말하려던 참에 작가가 말했다.

"듣고 싶습니다. 선생님께서 괜찮으시다면 말입니다."

편집자가 말했다.

"이런 이야긴 처음이군. 하지만 내가 그 이야기를 하기 싫어서 안 했던 건 아니야. 들어 줄 만한 사람이 없어서였지."

"그럼 들려주시지요."

작가가 재촉했다.

"폴…… 그런 이야기는……."

작가의 아내가 남편의 어깨에 손을 얹었다.

"괜찮아, 메그."

그리고 편집자가 이야기를 시작했다.

"그 원고는 우리가 의뢰한 게 아니었어. 당시 《라간》은 청탁 원고가 아니면 읽지도 않을 때였거든. 투고 원고는 들어오자마자 여직원이 반송 봉투에 집어넣었지. '매우 송구스러우나, 비용과 편집 인력 문제로 인해 저희 《라간》에서는 의뢰 원고만 접수하기로 방침을 정하였음을 알려드립니다. 귀하의 소중한 원고가 다른 출판사에서 크게 빛을 발하기를 기원합니다.' 이런 인사치레야 했지만 말일세. 정말 웃기는 일이지. '송구스러우나'라는 표현, 우습지만 우린 실제로 그런 표현을 썼어."

"그나마 반송 우표가 없으면 원고는 그대로 쓰레기통에 들어갔겠죠? 안 그렇습니까?"

작가가 끼어들었다.

"그래, 그랬네. 세상은 이미 동정이라는 사치를 원치 않아."

문득 불편한 기색이 작가의 얼굴에 스쳤다. 그건 주위에 수십 명이 갈기갈기 찢겨져 있는 호랑이 동굴에 있는 남자의 표정이었다. 아직 이 남자는 호랑이를 한 마리도 보지 못했다. 하지만 분명히 호랑이들이 그곳에 있고, 발톱이 여전히 날카로울 거라고 생각했다.

편집자가 담배 케이스를 꺼내며 말을 이었다.

"어쨌든 원고는 내 손에 들어왔어. 우편물을 처리하는 여직원이 원고를 꺼내 첫 페이지에 클립으로 반송 문구를 끼우고 반송 봉투에 넣으려다가, 문득 작가의 이름을 본 거지. 그 직원도『지하 인간』을 읽은 거겠지. 그 해 가을엔 그 책을 읽지 않은 사람이 없을 정도였으니까. 아직 못 읽었다면 읽고 있는 중이거나 도서관 대기 명단에 이름을 올려놓았거나 편의점 가판대를 기웃거리기라도 했을 거라고."

그때 작가의 얼굴이 어두워졌고, 이를 눈치 챈 아내가 슬며시 손을 잡아 주었다. 작가는 아내에게 웃어 보였다. 편집자는 론손 라이터를 담배에 갖다 대고 있었다. 짙은 어둠 속에서 사람들은 편집자의 얼굴이 얼마나 초췌한지를 보았다. 두 눈 밑으로 늘어진 악어 가죽 같은 주름, 일그러진 양 볼, 마치 뱃머리처럼 툭 불거진 턱뼈……. 그래, 저 배의 이름은 노년이구나, 라고 작가는 생각했다. 아무도 그 배를 타고 싶은 사람은 없겠지만, 그럼에도 불구하고 대기실은 만원이고 덕분에 출구 역시 만원인 배.

라이터가 깜빡거리더니 곧 꺼졌고 편집자는 고뇌하듯 깊게 연기를 내뿜었다.

"원고를 반송하지 않고 편집부로 건네준 여직원은 지금 G.P 퍼트남 선즈에서 편집자로 있네. 그 여직원의 이름은 중요하지 않겠지? 중요한 건 《라간》의 우편물실에 있을 때 그 여직원의 인생 그래프의 곡선이 레그 소프의 곡선과 교차했다는 거지. 여직원의 곡선은 올라갔고 레그의 곡선은 추락한 걸세. 아무튼 여직원은 자기 상사에게 원고를 건넸고, 원고는 결국 나한테 오게 되었어. 난 원고를 읽고 완전히 빠져 버렸네. 꽤 긴 이야기였지만, 손쉽게 500단어 정도는 삭제할 수 있을 것 같았네. 그 정도면 충분했지."

"무슨 내용이었습니까?"

작가가 물었다.

"물어볼 필요도 없네. 지금 하려는 얘기가 바로 그거니까."

편집자가 대답했다.

"광기에 대한 건가요?"

"그래, 그랬어. 대학 창작 시간에 제일 처음 배우는 것이 뭔가? 네가 아는 내용을 써라. 그거 아닌가요? 레그 소프는 광기에 대해 너무나 잘 알고 있었어. 자신이 미쳐 가고 있었거든. 그래, 내가 그 소설에 빠진 것 역시 나도 미쳐 가고 있어서였을 거야. 자네가 편집자라면, 미국의 독서계가 쌍수를 들고 환영하는 주제가 바로 '세련되게 미쳐가기' 같은 이야기라고 장담할 수 있을 걸세. 부제는 '이제 아무도 대화하지 않는다' 정도로 할까? 20세기 문학의 대표적인 주제지. 모든 거장들이 한 번은 다루어 봤고 풋내기들 역시 한 번쯤은 시도해 봤을 거야. 하지만 레그의 소설은 웃겼어. 아주 웃겼다고.

나는 그런 소설을 그 전에도 그 후로도 본 적이 없네. 가장 가까운 경우라면 피츠제럴드의 게츠비 정도? 소프의 주인공은 미쳐 가고 있지만 동시에 너무나 웃겼다네. 내내 히죽히죽 웃고 있다가 주인공이 뚱보 여자의 머리에 라임젤리를 던지는 장면 등에서는 거의 자지러질 정도로 웃게 돼. 그런 장면이 몇 군데 있었는데, 사실 그건 신경질적인 웃음이었어. 웃고 난 다음 행여 들은 사람이라도 있을까 봐 어깨너머를 돌아보게 되는 그런 웃음 말일세. 소설 속의 이질적인 긴장은 대단했다네. 웃으면 웃을수록 초조해지고 초조해질수록 더 웃게 돼.…… 주인공이 결국 자기를 위한 파티에서 돌아와 아내와 어린 딸을 죽일 때까지 말이야."

"줄거리는 어땠나요?"

에이전트가 물었다.

"그런 건 중요하지 않아. 그건 단지 성공을 향한 질주에서 패배해 가는 젊은이에 대한 이야기일 뿐이라고. 이 이야기는 그냥 모호하게 남겨 두는 게 더 좋을 걸세. 자세한 줄거리는 따분하기만 할 뿐이야. 항상 그렇잖아.

아무튼 난 레그에게 답장을 썼어. 이런 식이었네. '친애하는 레그 소프 씨께, 이제 막「고무 탄환의 발라드」를 읽었습니다. 훌륭한 작품이라고 생각합니다. 허락하신다면, 내년 초에《라간》에 신고자 합니다. 원고료는 800달러입니다. 수락하시면 지급하겠습니다.' 행 바꿔서."

편집자는 담배를 피우며 밤 공기를 들이마셨다.

"'작품이 조금 깁니다. 소프 씨가 500단어 정도 삭제해 주셨으면 합니다. 저희도 200단어 정도는 양보할 수 있습니다. 저희 쪽에서 삽화를 축소하는 방법도 있으니까요.' 행 바꿔서. '전화 주십시요.' 그리고 사인한 후 곧바로 오마하로 보냈네."

"기억력도 좋으시네요. 그런 식으로 한 자 한 자 다 외우시다니."

작가의 아내가 말했다.

"그와 주고받은 서신들은 모두 특별히 보관하고 있소. 그 친구 편지와 내 답신 사본까지 모두. 그 사람 아내인 제인 소프의 편지 서너 통까지 합해서 상당한 부피라오. 사실, 요즘도 가끔 그 파일을 읽곤 하지. 물론, 부질없는 짓이지만. 고무 탄환을 이해하는 것은 뫼비우스의 띠가 어떻게 한 면만 있는지 이해하려는 것만큼이나 부질없는 짓이야. 그건 세상 삼라만상의 존재처럼 그냥 그런 거니까 말이야. 그래, 난 거의 모든 글귀를 다 외우고 있어. 내게는 독립선언문을 외우는 것만큼이나 당연한 거야."

"물론 다음 날 그가 전화를 했겠죠? 기억납니까?"

에이전트가 씩 웃으며 물었다.

"아니. 오지 않았어.『지하 인간』을 끝낸 직후, 전화를 없애 버렸다고 그 친구 부인이 그러더군. 뉴욕에서 오마하로 이사했을 땐 전화를 아예 놓지 않았다고 했네. 우스운 얘기지만, 레그는 전화를 움직이는 것이 전기가 아니라 라듐이라고 우겼다네. 현대사에서 가장 교묘하게 은폐된 비밀 중 하나라면서 말일세. 암 발생률 증가는 담배나 자동차 배기가스나 산업 오염 때문이 아니라 라듐 때문이고, 전화기에 바로 그 라듐의 결정이 숨겨져 있다는 거야.

그래서 전화를 쓰는 건 뇌에 대고 직접 방사선을 쏘아 대는 셈이라고 역설했다는 거야. 모두 레그의 아내가 해 준 말이오."

"와우, 정말 미친 사람이로군요."

작가의 말에 모두가 웃었다.

편집자는 호수를 향해 담뱃재를 털면서 이야기를 계속했다.

"대신에 레그는 편지를 썼어.

'헨리 윌슨 편집자님께,(앞으로 헨리라고 불러도 좋을지 모르겠군요.) 편집자님의 편지를 읽고 너무나 기뻤습니다. 아내는 저보다 더 기뻐했답니다. 고료는 만족합니다……. 솔직히 《라간》에서 실어 주는 것만으로 충분하다고 말씀드리고 싶습니다.(물론 고료는 감사히 받아야죠.) 분량을 줄이는 문제에 대해서는 저도 찬성합니다. 멋지더군요. 그러면 삽화 공간도 생기겠지만 이야기도 훨씬 좋아질 것 같습니다. 아무쪼록 건승하시기를 빕니다. 레그 소프.'

서명 아래에 작은 그림이 있었는데……. 낙서 같으면서도 묘한 느낌이었다네. 눈이 하나 달린 피라미드였는데, 마치 1달러 지폐 뒷면에 있는 그림 같았어. 하지만 아래에 적힌 글귀는 '노부스 오르도 세클로룸(Novus Ordo Seclorum, 새로운 질서라는 뜻—옮긴이)'이 아니라, '포르니트 솜 포르누스'였어."

"라틴어? 아니면 조어인가요?"

에이전트의 아내가 물었다.

"점점 심해지는 레그 소프의 기이한 행동 중 하나였죠. 그의 아내 말로는 레그가 '소인'의 존재를 믿기 시작했다고 했소. 포르니트는 행운의 요정이었네. 레그는 요정이 타자기 안에 살고 있다고 생각한 거야."

편집자가 대답했다.

"오, 맙소사."

작가의 아내가 끔찍하다는 표정을 지었다.

"레그 말로는, 포르니트는 작은 도구를 갖고 있는데, 그러니까 폭죽이나 행운의 불꽃으로 가득 찬 지팡이 비슷한 거 말이오. 바로 그 행운의 불씨가……."

"포르누스죠?"

작가가 싱긋 웃으며 끼어들었다.

"그랬네. 그리고 그 친구 부인도 그 개념을 좋아했어. 처음엔 그랬다더군. 레그가 포르니트를 생각해 낸 건 2년 전이었어. 『지하 인간』을 집필할 때였지. 사실 그녀도 처음에는 남편이 자기를 즐겁게 해 주려고 지어낸 얘기라고 생각했다네. 정말이었을지도 모르지. 하지만 장난은 미신으로 바뀌고 끝내는 신념으로 굳어져 버렸어. 그건…… 그래, 처음엔 가벼운 꿈이었다가 끝내 딱딱한 현실이 되어 버린 꿈 같은 거야. 꿈이라고 하기엔 너무나도 딱딱한 그런 꿈 말일세."

사람들은 모두 입을 다물었다. 웃음도 어느새 사라져 버렸다.

편집자의 말이 계속되었다.

"포르니트에는 아주 특별한 측면이 있네. 뉴욕을 떠날 때쯤 레그의 타자기는 수리점을 들락거려야 했어. 오마하로 이사하고 나서는 더 자주 고장이 났지. 처음 수리를 맡겼을 때 수리점에서 임시로 타자기를 내주었는데, 레그가 타자기를 돌려받은 직후에 수리점에서 전화가 왔다더군. 레그의 타자기뿐만 아니라 임시 타자기 청소 비용 청구서까지 보내겠다는 전화였어."

"청소비라고요?"

에이전트의 아내였다.

"어쩌면 알 것도 같은데요."

작가의 아내였다.

"음식물이지. 기계는 케이크와 쿠키 부스러기로 가득 했고 키보드에도 땅콩버터가 잔뜩 묻어 있었거든. 타자기 속에 포르니트를 키우고 있었던 걸세. 물론 빌려온 타자기도 마찬가지였는데, 레그는 포르니트가 잠시 옮겨와 있을 거라고 생각했던 모양이야."

"맙소사."

작가가 중얼거렸다.

"난 당시만 해도 아무것도 모르고 있었어. 그저 레그에게 감사하다는 답장을 보낼 생각이었네. 비서가 타이핑을 해서 서명을 받으러 왔다가, 다른 볼일이 있다며 밖에 나가 있었어. 서명을 끝냈는데도 비서가 돌아오지 않아, 나는 정말로 아무 생각 없이 서명 아래에 레그와 똑같은 낙서를 한 거야. 피라미드와 눈을 그리고 그 아래 포르니트 솜 포르누스라고 썼지. 맙소사, 비서가 보더니 그대로 보내도 되겠냐고 묻더군. 나는 어깨를 으쓱해 보이고는 그러라고 했네.

그리고 이틀 후, 제인 소프에게 전화가 왔네. 레그가 내 편지를 보고 아주 흥분했다고 하더군. 드디어 동지를 발견했다고 좋아했대……. 드디어 포르니트를 알고 있는 사람을 찾았다면서 말일세. 내가 얼마나 난감했을지 짐작하겠나? 나는 사실 포르니트가 왼손잡이용 몽키렌치인지, 폴란드산 스테이크나이프인지도 모르고 있었어. 포르누스도 마찬가지였고. 나는 제인에게 그저 레그의 그림을 따라 해 봤을 뿐이라고 변명을 했네. 제인이 어째서 그런 짓을 했냐고 따지더군. 솔직히 말하자면 서명을 할 때 엄청 취해 있었다고 대답해야 했지만, 나는 얼버무리고 말았어."

편집자는 잠시 말을 멈추었다. 불편한 침묵이 뒷마당의 잔디 위에 내려앉았다. 사람들은 저마다 하늘을 보거나 호수와 나무들을 쳐다보았다. 하지만 조금 전까지도 없던, 바깥에 대한 관심이 갑자기 생겼을 리는 물론 만무했다.

"나는 어른이 되면서부터 계속 술을 퍼마셨어. 언제부터 제어할 수 없게 되었는지는 모르겠네. 전문적인 표현을 빌자면 알코올 의존도가 거의 100퍼센트에 가까웠을 정도였지. 점심시간에 술을 마시기 시작하면 회사에 돌아올 때쯤이면 만취 상태가 되었지. 하지만 회사에서는 그런 대로 괜찮았네. 문제는 퇴근 후였어. 기차 안에서도 마시고, 집에서도 마셨거든. 결국 모든 것이 엉망진창이 되고 만 거야.

술을 마시기 전에도 아내와 문제가 있었는데 술 때문에 일은 더 꼬이고 말았지. 오래 전부터 집을 나가겠다고 벼르던 아내가 급기야 일을 저지르더군. 그래, 레그 소프의 원고를 만나기 일주일 전 일이었어.

레그의 원고가 들어왔을 때 난 그 때문에 돌 지경이었어. 하지만 술을 마시고 취하게 되면 모든 게 끝이었지. 지금은, 그걸 중년의 위기라고 부르는 모양이더군. 당시 나는 머릿속에 내 사생활뿐 아니라 사회생활에서도 실패했다는 생각뿐이었다네. 할 일 없는 주부들이나 따분한 대학생들이 들춰보고, 그것도 안 되면 치과 대기실에나 비치될 통속소설이나 편집하는 일에 신물이 났지. 이제

6개월, 아니 10개월이나 14개월 후쯤이면 《라간》이라는 잡지는 이 세상에서 사라지리라는 위기감도 한몫 했겠고 말일세. 그건 당시 《라간》의 직원 모두가 마찬가지였을 거야.

그러니까 음울한 중년의 늪에서 허우적대고 있는 와중에, 좋은 작가의 걸작이 날아든 셈인 게야. 광기의 과정을 바라보는 해학적이고도 생생한 시각. 그건 어두운 동굴 속에 비친 한줄기 햇살과도 같았어. 주인공이 아내와 아이를 죽이는 것으로 끝나는 소설을 이렇게 평하는 것이 우습게 들리겠지만, 한번 나 말고 다른 편집자에게 진정한 기쁨에 대해 물어보게나. 누구나 예기치 않은 명작을 손에 넣는 것이라고 할 거야. 마치 크리스마스 선물처럼 책상 위에 떨어진 걸작 말이야. 셜리 잭슨의 『복권』이라는 소설을 알지? 상상을 초월할 정도로 암울한 결말이었지. 사람들이 그 착한 여자를 데리고 나가 돌로 쳐 죽이는데 여자의 아들과 딸도 그 살인에 가담하는 이야기였지. 하지만 그건 대단한 글이었어……. 그 소설을 처음 읽은 《뉴요커》 편집자는 분명 그날 밤 휘파람을 불며 귀가했을 거라고.

내 말은 레그의 소설이야말로 당시 내 인생의 유일한 희망이자 유일한 탈출구였다는 거야. 그리고 그날 레그의 아내가 전화로 알려 주었는데, 원고가 받아들여져서 레그도 희망을 갖게 되었다고 하더군. 작가와 편집자는 언제나 기생 관계일 수밖에 없지만, 레그와 내 경우엔 그 관계가 지나칠 정도로 비약되었던 거야."

"제인 소프는 어떻게 되었죠?"

작가의 아내가 물었다.

"그렇군, 그녀를 깜빡 잊고 있었군요. 제인은 포르니트 건으로 화가 나 있었소. 처음엔 그랬지. 나는 그저 아무 생각 없이 서명 아래 눈 달린 피라미드를 그려 넣었을 뿐이라고 말하고 용서를 구했소.

제인은 간신히 화를 억누르며 내게 모든 것을 털어놓았지. 점점 불안해지는데 주위에 털어놓을 사람이 없었던 게야. 가족은 모두 세상을 떴고 친구들은 뉴욕에 있는 데다, 레그는 누구 하나 집에 들이려 하지 않았으니 말이야. 레그는 항상 방문자들이 국세청 직원이거나, FBI이거나 CIA뿐이라고 했다네. 오마하로 이사 온 지 얼마 되지 않았을 때였어. 한 소녀가 걸 스카우트 쿠키를 팔러 온 적이 있는데, 레그는 그 애한테 소리를 지르며 네가 이곳에 온 이유를 알고 있으니 당장 꺼지라고 고함을 질렀다고 하더군. 제인은 기껏 열 살밖에 안 된 애한테 무슨 소리냐고 따지고 들었어. 레그는 국세청 직원한테는 영혼도 양심도 없으며, 게다가 저 꼬마가 인조 인간일지도 모른다고 항변했다네. 인조 인간들이 미성년자 노동 금지법을 따른다는 말은 들은 적이 없고 세무서 거머리들이 인조 인간 걸 스카우트에게 라듐 결정을 들려 보내 자신의 비밀을 염탐하지 않으리라는 법도 없다고⋯⋯. 그러는 동안 결국 자신은 암에 걸려 죽고 말 거라고 말이야."

"맙소사."

에이전트의 아내가 한숨을 내쉬었다.

"제인도 위로가 필요했는데 마침 내가 걸려든 게야. 난 걸스카우트 얘기도 들었고, 포르니트를 돌보고 먹이는 일과 포르누스에 대해서도 들었네. 레그가 전화를 피하는 이유에 대해서도 들었지. 그때도 제인은 집에서 다섯 블록 떨어진 약국 공중전화에서 전화를 한다고 하더군. 그녀는 레그가 피하는 것이 국세청 사람도 FBI 도 CIA도 아닌 것 같다고 했어. 레그는 자기를 증오하고 질투하고, 자기를 없애기 위해서라면 무슨 일이든 하려는 거대한 비밀 조직이 포르니트에 대해서 알아내고 또 죽이려고 한다고 생각하고 있었다네. 만일 포르니트가 죽는다면 더 이상은 장편 소설도, 단편 소설도 쓸 수가 없게 될 거라면서. 광기의 전형인 셈이지. 놈들이 나를 잡으려 하고 있어. 결국 『지하 인간』이 벌어들인 수입을 갉아먹는 국세청을 두려워했던 게 아니었네. 레그가 두려워한 것은 놈들이었지. 글쎄, 편집증 환자의 완벽한 망상이었지. 그들이 레그의 포르니트를 죽이려고 했다니."

"맙소사, 그래서 뭐라고 하셨습니까?"

에이전트가 물었다.

"물론 위로하려고 했지. 마티니 다섯 잔으로 점심을 대신하고 돌아온 내가, 오마하의 어느 약국 공중전화를 붙든 채 불안에 떨고 있는 여인에게, 이제 걱정할 필요 없다고 말하고 있었단 말일세. 전화에 라듐 결정체가 가득하고, 익명의 괴한들이 인조 인간 걸 스카우트 소녀를 보내 자신을 처치하려고 한다고 믿는 남편과 사는 여자에게 아무 걱정하지 말라고 한 거라고. 남편의 정신 상태가 타자기에 요정이 살고 있다고 믿는 정도까지 망가졌다고 말하는 여성에게 걱정 붙들어 매라고 하고 있었던 거야.

하, 내가 생각해도 개소리였지.

제인이 부탁하더군, 아니, 사정하더군. 제발 레그가 이 소설을 출간할 수 있도록 도와 달라고 말이야. 그녀는 「고무 탄환의 발라드」가 현실과 남편을 연결 짓는 최후의 통로임을 설득시킬 수만 있다면, 당장에라도 전화기 밖으로 뛰쳐나올 기세였네.

나는 레그가 다시 포르니트를 거론하면 어떻게 하면 좋겠냐고 물었네. '장단을 맞춰 주세요.' 그러더군. 분명히 장단을 맞춰 주라고 말했어. 그러고는 전화를 끊었네.

그 다음 날 레그한테서 편지가 왔어. 행간 여백 없이 타이핑한 편지가 다섯 장이나 되더군. 첫 문단은 단편 원고에 관한 것이었어. 수정이 잘 진행되고 있다는 내용이었지. 그동안 최초의 10만 500단어에서 700단어를 줄였는데, 최종적으로는 9008단어로 만들 수 있을 것 같다고 했어.

그 다음부터는 온통 포르니트와 포르누스에 대한 얘기들뿐이었네. 지금까지의 증거들과 내게 던지는 질문들……. 약 10여 개의 질문이 있었지."

"증거라고요? 그럼 실제로 그들을 보았답니까?"

작가가 몸을 앞으로 내밀었다.

"아니야. 실제적인 의미로 본 것은 아니라네. 그건 다른 차원의 의미지……. 아무튼 나는 그가 정말로 보았다고 믿어. 천문학자들은 망원경으로 직접 확인하기 훨씬 전에도 명왕성이 있음을 알고 있었어. 보기도 전에 연구만으로 해왕성의 존재를 확인하기도 했지. 레그도 그런 식으로 포르니트들을 관찰하고 있었던 걸세. 포르니트들이 밤에 먹는 것을 좋아하는데 그걸 아냐고 물어 왔더군. 하루 종일 먹이를 주었는데, 오후 8시가 지나서 먹이가 사라졌다느니 거야."

"환각인가요?"

작가가 물었다.

"그건 아니야. 레그가 밤에 산책을 하는 동안 제인이 타자기의 음식물을 다 치웠다고 했거든. 레그가 산책을 나간 시간은 9시였네."

"그 여자, 공연한 투정이었군. 남편의 환상을 자기가 부채질해 놓고선……."

에이전트가 투덜거렸다.

"자넨, 그녀가 왜 전화를 했고 왜 초조해하는지 이해를 못 하고 있어."

편집자가 조용히 꾸짖고는 작가의 아내를 보았다.

"당신이면 알 수 있을 거요, 메그."

"어쩌면요."

그녀는 이렇게 대답하곤 남편에게 자못 불편하다는 시선을 던졌다.

"선생님이 남편의 환상을 부추겨서 화가 난 것이 아니라……."

작가의 아내는 여기까지 말하고는 남편을 힐끔 바라보았다.

"……그러니까 선생님이 레그의 환상을 부채질했기 때문에 화를 낸 것이 아니라, 환상을 무너뜨릴까 봐 두려웠던 거예요."

"브라보."

편집자는 새 담배에 불을 붙였다.

"제인이 음식을 치운 것도 같은 이유였어. 음식이 타자기에 쌓인다면 레그는 자신의 비논리적 사고에 바탕을 둔 논리적 추론을 했겠지. 즉 포르니트들은 죽었거나 떠났다고 생각했을 것이고, 따라서 포르누스도 없고 집필도 없고 또……."

편집자는 마지막 말을 담배 연기와 함께 날려 버리고는 이야기를 계속했다.

"레그는 포르니트가 야행성이라고 생각했어. 소음도 싫어하고. 그래서 소란스러운 파티가 있었던 다음 날 아침에는 글을 쓸 수가 없다고 했지. 그리고 텔레비전도 싫어한다고 했어. 공짜 전기와 라듐도 싫어하고. 레그는 텔레비전을 자선단체에 20달러에 넘겼고 라듐 문자판이 부착된 손목시계도 없애 버렸어. 레그가 보낸 편지에는 질문이 가득했지. 포르니트에 대해서는 어떻게 알고 있습니까? 혹시 함께 살고 있는 건 아니겠지요? 만일 그렇다면······ 그리고 이것저것을 물어 왔지만, 그래, 다 열거할 필요는 없을 것 같군. 값비싼 애완동물을 어떻게 먹이고 돌보아야 하는지에 대해 고민해 본 적이 있다면, 레그가 무슨 질문을 했을지 충분히 짐작할 수 있을 게야. 아무튼 서명 아래에 장난처럼 그려 넣은 그림 하나가 판도라의 상자를 열게 된 셈이라네."

"뭐라고 답장을 보냈나?"

에이전트가 물었다.

편집자가 천천히 입을 열었다.

"일이 꼬이기 시작한 건 그 답장 때문이었어. 우리 둘 모두에게 말일세. 제인이 '장단을 맞춰 주라고' 했고. 난 그렇게 했네. 불행하게도, 난 장단에 추임새까지 넣어 주고 말았지. 난 집에서 답장을 썼어. 아주 많이 취해 있었지. 텅 빈 듯한 아파트는 담배 연기와 환기를 하지 않아 퀴퀴한 냄새로 가득했어. 산드라가 떠난 후로는 모두가 엉망이었거든. 걸레는 소파 위에 말라비틀어져 있었고 싱크대엔 식기들이 그대로 쌓여 있었네. 모두가 그런 식이었지. 가사를 내팽개친 중년 홀아비의 모습이라고나 할까?

난 타자기에 편지지를 넣고는 잠시 생각을 해 보았어.

'포르니트가 필요한 건 나로군. 이 빌어먹을 집구석을 구석구석 털어 내려면 아무래도 열 마리쯤은 있어야겠지?'

취기 때문인지 문득 레그 소프의 환각이 부러워지더구먼.

물론 나도 포르니트가 있다고 답했네. 특징도 레그의 것이랑 비슷하다고 했지. 야행성이고, 소음을 싫어하고⋯⋯. 하지만 바흐와 브람스는 좋아하는 것 같다고 썼어. 그런 음악을 들은 밤에 작업이 제일 잘 된다고 너스레까지 떨었지. 쿠치나의 볼로냐소시지를 무척 좋아하던데 혹시 레그 씨도 시도해 본 적이 있는지 묻기도 했어. 내 경우에는 소시지를 잘게 썰어 내가 늘 가지고 다니는 파란색 펜 옆에 두면, 아침이면 거의 없어져 있다고 했지. 레그의 날처럼, 전날 밤이 시끄러웠을 경우에는 예외로 했지. 그리고 나는 야광 손목시계를 차지는 않지만, 아무튼 라듐에 대해 알려 주어 고맙다는 말도 했네. 그리고 나는 대학 때부터 포르니트와 함께했다고 썼지. 사실 이런저런 거짓말에 나도 몰입이 되었던 모양이야. 거의 여섯 장이나 써 내려갔으니 말일세. 그리고 인사치레로 원고에 대한 이야기를 조금 쓴 뒤 그 밑에 사인을 했지."

"그리고 서명 밑에⋯⋯."

에이전트의 아내가 말했다.

"그래요. 포르니트 솜 포르누스."

편집자는 잠시 말을 멈췄다.

"어두워서 잘 보이지는 않겠지만, 지금 생각해도 참 쑥스럽군. 만취 상태였다지만 어떻게 그렇게 무책임할 수가⋯⋯. 새벽 공기를 한차례 쐬고 난 후 잘못했다는 생각이 들었지만⋯⋯. 그땐 이미 늦었지."

"편지를 보냈군요."

작가가 중얼거렸다.

"그랬지. 그리고 열흘 동안 숨을 죽이고 기다렸어. 어느 날 원고가 도착했어. 내 앞으로 되어 있었고 쪽지는 없었네. 수정은 우리가 그동안 상의한 대로 되어 있었고 타이핑 상태는 완벽했어. 다만 원고가……. 그래, 난 원고를 가방에 넣고 집으로 가져가 다시 타이핑을 했네. 이상하게 누런 얼룩이 묻어 있었거든. 마치……."

"오줌이오?"

에이전트의 아내가 말했다.

"나도, 그렇게 생각했소. 하지만 아니었소. 집에 오니 편지함에 레그의 편지가 기다리고 있더군. 이번에는 10장짜리였는데, 편지 중간쯤에 누런 얼룩에 대한 설명이 있었네. 커쉬나의 볼로냐소시지를 구할 수가 없어서 대신 요르단사 제품을 썼다더군.

포르니트들이 소시지를 좋아했다더군. 특히 머스터드 바른 것을 말일세.

그날은 술을 한 잔도 입에 대지 않았는데, 머스터드 범벅이 된 편지와 원고 때문에 도저히 그냥 건너뛸 수가 없더구먼. 그냥 마셔. 이것저것 따지지 말고 마시는 거야. 곧바로 취해 버리라고, 하!"

"그 밖에 또 뭐라고 씌어 있었나요?"

에이전트의 아내였다.

에이전트의 아내는 점점 얘기에 빠져들었고, 적지 않은 뱃살이 겹쳐지도록 몸을 내밀고 있었다. 작가의 아내는 그 모습을 보며, 독수리가 되겠다고 개 집 지붕 위에 올라가 있는 스누피 같다는 생각을 했다.

"원고에 대해선 단 두 줄이었고 온통 포르니트와…… 내 얘기뿐이었소. 볼로냐소시지는 정말 기막힌 착상이었습니다. 라크네가 얼마나 좋아하던지, 그 결과……."

"라크네라뇨?"

작가가 물었다.

"포르니트의 이름일세. 라크네. 볼로냐소시지 덕분에 라크네가 원고를 손질하는 일을 미뤘다는 거야. 그리고 편지 뒷부분은 완전히 광기의 향연이었네. 아마 그런 장관은 보기 힘들 거야."

"레그와 라크네……. 천국이 맺어 준 인연이군요."

작가 부인이 말하고는 초조한 웃음을 내뱉었다.

"오, 그건 아니요. 둘은 동업자 관계였소. 게다가 라크네는 남자였고."

"그렇군요. 아무튼 편지에 대해 자세히 말씀해 주세요."

"그 편지는 나도 정확히 기억하지 못한다오. 여기 있는 사람들도 마찬가지겠지만, 아무리 기이한 일도 반복되면 지루한 법이지. 우편배달부는 CIA고, 신문배달부는 FBI에, 심지어 신문 밑에서 소음 총을 본 적도 있다고 씌어 있었지. 이웃사람들은 모조리 밴 안에 감시 장비를 숨기고 있는 스파이들이었으니, 오죽했겠나? 레그는 모퉁이 구멍가게의 주인이 인조 인간이라는 사실을 안 후로는 무서워서 가까이에 가지도 못했다네. 전부터 의심을 했지만 드디어 확증을 잡았다고 했지. 점점 대머리가 되어 가면서 두개골 밑을 흐르는 전선줄이 드러나고 말았다는 거야. 그리고 집안의 라듐 수치가 상승했다는 얘기. 밤이면 방 안에서 푸르스름한 광선을 볼 수 있을 정도라나?

편지는 이 말로 끝이 났네. '답장 기다리겠습니다. 부디 적들과 관련된 당신의 현재 상황에 대해(당신의 포르니트의 상황에 대해서도) 상세히 알려 주시기 바랍니다. 헨리, 당신을 만난 건 우연을 넘어선 운명의 안배라고 생각합니다. 최후의 순간에 그 분이(하느님? 섭리? 운명? 아니, 누구든 상관없습니다.) 내려 준 생명의 고리라 믿습니다.

수천의 적을 상대로 혼자서 버틸 수는 없습니다. 마침내, 더 이상 혼자가 아니라는 사실을 알게 되었다면……. 글쎄요, 우리의 공통된 경험이 나를 철저한 패배에서 구해 냈다고 말한다면 과장일까요? 아닐 것이라 믿습니다. 대답해 주십시오. 놈들이 라크네를 쫓듯 당신 포르니트의 뒤를 캐고 있나요? 그렇다면, 어떤 식으로 대항하는지요? 만일 그렇지 않다면, 그 이유가 뭐라고 생각하십니까? 제발, 알려 주십시오.'

편지는 역시 포르니트 솜 포르누스 그림으로 서명이 되어 있었지. 그리고 추신……. 단 한 문장이었는데, 소름이 끼치더군.

'가끔 아내도 의심스럽습니다.'

나는 편지를 세 번이나 읽었고 그 와중에 블랙벨벳 한 병을 처치했어. 어떻게 답해야 할지 난감했다네. 그건 거의 물에 빠진 사람이 살려 달라고 외치는 소리였거든. 의심의 여지가 없었지. 지금까지는 소설을 붙들고 버텼지만 이제 소설도 끝이 나 버린 거야. 이제 붙들 수 있는 건 나뿐이었어. 자신을 지켜 달라고 말이야. 그래, 당연한 일이었지. 모두 내가 자초한 일이었으니까 말일세.

나는 집 안을, 텅 빈 집 안을 왔다 갔다 하다가, 전기 플러그를 모두 빼기 시작했어. 만취 상태였지. 어떨 때는 취기로 인해 뜻하지 않은 생각이 열릴 수도 있음을 명심하게나. 편집자와 변호사가 계약을 하기 전에 후닥닥 술 삼배를 돌리는 이유가 바로 그래서라네."

에이전트가 슬그머니 웃었다. 하지만 무겁고 긴장된 분위기가 풀어진 것은 아니었다.

"레그 소프가 타고난 작가임을 잊지 말라고. 그는 자신의 말 하나하나를 철저히 믿고 있었어. FBI, CIA, 국세청까지, 그에겐 모두가 적이었다네. 주제에 대해 열정적으로 파고들수록 필체는 차가워지고 날카로워지는, 천재 작가들이 있지. 아주 드문 경우겠지만, 스타인벡이 그랬고 헤밍웨이가 그랬어. 그리고 레그 소프도 그런 재능의 소유자였네. 그의 세계에 일단 발을 들여놓게 되면 모든 것이 지극히 논리적으로 보이게 되거든. 일단 포르니트의 기본 가설을 받아들이면 모든 것을 새로운 각도로 보게 되는 거야. 신문 배달 소년이 신문 뭉치 아래 38구경의 소음총을 감추고 있다는 것도, 이웃집의 대학생이 실제로 KGB의 스파이로 지금 라크네를 생포하거나 사살하는 임무를 수행 중이며, 만일 실패할 경우를 대비해 어금니에 치명적인 독약을 감추고 있다는 것도 모두 그럴싸해 보이더군.

물론, 라크네를 인정한 것은 아니지만 난 생각을 정리할 수가 없었어. 그래서 전기 플러그를 모두 뽑아 버린 것이라네. 먼저 컬러텔레비전부터. 텔레비전이 정말로 방사선을 쏘아 댄다는 건 누구나 알고 있잖나. 《라간》에 꽤 명망 있는 과학자의 논문이 게재된

적이 있었는데, 그 과학자도 가정의 컬러텔레비전에서 방출된 방사선이 인간의 뇌파를 교란시켜 어떤 식으로든 영구적인 변화를 초래한다고 주장했지. 그래서 대학 입학 시험 점수가 떨어지거나 창작 시험을 망칠 수도 있고, 초등학생들의 산수 능력을 저해할 수도 있다는 거야. 결국 텔레비전에 바짝 다가앉는 것은 아이들이니까 말이야.

아무튼 난 텔레비전 코드를 뽑아 버렸어. 그랬더니 신기하게도 머릿속이 또렷해지는 것 같았다네. 그 기분이 너무나 선명해서 나는 라디오도 뽑고, 세탁기, 드라이어도 빼 버렸지. 전자오븐이 생각나서 그것도 뽑아 버렸어. 그 빌어먹을 괴물의 이빨이 뽑혀 나가자 정말로 마음이 안정되기 시작했다네. 오븐은 구형이라 거의 집채만 했는데 실제로 위험하기도 했을 거야. 요즘에는 둘레에 차폐물을 치기도 하지.

일반 중산층 집 벽에 얼마나 많은 전기 코드들이 박혀 있는지 새삼 알겠더구먼. 케이블로 만든 촉수를 지닌, 끔찍한 전자 문어의 이미지가 떠올랐어. 놈의 촉수가 벽을 뚫고 들어가 바깥의 전선들과 이어져 있는 그림이었지. 물론 그 문어를 키우는 것은 정부가 운영하는 발전소라는 모태겠지.

그 일들을 하면서 묘한 확신을 느꼈네.”

편집자는 프레스카를 한 모금 마신 후에 다시 시작했다.

“본질적으로, 그때 나는 초현실적인 충동에 반응하고 있었던 거야. 여러분도 알다시피, 많은 사람들이 사다리 밑은 피해서 걸어가거나 집 안에서는 우산을 펴지 않는다네. 어떤 농구 선수는 자유투를 던지기 전에 성호를 긋는가 하면, 슬럼프에 빠진 야구선

수는 시합에 질 때마다 양말을 갈아 신는다는 말도 들어 봤을 거야. 불합리한 잠재의식으로 불쾌한 현실을 조정하려는 것은 아주 합리적인 과정이라네. '불합리한 잠재의식'을 꼭 정의해야만 한다면, 난 우리의 마음속에 덧대어져 있는 작은 방이라고 하겠네. 그 안에 가구라곤 카드 테이블뿐이고, 그 위에는 고무 탄환이 장착된 연발 권총만이 놓여 있지.

사다리를 피해 걸어가거나 밖으로 나와서 우산을 펴는 행위는, 우리의 합리적 자아가 한 꺼풀 벗겨지고, 그 방으로 들어와 테이블 위에 놓인 권총을 집어 드는 셈이지. 그때 우린 두 가지 갈등에 직면하게 될 거야. 사다리 밑을 지나도 괜찮다는 생각하고 사다리 밑을 지나지 않아도 괜찮다는 생각 말일세. 하지만 사다리를 지나자마자, 우산이 펼쳐지자마자, 우린 다시 합리적인 자아로 돌아오게 되는 거라고."

그때 작가가 입을 열었다.

"재미있군요. 괜찮으시다면 하나만 여쭙겠습니다. 그렇다면 불합리한 부분이, 총을 만지작거리는 차원을 지나 실제로 관자놀이에 총을 갖다 댈 때가 언제라고 보십니까?"

"사다리 밑을 지나는 것은 위험하므로 모든 사다리를 제거해야 한다는 글을 신문사에 투고하기 시작할 때겠지."

사람들이 웃었다.

"하지만 그 정도까지 갔으면, 거기서 그만두어야 하네. 마을을 돌아다니며 위에 사람이 있든 말든 닥치는 대로 사다리를 넘어뜨린다면, 비합리적인 자아가 이미 머릿속에 고무 탄환을 발사했다고 봐야 해. 사다리 밑을 지나가지 않고 사다리를 피해 돌아간다고 이상한 행동은 아니야. 사람들이 부주의하게 사다리 밑을 지나고 있기 때문에 뉴욕이 망했다고 신문사에 편지를 쓰는 것도 정신 이상자로 볼 만한 행동은 아니지. 하지만 실제로 사다리를 넘어뜨리기 시작한다면 그건 문제가 달라지네."

"미쳤다는 증거가 분명하니까요."

작가가 중얼거렸다.

"멋진 비유군요, 헨리. 누구나 그런 게 하나씩 있지요. 난 성냥 하나로 연달아 담배 세 개에 불을 붙이지 말라는 말에 집착하는 편이지요. 왜 그런 행동을 하게 됐는지는 나도 모르겠습니다. 그 얘기가 1차 대전 당시 전방 참호에서 나왔다는 얘기를 읽은 적이 있죠. 독일 저격병이, 미군 병사들이 서로 불을 붙여 주는 것을 기다리며 첫 번째 담뱃불에 거리를 잡고 두 번째 불에 조준을 하고 세 번째에는 그 친구의 머리를 날렸다는 내용이었습니다. 하지만 그 사실을 알았다고 해도 달라진 건 없었어요. 난 여전히 성냥개비 하나로 담배 세 개를 붙일 수 없으니까요. 한쪽에서는 성냥 하나로 담배 열두 개에 불을 붙인들 달라질 게 무어냐고 말하고 있고 다른 쪽에서는 마치 내면의 보리스 카를로프(프랑켄스타인의 괴물 역을 맡은 배우──옮긴이)처럼 아주 음울한 목소리로 이렇게 말하지요. 그으래, 그러기만 해 봐라, 으흐흐……."

에이전트가 말했다.

"하지만 광기가 모두 미신은 아니지 않나요?"

작가의 아내가 조심스럽게 물었다.

그러자 편집자가 되물었다.

"아니라고요? 잔 다르크는 하늘의 목소리를 들었소. 악마에 씌었다고 생각하는 사람도 있지. 어떤 사람들은 크렘린을 보고, 마귀를 보고…… 포르니트를 보기도 해요. 우리가 광기를 지칭하는 단어들에는 어떤 식으로든 미신이 결부되어 있습니다. 매니아, 비합리, 발광, 정신이상, 편집증 등등. 미친 사람들에게는 현실이 왜곡되어 있다오. 총이 있는 작은 방 안에서 다시 한 사람으로 재조립되기 시작하는 거요.

아무튼 그렇다고 내 합리적인 부분이 완전히 사라진 것은 아니었어. 상처받고, 상심하고, 다소 두려움에 젖어 있었지만 여전히 기능은 하고 있었지.

아무 문제없어. 내일 아침 정신을 차리고 나서 다시 코드를 꽂으면 되니까 말이야. 그냥 이건 게임일 뿐이고 즐기면 되는 거라고. 그래, 그뿐이야.

그 이성의 목소리는 겁에 질려 있었어. 우리의 무의식은 언제나 광기에 매료되는 경향이 있거든. 높은 빌딩 위에서 아래를 내려다보면 누구나 왠지 뛰어내리고 싶은 마음이 들지 않소. 그리고 장전된 권총을 정수리에 대 본 경험이 있는 사람이라면……."

"오, 제발. 제발요."

작가의 아내가 애원했다.

편집자가 그녀를 보았다.

"알았소. 요점은 이거요. 아무리 안정된 사람이라도 결국은 기름 바른 밧줄에 간신히 매달려 제정신을 차리고 있다는 거지. 난 그 점을 확신하네. 이성이라는 회로는 겉만 번지르르하게 인간이라는 동물에게 장착된 거야.

나는 플러그들을 모두 뽑고 난 후, 서재에 들어가 레그 소프에게 편지를 썼어. 그리고 봉투에 넣어 우표를 붙인 다음 밖으로 나가 우체통에 넣었네. 솔직히 그 일들 중 기억나는 것은 없어. 엉망으로 취해 있었거든. 하지만 다음 날 아침에 일어나 보니 타자기에는 카본지가 끼어 있었고 그 옆엔 우표와 봉투함이 놓여 있더군. 그래서 내가 이런 일들을 했음을 추론할 수 있었지. 편지는 술 주정뱅이의 손에서 나올 만한 개소리들이었어. 대충 이런 식이었네. 적들은 포르니트뿐만 아니라 전기에 의해서도 유도된다. 따라서 전기를 없애면 적들도 제거할 수 있다. 끝에는 이렇게 썼네.

'레그, 전기야말로 당신의 생각을 엿먹이고 있는 거요. 뇌파를 어지럽히죠. 혹시 부인께 믹서기가 있나요?'"

"결국 신문사에 편지를 써 대기 시작한 셈이군요."

작가가 말했다.

"그래. 편지를 쓴 건 금요일 밤이었어. 토요일 아침 11시쯤 깨어 숙취로 구역질을 하면서, 전날 밤 내가 무슨 짓을 했는지 어렴풋이 기억할 수가 있었어. 그때 플러그를 하나 하나 다시 꽂으며 얼마나 환멸스러웠던지……. 레그에게 쓴 편지를 보았을 때는 더 수치스럽고, 환멸스러웠소.…… 그리고 두려웠지. 나는 편지 원본을 찾겠다고 온 집안을 뒤졌어. 제발 보내지 않았기를 빌면서 말일세. 허, 이미 엎질러진 물이었지. 그날 내내 난 사나이답게 욕을 먹고 술을 끊겠다는 결심을 했네. 그래, 정말로 그랬어.

레그에게서 편지가 온 것은 다음 주 수요일이었어. 손으로 쓴 한 장짜리였지. 편지의 내용은 이러했네.

'당신 말이 맞더군요. 감사합니다. 정말 고마워요. 레그. 말씀대로 했더니 모든 것이 해결되었습니다. 감사합니다. 레그. 대단히 감사합니다. 포르니트들도 잘 있습니다. 감사합니다. 레그. 감사합니다. 레그.'"

"맙소사."

작가의 아내가 탄성을 질렀다.

"그 사람 아내가 펄펄 뛰었겠네요."

에이전트의 아내가 말했다.

"아뇨, 그렇지 않았어요. 편지가 먹혀들었으니까요."

"설마?"

에이전트가 말했다.

"레그는 월요일 아침에 내 편지를 받았고, 그날 오후에 지방 전력 회사로 찾아가 자기 집의 전기를 모두 끊으라고 요구했지. 물론 제인 소프는 경악했겠지. 오븐이고 뭐고 다 전기로 돌아가니까 말이야. 정말로 믹서기도 있었고, 재봉틀에 탈수기 겸용 세탁기까지⋯⋯. 무슨 말일지 알 걸세. 그날 저녁 아마 그녀는 내 머리를 기요틴에 밀어 넣고 싶었을 거야.

하지만 레그의 다음 행동을 보고, 내가 미친놈이 아니라 기적의 실행자라고 판단하게 되었지. 레그는 제인을 거실에 앉혀 놓고 아주 합리적으로 설득을 했다네. 자신의 행동이 특이하게 보인다는 것을 알고 있으며 자기 때문에 걱정하는 것도 알고 있다고 했다는 거야. 그리고는 전기를 끊으니까 훨씬 기분이 맑아졌고, 그 때문에 생긴 불편함은 얼마든지 도와주겠다고 했다네. 그리고 옆집으로 가서 인사를 나누자고 제안했다네."

"밴에 라듐을 싣고 다니는 KGB 요원한테요?"

작가가 물었다.

"그래, 맞아. 제인은 아연했지. 물론 함께 건너가기로 했지만, 나한테는 곤란한 상황을 준비하고 있었다고 말했지. 비난, 위협, 발작. 제인은 남편이 끝까지 의학의 도움을 거부한다면 이혼할 생각도 하기 시작했어. 수요일 아침 전화를 걸어 그때 결심을 했다고 말해 주더군. 전기가 마지막이다. 이런 일이 한 번만 더 있으면 미련 없이 뉴욕으로 떠나겠다고 했어. 그래, 그녀도 두려웠던 걸세. 남편을 사랑했지만 상황은 악화되기만 했고 이젠 자신도 감당하지 못할 지경이 되고 만 거야. 만일 레그가 옆집 학생들에게 조금이라도 이상한 말을 하면, 다 때려치우고 말겠다고 단단히 결심하고 있었어. 훨씬 후에 안 사실이지만, 네브래스카에서 강제 구금을 할 수 있는 절차를 조심스럽게 알아보고 있었더군."

"저런 불쌍도 해라."

작가의 아내가 중얼거렸다.

"하지만 그날 저녁은 대성공이었다네. 레그는 훌륭했어. 제인 말에 의하면 너무나 매력적이기까지 했다더군. 3년간 그런 모습을 본 적이 없었는데, 예의 음침함도 의뭉스러움도 씻은 듯이 사라졌다는 거야. 그뿐이 아니라, 안면 경련이나 문이 열릴 때마다 펄쩍 뛰며 돌아보던 버릇도 없어졌다고 하더군. 레그는 맥주를 마셨고 당시의 암울한 시절에 논란이 되던 주제들을 하나씩 끄집어 내기도 했다네. 전쟁, 지원병 제도의 도입 문제, 도시의 폭동, 마약법 등등…….

레그가 『지하 인간』의 저자라는 사실이 밝혀지자, 옆집 아이들은…… 제인 말에 따르면, '작가 만세'를 외칠 정도로 놀랐다고 하더군. 네 사람 중 셋이 그 책을 읽었고 나머지 한 사람도 당장이라도 도서관으로 달려갈 기색이었으니 말이야."

작가가 웃으며 고개를 끄덕였다. 작가도 그런 경험이 있었던 것이다.

편집자가 이야기를 계속했다.

"어쨌든…… 잠시 소프 부부 얘기는 접어 두지. 전기는 끊겼지만 두 사람은 그 어느 때보다도 행복했으니까 말이야."

"그 사람 타자기가 전동이 아니라 다행이군요."

에이전트가 농담 아닌 농담을 던졌다.

"……이제 이 편집자 얘기로 돌아가 볼까요? 2주가 지나고 여름도 끝나 가고 있었지. 물론 편집자는 여러 번 금주 약속을 어겼지만 대체로는 여전히 존경받는 인물로 통하고 있었네. 하루하루 다람쥐 쳇바퀴 돌듯 흘러갔지. 케이프케네디에서는 달에 사람을 날려 보낼 준비를 하고 있고, 존 린지를 표지에 박은 《라간》호도 가판대에 내걸렸어. 물론 여느 때처럼 판매량은 형편없었지만 말일세. 난 「고무 탄환의 발라드」의 판권 계약서를 작성해서 올린 터였지. 작가, 레그 소프. 연재권. 1970년 1월 출간 예정. 구매 가격은 800달러. 《라간》의 권두 소설로는 표준 가격이었어.

내 상관인 짐 도히건이 잠시 와 달라고 호출을 했어. 아침 10시에 짐의 사무실로 올라갔네. 기분도 좋았고 몸 상태도 최고였어. 비서 제니 모리슨이 울상을 하고 있었지만 그때까지도 난 그 의미를 몰랐어.

나는 자리에 앉아 무슨 일이냐고 물었지. 아니면 묻고 나서 자리에 앉았을 수도 있고. 사실 레그 소프 건으로 의기양양해 있기도 했네. 그 원고를 손에 넣은 것은 《라간》에게는 큰 성과였으니까, 약간의 인사치레 정도는 기대했을 거야. 그러니 짐이 두 장의 계약서를 슬그머니 내밀었을 때 내가 얼마나 깜짝 놀랐겠는가. 소프의 소설과, 2월의 권두 소설로 예정된 존 업다이크의 중편 소설 계약서였네. 두 계약서 모두에 '반려'라는 도장이 찍혀 있었지.

나는 취소된 계약서를 보고 나서 짐의 얼굴을 보았어. 계약서도 얼굴도 아무것도 말해 주지 않더군. 아니, 아예 머리가 움직여 주지 않았어. 마치 머릿속에 말뚝이라도 박혀 있는 기분이었지. 무심코 고개를 돌렸는데 커피포트가 눈에 띄었네. 제니는 매일 아침 출근하자마자 포트의 코드를 꽂아 짐이 신선한 커피를 마실 수 있게 해 주고 있었거든. 지난 3년여 동안 한 번도 거른 적이 없었어. 하지만 그날 아침 내 머릿속에는 온통 저 망할 코드를 뽑아 버리면 생각을 정리할 수 있을 텐데, 저놈만 뽑아도 어떻게 해 보겠는데…… 하는 생각뿐이었다네.

내가 물었어.

'이게 뭐죠, 짐?'

짐이 말했어.

'이런 말을 하게 돼서 나도 무척 가슴이 아프네, 헨리.《라간》은 1970년 1월부터 더 이상 소설을 다루지 않게 되었다네.'"

편집자는 잠시 멈추고 담배를 찾았다. 담뱃갑은 비어 있었다.

"담배 가진 사람 없나?"

작가의 아내가 살렘을 내밀었다.

"고맙소, 메그."

편집자는 불을 붙이고는 성냥을 흔들어 껐고 크게 담배 한 모금을 빨아들였다. 어둠 속에서 빨간 불빛이 부드럽게 흔들렸다.

편집자가 다시 말을 이었다.

"흠. 짐은 내가 미쳤다고 생각했을 걸세. 내가 '미안해요.' 라고 말하고는 그대로 포트의 플러그를 잡아 뽑았으니까 말일세.

짐이 입을 떡 벌리며 외쳤어.

'도대체, 자네……?'

내가 대답했어.

'저게 꽂아져 있으면 생각을 정리하기가 어려워서 그래요. 심리학적으로 '간섭' 이라 그러던가요?'

그리고 그 말은 사실이 되어 버렸어. 코드를 뽑아 버리니 상황이 훨씬 분명하게 정리가 되었으니까 말일세. 그러고 나서 내가 물었어.

'내가 잘린 겁니까?'

'나도 몰라. 결국 샘과 위원회가 결정하겠지. 헨리, 정말 나도 모르네.'

그래, 그 자리에서 무슨 말이든 할 수 있었을 거야. 짐이 원하는 것도, 제발 쫓아내지만 말아 달라고 애원하는 정도였을 게고. '구름을 거느리다' 라는 말 아냐? 갑자기 사라져 버린 부서의 장이 되면 그 의미를 모르고 싶어도 모를 수가 없을 걸세.

하지만 나는 내 살 길도 구걸하지 않았고 《라간》의 소설을 살려 달라고 애원하지도 않았어. 내가 꺼낸 말은 레그 소프의 단편이었네. 나는 잘하면 마감을 맞출 수도 있으니 12월호에 집어넣자고 했지.

그러자 짐이 말했어.

'이보게, 헨리. 12월호는 이미 다 찼잖나? 알면서 왜 그래? 게

다가 그 소설은 1만자가 넘는다고.'

'9008단어죠.'

'거기에 삽화까지 하면…… 그건 말도 안 돼.'

'하지만 이건 걸작을 짓밟는 거라고요. 이봐요, 짐. 명작이라고
요. 우리가 지난 5년간 다뤄 온 어느 작품보다도 훌륭해요.'

'나도 읽었네, 헨리. 걸작이라는 것도 인정해. 하지만 불가능
해. 12월은 안 된다고. 크리스마스가 있잖아. 미국의 크리스마스
트리 아래 아내와 아이를 죽이는 사이코 이야기를 싣자고? 자네
혹시……?'

짐은 문득 말을 멈추었어. 하지만 난 짐이 커피포트를 건너다보
는 걸 보았지. 그래, 짐은 그 다음 말을 차마 입 밖에 낼 수가 없었
던 거야. 안 그런가?'

작가가 천천히 고개를 끄덕였다. 작가는 편집자의 얼굴에 짙게
드리워진 그림자에서 시선을 떼지 못했다.

"머리가 아파 오기 시작했어. 처음에는 약한 두통이었는데, 점
점 머릿속이 깜깜해지기 시작한 거야. 문득 제니 모리슨의 책상에
있는 전기 연필깎이가 생각나더군. 아니, 히터와 복도 끝에 있는
자판기까지……. 가만히 생각해 보니 그 빌어먹을 빌딩 전체가
전기투성이인 거야. 이런 소굴에서 무슨 생각이 가능하겠나라는
생각이 들었어. 문득 《라간》이 파산한다면, 그건 제대로 생각을 할
수 없는 환경이기 때문이라는 생각도 들더군. 이 고층 건물 전체
가 전기로 포위된 판에 생각은 무슨 생각? 직원들의 뇌파가 엉망
으로 엉켜 버렸을 텐데 말이야. 그때 그런 생각도 했네. 뇌파 측정
기로 우리 머리를 재 본다면 아마 환상적인 그래프를 얻게 될 거

라고, 악성 종양이 있을 때나 나오는 뾰족뾰족한 뇌파들로 가득한 그래프가 나올 거라고 말이야.

그런 생각을 하는 것만으로도 머리가 지끈거렸어. 하지만 난 매달렸네. 제발 신년호에 실릴 수 있도록 책임 주간인 샘 바다르에게 말이라도 넣어 달라고 했네. 필요하다면 《라간》의 마지막 소설이라고 덧붙여서라도. 《라간》의 마지막 단편 소설.

짐은 연필을 만지작거리며 고개를 끄덕이더군.

'해 보기야 하겠지만 그렇다고 기대는 말게. 그것 말고도 단편 작가의 글도 있고 존 업다이크 것도 있으니까. 존 업다이크도 그에 못지않고, ……어쩌면 오히려 그보다…….'

'업다이크 이야기가 더 낫다니요!'

내가 소리쳤어.

'이런, 이런, 헨리. 그렇다고 소리까지 칠 필요야…….'

'내가 언제 소리쳤습니까?'

나는 또 소리쳤지.

짐이 한참동안 나를 보더군. 그때쯤엔 두통도 최악이었지. 형광등에서 붕붕거리는 소리까지 들릴 정도였네. 파리들이 병 속에 갇혀 발악하는 소리였는데, 정말로 끔찍했어. 게다가 제니가 연필깎이를 돌리는 소리까지. 그때 난 생각했어.

사람들이 일부러 그러는 거야. 나를 엿 먹이려는 거라고. 전기가 돌아가면 반대로 내 머리는 제대로 돌아가지 못한다는 사실을 알고 있는 거야……. 그리고…….

짐은 다음 편집회의에서 그 문제를 다루겠다는 따위의 말을 지껄였고, 마감일 따위에 구애받지 말고 내가 구두로 계약한 모든 단편들을 출간할 수도 있다는 말도 했던 것 같아.

나는 자리에서 일어나 방을 가로질러 가면서 닥치는 대로 불을 꺼 버렸어.

지미가 물었지.

'이건 또 무슨 짓인가?'

내가 말했어.

'몰라서 묻는 겁니까? 당장 이 방에서 나가야 해요, 짐. 아니면 우리는 녹아 버리고 말 겁니다.'

짐이 일어나 내 쪽으로 와서 말했어.

'헨리, 자네 아무래도 좀 쉬어야 할 것 같네. 집에 돌아가 쉬라고. 요즘 무리를 한 모양이구먼. 약속하지. 이 문제에 대해서는 나도 최선을 다하겠네……. 나도 자네 못지않게 걱정하고 있다네. 그러니, 우선은 집에 가서 두 발 쭉 뻗고 텔레비전이나 보라고.'

'텔레비전?'

나는 이렇게 되뇌며 웃고 말았다네. 그거야말로 듣던 중 최악의 코미디라는 생각이 들었지.

'짐, 바다르에게 내 대신 한마디만 전해 줘요.'

'무슨 말?'

'포르니트를 구해 보라고요. 출판사를 위해서 말입니다. 하나? 아니 열은 되어야겠군요.'

'포르니트? 알았네. 그렇게 전해 주지.'

짐이 내 말을 따라 하며 고개를 끄덕이더군.

그때쯤 내 두통은 최고조에 달해, 앞을 보기도 어려울 지경이었어. 그러면서도 마음 깊은 곳에서는 이 일을 어떻게 레그에게 전해야 할지, 그리고 레그가 어떤 반응을 보일지 등에 대해 끊임없이 고민을 하고 있었네.

내가 짐에게 말했어.

'계약서는 제가 갖고 있겠습니다. 누구에게 보내야 할지 일단 두고 보죠. 레그는 어떻게 해야 할지 알고 있을 거예요. 포르니트들에게 이곳 구석구석을 쓸도록 하세요. 저 빌어먹을 전기들도 다 끊어 버리고 말입니다.'

나는 사무실 주변을 어슬렁거렸고 짐은 입을 다물지 못한 채 나를 바라보기만 했어.

'다 끊어 버려요, 짐. 사람들에게도 말해요. 저렇게 전파에 휩싸여서 무슨 생각을 할 수 있겠어요, 안 그래요?'

'자네 말이 맞네, 헨리. 100퍼센트 옳은 말일세. 그러니 집에 돌아가 좀 쉬라고, 알았나? 조금만 쉬면 괜찮을 거야.'

'그리고 포르니트들은 간섭을 싫어해요. 라듐이나 전기의 간섭 말입니다. 다 똑같아요. 볼로냐소시지나 케이크, 땅콩버터 같은 걸 주세요. 그런 것도 청구할 수 있나요?'

어찌나 두통이 지독한지 눈 안쪽으로 테니스공이 뛰어다니는 것 같았어. 짐도 둘로 보였고 사무실도 둘로 보였어. 갑자기 술 생각이 나더군. 만약 세상에 포르니트가 없다면, 내 손톱만 한 판단력으로 미루어 보아 없는 게 분명했지, 세상에 기댈 수 있는 건 오직 술뿐이었지.

짐이 말했어.

'물론 청구할 수 있고말고.'

'내 말을 믿지 않는군요, 짐.'

'아니, 믿어. 걱정 말라니까. 자넨 그저 집에 가서 눈 좀 붙이면 되는 거야.'

'아니, 안 믿어요. 하지만 이 쓰레기 잡지사가 망하면 그땐 믿게 될 겁니다. 콜라 자판기, 캔디 자판기, 샌드위치 자판기로 둘러싸인 곳에 앉아 제대로 된 결정을 내릴 수 있을 거라고 믿다니, 기가 막히군요.'

그 순간 소름끼치는 생각이 들더군.

'그래, 전자오븐!'

난 빽 하고 소리를 질렀네.

'샌드위치를 익히려면 저 안에 전자오븐도 들어 있겠네요!'

짐이 무슨 말인가 지껄이기 시작했지만 이미 하나도 들리지 않았어. 나는 밖으로 달려 나갔네. 전자오븐만으로 모든 것이 분명해졌다고 생각했어. 거기서 달아나야만 했어. 지독한 두통도 그것 때문이었던 거야. 사무실 밖에 제니와 홍보실 직원 케이트 영거, 그리고 편집부의 머트 스트롱이 보이더군. 모두 나를 빤히 보고 있었어. 내가 소리치는 것을 들은 게 분명해 보였네.

내 사무실은 바로 아래층이었어. 난 계단을 내려가 사무실로 들어가 불을 모두 꺼 버렸지. 그리고 서류가방을 들고 엘리베이터를 타고 로비로 내려갔어. 엘리베이터 안에서는 가방을 무릎 사이에 낀 채 두 손으로 귀를 틀어막고 있었어. 그 안에 서너 명이 있었는데, 당연히 이상한 눈빛으로 나를 바라보았지."

편집자가 메마른 웃음을 흘렸다.

"그래, 모두 겁에 질려 있었어. 그렇게 좁은 공간에서 미친놈하고 같이 있다면 누구라도 마찬가지였을 거야."

"그렇겠죠. 조금 심하셨네요."

에이전트의 아내가 말했다.

"아니, 그렇지 않소. 광기란 항상 시작점이 있어요. 내 이야기에 내용이 있다면, 한 사람의 인생을 가르는 사건을 그런 식으로 매도해도 되는지는 모르겠지만, 그건 광기의 기원에 대한 것일 게요. 광기에는 시작이 있고 또 결말이 있소. 길처럼, 아니 총구를 벗어난 탄환처럼 말이오. 난 레그에 비해 많이 뒤처져 있었지만 이미 출발은 한 셈이었소.

어디든 가야 했어. 그래서 49번가에 있는, '아빠의 청춘'이라는 술집을 갔지. 주크박스도 없고 텔레비전도 없고 조명도 별로 없는 그런 곳이었지. 첫 잔을 주문한 기억은 나는데 그게 전부라네. 그리고 다음 날 우리 집 침대에서 일어났어. 마루에는 토한 오물이 흥건했고 시트에는 커다란 담배 자국까지 나 있더군. 하, 어떤 식으로든 죽을 고비를 한 번쯤은 넘겼다는 생각이 들더군. 숨이 막혀 죽든가 타서 죽든가 말이야. 아무것도 못 느끼고 죽었겠지."

"세상에."

에이전트가 거의 존경한다는 어투로 말했다.

편집자는 계속 말했다.

"필름이 끊겼다고 하던가? 그런 식으로 기억이 끊긴 건 난생처음이었어. 아니, 누구라도 마찬가지일 거야. 그런 정도의 블랙홀이 흔히 나타나는 것은 아닐 테니까 말이야. 하지만 기억 소실은 의식 불명과 전혀 다른 차원의 문제라네. 의식을 잃고 쓰러지는 건 단순한 문제지. 필름이 끊긴 상태에서는 끊임없이 일을 저지르고 다닌다네. 하, 그야말로 걸어 다니는 시한폭탄이자 사악한 포르니트인 셈이지. 전처에게 전화를 걸어 욕을 퍼부었을 수도 있고, 차를 몰고 진입로로 올라가 한 트럭분의 아이들을 쓸어버렸을 수도 있는 거야. 직장을 때려치우고, 슈퍼마켓을 털고, 결혼반지를 내던질 수도 있었겠지. 그래, 정말 걸어다니는 시한폭탄이야.

내가 한 짓은 집에 돌아와 편지를 쓴 것이라네. 하지만 레그한테 쓴 게 아니라 나한테 쓴 거였어. 그리고 내가 쓴 것도 아니었어. 최소한 그 편지에 따르면 그렇다네."

"그럼, 누가 쓴 거죠?"

작가의 아내가 물었다.

"벨리스."

"벨리스요?"

"편집자님 포르니트."

작가가 담담한 목소리로 내뱉었다. 눈은 초점을 잃고 먼 곳을 바라보는 듯 보였다.

"그래, 맞아."

편집자가 말했지만 표정은 그대로였다. 편집자는 사람들을 위해 과거의 편지를 다시 읽기 시작했다. 정확한 지점에서 행을 바꾸는 것도 잊지 않았다.

"'벨리스입니다. 현재 당신이 겪고 있는 문제에 대해서는 유감입니다만, 당신만 문제가 있는 게 아니라는 점을 처음부터 짚고 넘어가고 싶습니다. 저도 놀고먹는 것은 아니니까요. 저는 포르누스로 당신의 빌어먹을 타자기를 영원히 청소해 줄 수도 있습니다. 하지만 키를 사용하는 것은 결국 당신 몫입니다. 그래서 하느님이 인간을 크게 만든 것이기도 하고요. 동정은 갑니다만 더 이상 기대하지는 마십시오.

당신이 레그 소프를 걱정하는 것도 이해가 됩니다. 하지만 저는 소프가 아니라 제 동생, 라크네가 걱정이 됩니다. 소프는 라크네가 떠나면 어떡하나 걱정합니다. 너무나 이기적이죠. 작가들하고 일하기가 더러운 것도 그들이 다 이기적이기 때문이지요. 소프는 자신이 떠나게 되거나 꼭지가 돌게 되었을 때 라크네가 어찌 될 것인지에 대해서는 아무 관심이 없습니다. 너무나 섬세한 사람이라 그런 걱정을 할 짬이 없는 건가요? 하지만 다행히도 우리의 문제는 임시나마 해결책이 있다는 겁니다. 그리고 그 점을 납득시키기 위해 술에 떡이 된 당신한테 편지를 쓰기로 했습니다. 이 조그맣고 나약한 몸을 혹사하면서 말입니다. 혹시 장기적인 해결책을 찾으신다면 포기하시기 바랍니다. 그건 불가능하니까요. 상처란 언제나 치명적임을 직시하셔야 합니다. 종종 로프의 도움을 받을 수는 있겠지만 로프라는 것도 결국 끝이 있는 법이죠. 부디 로프가 있음에 감사하고 추락을 두려워하지 마십시오. 세상에 추락하지 않는 건 없으니까요.

단편에 대해서는 당신이 돈을 지불해야 합니다. 물론 개인 수표는 안 되겠죠. 소프의 정신적 문제가 심각하고 위험하기까지 하지만 그렇다고 어리석찌는 않음을 명심하십시오.' "

편집자는 잠시 멈추더니, 하나하나 끊어 "어 리 석 찌 는 않 음" 이라고 말해 주었다. 그리고 다시 입을 열었다.

" '개인 수표를 보내면 10분도 안 되어 알아차릴 겁니다.

구좌에서 800달러와 여분의 돈을 인출하여 아르빈 출판사로 새 계좌를 개설하십시오. 물론 사업상의 거래임을 의심케 하는 종류의 수표는 금물입니다. '애완동물이나 협곡이 그려져 있는 수표들' 말입니다. 그리고 믿을 수 있는 사람을 공동인출자로 등록하시기 바랍니다. 수표책이 도착하면 800달러짜리 수표를 끊고 공동인출자에게 사인을 하도록 하고 레그 소프에게 보내십시오. 그러면 당분간 파국은 막을 수 있을 겁니다.

이상.'

그리고 '벨리스'의 사인이 있었어. 그건 홀로그래프가 아니라 진짜 활자였다네."

"휴."

작가가 다시 한숨을 쉬었다.

"깨어나자마자 눈에 띈 것은 타자기였어. 싸구려 영화의 유령 타자수라도 있어서 열심히 쳐 댄 것 같더군. 일어나 보니, 일어날 때 머리가 마치 북부 다코타만 해진 기분이었지, 그 전날만 해도 검은색이었던 낡은 사무용 언더우드 리본이 거의 회색이 다 되어 있었어. 편지의 마지막 문장은 종이에 새겨질 정도였지만 글씨는 잘 보이지 않았다네. 언뜻 보기에도 내 오랜 언더우드의 수명이 다 되었음을 알 수 있었지. 나는 입맛을 다시며 부엌으로 갔어. 카운터에는 숟가락이 담긴 설탕 봉지가 입을 벌리고 있었어. 그래, 근래에는 부엌과 내가 일하는 작은 토굴 사이 어딘가에 항상 설탕을 비치해 두고 있었다네."

"포르니트를 키웠군요. 벨리스가 단 것을 좋아했어요. 적어도 그렇게 생각하신 거겠죠."

작가가 말했다.

"그랬어. 술에 취하고 지친 몸이었지만, 난 포르니트의 존재를 분명하게 의식할 수 있었네."

편집자는 손가락을 하나씩 접기 시작했다.

"우선, 벨리스는 우리 어머니 처녀 시절 성이었어.

두 번째, 꼭지가 돈다는 말은 형하고 내가 어릴 적에 써먹던 말인데 미쳤다는 뜻일세.

세 번째는, 빌어먹게도 '어리석찌' 라고 잘못 썼다는 거네. 습관적으로 키를 잘못 누르는 단어라네. 언젠가 꽤나 까다로운 작가와 작업한 적이 있었는데, 그 작가도 꼭 '남녀' 를 '남여' 라고 표기했지. 교정 보는 친구가 아무리 지적해 줘도 소용이 없었어. 하지만 그 교정 보는 친구도 프린스턴 박사학위를 갖고 있었지만 '망설이다' 를 '망서리다' 로 쓰곤 했다네."

작가의 아내가 갑자기 웃음을 터뜨렸다. 당혹스러우면서도 유쾌한 일탈 같은 웃음이었다.

"저도 그러는걸요."

"오타란 사람의 글 지문과 같은 걸세. 같은 작가와 여러 번 씨름해 본 교열 편집자들이 하는 말이지.

그래, 벨리스가 나고 내가 벨리스였네. 하지만 그 충고는 꽤 쓸만하더군. 사실 무척 훌륭했지. 그런데 한 가지 이상한 일이 있었네. 무의식이 지문을 남긴 것까지는 알겠는데, 거기에는 타인의 개입도 있었던 게야. 그것도 혀를 내두를 정도로 박식한 자였어. 난 평생 '공동인출자' 라는 개념에 대해 생각해 본 적도 없었어……. 그런데 편지에 그 단어가 있었고 게다가 기가 막힌 방법이었던 거야. 나중에 안 사실이지만 은행에 실제로 그런 제도가 있더군.

친구에게 전화를 걸기 위해 수화기를 들었는데, 갑자기 참을 수 없는 고통이 머리를 때리고 지나가는 거야. 세상에나! 언뜻 레그 소프와 라듐 생각이 들었고 난 황급히 전화기를 내려놓았어. 나는 샤워와 면도를 한 다음, 정상적인 사람의 외모를 갖추었는지 확인하기 위해 아홉 번이나 거울을 들여다보았어. 그리고 직접 친구를 찾아갔어. 그 친구는 나를 뚫어져라 살피며 이것저것 묻더군. 그렇게 감추려고 애를 썼지만 샤워와 면도와 두텁게 바른 화장품으로도 감출 수 없는 무언가가 있었던 게야. 다행이라면 출판 쪽과는 거리가 먼 친구였네. 소문이란 무서운 거야. 특히 동종업계에서는 치명적이지. 게다가 그 친구가 이쪽에 있었다면, 아르빈 출판사가 《라간》의 모출판사라는 사실을 알았을 것이고 당장 내가 무슨 일을 벌이려는지 의심했을 걸세. 하지만 그 친구는 그 사실을 몰랐고 의심도 하지 않았어. 나는 《라간》이 소설 분야를 폐지하기로 결정한 이후로 자가 출판 사업에 관심을 가져왔다고 그 친구에게 설명했네.”

　“왜 이름을 하필 아르빈 출판사로 지었는지에 대해서는 묻지 않던가요?”

　작가가 물었다.

　“물었어.”

　“뭐라고 하셨습니까?”

　편집자가 쓰디쓴 미소를 뱉으며 말했다.

　“아르빈이 어머니 처녀적 이름이라고 했네.”

　잠시 침묵이 흘렀고 편집자가 다시 입을 열었다. 그리고 그 후로는 이야기가 끝날 때까지 아무도 중간에 끼어들지 않았다.

"나는 수표책이 올 때까지 기다렸어. 물론 필요한 것은 한 장뿐이었지. 나는 시간을 때우기 위해 부지런히 움직이기도 했다네. 잔을 들어 올리고 잔을 꺾고 잔을 비우는 일이 전부였지만 말일세. 그러다 지치면 머리를 탁자에 처박고 그대로 고꾸라지는 거야. 다른 일들도 있었겠지만 내 머릿속을 채운 건 오직 하나뿐이었어. 기다림, 그리고 마시는 일이지. 악순환이었지. 더 많은 일들이 일어났다 해도 내내 취해 있었기 때문에 기억하지 못하는 것인지도 몰라.

일도 때려치웠네. 분명 사방에서 안도의 한숨을 쉬었을 거야. 그 사람들은 폐쇄된 부서의 장을 정신 이상이라는 이유로 해고해야 하는 현실적인 부담을 덜었을 테지만, 나로서도 다시는 그 건물 안으로 들어갈 엄두가 나지 않았다네. 엘리베이터, 형광등, 전화기 등등, 전기로 움직이는 괴물들이라니.

3주 동안 나는 레그 소프와 그의 아내에게 한 통씩 편지를 써 보냈어. 제인에게 보낸 편지는 기억나는데 레그에게 보낸 것은 도통 생각이 나지 않는군. 그 편지들 역시 벨리스의 편지처럼 의식이 없는 상태에서 타이핑한 거였어. 하지만 완전히 취한 상태에서도 습관처럼 오타의 실수를 범했던 것처럼, 그 와중에도 오랜 작업 습관을 지켰더군. 카본지를 사용한 거야……. 다음 날 아침 정신을 차렸을 때 사방에 카본지가 흐트러져 있었어. 마치 낯선 사람에게 온 편지를 읽는 기분이었어.

편지가 이상하단 뜻은 아닐세. 전혀 아니었어. 믹서기에 대해 추신을 달아 놓은 편지는 끔찍했지만, 이 편지들은 너무나 이성적으로 보였다네."

편집자는 잠시 말을 멈추고 천천히 고개를 저었다.

"가엾은 제인 소프. 결국 일이 완전히 틀어진 것은 아니었어. 아마도 그녀는 남편의 편집자가 남편을 깊은 수렁에서 건져내기 위해 장단을 맞춰 주는 일을 아주 능숙하게, 인간적으로 해내고 있다고 생각했을 거야. 편집광적인 환상 속에서 사는 사람에게 장단을 맞춰 주는 게 좋은 생각인지 의심을 품기도 했을 거야. 실제로 그 환상 때문에 어린 소녀를 공격할 뻔도 했으니까. 제인은 부정적인 면은 다 무시하고 남편에게 모든 것을 맞춰 주기로 결심을 한 거야. 난 지금껏 한 번도 그녀를 비난해 본 적이 없다네. 레그는 단순한 돈벌이 기계가 아니라 달래고 구슬러야 하는 경주마였어. 도축업자한테 끌려갈 때까지 비위와 장단을 다 맞춰 줘야 하는 경주마 말일세. 제인은 남편을 사랑했어. 대단한 여자였다네. 남편의 신인 시절부터 전성기를 거쳐 광기의 시기까지 겪어 낸 여자야. 그러면서도 제인은 매달릴 밧줄이 있다는 사실에만 감사하고 있었던 거라네. 있지도 않은 추락의 가능성 때문에 한숨부터 짓지 말라는 벨리스의 명언을 듣기라도 한 것처럼 말일세. 밧줄이 짧을수록 추락의 충격이 더욱 크기야 하겠지만 어차피 그건 나중의 일이라고. 현실은 매달릴 밧줄이 있다는 사실, 그것뿐인 거야. 혹시 여기 목매달고 싶은 사람 없나?

두 사람으로부터 금방 답장이 왔네. 아주 밝은 편지였는데……. 그 햇살에는 어딘가 낯선 석양의 빛 같은 것이 배어 있었어. 그러니까……. 아니, 쓸데없는 상념은 그만두기로 하지. 적절한 단어가 생각나면 그때 얘기하겠네. 우선 하던 얘기나 하자고.

레그는 매일 저녁 이웃집 대학생들과 카드놀이를 했다더군. 낙엽이 지기 시작할 때쯤에는 그 아이들에게 레그 소프는 지상에 내려온 하느님처럼 보였어. 트럼프나 다트 놀이를 하지 않을 때에는 문학에 대해 토론을 했는데, 레그는 주로 토론의 방향을 잡아 주는 역할만 했어. 동물보호소에서 애완견도 하나 구해 와 날마다 아침 저녁으로 산책을 데리고 나갔고 사람들을 만났지. 왜, 개 한 마리 끌고 나가면 다들 그러잖나? 레그가 이상한 사람이라고 생각했던 이웃들도 조금씩 마음을 바꾸기 시작했어. 가전기구들이 없어진 후 제인은 집안일을 도와줄 일손을 쓰겠다고 했고, 레그도 주저 없이 동의했지. 남편이 선뜻 승락하자 제인은 당황하기까지 했다네. 돈 문제가 아니라 그건 놈들의 문제였으니까 말야. 『지하인간』의 성공으로 그들은 돈방석에 앉아 있는 셈이었어. 레그의 이론에 따르면 놈들이 어디에나 있으며 자유롭게 집안을 돌아다니며 침대 밑, 벽장, 서랍 등을 뒤질 수 있는 여자야말로 최고의 요원이라고 할 수 있었으니까.

그런데도 레그는 허락했어. 진작 그런 생각을 못 한 자신을 멍청이라고 자책까지 하면서 말이야. 심지어 손빨래 같은 어려운 가사일은 자신이 도맡아 하기까지 했다는 걸세. 제인은 이 말을 강조하더군. 레그가 내건 조건은 단 하나였어. 그 여자가 서재에 들어오지만 않으면 되었지.

제인의 입장에서 가장 고무적인 건 레그가 다시 일을 시작했다는 것이었어. 새로운 소설이었지. 제인은 세 챕터를 읽었는데 너무나도 훌륭했다더군. 그녀는 이 모든 일이 내가 「고무 탄환의 발라드」의 원고를 채택했을 때 시작된 거라고 하더군. 그 전은 최악의 시기였다고 하면서. 물론 그에 대해서는 내게 사의를 표한다고 했다네.

제인의 말은 진심이었을 거야. 그런데 온기는 느껴지지 않더군. 편지에 깃든 명랑함도 어쩐지 어색해 보였고. 이제 다시 편지 얘기로 돌아왔군. 편지의 밝은 분위기는 폭풍우의 전조인 짙은 양떼 구름이 하늘에 떠 있는 화창한 날과 같았어.

트럼프와 애완견과 가정부와 신작 소설 등, 이 모든 희소식에도 불구하고 제인은 남편이 회복되고 있다고 믿은 건 아니었네. 그러기에는 그녀는 너무나 현명했지. 비록 비몽사몽간이었지만 난 알 수 있었어. 레그는 이미 정신병의 증세를 보이고 있었던 거야. 정신병은 마치 폐암과도 같아서 스스로 치유되는 경우는 없다네. 암 환자와 정신병자 모두 소강기가 있다는 점도 같고. 담배 하나만 더 주겠소?'

작가의 아내가 담배를 내밀었다.

편집자는 론손 담배를 받으며 이야기를 계속했다.

"결국 정신 이상 징후는 하나도 변한 것이 없지 않나? 여전히 전화기도 없고 전기도 들어오지 않으니. 레그는 스위치마다 알루미늄 종이를 덕지덕지 붙였고 개한테 먹이를 줄 때면 타자기에도 먹을 것을 넣어 주었지. 이웃집 학생들은 레그를 영웅 취급했지만 그들은 방사능이 무서워 고무장갑을 낀 채 신문을 집어 드는 레그의 모습을 보지 못했을 뿐이야. 잠자다 질러 대는 비명소리도 못들었고 악몽으로 가위에 눌린 레그를 달래 본 적도 없었지."

편집자는 작가의 아내를 돌아보았다.

"메그, 제인이 왜 남편을 떠나지 않았는지 이해가 안 갈 거예요. 말은 안 했지만 그런 생각한 것 맞죠?"

작가의 아내가 고개를 끄덕였다.

"그래요. 아니, 그 이유에 대해 설명하고 싶은 생각은 없소. 아무튼 실제로 일어난 일은 그냥 이러저러한 일들이 일어났다고 말하는 것이 제일 좋은 방법이지. 이유야 듣는 사람이 걱정할 문제고. 실제로 어떤 일들이 왜 일어났는지에 대해 아는 사람은 거의 없다네……. 특히 안다고 떠드는 사람이야말로 아무것도 모르는 사람들이지.

제인 소프 자신이 선택한 답변은, 그래도 전에 비하면 천국이라는 것이었어. 제인은 파출부를 뽑기 위해 중년의 흑인 여성을 만나 보았고 남편의 기이한 습성에 대해서도 가급적 솔직하게 털어놓았지. 거트루드 루린이라는 여자는 더 이상한 사람도 많이 봤다고 하면서 껄껄 웃더라더군. 제인은 루린을 쓰기로 했어. 물론 그 후 일주일 동안은 신경을 곤두세워야 했겠지. 언제 일이 터질지 몰랐으니까 말이야. 하지만 레그는 옆집 학생들과 마찬가지로 루린 역시 완전히 사로잡아 버렸어. 루린이 교회에서 하는 일과 루린의 남편과 막내 아들 지미에 대해 이야기하면서 말일세. 루린은 자기 막내아들이 개구쟁이 데니스를 1학년 중에서 가장 따분한 아이로 만들어 버릴 정도로 개구쟁이라고 했다더군. 루린한테는 자식이 열한 명이 있었는데, 지미와 바로 윗형이 무려 아홉 살이나 터울이 졌다더군. 그리고 루린은 지미 때문에 힘들어하고 있었지.

레그는 잘 지내는 듯 보였네……. 실제로 좋아졌다고 볼 수 있는 징후도 있었고. 하지만 광기는 전과 다를 바가 없었어. 물론 나도 마찬가지였지. 광기는 일종의 고무 탄환이겠지만 똑같은 탄환은 결국 하나도 없음을 알아야 하네. 레그는 내게 보낸 편지에서 신작 소설에 대해 언급했지만 곧바로 포르니트 얘기로 넘어갔어. 포르니트와 라크네에 관한 문제들이었지. 레그는 놈들이 실제로 포르니트들을 죽이려는 것인지, 아니면 산 채로 잡고 싶어 하는지에 대해 조사 중이라고 했네. 레그는 후자에 더 비중을 두었지. 그러고는 '헨리, 당신과 대화를 시작한 후로, 내 식욕과 삶에 대한 시각은 놀랄 만큼 좋아졌습니다. 감사와 존경을 보냅니다. 레그.'라는 인사말과, 자신의 소설에 어떤 삽화가 들어가게 되었는지 궁금하다는 추신으로 끝을 맺었어. 그 말에 양심의 가책을 느껴 나는 또다시 술병으로 달려가고 말았지.

레그는 포르니트에 집착했고 난 전기에 집착했다네.

내 답장에도 포르니트의 이야기는 들어 있었지만, 슬쩍 지나가는 정도였네. 그 무렵에는 정말로 맞장구나 쳐 주는 수준이었거든. 적어도 그 문제에 관해서는 말이야. 어머니의 처녀적 성을 가진 요정과 내 오타 습관은 조금도 관심이 없었어.

내가 점점 빠져 들어간 문제는, 전기, 전자파, 고주파 신호, 소형 가전들의 고주파 간섭, 저주파 방사선 등등 수도 없었어. 나는 그 문제를 다룬 책들을 도서관에서 대출하거나 사들였네. 끔찍한 내용들이 너무나 많더군……. 모두 내가 찾던 내용들이었네.

나는 전화도 끊고 전기도 끊었어. 한동안은 괜찮았지. 어느 날 밤 술에 취한 채 문 앞을 서성이고 있었을 때였네. 한 손에 블랙벨벳 한 병을 들고 코트 주머니에도 한 병을 챙겨 넣고 있었어. 그때 천장에서 나를 훔쳐보는 작고 빨간 눈을 보았다네. 맙소사, 잠시 동안 난 심장마비와 싸우느라 아무 생각도 할 수 없었어. 처음에는 벌레인 줄 알았어……. 이글거리는 눈을 가진, 커다란 검은색

벌레 말이야.

나는 콜맨 랜턴을 찾아 놈의 정체를 밝혀 내고야 말았지. 하지만 기분은 더 나빠졌다네. 아니, 그 정체를 아는 순간, 선명하고 절대적인 고통이 내 머리를 전자파처럼 꿰뚫고 지나가는 기분이었어. 눈동자가 허옇게 뒤집어지면서 내 머리통 속이 보이는 것 같았지. 연기를 뿜어 대며 까맣게 죽어 가는 뇌세포들이 보였어. 그래, 그건 연기 탐지기였네. 1969년이었으니까, 전자오븐보다도 더 새로운 기계였지.

나는 방을 뛰쳐나가 계단을 달려 내려갔네. 내 방은 5층이었지만 그 무렵 난 계단만 이용하고 있었어. 나는 관리인실 문을 두들기고는 그놈을 당장 떼어내라고, 제발 없애 달라고 악을 썼어. 오늘 밤 안에, 아니 지금 당장 없애라고 말이야. 관리인은 완전히, 점잖지 못한 표현이긴 하지만, 꼭지가 돈 사람을 보듯 나를 바라보더군. 물론 지금이야 이해하지만 말이네. 연기 탐지기는 내가 좀 더 편안하고 안전하게 살라고 설치한 거겠지. 지금은 의무적으로 설치해야 하지만 당시만 해도 그건 대단히 앞서 가는 설비였고 거주민 조합에서 비용을 대고 있었어.

관리인은 금세 장치를 제거했지만, 나를 보는 눈빛만은 거두지 않더군. 당연했겠지. 미친놈이 눈앞에 있으니 어찌 안 그랬겠나? 덥수룩한 수염에 코를 찌르는 술 냄새, 산발한 머리에 오물이 덕지덕지 묻은 코트까지……. 내가 직장에서 쫓겨났다는 사실도 알고 있을 게고, 텔레비전을 없애고 전화와 전기를 끊었다는 것도 알았을 테고 말이야. 그래, 당연히 미쳤다고 생각했겠지.

내가 레그처럼 미쳤을지는 모르지만 그렇다고 바보는 아니었어. 나는 기름을 조금 치기로 했지. 알다시피 편집자들은 돈을 어느 정도는 늘 가지고 다니지. 나는 10달러 지폐를 꺼내 간신히 상황을 수습했어. 하지만 다음 2주간, 결국 그곳에서 보낸 내 마지막 2주가 되었지만, 사람들의 시선으로 볼 때 관리인이 내 얘기를 떠벌리고 다닌 것이 분명했어. 그런데도 주민들이 내게 찾아와 내 배은망덕한 행동에 대해 따지지 않는다는 사실은 무척 인상적이었지. 사람들은 내가 스테이크 칼로 등이라도 찍을까 봐 무서웠던 거야.

하지만 그날 저녁의 소란들은 모두 부차적인 문제들이었어. 나는 콜맨 랜턴 불빛 아래 앉아 있었지. 창문을 타고 들어오는 맨해튼의 불빛을 제외한다면 그 방의 유일한 조명이었네. 나는 한 손에는 술병을, 다른 손에는 담배를 들고 천장을 바라보았어. 연기탐지기가 시뻘건 눈으로 노려보던 곳에는 플레이트 판만 덩그러니 남아 있었지. 낮에는 너무 점잖게 있어서 그 눈을 거의 눈치 채지 못했던 거야. 아무튼 그 때문에 깨달은 사실이 하나 있었네. 아무리 전기를 끊고 다닌다 해도 결국 완벽할 수가 없다는 사실이었지……. 하나가 남아 있다면 더 없으란 법이 어디 있겠나?

아니, 만에 하나 완벽히 제거했다고 해도, 어차피 건물은 전선들로 포위되어 있었어. 암으로 죽어 가는 사람이 병든 세포와 썩은 조직으로 채워진 것처럼, 그 건물은 전깃줄로 가득한 거라고. 눈만 감으면 어두운 도관 속을 흐르는 전선들을 볼 수도 있었네. 푸른 지옥의 명부로 이글거리는 전선들. 그 뒤로 도시 전체를 핏줄처럼 얽어맨 전선들……. 전선 하나 정도라면 무해할 수도 있겠지만 그 선은 콘센트로 이어지게 되어 있어. 콘센트 뒤에는 더 두꺼운 선이 있고 더욱이 그 선은 지하실 도관으로 숨어들어가 더 두꺼운 전선으로 이어져 있는 거라고…… . 결국 그 선은 거리로 나와 전선 다발을 이루지만…… . 그때는 이미 늦은 거야. 너무 강해져서 케이블로 진화한 후니까 말일세.

알루미늄 박을 언급한 제인의 편지를 받았을 때, 나는 제인이 그것을 광기의 징후로 보고 있음을 알아챘네. 그리고 제인의 짐작이 틀린 게 아니라는 듯 대꾸해 줘야 한다는 것도 알았지. 하지만 다른 한편으로는 이렇게 생각했네. '정말 멋진 생각이군.' 그런 마음이 아주 컸지. 그리고 다음 날 난 창의적인 방식으로 콘센트를 덮어씌웠네. 내 임무가 레그 소프를 달래는 것임을 상기하게나. 절박한 일이기는 했지만 실제로는 너무나 웃기는 짓거리였지.

나는 그날 밤 맨해튼을 뜨기로 결심했네. 다행히도 아디론닥스에 부모님이 남겨 준 땅이 있었어. 이 도시에 나를 묶고 있는 것은 오직 레그 소프의 소설뿐이었네. 「고무 탄환의 발라드」가 광기의 바다에서 레그가 붙들 수 있는 유일한 구멍대라면, 그건 나 역시 마찬가지였어. 난 그 소설을 버젓한 잡지에 실어야 할 의무가 있었어. 그리고 그 일이 끝나면 당장 떠날 생각이었지.

파국에 치닫기 전에 윌슨과 소프의 알려지지 않은 서신교환은 거기까지 진행되고 있었어. 우리는 죽어 가는 한 쌍의 중독자였네. 거기에 비하면 마약이나 아편은 오히려 가벼운 술주정이라고 할 수 있을 걸세. 레그는 타자기에 포르니트를 키우고 있었고, 나는 벽 속에 포르니트를 키우고 있었지. 그리고 우리 모두 머릿속에 또 다른 포르니트를 키우고 있다고 할 수 있었어.

놈들이 있었지. 그래, 놈들을 잊으면 안 돼. 원고를 들고 여기저

기 들쑤시고 다녔지만 결국 놈들이 뉴욕의 편집자들을 지배하고
있다는 사실만 확인하고 말았다네. 하기야 1969년 가을에 출판사
가 많은 것도 아니었지. 만일 그들 모두를 한군데 모은다면 수류
탄 하나로 전멸시킬 수도 있었을 걸세. 하하, 당시만 해도 이런 생
각이 너무나 맘에 들었다네.

그 사람들의 관점으로 세상을 돌아보는 데 무려 5년이 걸렸어.
관리인을 놀라게 한 것도 그래. 내가 찾아갔을 때에는 공교롭게도
보일러가 고장 난 데다, 크리스마스 보너스를 기대할 즈음이었던
게야. 그리고 다른 사람들……. 우스운 건 대부분이 내 친구였다
는 사실이라네……. 예를 들어《에스콰이어》의 소설부 부편집자
로 있던 제리드 베이커는, 2차 세계 대전 당시 총기 회사에 함께
있던 친구였어. 그 사람도 헨리 윌슨의 변한 모습을 겪고 나서 경
악했다네. 단순히 불편해한 것이 아니란 거지. 만일 관행대로 상
황을 설명한 편지를 동봉해서 원고를 보냈다면 소프의 원고는 아
마 금방 팔렸을 거야. 하지만 난 그러지 않았어. 생각도 해 보지
않았어. 그 소설은 달랐거든. 난 그 소설이 특별한 대접을 받아야
한다고 생각했던 걸세. 그래서 원고를 들고 이집 저집을 전전했던
거야. 악취가 나는 반백의 전직 편집자. 떨리는 손, 붉게 충혈된
두 눈, 화장실 문에 부딪쳐 생긴 왼쪽 뺨의 커다란 흉터. 차라리
'접근하면 발포함'이라고 써 붙이는 편이 더 좋았을 거라고.

사무실로 그 친구들을 찾아가 만나고 싶지는 않았네. 사실, 그
럴 수도 없었지. 엘리베이터를 타고 40층을 올라간다는 건 상상도
못 할 일이 되어 버렸거든. 결국 나는 마약상들이 고객들을 만나
듯이 공원에서, 계단에서 사람들을 만났고, 자레드 베이커의 경우

에는 49번가에 있는 햄버거 가게 만났지. 그 친구는 그럴 듯한 식사라도 사 주고 싶었겠지만, 글쎄, 사업가들을 대접하는 고급 레스토랑이라면 나 같은 사람을 들이려 하지 않았을 것 같군."

에이전트가 움찔했다.

"나는 건성으로 원고를 읽어 보겠다는 대답밖에 듣지 못했어. 그러고는 어떻게 지내느냐, 술은 왜 그렇게 많이 마시느냐 하는 식의 질문이 뒤를 이었지. 그래, 한두 명에게는 섣부르게 그런 얘기까지 한 기억도 나는군. 전기와 방사능 낙진이 사람들의 사고를 어떻게 왜곡시키는지 말일세. 《아메리칸 크로싱》사에서 소설을 담당하는 앤디 리버스라는 친구가, 정신과 상담을 받아보는 것이 어떠냐고 했을 때, 난 네놈이야말로 정신병원에 가야 할 놈이라고 쏘아붙이고 말았어.

워싱턴스퀘어 공원에 서서 그 친구에게 말했네.

'거리에 저 사람들이 보이나? 그들 중 과반수가, 어쩌면 3분의 2 이상이 뇌종양을 갖고 있다고. 앤디, 자네한테 소프의 원고를 넘길 생각은 없어. 젠장, 자네 같은 인간이 이해하기나 하겠어? 전기 고문에 시달려 문드러질 대로 문드러진 그 대갈통으로?'

내 손에는 신문처럼 돌돌 말린 원고가 들려 있었는데, 난 그것으로 그의 코를 갈겨 버렸어. 방구석에서 오줌 누는 강아지를 두들겨 패듯 말이야. 그러고는 그 길로 뒤돌아 와 버렸지. 그 친구가 뒤에서 고함을 질렀는데, 함께 커피를 마시며 좀 더 얘기해 보자는 거였지. 하지만 시끄러운 헤비메탈 음악을 쏟아 내는 레코드 할인점과, 눈처럼 차가운 형광등에 휩싸인 은행을 지나는 동안 앤디의 목소리는 내 머릿속에서 웅웅거리는 소음에 묻혀 버리고 말

앉아. 그래, 그때 내 머릿속에는 두 가지 생각뿐이었지. 그곳을 벗어나지 못하면 내 머리도 암세포에 정복당하고 말 것이라는 생각과, 어서 빨리 술을 들이켜야겠다는 생각 말일세.

그날 밤 집에 돌아와 보니 문 아래 쪽지가 한 장 있더군.

'당장 이 건물에서 나가, 이 미친놈아!'

나는 그저 힐긋 보고 쪽지를 내던져 버렸어. 우리 미친놈들은 말이야, 이웃집에서 익명으로 날린 쪽지 말고도 신경 써야 할 일이 산더미처럼 많았거든.

레그의 원고에 대해 앤디 리버스에게 한 말이 자꾸 맘에 걸렸어. 생각하면 할수록, 술을 마시면 마실수록, 타당한 지적이란 생각이 든 거였네. 「고무 탄환의 발라드」는 재미있는 글이네. 읽기도 쉽고……. 하지만 그 근저에 흐르는 의미는 놀랍도록 복잡하지. 그 심층적인 의미를 간파하는 것이 가능하다고 생각한 걸까? 어쩌면……. 하지만 새롭게 눈을 뜬 지금은? 전선이 테러리스트의 폭탄처럼 온 도시를 장악하고 있는 이런 곳에서? 놈들에게서 감상과 이해의 여지를 찾겠다고? 맙소사, 사방에서 전기가 새고 있는데?

아직 해가 남아 있었기 때문에 나는 글을 하나 골라 읽기 시작했어. 잠시 그 빌어먹을 구걸과 욕설에서 벗어나고 싶었던 게지. 《타임》에 실린 글이었는데 핵발전소에서 나온 방사성 물질이 계속해서 사라지고 있고 잘만 다루면 그런 쓰레기들로도 얼마든지 핵폭탄을 만들 수 있다는 말까지 서슴지 않고 있었지.

해가 저물고 있었지. 나는 부엌 식탁에 앉아, 1849년 광부들이 금을 쫓듯이 놈들이 플루토늄 쓰레기를 뒤지고 있다는 생각을 하고 있었네. 놈들은 도시를 폭파하려는 것이 아니야. 절대로 아니지. 놈들이 원하는 건 사방에 방사능을 뿌려 사람들의 정신을 엿먹이려는 거라고. 그러니까 놈들은 사악한 포르니트들이고 방사선 가루는 성질 고약한 포르누스인 셈이야. 역사상 가장 추악하고 더러운 포르누스.

결국 나는 레그의 소설을 팔지 않기로 했어. 적어도 뉴욕에서는 아니야. 나는 수표책이 도착하는 대로 탈출하기로 마음을 정했네. 북부로 가면 지방 문학 잡지사에 원고를 뿌려 댈 수 있을 거라고 생각했어. 그래, 《스와니 리뷰》부터 찔러 보자. 아니, 《아이오와 리뷰》도 나쁘지 않겠군. 레그에게는 나중에 설명하지 뭐, 충분히 이해할 거야. 그래, 문제가 해결되는 조짐이 보였고, 난 축배를 들기 위해 다시 술을 찾았지. 사람이 술을 마시고 술이 술을 마시고 결국 술이 사람을 마시도다. 말하자면 또 필름이 끊긴 걸세. 내 평생 마지막 기억 상실은 그렇게 일어났다네.

다음 날 아르빈사의 수표책이 도착했어. 나는 수표에 타이핑을 한 다음 친구를 찾아갔어. 그 '공동 인출자' 말일세. 다시 성가신 질문이 이어졌지만 난 냉정하게 대처했네. 그 친구의 사인이 꼭 필요했고 결국 얻어냈지. 난 그 길로 문방구로 달려가 아르빈사의 스탬프를 만들었고, 집으로 돌아와 회사용 봉투에 스탬프를 찍은 다음 레그의 주소를 타이핑했어.(타자기에서 설탕을 빼냈는데도 여전히 키가 달라붙었다네.) 편지에는, 작가에게 수표를 보낼 때만큼 기쁠 때가 없다는 식의 짤막한 인삿글을 적었어. 그 말은 사실이었네. 그건 지금도 그래. 그러고도 편지를 붙이기까지 한 시간이 걸렸어. 과연 사무적으로 보일 것인지 자신이 없어서였네. 열흘 동안이나 속옷도 갈아입지 않은 인간이 어떻게 그런 일을 해냈는지 아마 상상도 못 할 거야."

편집자는 잠시 말을 멈추고 담배를 비벼 껐다. 그러고는 시계를 보며 머뭇머뭇 입을 열었다. 기차가 곧 어떤 주요 도시에 도착함을 알리는 차장처럼 왠지 비장한 모습이었다.

"드디어 불가해의 바다에 도달했군.

지금부터 하는 이야기는 30개월 동안 내가 만났던 정신과 의사두 명과 여러 심리 치료사들이 가장 관심을 가졌던 부분이야. 그리고 그들은 내가 정상을 회복하고 있다는 증거로서, 이 이야기는 반드시 철회해야 한다고 주장했어. 누군가 이렇게 말한 적도 있었지. '당신의 논리 의식이 치유된다고 해도…… 그 이야기는 여전히 설명될 수 없을 겁니다.' 결국 난 철회하고 말았어. 내가 좋아지고 있다는 사실을, 그들은 모르겠지만, 내 자신은 알고 있었기때문일세. 게다가 난 그 빌어먹을 정신병동에서 미칠 지경이었다고. 정말로 당장 탈출이라도 하지 않으면 또다시 미쳐 버릴 것만같았으니까 말이야. 그래서 철회했네. 갈릴레오도 그랬었지. 놈들이 그의 발을 잡고 늘어질 때였지? 하지만 난 마음으로는 한 번도그 일을 부인해 본 적이 없어. 물론 지금부터 할 이야기가 실제로일어났다는 말은 아닐세. 그저 내가 여전히 믿고 있다고 말하고싶을 뿐이야. 그래 봐야 별로 신뢰가 가지는 않겠지만, 내게는 너무도 중요하다네.

그래, 친구들. 이제 불가해의 바다를 구경하기로 하지.

다음 이틀은 북부로 이사할 준비를 하며 보냈어. 자동차를 몰아야 하는 상황은 전혀 문제가 되지 않았네. 어렸을 때 뇌우가 몰아칠 때 자동차 내부만큼 안전한 곳은 없다는 글을 읽은 적이 있었거든. 바퀴가 일종의 보호막 역할을 하는 것이라고 말일세. 더욱이 난 구형 시보레에 올라타, 창문을 모두 올리고 불빛의 소굴로 보이기 시작한 도시를 떠나고 싶어 죽을 지경이었거든. 준비래야별 게 있겠나? 차내등 전구를 빼낸 다음 소켓에 테이프를 봉하고, 헤드라이트 노브를 왼쪽으로 돌려 주행등을 끄는 식이었지.

아파트를 떠나기 전 마지막 날 밤이었네. 방은 텅 비고, 테이블과 침대 그리고 골방의 타자기만 남아 있었어. 타자기는 마룻바닥에 버려 두었는데 가지고 가지 않을 생각이었어. 께름칙한 일이 많은 데다 자판이 자꾸 달라붙었기 때문이었지. 나는 새 주인이 처리해 줄 거라고 생각했어. 타자기든 벨리스든 말일세.

해가 지자 방 색깔도 묘하게 물들기 시작했다네. 물론 난 만취상태였어. 잠이 안 올 경우를 대비해 상의 주머니에도 한 병을 넣어 두었지. 나는 침실로 갈 생각이었어. 침대에 앉아, 전선과 전기와 방사성 폐기물을 생각하며 잠들 때까지 마셔 댈 꿈을 꾸면서 말이야.

내가 골방이라고 부르는 곳은 거실이야. 나는 그곳을 작업실로 썼지. 햇볕이 제일 많이 들거든. 서쪽으로 커다란 창이 나 있는데 그곳을 통해 수평선이 훤히 보이는 그런 곳이었다네. 맨해튼의 아파트 5층에서는 오병이어에 가까운 기적이지만 아무튼 수평선이 보였어. 나한테야 금상첨화였지. 비오는 날에도 맑고 사랑스런 빛이 방을 가득 채워 주었으니까.

그날 저녁은 빛이 조금 이상했다네. 방 안이 붉은 노을로 가득 찼는데 마치 용광로의 불빛 같았어. 게다가 방은 텅 비어서 너무나도 넓어 보였고 마룻바닥을 때리는 내 발자국소리도 공허하기만 했어.

타자기는 마루 한가운데 있었네. 타자기 주변을 어슬렁거리는데, 내 눈에 작은 종잇조각이 롤러에 끼어 있는 것이 보였어. 물론 깜짝 놀랐지. 내가 술을 사기 위해 밖으로 나갔을 때 분명히 종이가 없는 것을 확인했거든.

나는 누가 있나 하고 주위를 살펴보았어. 침입자? 지금, 이 방에? 사실 침입자나 강도 따위가 있을 리가 없었지. 내가 생각하고 있는 건 바로…… . 유령 같은 것이었다네.

침실 문 왼쪽 벽에 벽지가 찢겨진 흔적이 보였네. 적어도 타자기 종이의 출처는 알 수 있었지. 누군가 낡은 벽지를 찢어 낸 것이었어.

벽을 바라보고 있는데, 등 뒤에서 딸깍! 하고 작은 소리가 들렸어. 작지만 분명한 소리였지. 나는 화들짝 놀라 돌아보았어. 심장이 목으로 튀어나올 것만 같더군. 겁도 났어. 그 소리가 무슨 소리인지 알기 때문에 더욱 무서웠지. 그래, 너무나 분명했어. 평생을 타자기와 싸운 사람이 타자기 키가 롤러를 때리는 소리를 모를 리가 없잖나? 아무리 방은 텅 비어 있고 타이프를 치는 사람은 없다고 해도 말일세."

모두들 어둠 속에서 편집자의 얼굴을 보았다. 그들은 모호한 얼굴인데다 아무 말도 하지 않았지만 지금은 조금씩 서로를 의지하고 있었다. 작가의 아내는 두 손으로 남편의 손을 꼭 쥐고 있었다.

"마치…… . 꿈꾸는 기분. 비현실적이었네. 현실 세계의 마지막 벼랑 위에 선 기분이랄까? 나는 천천히 타자기 쪽으로 걸어갔지.

심장이 너무나 심하게 뛰었지만 마음은 오히려 담담했어……. 차분하기까지 했지.

딸깍! 다시 키가 튀어 올랐네. 이번에는 나도 볼 수 있었는데 왼쪽 꼭대기에서 세 번째 키였어.

나는 천천히 무릎을 꿇었어. 다리 근육이 풀리는 듯하기도 했고 반쯤은 정신을 잃은 상태에서 타자기 앞에 앉았다고 할 수 있지. 치마를 살포시 잡고 인사를 하는 귀부인처럼 더러운 런던포그 코트를 활짝 펼친 모습으로 말이야. 타자기는 빠르게 두 번 딸깍거리고는 잠시 쉬었다가 다시 딸깍 소리를 냈어. 소리가 들릴 때마다 텅 빈 방을 두드리는 발자국처럼 공허한 울림이 사방에 울려 퍼졌어.

타자기 안으로 말려 들어간 벽지는 마른 풀이 밖을 향하고 있었기 때문에 글씨는 울퉁불퉁하고 삐뚤빼뚤했어. 하지만 읽을 수는 있었지. 라크ㄴ. 그리고 다시 소리가 들리더니 글자는 라크네가 되었어."

편집자는 목을 가다듬고는 씩 하고 웃어 보였다.

"글쎄, 오랜 세월이 지났는데도 여전히 말하기가 쉽지 않군 그래. 괜찮을 거라고 생각했는데……. 그래, 아는 대로만 말하지. 내가 본 것은 타자기 밖으로 나온 손이었어. 너무나 작은 손이었네. 아랫줄의 B와 N사이에서 나온 손은, 주먹을 쥐더니 스페이스 바를 힘껏 내리쳤다네. 기계는 재채기를 하듯 펄떡 오른쪽으로 한 칸 물러났고 손은 다시 안으로 들어가 버렸어."

에이전트의 아내가 신경질적인 웃음을 흘렸다.

"마샤, 쉿."

에이전트가 조용히 말리자 아내는 입을 닫았다.

편집자의 말은 계속 이어졌다.

"타자 치는 소리는 좀 더 빨라지기 시작했네. 그리고 잠시 후 그 요정이 키판을 들어 올리며 씩씩거리는 소리를 들을 수도 있었어. 너무나 힘들어서 한계에 다다른 사람이 내는 소리 말일세. 마른 풀 자국이 활자에 엉겨 붙는 바람에 인쇄는 거의 되지 않았지만 그래도 자국만큼은 읽을 수 있었어. 이제 막 라크네 ㅈ…… 를 찍고 나서 다음 자를 때리다 키가 풀에 걸리고 말았네. 나는 잠시 지켜보다가 손가락을 내밀어 키를 떼어 주었어. 글쎄, 벨리스가 그 일을 직접 할 수 있었을지는 모르겠지만……. 못 했을 거야. 나는 그저 그가…… 애쓰는 모습을 보고 싶지 않았다네. 지금까지만으로도 나는 벼랑 끝에 가까스로 버티고 있는 셈이었으니까 말이야. 만일, 그러니까, 그 요정의 전부를 보게 된다면, 난 정말로 미쳐 버렸을 거라는 게지. 그렇다고 일어서서 달아날 수도 없었다네. 다리에 그럴 만한 힘이 남아 있지도 않았으니까 말이야.

딸깍 딸깍 딸깍. 작은 신음소리와 훌쩍거리는 소리. 말라 버린 잉크. 이따금 B와 N 사이에서 튀어나와 스페이스바를 두드리는 지저분한 줄무늬 손……. 글쎄 시간이 얼마나 흘렀을까? 7분? 아니 10분? 어쨌든 그건 내게 영원에 가까웠네.

마침내 딸깍 소리가 멈췄고 어느새 숨소리도 들리지 않았어. 기절했을까? 그냥 포기하고 가 버린 걸까? 혹시 죽은 것은 아닐까? 심장마비 같은 것으로 말이야. 하지만 내가 알 수 있는 것이라고는 타이핑이 끝났다는 것뿐이었다네. 모두 소문자뿐인 편지가……. '라크네 지금 죽어감 지미라는 아이 소프 모름 지미가 라크네 죽일 거라고 말해 줘 벨…….' 그게 끝이었어.

나는 겨우 정신을 차리고는 방을 나갔어. 요정이 잠에 들기라도 한 것처럼 조심조심 뒤꿈치를 들고 걸어갔지. 발소리를 내면 요정이 잠에서 깨어 다시 타이핑을 할까 봐 두려웠던 거야. 만일 정말로 그렇게 된다면, 결국 비명이라도 지르고 말았을 걸세. 심장하고 머리가 터져 버릴 때까지 비명을 질러 댔을 거라고.

시보레는 거리 아래 주차장에 있었어. 기름도 가득 했고 짐도 다 싣고, 떠나기만 하면 그만이었지. 나는 운전대 앞에 앉아 코트 주머니에 있는 술병을 꺼냈어. 손이 어찌나 떨리던지 술병까지 떨어뜨렸지만 다행히 시트 위라 깨지지는 않았네.

난 기억 상실을 떠올렸어. 바로 그때 나한테 꼭 필요한 거였지. 병을 들고 첫 모금을 들이켠 기억이 나고, 열쇠를 돌려 계기반과 라디오의 불을 켠 기억이 나고, 때마침 '올드 블랙 매직'을 부르던 프랭크 시나트라의 목소리가 기억난다네. 그 상황에서 더할 나위 없는 노래라는 생각을 했었고, 몇 잔 더 들이켜며 노래를 따라 부른 기억도 나네. 내 차가 있는 곳은 주차장 뒷줄이었는데 자동차 불빛 하나가 천천히 모퉁이를 돌아가고 있었어. 내 머릿속에는 텅 빈 방에서 들리는 딸깍 소리와 거실의 붉은 저녁놀로 가득했어. 보디빌딩 하는 요정이 타자기 안에서 역기라도 드는 것처럼 숨을 몰아쉬는 소리가 계속 생각났고, 찢어진 벽지의 오돌도돌한 뒷면이 눈앞에 계속 어른거렸어. 내가 돌아오기 전에 집에서 도대체 무슨 일이 있었던 거지? 그가, 벨리스가, 팔짝거리며 침실 문 옆의 늘어진 벽지로 뛰어올랐을까? 보이는 종이라고는 그것이 전부니까? 바둥거리고, 간신히 종이를 찢어 내고, 찢어 낸 종이를 니

파 야자 이파리처럼 머리에 이고…… 타자기 쪽으로 총총 달려갔을까? 나는 머릿속으로 어떻게 그가, 아니 그것이, 타자기 안으로 뛰어들었는지 계속해서 상상했어. 아무것도 머릿속에서 지워지지 않았고, 나는 계속 마셔 댔다네. 프랭크 시나트라의 노래가 멈추더니 크레이지 에디스 같은 광고방송이 흘러나왔고, 그리고 사라 본이 '책상에 앉아 내게 편지를 쓸 거예요' 라는 노래를 불렀어. 나랑도 관계 있는 노래였지. 나도 그런 일을 한 적이 있었으니까. 적어도 그날 밤까지는 내가 했다고 생각했었지. 내 위치를 다시 생각해 보게 된 그날 밤까지는 말이야. 나는 사라의 노래를 따라 부르기 시작했고, 그 순간 모든 것을 초월해 버리고 말았어. 현실도 초월했고 속도의 한계도 초월했어. 노래가 순식간에 두 번째 코러스로 넘어가는가 싶더니, 누군가 손바닥으로 내 등을 철썩철썩 때리며 팔을 들었다 내렸다 하고 있었고, 나는 있는 대로 게워 내고 있었지. 트럭 기사였어. 그 남자가 내 등을 때릴 때마다 액체 덩어리가 목으로 넘어오더니, 급기야는 팔꿈치를 들어 올릴 때마다 입 밖으로 마구 쏟아져 나오더군. 대부분은 블랙벨벳이 아니라 강물이었어. 간신히 정신을 차려 주변을 둘러보니 이미 사흘이 지난 다음이었고 시간은 저녁 6시였어. 내가 누워 있는 곳도 피츠버그에서 100킬로미터는 떨어진, 서부 펜실베이니아의 잭슨 강둑이었다네. 시보레는 강 밖으로 꽁무니를 내민 채 처박혀 있었어. 범퍼에 매카시 스티커가 뚜렷이 보이더군. 프레스카 좀 없소? 목이 너무 마르군."

작가의 아내가 조용히 프레스카를 가져왔다. 그녀는 잔을 내밀며 자신도 모르게 편집자의 주름지고 갈라진 뺨에 입을 맞추기까지 했다. 편집자가 미소를 지었고, 두 눈이 어두운 불빛 속에서 반짝거렸다. 하지만 작가의 아내는 착하고 친절한 여성이었고, 그 눈빛을 보고 자신을 놀리는 거라고 생각하지 않았다. 그런 식의 눈빛은 결코 조롱에서 나오는 것이 아니었다.

"고마워요, 메그."

편집자는 한 잔을 들이켜더니 기침을 했다. 누군가 담배를 권했지만 손을 저어 사양했다.

"오늘 밤엔 담배도 많이 폈어. 그마저도 끊을 생각일세. 다음 생에서겠지만.

나머지는 사실 말할 필요도 없는 거야. 왜 글을 쓰는 사람들이 제일 무서워하는 게 뻔한 이야기 아니던가? 사람들은 내 차에서 40개에 달하는 블루벨벳 병을 찾아냈는데 대개가 빈 병이었다더군. 그런 데다 계속해서 요정, 전기, 포르니트, 플루토늄 광부들, 포르누스에 대해 황설수설했으니, 누가 봐도 미친놈으로 보였을 거야. 사실이 그랬고.

시보레의 글로브박스에 있는 주유소 신용카드 전표를 보고 안 거지만 내가 북동부의 다섯 개 주를 미친 듯이 헤매고 있을 때, 오마하에서도 적지 않은 일이 일어났다더군. 당연히 이건 제인 소프에게 들은 이야기지. 제인과 오랫동안 편지 왕래를 한 끝에, 지금 그녀가 살고 있는 뉴 해븐에서 직접 만나기도 했어. 철회에 대한 보상으로 정신병원을 빠져나온 직후였네. 그날 우리는 서로 끌어안고 엉엉 울었어. 아직 내게도 기회가, 진짜 인생과 행복의 기회가 있다고 생각한 것도 바로 그때였다네.

그날 오후 3시쯤에 레그의 집 문을 두드리는 사람이 있었어. 우편배달부였지. 내가 보낸 전보였어. 그래, 우리 사이의 마지막 편지였지.

'레그, 라크네가 죽어 가고 있다는 믿을 만한 정보가 있음. 벨리스에 의하면 어린 소년이고 이름은 지미임. 포르니트 솜 포르누스. 헨리.'

아마 자네들 머릿속에는 '그가 아는 것은 무엇이고 또 언제 알았던가?' 라는 하워드 베이커의 질문이 맴돌고 있을 것 같군. 파출부를 채용했다는 말은 제인에게 들었네. 하지만 파출부에게 지미라는 악동 아들이 있다는 사실은 몰랐어. 벨리스한테 들은 것이 전부일세. 그건 믿어도 좋아. 물론 2년 반 동안 나를 괴롭힌 정신과 의사들은 내 말을 믿지 않았네.

전보가 도착했을 때 제인은 야채를 사러 갔다더군. 제인은 레그의 뒷주머니에서 전보를 찾아냈어. 레그가 죽은 후였지. 전보에는 수신과 배달 시간이 기록되어 있었고 '전화번호 없음/원본 배달'이라는 글도 있었어. 얼마나 만져 댔는지 하루밖에 되지 않았는데도 종이는 거의 한 달은 된 것처럼 보였다더구먼.

어쩌면 그 전보가, 단어 몇 개가 진짜 고무 탄환이었다는 생각이 드는군. 결국 뉴저지 패터슨에서 레그 소프를 향해 그대로 방아쇠를 당기고 만 거야. 술에 떡이 되어 기억조차 하지 못하면서 말이지.

마지막 2주 동안 레그는 거의 정상적인 생활을 하고 있었어. 아침 6시에 일어나서 식사를 준비하고 한 시간 정도 글을 썼지. 8시쯤에는 서재 문을 잠그고, 개를 데리고 마을 주변을 돌아다니기도 했어. 레그는 그 산책을 무척 좋아했네. 말을 걸어오면 누구와도 기꺼이 이야기를 나누었어. 가까운 카페에 개를 묶어 두고는 늦은 모닝커피를 마셨고, 그러고는 다시 산책을 하기도 했지. 정오 전에 집에 돌아온 적도 거의 없었다더군. 대개 12시 30분이나 1시경에 돌아왔는데, 제인 말로는 루린의 수다를 피하기 위한 궁여지책이었다는 거야. 루린이 일하기 시작한 지 이틀 후부터 그런 습관이 굳어졌다니까.

레그는 가볍게 점심을 먹은 후, 한 시간 정도 누웠다가 일어나 다시 두세 시간 정도 집필을 했어. 저녁에는 옆집으로 건너가 학생들을 만났는데 가끔 제인도 동반했다더군. 가끔은 함께 극장에도 갔고 그냥 거실에 앉아 책을 읽기도 했지. 두 사람은 일찍 잠자리에 들었어. 보통은 레그가 제인보다 일찍 잠이 들었다네. 편지에 섹스는 거의 하지 않았다고 했는데, 사실 하더라도 둘 다 만족하지는 못했다더군. 제인은 편지에 이렇게 썼네. '하지만 여자들에게 섹스는 그다지 중요치 않아요. 레그는 다시 작품을 시작했고 그것으로 충분한 보상이 되니까요. 지난 5년간 그 마지막 두 주가 가장 행복했던 순간이라고 자신 있게 말씀드릴 수 있답니다.' 그래, 그 문장을 읽으며 난 기어이 울음을 터뜨리고 말았지.

나는 지미에 대해 몰랐지만 레그는 알고 있었어. 가장 중요한 사실 하나를 빼고는 모르는 것이 없었지. 지미가 엄마와 함께 일을 하기 시작했다는 사실 말일세.

레그가 전보를 받고 그 사실을 알았을 때 얼마나 분노했을지 짐작할 수 있겠나? 결국 놈들이 온 거야. 게다가 아내도 놈들과 한편이 분명했고 말일세. 왜냐하면 거트루드와 지미가 왔을 때 아내도 집에 있었어. 그런데도 레그에게는 한마디도 안 한 거라고. 전에 나한테 보낸 편지에도 그런 말이 씌어 있지 않았나? '가끔 아 내도 의심스럽습니다.' 라고 말이야.

그날 제인이 돌아왔을 때 레그는 나가고 없었어. 대신 부엌 식 탁에 쪽지가 하나 있었지. '서점에 가요. 저녁까지는 돌아오겠소.' 아무 문제가 없다고 생각했을 거야. 만일 내 전보에 대해 알고 있 었다면, 그런 식의 정상적인 쪽지가 얼마나 소름끼치는 일인지 알 았겠지만. 레그가 제인의 배신을 눈치 챈 셈이 되니까 말일세.

레그는 서점에 가지 않았어. 리틀존 총기 도매상에 간 거였지. 레그는 45구경 자동소총과 탄환 2000발을 샀어. 만일 리틀존에서 허락했다면 AK70이라도 샀을 거야. 물론 포르니트를 보호하기 위 해서였네. 지미, 거트루드, 제인에게서……. 그리고 놈들에게서 말이지.

다음 날 아침도, 여느 때와 같았다더군. 따뜻한 가을날인데도 레그가 엄청나게 두꺼운 스웨터를 찾아 입기는 했지만 제인은 대 수롭지 않게 생각했다네. 총 때문에 그런 스웨터를 입었겠지. 레 그는 면바지 허리춤에 장전된 45구경을 차고 개를 산책시키러 나 간 것이었어.

하지만 그날 아침, 레그의 산책은 모닝커피에서 끝이 났어. 게 다가 중간에 어디에도 들르지 않았고 누구와도 대화를 나누지 않 았다네. 레그는 강아지를 하적장 난간에 묶어 두고 곧바로 뒷길을 통해 집으로 돌아왔어.

레그는 옆집 아이들의 스케줄을 잘 알고 있었어. 지금 시간에는 집에 없다는 사실도 알고 있었고 여분 열쇠를 어디에 숨기는지도 알고 있었지. 레그는 그 집으로 들어가 자신의 집을 감시하기 시작했네.

8시 40분에 거트루드 루린이 도착했는데, 정말로 혼자가 아니라 옆에 꼬마가 하나 붙어 있었네. 지미 루린은 혀를 내두를 정도로 장난기가 심해서 학교 선생과 진학 상담사 모두 아이가 1년쯤 더 있다가 학교에 다니는 것이 좋겠다고 판단을 내렸어.(엄마만큼은 한시라도 빨리 아들을 떼놓고 싶었겠지만 말일세.) 그래서 지미는 다시 유치원에 들어가게 되었고 처음 6개월 동안은 오후반에 다니게 되었어. 집 근처에 있는 놀이방 두 곳은 꽉 찬 데다, 루린이 2시부터 4시까지 다른 집에서 일하고 있었기 때문에 레그 소프네 집 일을 오후로 미룰 수도 없었던 게지.

결국 제인은 망설임 끝에 거트루드가 형편이 나아질 때까지 아이를 데려와도 된다고 허락한 거야. 레그한테는 비밀로 하기로 했고.

사실 제인은 레그가 개의치 않을 것이라고 생각했다네. 요즘에는 레그가 너무나도 합리적이었거든. 그러면서도 한편으로는 남편의 발작이 신경 쓰이기도 했어. 만일 일이 그렇게 되면 모든 것이 망가질 판이었으니까 말이야. 그녀는 아이가 레그의 물건엔 손대면 안 된다고 했고 거트루드도 다짐했겠지. 레그의 서재는 절대로 건들지 못하게 하겠다고 말이야.

소프는 무인지대를 가르는 저격수처럼 몰래 30미터 정도를 접근했어. 거트루드와 제인은 부엌에서 침대보를 빨고 있었고, 꼬마는 보이지 않았어. 집 주변을 돌며 살폈지만 식당에도 침실에도 아이는 보이지 않았네. 레그의 짐작대로 서재에 들어가 있었던 거야. 아이의 얼굴은 흥분으로 벌겋게 상기되어 있었어. 레그는 당연히 놈들의 진짜 스파이를 찾아냈다고 믿었겠지.

꼬마 손에는 죽음의 광선총이 들려 있었다네. 장난감 레이저는 책상을 가리키고 있었는데, 레그는 타자기 안에서 라크네의 비명소리까지도 들을 수 있었어.

내가 죽은 사람에게 멋대로 주관적인 상상을 붙여 대고 있다고 생각들 하겠군 그래. 하지만 아니야. 부엌에 있는 제인도 거트루드도 지미의 플라스틱 광선총이 삑삑거리는 소리를 듣고 있었다더군……. 아이는 엄마와 함께 도착한 순간부터 온 집안을 들쑤셔 놓았어. 제인은 매일매일 저놈의 배터리가 꺼질 날만 기다리고 있었다고 했네. 그 소리를 듣지 않을 수도 없었고 소리가 어디에서 나는지 모를래야 모를 수도 없었지. 물론 레그의 서재라고 예외는 아니었다네.

아이는 정말로 개구쟁이 데니스의 화신이었네. 만일 절대로 가면 안 되는 지역이 있다면 그곳이야말로 반드시 가야만 하는 장소가 되는 거야. 아니면 호기심 때문에 죽고 말 테니까 말일세. 제인이 서재 열쇠를 찬장 밑에 둔다는 사실을 알아내는 것도 시간문제였지. 전에도 들어간 적이 있었을까? 아마 그랬을 거야. 제인이 3~4일 전에 꼬마에게 오렌지를 준 적이 있었는데 나중에 청소하면서 보니 서재 소파 밑에 껍질이 떨어져 있더라고 했으니까 말이야. 레그는 오렌지를 먹지 않아. 알레르기가 있다고 했거든.

제인은 세탁 중이던 침대보를 통에 던져 넣고 침실로 달려갔어. 제인은 광선총이 윙윙대는 소리와 지미가 '드디어 잡았다. 어디 도망가 보시지. 유리로 다 보이니까.' 하고 고함치는 소리를 들었다고 했네. 그리고…… 제인이 그랬어. 비명소리도 들었다고. 고음의 절망적인 목소리였는데, 너무나 고통스러워 귀를 막고 싶을 정도였다고 하더군.

제인이 말했어.

'그 소리를 들었을 때 이젠 무슨 일이 있어도 레그를 떠나야겠다고 생각했어요. 옛말이 맞았어요. 광기가 전염된다는 말. 내가 들은 목소리는 라크네의 소리였어요. 우습게도 그 개구쟁이가 2달러짜리 장난감 광선총으로 라크네를 쏘고 있다는 생각이 들더라고요.

서재는 열려 있었어요. 열쇠도 꽂혀 있었죠. 그날 늦게 찬장 옆에 식탁 의자가 놓여 있는 것을 보았는데, 지미의 운동화 자국이 의자에 잔뜩 묻어 있었죠. 아이는 레그의 타자기 책상 위로 잔뜩 허리를 굽히고 있었어요. 남편은, 레그는, 양쪽에 유리가 달린 낡은 오피스 타자기 모델을 갖고 있었죠. 그런데 아이가 그 한쪽에 광선총을 마구 쏘아 대고 있는 거예요. 와우, 와우, 와우. 보라색 불꽃이 타자기에서 튀고 있었어요. 전기에 대한 레그의 집착이 모두 이해가 갈 것 같더군요. 그 총이 무해한 건전지로 움직이긴 하지만 정말로 레이저가 쏟아져 나오는 기분이었어요. 광선이 내 머리를 헤집고 들어와 머릿속을 마구 볶아 대는 그런 기분 말이에요.

'거기 있는 거 다 보여! 퓨쳐 선장한테서 달아날 생각은 포기하라! 넌 이미 죽은 몸이다, 외계인!'

지미가 소리쳤어요. 얼굴은 어린아이다운 열기로 가득했는데, 귀여우면서도 끔찍한 그런 모습 아시죠? 그리고 그 비명소리는…… 점점 약해지고…… 작아졌어요.

'지미, 그만 해!'

내가 외쳤어요.

아이가 깜짝 놀라더군요. 내가 아이를 놀라게 한 거예요. 지미는 돌아서서 나를 보더니…… 혀를 날름 내밀고는 다시 유리에 대고 총을 쏘기 시작했어요. 윙 윙 윙. 그리고 그 끔찍한 보라색 불꽃.

거트루드도 복도를 걸어오면서 아이에게 그만두라고 외쳤어요. 거기서 당장 나오라고요. 아니면 죽도록 패 주겠다는 협박까지 했죠……. 그때 현관문이 벌컥 열리더니 레그가 소리를 지르며 뛰어 들어왔어요. 그 순간 남편이 제정신이 아님을 알 수 있었어요. 손에 총도 들고 있었고요.

'쏘지 말아요!'

거트루드도 레그를 보자마자 소리쳤죠. 그리고 레그에게 달려들었는데, 레그는 간단히 그녀의 옆구리를 가격해 버리더군요.

지미는 이런 상황을 전혀 눈치 채지 못한 것처럼 보였어요. 계속 광선총을 쏘아 대고 있었죠. 타자기의 키 사이마다 보라색 불꽃이 튀었는데, 용접 불꽃을 보는 느낌이었어요. 보호 안경이라도 쓰지 않으면 눈이 멀어 버릴 것 같았으니까요.

그리고 레그가 밀치는 바람에 저도 바닥에 쓰러지고 말았죠.

레그가 소리쳤어요.

'라크네! 네놈이 라크네를 죽이다니!'

레그는 망설이지도 않고 그 아이 쪽으로 달려갔어요. 그 아이를 죽일 작정이었던 거죠.'

제인은 그러고 나서 이렇게 말했네.

'저 아이는 몇 번이나 이 방에 들어와 타자기에 총을 쏴 댄 걸까 궁금해지더군요. 제 엄마와 내가 2층에서 청소를 하거나, 뒷마당에서 빨래를 널 때면 저 총소리를…… 와우 와우 하는 소리를 들을 수 없었거든요. 그러니까…… 포르니트가…… 안에서 지르는 비명도 못 들었겠죠.

레그가 달려드는 데도 지미는 멈추지 않았어요. 마치 마지막 기회라는 듯 계속해서 총을 쏴 대더군요. 그 후로 종종 놈들에 대한 레그의 판단이 옳았던 것은 아닌가 하는 생각을 해요. 어쩌면 공기처럼 떠도는 존재들일 수도 있잖아요. 수영 선수가 다이빙을 하듯, 이따금 사람들의 머릿속으로 파고 들어가 마음대로 조종하는 거예요. 그러다가 빠져나가면 그만인 거고요. 놈들의 침략을 받은 사람은 이렇게 말하는 거예요. '예, 저요? 제가 뭘 했다고요?'

레그가 다다른 순간, 타자기 안에서 짤막한 단발마 같은 비명이 들렸어요. 그것으로 모든 것이 끝나 버렸죠. 유리 안쪽으로 피가 터져 나오는 모습이 보였어요. 안에 들어 있던 것이 무엇이든, 결국 폭발해 버리고 만 거예요. 살아 있는 동물을 전자오븐에 집어넣는다면 그런 식으로 터져 버릴 거라는 생각도 했어요. 미쳤다고 생각하시겠지만 전 분명 피를 보았어요. 피는 유리를 때리고 아래로 흘러내리기까지 한걸요.

'잡았다! 잡았……'

지미가 외쳤어요. 만족스러운 목소리였죠.

그 순간 레그가 아이를 방 저쪽으로 던져 버렸어요. 아이는 벽에 부딪치고는 바닥에 쿵 하고 떨어졌어요. 총도 바닥에 떨어뜨렸고요. 물론 배터리로 작동하는 흔한 플라스틱 장난감 총이었지요.

레그가 타자기 안을 들여다보곤 비명을 지르더군요. 분노에 찬 목소리였지만 그건 고통도 분노도 아니었답니다. 그건 절망의 부르짖음이었어요. 그리고 아이를 돌아보았어요. 지미는 바닥에 쓰러져 있었고, 이전에 어떤 존재였든 정말로 그땐 단순한 꼬마로밖에 보이지 않았어요. 그저 잔뜩 겁에 질린 여섯 살짜리 꼬마에 지나지 않았던 거죠. 레그가 지미에게 총을 겨누었는데, 저도 그 다음부터는 기억이 나지 않아요.'"

편집자는 다 마신 소다 캔을 살며시 옆으로 치워 놓았다.

"그 나머지 얘기를 들려 준 것은 거트루드 루린과 지미 루린이었네.

'레그, 안 돼요!' 하고 제인이 외쳤다고 하더군. 그리고 자리에서 일어나 레그에게 달려들었지. 레그는 방아쇠를 당겨 제인의 왼쪽 팔꿈치를 날려 버렸는데, 그래도 제인은 포기하지 않고 레그를 붙들고 늘어졌고, 그동안 거트루드가 아들을 불렀고 지미는 엄마에게 달려갔어.

레그는 제인을 밀친 다음 다시 총을 쏘았네. 총알은 제인의 왼쪽 두개골을 찢어 놓았어. 오른쪽으로 1센티미터만 더 들어갔어도 살아나지 못했을 거야. 만일 제인 소프가 방해하지 않았다면 레그는 지미 루린을 죽여 버렸을 것이고 그 애 엄마도 죽였을 거야. 분명히 그랬을 거야.

레그는 아이를 쏘았어. 지미가 문 밖으로 달려가 엄마에게 안겼을 때였지. 총알은 지미의 왼쪽 엉덩이를 뚫고 간신히 뼈를 피해 왼쪽 허벅지 위쪽으로 나왔네. 그리고 거트루드 루린의 정강이에 박혔지. 피를 많이 흘렸지만 다행히 두 모자 다 치명적인 상처는 입지 않았어.

거트루드는 서재 문을 쾅 닫은 후 소리를 지르며 피를 흘리는 아들을 안고 밖으로 달아났다네."

편집자는 잠시 말을 멈추고는 심각한 표정을 지었다.

"제인은 그때까지 의식을 잃고 있었거나, 아니면 의도적으로 그 사건을 기억하지 못하는 걸 거야. 레그는 서재에 앉아 45구경을 이마에 갖다 댄 다음 그대로 방아쇠를 당겼네. 총알은 뇌를 살짝 피해 식물인간으로나마 살 수 있도록 허락하지도 않았고 두개골을 빙 돌아 아무 피해 없이 반대쪽으로 빠져나오지도 않았어. 환상은 고무 탄환이었을지 모르지만 마지막 탄환은 현실만큼이나 딱딱했던 게지. 레그는 타자기 쪽으로 넘어졌고 그대로 숨을 거두었네.

경찰이 들어왔을 때 그런 모습이었다더군. 제인은 반쯤 넋이 나간 채 구석에 앉아 있었고 말이야.

타자기는 피로 덮여 있었어. 아니, 피로 가득 찼다고 해야겠군. 머리의 상처가 너무나도 끔찍했거든.

피는 모두 O형이었고,

레그 소프의 피였지.

자, 여러분들, 내 얘기는 여기가 끝일세. 더 할 얘기도 없어."

편집자의 목소리는 이제 완전히 속삭임처럼 가라앉아 있었다.

파티 후반의 아쉬운 잡담은 없었다. 무분별한 취기를 얼버무리기 위한 어색한 농담도 없었고, 가벼운 디너파티가 어쩌다가 이렇게 무거워지고 말았냐는 식의 불평도 나오지 않았다.

하지만 작가가 편집자를 차로 배웅했을 때 결국 마지막 질문을 던지고 말았다.

"그 원고 말입니다. 어떻게 되었습니까?"

"레그의 원고요?"

"「고무 탄환의 발라드」라고 하셨죠. 그 모든 일을 일어나게 한 이야기 말입니다. 편집자님께서는 분명 고무 탄환이었겠군요. 그 사람한테는 아니었지만요. 그렇게 대단하다던 그 빌어먹을 원고는 도대체 어디로 간 겁니까?"

편집자는 차 문을 열었다. 시보레 뒷 범퍼에 붙은 스티커에는 다음과 같은 문구가 적혀 있었다. '진정한 친구는 음주운전을 허락하지 않는다.'

"책은 출판되지 않았네. 레그에게 카본 복사본이 있었다면 내가 그 소설을 채택하겠다고 했을 때 바로 없애 버렸을 걸세. 놈들 때문이지. 그 친구 성격상 그러고도 남을 거야.

잭슨 강에 뛰어들었을 때 나한테는 원본과 사진 복사본 세 개가 있었어. 모두 마분지 상자에 들어 있었지. 상자를 트렁크에 두기만 했어도 살아남았을지도 모르겠군. 자동차 꽁무니는 물속에 빠지지 않았으니까 말이야. 빠졌다고 해도 종이야 말리면 되니까. 하지만 난 원고를 멀리 두기 싫었어. 그래, 원고는 앞쪽에, 운전석 바로 옆에 있었네. 게다가 물속으로 뛰어들었을 때 창문은 모두 열려 있었고. 모르긴 몰라도 둥둥 떠서 바다로 떠내려갔을 거야. 어쩌면 강바닥에서 다른 쓰레기들과 함께 썩어 갈 수도 있고, 고기밥이 되었을 수도 있겠지……. 뭔들 아니겠나? 바다로 떠내려갔다는 편이 더 낭만적이고 좀 더 비현실적이라서 맘에 드는군 그래. 글쎄, 아직도 이러는 걸 보면 여전히 난 고무 탄환의 좋은 표적인 셈인가?"

"그럴 수도 있겠죠."

편집자는 소형차를 몰고 사라졌다. 작가는 후미등이 완전히 사라질 때까지 서서 그쪽을 바라보았다. 문득 돌아보니 어둠 속 보도 끝에 서 있던 메그가 작가를 향해 머쓱한 미소를 지어 보였다. 메그는 두 팔로 가슴을 꼭 끌어안고 있었지만, 사실은 따뜻한 밤이었다.

메그가 말했다.

"우리만 남았네요. 안으로 들어가요."

"그러지."

보도 중간쯤에서 메그는 발길을 멈추고 물었다.

"폴, 당신 타자기에는 포르니트가 없는 거겠죠?"

작가 역시 단어라는 것이 어디에서 나오는지 이따금 궁금하기도 했지만 용감하게 대답했다.

"그런 거 없어."

두 사람은 어두운 밤을 피해 집 안으로 들어갔다.

리치

"옛날엔 리치가 더 넓었는데."

스텔라 플랜더스가 자신의 생애 마지막 여름에 증손자들을 앞에 두고 말했다. 스텔라의 눈에 유령들이 보이기 바로 전이었다. 아이들은 동그랗게 뜬 눈으로 증조할머니를 바라보았다. 스텔라의 아들 앨든은 아직 마무리가 덜 된 현관에 의자를 두고 앉아 바다 쪽을 보고 있었다. 일요일이었다. 앨든은 일요일이면 절대로 보트를 끌고 나가지 않았다. 바닷가재 값이 아무리 치솟아도 그건 변하지 않았다.

"무슨 말이에요, 할머니?"

토미가 물었다.

하지만 노파는 대답하지 않았다. 그저 차가운 스토브 옆 흔들의자에 앉아 몸을 흔들 뿐이었다. 슬리퍼가 한가롭게 바닥을 쓸며 함께 흔들거렸다.

토미가 엄마에게 도움을 청했다.

"할머니 말이 무슨 뜻이야, 엄마?"

로이스는 고개를 저을 뿐이었다. 그리고 미소를 지으며 아이들에게 딸기를 따서 담을 바구니를 하나씩 들려 내보냈다.

스텔라는 생각했다.

'저 애도 잊었구나. 아니, 처음부터 몰랐던 걸까?'

그땐 리치가 더 넓었다. 그리고 그 사실을 아는 사람은 스텔라 플랜더스뿐이었다. 1884년에 태어난 스텔라는 고트 섬에서 최고령자였다. 그리고 한 번도 뭍에 가 본 적이 없었다.

"사랑을 믿나요?" 이 질문이 스텔라를 괴롭히기 시작했지만, 실상 그녀는 그 뜻조차 몰랐다.

가을이 왔다. 나뭇잎을 물들이는 데 필요한 비도 내리지 않는 차가운 가을이었다. 고트나 리치 건너편의 라쿤 헤드나 마찬가지였다. 그해 가을 바람은 길고도 차가운 음을 자아 냈는데, 스텔라는 음 하나 하나가 자신의 가슴에 울려퍼지는 듯했다.

11월 19일, 돌풍이 하늘을 하얀 크롬 색으로 물들이며 휘몰아쳤을 때 스텔라는 생일파티를 하고 있었다. 마을 사람들 대부분이 그 자리에 나타났다. 제일 먼저 나타난 사람은 해티 스토다드였다. 해티의 어머니는 1954년에 늑막염으로 세상을 뜨고, 아버지는 1941년에 무용수와 함께 사라져 버렸다. 리처드와 메리 다지 부부도 왔다. 리처드는 지팡이를 짚고 느린 속도로 오솔길을 올랐다. 관절염이 투명 풍뎅이처럼 그의 무릎을 갉아먹고 있는 것이다. 물론 사라 하블록이 오지 않을 리가 없었다. 사라의 엄마 애너벨리는 스텔라의 가장 친한 친구였다. 둘은 중학교를 졸업할 때까지 함께 섬 학교에 다녔다. 그리고 애너벨리는 토미 프레인과 결혼했는데 토미는 5학년 때 애너벨리의 머리카락을 잡아당겨 울게 했던 개구쟁이였다. 스텔라가 빌 플랜더스와 결혼한 것처럼 말이다. 빌은 스텔라가 팔에 끼고 있던 교과서를 쳐서 진창에 처박은 아이였다.(그래도 스텔라는 울지 않았다.) 이제 애너벨리도 갔고 토미도 갔다. 두 사람의 일곱 아이 중 섬에 남은 아이는 사라뿐이었다. 사라의 남편인 조지 하블록도 세상을 떴다. 빅 조지라는 이름으로 유명했던 아이였는데, 1976년 본토에서 끔찍한 죽음을 맞았다. 유난히 고기가 잡히지 않던 해였다. 조지는 실수로 도끼를 놓쳤는데, 그만 피를 보고 만 것이다. 너무나 많은 피를! 그리고 3일 후 섬에서 장례식을 치렀다. 사라가 들어오며 "생일 축하해요, 할머니!"라고 외쳤고, 스텔라는 사라를 끌어안고 가만히 눈을 감았다.

(사랑 사랑을 믿나요?)

하지만 울지는 않았다.

엄청나게 큰 생일 케이크가 나왔다. 해티가 절친한 친구인 베라 스프루스와 함께 만든 케이크였다. 모두들 입을 모아 "생신 축하드려요!"라고 외쳤는데, 어찌나 컸던지 돌풍마저도 움찔하는 것 같았다……. 아주 잠시였지만 말이다. 심지어 앨든까지도 생일 축하 노래를 함께 불렀다. 보통 때라면 "주를 앙모하는 자, 올라가!" 같은 찬송가나 부를 사람이었다. 그런 그가 토마토처럼 빨갛게 달아오른 두 귀를 쫑긋거리며 사람들과 입을 맞추었다. 스텔라의 케이크엔 95개의 촛불이 꽂혀 있었다. 그리고 노랫소리 너머로 스텔라는 돌풍의 울부짖는 소리를 들었다. 귀가 예전같지 않음에도 불구하고 말이다.

스텔라는 바람이 자기 이름을 부른다고 생각했다.

스텔라는 로이스의 아이들에게 말해 주고 싶었다.

"나뿐만이 아니었어. 그때는 섬에서 살다 섬에서 세상을 뜨는 사람들이 무척이나 많았단다. 당시엔 우편배달선도 없어서 벌 심즈가 우편물을 가져 오곤 했어. 물론 페리도 없었지. 해드에 갈 일이 있으면 다들 바닷가재잡이 배에 올라타야 했단다. 내 기억으로는 섬에 수세식 화장실이 생긴 것도 1946년이었을 거야. 벌의 아들 헤럴드가 처음 수세식 변기를 놓았지. 그물을 걷던 벌이 심장마비로 죽은 그 다음 해였어. 사람들이 벌을 집으로 데려오던 때가 생각나는구나. 방수포로 둘둘 말려 있었는데 툭 비어져 나온 구두 한 짝이 얼마나 슬퍼 보이던지……. 그리고……."

그러면 아이들은 이렇게 물을 것이다.

"그리고 뭐예요, 할머니? 뭐가 기억나세요?"

그러면 스텔라는 뭐라고 대답할까? 아직 뭐가 더 있는가?

생일파티가 끝나고 한 달쯤 후, 겨울의 첫날이었다. 스텔라는 장작을 가지러 가기 위해 뒷문을 열었다. 뒷계단에 죽은 새 한 마리가 보였다. 스텔라는 조심스럽게 허리를 굽혀 새를 집어 들었다.

"얼었구나."

스텔라는 입으로는 이렇게 말했지만, 마음속에서는 다른 소리가 들렸다. 40년 전에 얼어 죽은 새를 본 적이 있었다. 1938년, 리치가 얼어붙은 해였다.

스텔라는 몸을 부르르 떨면서 코트를 여몄다. 그러고는 낡은 소
각상으로 가 참새를 던져 넣었다. 추운 날이었고 하늘은 깨끗하고
푸르렀다. 스텔라의 생일날 밤에 눈이 10센티미터가 내렸다 녹았
고, 그 후로는 눈 소식이 없었다.

"또 내릴 거야."

고트 아일랜드 아래 사는 래리 매킨이 예언자처럼 말했는데, 마
치 겨울한테 대들기라도 하는 사람 같았다.

스텔라는 장작을 한 아름 끌어안고는 다시 집으로 돌아왔다. 또
렷하고 깨끗한 그림자가 뒤를 쫓았다.

참새가 쓰러져 있던 뒷문쯤 왔을 때 빌이 말을 걸었다. 하지만
빌이 암으로 죽은 지는 벌써 12년이나 되었다.

"여보, 스텔라."

스텔라는 자기 옆에 빌의 그림자가 떨어지는 것을 보았다. 좀
더 길지만, 생전의 모습처럼 그림자 모자의 챙을 한쪽으로 삐딱하
게 돌려쓴 모습이 분명 그림자 빌이었다. 스텔라는 비명이라도 지
르고 싶었지만, 비명은 목에서 걸려 넘어오지 못했다.

"스텔라."

빌이 다시 불렀다.

"언제 본토에 건너올 거야? 놈 졸리의 낡은 포드를 빌려서 프
리포트의 빈네 집에 놀러 가자고. 괜찮은 생각이지?"

스텔라는 몸을 돌리다 하마터면 장작을 떨어뜨릴 뻔했다. 아무
도 없었다. 언덕 아래로 비스듬히 늘어진 앞마당과 야생 금잔디가
보일 뿐이었다. 그 너머 온 세상의 끄트머리가 있었고, 그 끝에서

깨끗하게 잘린 리치가 있었고…… 그 너머에 본토가 있었다.

"할머니, 리치가 뭐예요?"

실제로는 한 번도 이렇게 물어본 적이 없지만, 로나라면 이런 질문을 던질 수도 있을 것이다. 그러면 스텔라는 어부라면 기계적으로 아는 답을 말해 줄 것이다. 리치란 두 땅 덩어리 사이를 가르는 바닷길을 말한단다. 양쪽으로 활짝 열린 수로 말이야. 늙은 가재잡이들이 하는 농담 하나 들어 보겠니? 이보라고, 안개가 짙을 땐 나침반부터 챙겨야 해. 존스포트와 런던 사이에 길고 강력한 리치가 있으니까 말이야.

"리치는 섬과 본토 사이의 뱃길이란다."

스텔라는 아이들에게 쿠키와 설탕을 탄 뜨거운 차를 나눠 주면서 이렇게 덧붙일 것이다.

"그 정도는 나도 안단다. 내 남편 이름이나…… 남편이 모자를 어떻게 썼는지 아는 것만큼 안다고."

로나는 이렇게 물을 것이다.

"할머니? 어떻게 한 번도 리치를 건널 생각을 안 했어요?"

스텔라는 이렇게 대답할 것이다.

"애야, 할미는 단지 건너갈 이유가 없었을 뿐이란다."

정월. 생일 파티가 끝나고 두 달이 됐다. 그리고 1938년 이후 처음으로 리치가 얼었다. 라디오에서는 섬사람이나 본토 사람 모두에게 얼음을 조심하라고 경고했지만 스트위 매클랜드와 러셀 보위는 오후 내내 사과주를 마시고는, 어리석게도 스트위의 봄바디어 썰매를 끌고 리치로 돌진해 버렸다. 스트위는(동상으로 발 하나를 잃긴 했지만) 간신히 빠져나왔다. 하지만 리치는 러셀 보위를 데리고 가 버렸다.

1월 25일에 러셀의 장례식이 있었다. 스텔라는 아들 앨든의 팔에 의지해 장례식에 참석했다. 앨든은 송사 전 시편과 찬송가에 맞추어 그저 입만 벙긋거리는 부류였다. 그러고 나서 스텔라는 사라 하블록과 해티 스토다드, 그리고 베라 스프루스와 함께 시청 지하실의 장작 난로 앞에 둘러 앉았다. 러셀의 장례식 파티가 열리고 있었고, 자렉스 펀치와 삼각형으로 반 도막을 낸 작은 크림치즈 샌드위치가 마련되었다. 물론 남자들은 자렉스보다 더 강한 알코올을 찾아 돌아다녔다. 러셀의 미망인은 에윌 매크래큰 목사 옆에 멍하니 앉아 있었는데 어찌나 울었는지 눈이 붉게 충혈되어 있었다. 미망인은 임신 7개월째였고 이번이 다섯 번째 아이였다. 스텔라는 난로 옆에서 까무룩 졸다가 이런 생각을 했다.

'저 여자도 곧 리치를 건너겠군. 프리포트나 루이스턴 같은 데 가서 식당 종업원 따위를 하겠지.'

스텔라는 베라와 해티를 둘러보았다. 둘은 한참 논쟁을 벌이고 있었다.

해티가 말했다.

"아니, 못 들었어. 프레디 씨가 뭐라고 했는데?"

프레디 딘스모어에 대한 얘기였다. 프레디는 섬에서 제일 나이 많은 남자였으며(하지만 내가 두 살 더 많지 하며 스텔라는 팬시리 우쭐해졌다.), 1960년 래리 매킨에게 가게를 넘겨 버리고 지금은 연금으로 살고 있었다.

베라가 뜨개질거리를 꺼내며 대답했다.

"이런 겨울은 생전 처음이라고 하셨어. 사람들이 많이 아프게 될 거라고도 하셨고."

사라 하블록은 스텔라를 보며 할머니도 이런 겨울이 처음이냐고 물었다. 첫눈이 조금 내린 후로 아직까지 눈이 내리지 않았다. 그 탓에 땅은 부석거렸고 헐벗고 갈색으로 죽어 갔다. 그 전날 스텔라는 오른손을 허벅지 높이로 끌어올린 채 뒷마당에서 서른 걸음 정도 어슬렁거렸는데, 잔디가 유리 깨지는 소리를 내며 일렬로 부러져 나갔다.

스텔라가 대답했다.

"그래, 처음이야. 리치가 1938년에 얼긴 했지만, 그 해엔 눈도 내렸지. 벌 심즈 기억나니, 해티?"

해티가 웃으며 대답했다.

"1954년 신년파티에서 그 아저씨가 엉덩이에 만들어 준 멍이 아직까지 있어요. 얼마나 세게 꼬집었던지. 근데 왜요?"

스텔라가 말했다.

"그때 벌과 남편이 걸어서 본토까지 건너갔어. 1938년 2월이었지. 해드에 있는 도리츠 주점까지 걸어가겠다며 부지런히 눈신으로 갈아 신었지. 그리고 위스키 한 잔씩을 마시고 다시 얼음을 건너 돌아왔어. 나한테도 같이 가자고 했는데. 그 사람들, 꼭 터보간 썰매를 들고 의기양양하게 언덕을 기어오르는 악동들 같아 보였단다."

두 사람은 당혹스러운 눈빛으로 스텔라를 바라보았다. 심지어 베라조차도 눈이 동그래졌다. 베라도 전에 이 이야기를 들은 적이 있었다. 소문이 사실이라면 벌과 베라는 한때 소꿉장난을 하던 사이였으니까 말이다. 물론 지금의 베라를 본다면 그렇게 어린 시절이 있었다고 믿기 어려울 것이다.

"할머니는 가지 않으셨죠?"

사라가 물었다.

아마도 사라는 마음의 눈으로 리치의 끝을 보고 있을 것이다. 차가운 겨울 햇살을 받아 하얗다 못해 푸른빛까지 감도는 리치, 눈의 결정이 빚어내는 광휘. 본토가 점점 가까워지고, 걸어서, 그래, 예수처럼 바다를 가로질러 걸어가는 거야. 내 평생 단 한 번 걸어서 섬을 떠나는 거야.

"응. 난 가지 않았어."

스텔라가 대답했다. 갑자기 뜨개질거리를 들고 오지 않은 것이 너무나도 아쉬웠다.

"왜 안 가셨어요?"

해티가 따지기라도 하듯 물었다.

"빨래하는 날이었어."

스텔라는 간단히 대답했다.

그때 갑자기 러셀의 미망인이 울음을 터뜨렸다. 스텔라가 그쪽을 건너다 보았는데, 그곳에 다시 빌 플랜더스가 앉아 있었다. 검은색과 빨간색 체크무늬 재킷에 모자는 여전히 삐딱하게 썼으며 허버트 태리턴 담배를 피우고 있었는데, 나중을 위해 한 개비는 귀에 꽂고 있었다. 스텔라는 헉 하고 숨을 몰아쉬었다. 심장이 터질 것만 같았다.

스텔라는 신음소리를 냈지만 때마침 난로에서 나무옹이가 터지는 바람에 아무도 듣지 못했다.

"불쌍해라."

사라는 진심으로 안타깝다는 표정을 지었다.

"저 날건달 같은 놈하고 인연을 끊게 됐으니 잘된 거야. 인간 구실도 못한 놈이야. 일찍 떠난 게 다행이라고."

해티가 투덜거렸다. 해티는 러셀 보위와 관련된 어두운 진실을 알고 있었다.

스텔라는 거의 듣지 않고 있었다. 빌 때문이었다. 빌은 매크래큰 목사 바로 옆에 앉아 있었는데, 맘만 먹으면 목사 코라도 비틀 수 있을 거리였다. 빌은 마흔 정도 되어 보였고, 움푹 들어갔던 눈가의 주름살도 거의 보이지 않았다. 플란넬 바지 차림에 고무 장화를 신고 있었는데, 그 위로 가지런히 접어 내린 회색 울 양말이 보였다.

빌이 말했다.

"어서 와요, 스텔라. 다들 기다리고 있다니까. 그냥 본토로 건너오기만 하면 돼. 올해는 눈신을 신을 필요도 없잖아?"

빌은 그렇게 시청 지하에 앉아 있었다. 거구의 방탕아 빌리. 그리고 다시 난로 안에서 옹이가 터졌고 빌은 사라졌다. 매크래큰 목사가 아무 일도 없었다는 듯 미망인을 위로했다.

그날 밤, 베라는 애니 필립스에게 전화로 수다를 떨다가 스텔라 플랜더스가 안 좋아 보인다는 말을 흘렸다. 아주 안 좋아 보인다고 말이다.

"스텔라 아줌마가 아프면 앨든이 섬 밖으로 모시기가 쉽지 않을 텐데요."

애니가 말했다.

애니는 앨든을 좋아했다. 외아들 토비가 앨든이 맥주보다 강한 술은 입에도 대지 않는다고 했기 때문이다. 애니는 금주주의자였다.

"스텔라 아줌마가 의식불명이 아니라면 절대 못 데려갈 거야."

베라는 의식불명이란 단어를 길게 빼면서 말했다.

"스텔라 아줌마가 '개구리' 하면 앨든은 깡총 뛰는 그런 아들이지만, 알다시피 그다지 똑똑하지는 못하잖아. 어머니한테 휘둘려 산다고."

"오, 그래요?"

애니가 말했다.

그때 전화선에서 금속성의 날카로운 소리가 들렸다.

금속성 소리 뒤에서 애니 필립스의 목소리가 잠시 부서져서 들리다가 이내 아무 소리도 들리지 않게 되었다. 돌풍으로 인해 전화선이 끊어진 모양이었다. 고들린 연못이나 눈물 계곡 아래쪽일 것이다. 그들이 고무장화를 신고 리치 안으로 들어간 곳······. 맞은편에 닿기는 한 것일까? 해드에? 어떤 사람들은 (반쯤 조롱하듯) 러셀 보위가 허우적거리다가 전깃줄을 잡았을 것이라고 말하기도 했다.

30미터쯤 떨어진 곳에서는 누비이불을 덮고 누운 스텔라 플랜더스가 옆방에서 들려오는 앨든의 코고는 소리를 듣고 있었다. 차라리 바람 소리를 듣는 것보다는 그 편이 나았다······. 물론 리치의 얼어붙은 길을 건너오는 바람 소리를 피할 수는 없었다. 얼음으로 뒤덮인 2킬로미터의 물길. 그 밑엔 가재와 농어가 있고, 어쩌면 매년 4월이면 로저스 경운기를 몰고 와 잔디를 갈아 주던 러셀 보위의 시체가 비비 꼬며 춤을 추고 있을지도 모른다.

'올해는 누가 땅을 갈아 줄까?' 스텔라는 누비이불 속에 웅크리고 누워 이런 걱정을 하고 있었다. 그리고 마치 꿈속의 꿈처럼 자신의 목소리가 자신의 목소리에 답했다. '사랑하는 거야?' 돌풍이 방풍창을 흔들고 지나갔다. 방풍창도 스텔라에게 말을 거는 듯했지만, 그녀는 그 말을 외면해 버렸다. 그리고 울지는 않았다.

"하지만 할머니, 왜 한 번도 건너가지 않았는지 대답하지 않으셨잖아요."

로나는 고집이 셌다.(로나는 한 번도 포기한 적이 없었다. 제 엄마를 닮았고 또 할머니를 닮은 애였다.)

"이런, 얘야. 난 이곳 고트에서 부족한 것 없이 살았단다."

"하지만 여긴 너무 좁아요. 우린 포틀랜드에서 사는데 거긴 버스도 있는걸요?"

"도시에 뭐가 있는지는 텔레비전에서 봐서 알고 있어. 하지만 가고 싶지는 않구나."

할은 로나보다 더 어렸지만 더 예리했다. 할은 누나처럼 물고 늘어지지 않는 대신 곧바로 문제의 핵심을 찌르곤 했다.

"한 번도 건너가고 싶은 적이 없었어요, 할머니? 한 번도?"

그러면 스텔라는 할에게 몸을 숙여 손자의 작은 손을 잡아 줄 것이다. 그러고는 자신의 부모가 결혼하자마자 이 섬으로 온 얘기와, 벌 심즈의 할아버지가 스텔라의 아버지를 배에 태워 일을 가르친 얘기와, 그리고 어머니가 네 번을 임신했지만 한 번은 유산 되었고 한 번은 아이가 태어난 지 일주일 만에 죽었다는 얘기 등을 들려줄 것이다. 스텔라의 어머니는 본토에 있는 병원에서 아기를 살릴 수만 있었어도 섬을 떠났을 것이다. 하지만 그런 생각을 하기도 전에 아기는 세상을 뜨고 말았다.

스텔라는 또 빌이 아이들의 할머니인 제인을 받았던 얘기를 해 줄 것이다. 하지만 빌 할아버지가 아기를 받고 나서 화장실로 달려가 구토를 하고 유난히 심각하게 월경을 맞는 여자처럼 발작적으로 울고 또 울었다는 얘기는 하지 않을 것이다. 물론 제인은 고등학교에 다니기 위해 열네 살에 섬을 떠났다. 그때는 이미 열네 살짜리 소녀애들이 결혼하는 경우는 거의 없었다……. 스텔라는 제인이 뱃사공 브래들리 맥스웰과 함께 배를 타고 떠나는 것을 보면서, 제인의 마음이 먼저 이 섬을 떠났다는 사실을 알았다. 가끔 다니러야 오겠지만. 그리고 십 년 후에 앨든 할아버지를 낳은 얘기도 들려줄 것이다. 둘 다 아이를 포기하고 있던 때였다. 지진아로 태어난 것을 보상이라도 하듯, 앨든은 이곳을 떠나지 않고 평생을 독신으로 지냈다. 스텔라는 어떤 점에서는 다행이라고 생각했다. 왜냐하면 머리는 둔하고 마음은 착한 사내를 홀리려는 여자들은 얼마든지 있기 때문이었다.(증손자들에게 이런 얘기까지 들려주지는 않을 것이다.)

스텔라는 이렇게 말할 것이다.

"루이스와 마거릿 고들린은 스텔라 고들린을 낳았고, 스텔라는 빌 플랜더스와 결혼해 제인 플랜더스와 앨든 플랜더스를 낳았단다. 제인 플랜더스는 리처드 웨이크필드와 결혼해서 로이스 웨이크필드를 낳았고, 로이스 데이비드 페롤과 결혼하여 로나와 할을 낳았단다. 그러니까 너희들은 고들린 플랜더스 웨이크필드 페롤인 게지. 그리고 그 피는 이곳 돌섬에 스며 있고, 그래서 난 이곳에 남은 거야. 본토는 너무 멀거든. 그래, 사랑하고말고. 적어도, 사랑하려고 노력했지. 하지만 기억의 강은 너무나 넓고 깊어 도무지 건널 수가 없구나. 고들린 플랜더스 웨이크필드 페롤이라니……."

기상청이 생긴 이후로 가장 추운 2월이라고 했다. 그리고 중순쯤 되자 리치를 덮은 얼음은 더 이상 깨지지 않을 정도가 되었다. 설상차가 붕붕거리며 돌아다니다 얼음더미에 걸려 뒤집어지기도 했다. 아이들은 스케이트를 타 보다가 얼음이 너무 울퉁불퉁해서 재미가 없다는 것을 알고, 언덕 끝에 있는 고들린의 연못으로 돌아갔다. 하지만 그 전에 목사의 어린 아들, 저스틴 매크래큰은 갈라진 얼음 틈에 스케이트가 걸리는 바람에 발목을 분지르고 말았다. 매크래큰 부부는 아들을 본토의 병원에 데려갔는데, 코르벳 자동차를 갖고 있는 의사가 이렇게 말했다고 했다.

"걱정 마세요. 새 다리처럼 좋아질 테니까."

저스틴 매크래큰의 발목이 부러진 지 3일 후, 프레디 딘스모어가 갑자기 세상을 뜨고 말았다. 프레디는 1월 말에 독감에 걸렸는데, 스카프 없이 우편물을 가지러 갔다가 감기에 걸린 것뿐이라며 의사를 부를 생각을 하지 않았다. 그러고는 사람들이 본토로 데려가, 프레디 같은 사람들을 기다리고 있는 온갖 기계에 걸어 보기도 전에 숨을 거두고 말았다. 예순여섯이나 먹은 나이에 여전히 최고의 술고래로 통하는 조지가 아버지 프레디를 발견했을 때, 프레디의 손에는 《뱅고어 일보》가 있었고, 다른 손 가까이에는 장전되지 않은 레밍턴이 놓여 있었다고 한다. 죽기 전에 총을 청소할 생각을 했던 것 같다. 조지 딘스모어는 그 후 3주 동안 병나발을 불었다. 누군가가 아버지의 보험금이 나올 것을 알고 술값을 대주었다고 했다. 물론 해티 스토다드는 마을을 돌아다니며, 조지 딘스모어 영감은 추악한 주정뱅이이며 지나가는 똥개보다도 못한 인간이라고 떠들고 다녔다.

주위에 독감에 걸린 사람들이 많았다. 2월이 되자 환자가 너무 많이 생기는 바람에 학교는 2주 동안 휴교했는데, 보통 때 같으면 일주일로 끝날 일이었다. "눈에는 병균이 없어요." 사라 하블록은 이렇게 말했다.

그달 말쯤 사람들이 3월의 온기를 속절없이 기다리던 터에, 그만 앨든 플랜더스가 독감에 걸리고 말았다. 앨든은 그 상태로 일주일을 여기저기 쏘다니다가 기어이 38.5도의 고열을 끌어안고 드러눕고 말았다. 프레디처럼 앨든도 의사를 마다했기 때문에 스텔라는 마음 졸이며 초조하고 애를 태웠다. 프레디만큼 나이가 많지는 않았지만 5월이면 앨든도 환갑인 것이다.

마침내 눈이 내렸다. 발렌타인데이에 15센티미터가 내렸고 20일에 다시 20센티미터가 내렸는데, 2월 29일 북풍이 세게 몰아치면서 눈은 한꺼번에 30센티미터를 훌쩍 넘고 말았다. 협곡과 본토 사이에 쌓인 흰 눈은 너무나도 낯설어 보였다. 이맘때쯤이면 언제나 잿빛의 높은 파도가 일렁거렸기 때문이리라. 몇몇 사람들이 걸어서 본토를 들락날락했다. 눈이 단단하고 매끄럽게 얼었기 때문에 올해는 눈신조차 필요치 않았다. 스텔라는 사람들이 역시 위스키로 떡이 되겠지만 도리츠에서 마시지는 못할 거라고 생각했다. 도리츠는 1958년 화재로 다 타 버렸다.

스텔라는 네 번이나 빌을 보았다. 한 번은 빌이 이렇게 말했다.

"어서 오구려, 스텔라. 나와 춤을 춥시다."

스텔라는 아무 말 못 하고 손으로 입을 틀어막았다.

스텔라는 증손자들에게 이렇게 말할 것이다.

"내가 원하고 필요한 건 다 여기 있었단다. 라디오도 있고 이제는 텔레비전도 있지 않니? 리치 밖의 세상에서 내가 원하는 건 그것뿐이거든. 매년 정원도 손질하고, 또 바닷가재는 어때? 그래, 우린 바닷가재를 몰래 한 냄비 끓여서 식료품 저장실 문 뒤에 놓아 두곤 했단다. 목사님이 부르러 왔을 때 우리가 '가난한 자의 양식'을 먹고 있다는 걸 들키지 않기 위해서였지.

나는 별일을 다 겪었단다. 만약 이 할미가 카탈로그를 보고 물건을 주문하는 대신 진짜로 시어스 상점에 가 보고 싶었다면, 또는 섬 가게에서 물건을 사거나 앨든을 뭍으로 보내 특별히 크리스마스 토종닭과 부활절 햄을 사오라고 하지 않고 텔레비전에서 본 쇼 백화점에 직접 가서 물건을 사 보고 싶었다면, 내가…… 한 번이라도…… 원했다면, 포틀랜드의 국회의사당 앞에 서서 차를 타고 지나가는 사람들을 구경하거나, 길가에 서서 이 섬에서 평생 본 사람들보다도 더 많은 사람들을 볼 수도 있었겠지……. 하지만 그랬다면 난 더 많은 걸 바랐을 거야. 이 할미는 이상하지도 않고 내 또래 할망구들에 비해 고집스럽거나 괴팍하지도 않단다. 내

어머니도 가끔 이렇게 말하곤 했지. '세상에 차이가 있다면 일하느냐 굶느냐 뿐이란다.' 그래, 난 그 말을 믿고 있어. 한 우물을 파는 게 현명하다는 사실을 믿는단다.

여기가 내 고향이고, 난 이곳을 사랑한단다."

3월 중순, 잃어버린 기억만큼이나 하늘이 하얗고 우울한 날이었다. 스텔라 플랜더스는 마지막으로 부엌에 앉아, 마지막으로 앙상한 정강이 위로 부츠의 끈을 맸다.(3년 전 해티가 준 크리스마스 선물이다.) 또 마지막으로 밝은 빨간색 울 스카프를 둘렀다. 스텔라는 원피스 안에 앨든의 긴 속옷까지 받쳐 입었는데, 쭈글쭈글한 가슴 바로 아래까지 허리가 올라갔고 셔츠는 거의 무릎까지 내려왔다.

밖에서는 바람이 다시 거세지고 있었다. 라디오에서는 오후쯤 눈이 내릴 거라고 했다. 스텔라는 코트와 장갑을 걸친 후, 잠시 망설이다가, 앨든의 장갑을 그 위에 겹쳐 꼈다. 독감에서 회복된 앨든은 오늘 아침 할리 블라드와 함께 보위 미망인의 방풍문을 고쳐 주러 갔다. 보위 부인은 딸을 낳았다. 스텔라도 아기를 보았고, 불쌍한 아기는 제 아비를 꼭 닮았다.

스텔라는 잠시 창가에 서서 리치를 내다보았다. 예상했던 대로 빌은 그곳에 있었다. 섬과 해드의 중간쯤에 예수처럼 서 있었다. 빌이 스텔라를 향해 손을 흔들었는데 본토에 갈 생각이라면 너무 늦었다고 말하는 것 같았다.

"빌, 그게 당신의 뜻이라면요. 하지만 내 뜻은 아니에요."

스텔라는 약간 불안했다.

하지만 바람의 이야기는 달랐다. 스텔라도 원해. 스텔라 역시 이 모험을 기다렸다고 말했다. 너무나도 혹독한 겨울이었다. 이따금 찾아드는 관절염도 고통스럽기 짝이 없었다. 손가락 마디 마디와 두 무릎을 시뻘건 인두와 시퍼런 얼음으로 동시에 지진다면 아마도 그렇게 고통스러울 것이다. 눈 한쪽도 희미해져만 갔다.(스텔라가 예순 정도 되었을 때 사라가 스텔라의 눈에서 발견한 불점이 이제는 급속하게 번져 가고 있었다.) 설상가상으로 위장의 끔찍한 격통까지 다시 찾아왔다. 이틀 전 새벽 5시에 잠이 깨었을 때에는, 차갑디 찬 복도를 간신히 기어가 변기 안에 짙은 핏덩이를 한 사발이나 토하고 말았다. 오늘 아침에는 더 심했다. 끔찍하고 더러운 오물들.

위통이 시작된 것은 5년 전이었다. 심할 때도 있고 그렇지 않을 때도 있었지만 스텔라는 그때부터 암일 것이라고 생각했다. 암은 스텔라의 어머니와 아버지와 외할아버지를 데려갔다. 그들 중 아무도 칠순을 넘기지 못했다. 언젠가 보험 젊은이들이 목공소 앞에서 말한 것처럼, 스텔라는 자신의 생명도 만기에 다다랐음을 알고 있었다.

"엄마, 정말 잘 먹는다."

앨든이 씩 웃으며 말했다. 위통이 시작되고 얼마 되지 않은 때였고 변기에서 핏덩이를 목격한 바로 그날이었다.

"엄마처럼 늙은 어른들은 다 돼지가 된다던데, 맞아?"

"얻어맞기 전에 밥이나 처먹어!"

스텔라는 머리가 허옇게 센 아들에게 손까지 들어 보였다. 아들은 어깨를 움츠리며 울먹거렸다.

"엄마, 때리지 마! 안 그럴게요!"

그랬다. 스텔라는 정말로 열심히 먹었다. 먹고 싶어서가 아니라 (그 나이 또래의 노파들이 다들 그렇겠지만) 그런 식으로라도 암세포에게 먹을 것을 주면, 놈들이 자신은 내버려 둘 것이라고 생각했다. 효과가 있기도 했다. 각혈이 완전히 사라진 것은 아니지만 그래도 오랫동안 나오지 않을 때도 있었다. 앨든은 습관적으로 밥 두 공기를(고통이 심할 때는 세 공기까지) 퍼 주었다. 그런데도 스텔라는 살이 찌지 않았다.

결국 암은 프랑스 사람들이 '볼 장 다 봤다.' 라고 말하는 그 시점까지 쳐들어왔다.

스텔라는 문을 나서며 앨든의 모자를 보았다. 모피 귀마개가 달린 모자가 입구 옷걸이에 걸려 있었다. 스텔라는 모자를 꺼내 썼다. 모자 챙이 지저분하게 얽힌 눈썹까지 푹 꺼졌다. 그리고 혹시나 잊은 것이 있나 마지막으로 집 안을 돌아보았다. 장작이 별로 남아 있지 않은 걸 보니 앨든이 개폐구를 너무 많이 열어 놓은 모양이었다. 잔소리를 하고 또 해 댔지만 소용이 없었다.

"앨든, 그러다 내가 죽기도 전에 전에 장작이 거덜나겠다."

스텔라는 중얼거리며 난로 문을 열고 안을 들여다보았다. 한숨이 저절로 새어 나왔다. 스텔라는 문을 쾅 닫고는 떨리는 손으로 개폐구를 조절했다. 문득, 정말로 문득 난로 안에서 옛친구 애너벨리 프랜을 보았다. 불길이 친구의 얼굴을 그렸는데 뺨에 난 보조개까지 똑같았다.

애너벨리가 윙크를 했던가?

스텔라는 앨든에게 쪽지를 남겨 자신이 어디로 갔는지 알릴까

하다가 그렇게 하지 않더라도 앨든은 이해할 거라는 생각이 들었다. 남보다 시간이 좀 더 걸리겠지만 말이다.

그렇지만 스텔라는 머릿속으로 쪽지를 쓰기 시작했다.

'겨울 첫날부터 네 아버지를 보기 시작했구나. 죽는 것도 그다지 나쁘지 않다고 말했단다. 그래, 분명 아버지는 그렇게 말했어.'

스텔라는 하얀 바깥세상에 발을 내디뎠다.

돌풍이 휘몰아쳤고, 스텔라는 앨든의 모자를 꼭 눌러썼다. 바람이 장난으로 모자를 빼내 달아나기 전에 말이다. 축축한 눈으로 무장한 3월의 추위가 옷 틈마다 비집고 들어왔다.

스텔라는 언덕을 내려가 만 쪽으로 방향을 잡았다. 조지 딘스모어가 만들어 놓은 소각장을 지날 때는 괜히 움찔하기도 했다. 조지는 예전에 라쿤 해드에서 제설차를 몰았다. 그리고 1977년에 폭설이 내렸을 때 거의 매일 호밀 위스키에 빠져 살더니 결국 제설차로 하나도 둘도 아니고 셋이나 되는 전신주를 뽑아 버리고 말았다. 그 덕분에 해드 전역이 5일 동안 정전이 되고 말았다. 그때 리치로 눈을 돌렸을 때 칠흑 같은 어둠이 어찌나 낯설어 보였는지 모른다. 빛이 주는 작은 안식에 익숙해 있던 탓이리라. 이제 조지는 섬에서 일한다. 제설차가 없으니 사고 칠 일도 없었다.

러셀 보위의 집을 지나치며 스텔라는 미망인을 보았다. 미망인은 우유처럼 창백한 얼굴로 밖을 내다보고 있었다. 스텔라가 손을 흔들자 맞받아 손을 흔들어 주었다.

스텔라는 증손자들에게 이렇게 말할 것이다.

"섬에서는 항상 서로를 돌보아 주었어. 거트 한라이트의 가슴

혈관이 터졌을 때도, 보스턴에서 수술을 받도록 하기 위해 우린 여름 내내 강냉이죽으로 버텼단다……. 덕분에 거트는 살아 돌아왔지. 조지 딘스모어가 전봇대를 넘어뜨리고 전력 회사가 그 사람 집을 담보로 잡았을 때도 그랬어. 전력 회사가 돈을 챙기기는 했지만 사람들은 조지가 담배와 술값 정도는 벌 수 있도록 일거리를 만들어 주었어. 왜 아니겠니? 일과가 끝나야 기운이 살아나는 인간이었거든. 그래도 퇴근시간이 가까워질 때는 짐말처럼 열심히 일했단다. 그가 사고를 친 건 항상 밤이었고 밤은 언제나 술 마시는 시간이었으니까 말이다. 제 아비 덕에 굶지는 않았지. 이제 보위의 부인도 아기랑 혼자 살아야 하겠구나. 아마도 이곳에 머물며 복지연금도 타고 모자부조금도 타겠지. 충분치는 않겠지만 그래도 필요한 도움을 받을 순 있을 게다. 떠날 수도 있지만, 머무른다면 굶지는 않을 거라는 말이지……. 들어 보련, 로나, 할? 그녀가 머무른다면 말이다. 한쪽에 작은 리치가 있고 다른 쪽에 커다란 리치가 있는 이 조그만 세계에 있는 무언가를 지켜 나갈 수도 있을 거다. 루이스턴의 해시 요리나, 포틀랜드의 도넛이나, 뱅고어의 북부 내슈빌에서 한잔하는 기쁨 따위를 좇아 달려갔다가는 잃어버리기 쉬운 무언가가 있단다. 그게 뭔지 알겠니? 그래, 비밀로 하기에는 난 너무 늙었구나. 그건 바로 인생의 방법이자 존재의 방법이란다. 정이라고 부르는."

물론 섬사람들은 다른 방식으로도 서로의 삶을 지켜 주었지만, 스텔라는 아이들에게 그것까지 말하지는 않을 것이다. 아이들은 이해 못 할 것이다. 로이스와 데이비드도 이해하지 못할 것이다. 제인은 진실을 알고 있다고 해도 말이다. 노먼과 에티 윌슨의 아기가 몽골증에 걸린 채 태어났을 때였다. 작고 귀여운 발은 안짱다리였고, 머리카락도 나지 않은 이마는 오돌토돌했으며, 엄마 배 속의 리치에서 헤엄치는 동안 너무나 길고 깊은 꿈을 꾸었는지, 손가락 사이에는 갈퀴까지 있었다. 매크래큰 목사가 달려와 세례를 해 주었고 다음 날 메리 다지가 찾아왔다. 당시만 해도 100명이 넘는 아이를 받아 낸 여자였다. 노먼은 제대로 걷지도 못하는 에티를 언덕 아래로 데리고 가 프랭크 차일드의 새 보트를 보여 주었다. 에티는 아무 불평 없이 길을 나섰지만, 잠시 문 앞에 서서 메리 다지를 돌아보았다. 병신 아기의 요람 옆에 앉아 조용히 뜨개질을 하던 메리가 시선을 들자, 에티는 기어이 울음을 터뜨리고 말았다.

"여보. 울긴 왜 우나. 빨리 가자."

노만이 재촉했다. 그 역시 고통스럽기는 마찬가지였다.

한 시간 후 돌아왔을 때 아기는 죽어 있었다. 요람에서 죽은 아이들. 고통 없이 죽었다면 그것도 축복 아닐까? 그리고 오래전에, 그러니까 전쟁 전 대공황 때 학교에서 돌아오던 여자 아이 셋을 누군가가 치근댄 적이 있었다. 사실 심하지도 않았고 상처가 난 아이도 없었다. 아이들은 양쪽에 다른 종류의 개를 데리고 다니는 한 남자가 자신들에게 카드 한 세트를 보여 주었다고 했다. 그리고 자기하고 함께 숲 속에 가지 않겠느냐고 물었다는 것이다. 그리고 숲에 도착하자 남자는 이렇게 말했다.

"하지만 먼저 너희들이 이걸 만져야 해."

아이들 중 한 명은 게르트 심스였다. 그녀는 후에 브런스위크에서 고등학교 선생으로 일하다가 1978년도에 메인 주 최우수 교사로 선정되기도 했다. 그리고 유일하게 다섯 살밖에 되지 않았던 젠은 그 남자 손가락이 몇 개밖에 없었다고 제 아빠에게 말했고 다른 아이도 동의했다. 세 번째 아이는 아무것도 기억하지 못한다고 말했다. 천둥소리가 거센 어느 날 앨든이 아무 말 없이 밖으로 나간 적이 있었다. 앨든은 어디로 가느냐는 스텔라의 질문에도 대답하지 않았다. 창문으로 내다보니 앨든은 오솔길 끝에서 벌 심즈와 만났고 잠시 후 프레디 딘스모어가 합세했다. 만 아래에 스텔라의 남편도 보였다. 보통 때처럼 도시락 가방을 겨드랑이에 끼고 아침에 출근했던 남편이었다. 남자들이 더 많이 모였고 마침내 함께 몰려갈 때 보니 모두 열한 명이었다. 맥크래큰의 선임 목사도 끼어 있는 것이 보였다. 그리고 그날 저녁 다니엘스라는 망나니가 용두암에서 발견되었다. 파도 위로 치솟은 바위가 마치 이빨을 드러낸 용 같다 하여 붙여진 이름이었다. 다니엘스라는 놈은 빅 조지 하블록이 자기 집에 새 문턱을 놓고 트럭 엔진을 갈기 위해 임시로 고용한 청년이었다. 햄프셔 출신인 그 남자는 말솜씨가 좋았고 하블록네 일이 끝났을 때를 대비해 여러 가지 일거리까지 맡아 두고 있었다……. 심지어 교회에서 노래 부르는 일까지 할 정도였다. 사람들은 다니엘스가 용두암 꼭대기까지 기어 올라가다 미끄러졌다고 말했다. 목이 부러졌고 머리가 으깨진 것은 말할 필요도 없다. 연고자를 알 길이 없었던 탓에 다니엘스는 섬에 묻혀야 했고, 맥크래큰 목사의 선임자가 멋진 추도사까지 읊어 주었다. 그는 부지런한 일꾼이었으며, 비록 오른손 손가락이 두 개밖에 없었음에도 불구하고 큰 도움이 되었다는 등등 말이다. 목사가 마지막으로 아멘을 외우자 무덤을 지키던 사내들은 모두 시청 지하로 돌아가 자렉스 펀치를 마시고 크림치즈 샌드위치를 먹었다. 그리고 스텔라는 다니엘스가 용두암에서 실족사한 그날, 어디 갔었느냐고 아무에게도 묻지 못했다.

스텔라는 손주들에게 이렇게 말할 것이다.

"얘들아, 우린 항상 우리 자신을 지켰단다. 우린 그래야 했어. 당시엔 리치도 더 넓었고, 거센 바람이 파도를 화나게 해서 어둠이 일찍 닥칠 때면, 우린, 그래, 우린 너무나 작아졌거든. 하느님의 마음속에 묻은 티끌만 하게 느껴졌어. 그러니 어떻게 힘을 모으지 않을 수 있었겠니? 모두 말이야.

우리는 힘을 모았단다, 얘들아. 만약 우리가 무엇을 위해 이 모든 일을 했는지, 아니면 이곳에 사랑 같은 것이 있는지 의심스러울 때가 있다면 말이다. 그건 기나긴 겨울밤 바람 소리와 파도 소리를 들었기 때문이란다. 우린…… 두려웠던 거야.

그래, 이 섬을 떠나고 싶다는 생각은 해 본 적이 없었어. 이곳이 내 인생이었지. 그때는 리치가 더 넓었는데……."

스텔라는 만에 도착했다. 그리고 왼쪽 오른쪽을 번갈아 보았다. 바람이 등 뒤에서 스텔라의 옷깃을 깃발처럼 흔들어 댔다. 누군가 그곳에 있었다면 스텔라는 더 아래로 내려가, 비록 얼음으로 둘러싸여 미끄러워도 바위 위에서 기회를 노렸을 것이다. 다행히 아무도 보이지 않았고 스텔라는 방파제를 따라가 심즈의 옛 보트 창고를 지나쳤다. 그리고 끝에 다다르자 고개를 쳐든 채 잠시 서 있었다. 바람이 휙 하고 불며 앨든의 모자 챙을 퍼드득 흔들었다.

빌은 그곳에서 손을 흔들고 있었다. 뒤쪽으로 리치가 펼쳐져 있었고 그 뒤로는 해드의 콩고 교회까지 보였다. 교회의 첨탑이 하얀 먹구름에 거의 가려질 듯했다.

스텔라는 끙 하고 신음을 뱉으며 방파제 끝에 앉은 다음 부츠로 아래쪽의 눈을 밟았다. 부츠가 눈 속에 살짝 파묻혔으나 깊지는 않았다. 스텔라는 앨든의 모자를 다시 매만졌다. 바람은 포기하지 않고 아들의 모자를 노렸다. 스텔라는 빌을 향해 걷기 시작했다. 기어이 돌아보고야 말 것이라 생각했는데 그러지 않았다. 자신의 고개가 버텨 준다는 사실이 믿기 어려웠다.

스텔라는 걷고 또 걸었다. 부츠가 표면을 밟으며 둔탁한 소리를 냈다. 얼음 조각도 깨져 나갔다. 빌이 보였다. 좀 더 먼 곳으로 가 있었지만 여전히 손을 흔들고 있었다. 스텔라가 기침을 하자 얼음을 덮은 흰 눈 위로 피가 번졌다. 이제 리치는 양쪽으로 널리 펼쳐졌고, 평생 처음으로 앨든의 쌍안경 없이도 '스탠튼 낚싯배'라는 간판을 볼 수 있었다. 스텔라는 해드의 주 도로를 달리는 차들을 보면서 정말로 경이롭다는 생각을 했다. 저 차들은 어디든 원하는 대로 달리겠지…… 포틀랜드…… 보스턴…… 뉴욕. 정말 놀라워! 그러자 머릿속에 이리저리 뻗어 있는 도로들이 그려졌고 전 세계를 잇는 국경선까지 만들어졌다.

눈송이 하나가 두 눈을 스쳤다. 또 하나. 그리고 또 하나. 이내 눈이 가볍게 내리기 시작했다. 스텔라는 하얗게 변해 가는 세상을 천천히 그리고 가벼운 마음으로 걸어가고 있었다. 안개처럼 내리는 눈발 사이로 언뜻언뜻 라쿤 해드가 보였다. 스텔라는 앨든의 모자를 추어올리고는 눈으로 들어오는 눈송이를 풋 하고 떨쳐냈다. 바람에 눈을 휘날리는 순간, 그 속에서 칼 애버샴이 보였다.

해티 스토다드의 남편과 함께 무용수와 놀아났던 남자였다.

눈발이 굵어지면서 세상이 점점 더 어두워져 갔다. 해드의 주 도로가 어둑해지더니 마침내 보이지 않게 되었다. 교회의 첨탑은 좀 더 오래 버텼으나 그마저도 꿈처럼 사라져 버렸다. 마지막은 검은색과 노란색으로 된 '스탠튼 낚싯배' 간판이었다. 그곳에 가 면 엔진오일부터 파리끈끈이, 이탈리아식 샌드위치, 버드와이저 까지 무엇이든 살 수 있었다.

이제 스텔라가 걷는 곳은 완전한 무채색의, 회백색 꿈 같은 세 상이었다. 마치 레테의 뱃사공 같다고 생각했다. 그리고 마침내 뒤를 돌아보았으나 섬 역시 보이지 않았다. 뒤로 늘어진 발자국 마저도 점점 희미해지다가 아무것도, 아무것도 보이지 않게 되 었다.

스텔라는 생각했다.

'화이트아웃이야. 조심해야겠어, 스텔라. 까딱 잘못하면 본토 에 가지도 못하고 지쳐 쓰러질 때까지 빙빙 돌기만 할 거라고. 얼 어 죽을 때까지 말이야.'

언젠가 빌한테 들은 적이 있었다. 만일 숲에서 길을 잃으면 잘 쓰는 팔과 같은 방향에 있는 발이 불구라고 생각해야 한다고 말이 다. 그러지 않으면 그 발이 당신을 끌고 빙빙 원을 그리게 될 거라 고. 아무 생각 없이 걷다가는 기어이 처음 출발했던 그 자리로 돌 아오고 만다고. 스텔라는 남편 말대로 할 수 없다는 사실을 알고 있었다. 오늘도 눈, 내일도, 모레도 눈이 올 거라고 라디오에서 말 했다. 이런 화이트아웃이라면 원래 자리로 돌아온다고 해도 알아 차릴 도리가 없다. 돌아오기 전에 새로 내린 눈이 모든 흔적을 지워 버릴 테니 말이다.

두 겹으로 장갑을 끼었음에도 불구하고 손의 감각이 둔해지고 있었다. 두 발은 벌써 아무 감각이 없었다. 어쩌면 다행인지도 모른다. 마비 증세가 그 지랄 같은 관절의 입을 막아 버릴 테니까 말이다.

스텔라는 왼쪽 다리를 더 열심히 움직이면서 절룩거리기 시작했다. 무릎 관절이 완전히 잠든 것이 아니어서 비명을 질러 대기 시작했다. 머리카락이 곤두섰고 혓바닥도 이 뒤로 말려 들어갔다.(네 개만 제외한다면 다른 이는 모두 건강했다). 회백색의 속절 없는 장막 사이로, 행여 황색과 녹색의 간판이라도 보일까 하는 마음에 앞쪽을 내다보았다.

터무니없는 바람이었다.

잠시 후 오후의 밝은 기운마저 둔탁한 잿빛으로 스러지기 시작하였다. 눈발은 더 거셌고 더 커졌다. 두 발이 바닥에 닿기는 했으나 이젠 10여 센티미터의 눈부터 헤집고 들어가야 했다. 시계를 보았지만 움직이지 않았다. 오늘 아침 태엽을 감는 것마저 잃어버린 것이 분명했다. 이삼십 년 만에 처음으로 말이다. 아니, 그냥 멎어 버린 걸까? 어머니한테 물려받은 시계였다. 앨든에게 들려 두어 번 해드에 보낸 적이 있는데, 도스티 씨가 그 시계를 청소하며 혀를 내둘렀다고 했다. 적어도 스텔라의 시계는 본토에 다녀온 적이 있었다.

모든 것이 잿빛으로 물들기 시작한 지 십오 분쯤 후, 스텔라는 처음으로 넘어지고 말았다. 그러고서 한참 동안 두 손과 무릎으로 바닥을 짚고 있었다. 그 자세가 너무나 편하다는 생각이 들었다.

그냥 쭈그리고 앉아 바람 소리를 들으면 그만이었다. 하지만 해야 할 일이 있었다. 스텔라는 끝내 얼굴을 찡그리며 일어났다. 그리고 바람 한가운데 서서 눈까지 부라리며 앞쪽을 노려보았다……. 하지만 아무것도 보이지 않았다.

곧 어두워질 거야.

스텔라는 길을 잘못 든 것이다. 어느 쪽으로든 조금 비껴나간 게 틀림없었다. 그렇지 않다면 지금쯤 본토에 도착해야 했다. 하지만 그렇다고 본토와 평행으로 걷고 있거나 만 쪽으로 돌아가고 있는 것 같지는 않았다. 머릿속의 네비게이터는 스텔라가 궤도 수정을 잘못하는 바람에 왼쪽으로 살짝 벗어났다고 속삭였다. 스텔라는 자신이 여전히 본토에 섭근하고 있지만 아마 사선으로 가고 있는 거라고 믿었다.

방향 감각은 오른쪽으로 조금 꺾으라고 말했다. 하지만 스텔라는 그대로 곧바로 나아갔다. 인위적인 병신 걸음은 그만두었다. 갑자기 급격한 기침이 터져 다시 붉은 피를 눈밭에 토해 냈다.

십 분 후(잿빛은 이제 검은빛마저 띠었고 스텔라는 여전히 휘몰아치는 눈폭풍 가운데 있었다.) 스텔라는 다시 넘어졌다. 일어나려다 또 넘어졌고 한참 후에야 간신히 중심을 잡았다. 바람이 거세 도무지 중심을 잡고 설 수가 없었다. 차라리 그냥 기절해 버리고 싶다는 생각이 머릿속을 휘저었다. 이따금 정말로 정신이 혼미해지기도 했다.

귀에 들리는 울부짖음이 모두 바람 소리만은 아니겠지만, 아무튼 앨든의 모자를 잡아채는 데 성공한 것은 분명 바람이었다. 스텔라가 손을 내밀어 잡으려 했으나 바람은 살짝 모자를 들어 달아나 버렸다. 눈에 보인 것도 잠시뿐이었다. 모자는 펄럭거리며 금세 어두운 잿빛 아가리 속으로 사라져 버렸다. 밝은 오렌지색 점이 눈밭에 떨어져 구르다 다시 하늘로 치솟고는 보이지 않았다. 자유를 찾은 스텔라의 머리카락만이 신나게 춤을 추어 댔다.

"괜찮아, 스텔라. 내 모자를 쓰면 돼."

빌이 말했다.

스텔라는 숨을 몰아쉬며 주변을 둘러보았다. 본능적으로 장갑 낀 손을 가슴에 댔을 뿐인데 가슴은 날카로운 손톱에 찔린 듯 아렸다.

보이는 것이라고는 흩날리고 부서지는 눈발의 향연뿐이었다. 어둠은 잿빛 목구멍에서 악마의 목소리를 뽑아내듯 그렇게 눈 폭풍을 뽑아내고 있었다. 그리고 그가 나타났다. 처음에는 눈 속에서 움직이는 그림자였다가, 차츰 붉은색과 검은색과 암녹색과 연두색 점들이 나타나더니 재킷 칼라와 플란넬 바지와 녹색 부츠 등으로 자리를 잡아 나갔다. 그는 정말로 귀족 같은 몸짓으로 스텔라에게 모자를 내밀었다. 하지만 얼굴은 분명 빌이었다. 차이가 있다면 빌을 데려간 암의 흔적이 없다는 것뿐이다.(스텔라가 두려워한 것이 그것뿐이었던가? 남편의 지치고 피곤한 그림자? 비쩍 마른 강제수용소 죄수처럼, 병들어 죽은 시체처럼, 어둡고 퀭하기만 했던 두 눈동자?) 스텔라는 오히려 마음이 놓였다.

"빌, 정말 당신이에요?"

"물론."

"여보."

스텔라가 다시 남편을 부르며 한 걸음 다가갔다. 하지만 다리가 말을 듣지 않았고, 스텔라는 자신이 넘어지고 있다고, 남편을 뚫고 넘어지고 있다고 생각했다. 결국 유령이 아니던가? 하지만 빌은 첫날밤 그녀를 안고 문턱을 넘을 때처럼(지금은 앨든과 함께 쓰고 있는 그 방이다.) 스텔라를 단단히 품 안에 끌어안았다. 그러고 나서 스텔라의 머리에 모자를 깊이 씌워 주었다.

"정말 당신 맞아요?"

스텔라가 빌의 얼굴을 바라보며 다시 물었다. 빌의 눈에 주름이 있기는 했지만 깊지는 않았다. 체크무늬 사냥 재킷 어깨와 생생한 갈색머리 위로 눈발이 흩날렸다.

빌이 대답했다.

"나요. 우리 모두 여기 있었어."

빌이 스텔라의 몸을 반쯤 돌려 주자 어둠이 짙어진 리치의 눈바람 속에서 다른 사람들이 걸어 나왔다. 해티의 엄마인 마들린 스토다드가 푸른 원피스를 종처럼 펄럭이며 나타나는 것을 보고, 스텔라는 기어이 기쁨과 두려움이 반반씩 섞인 울음을 터뜨리고 말았다. 해티의 아버지가 스텔라의 손을 잡아 주었지만, 그는 땅 속 어딘가에서 무용수와 함께 썩어 가는 모습은 아니었다. 해티의 아버지는 젊고 건장했다. 그리고 그 두 사람 뒤에는……

"애너벨리! 애너벨리 프랜, 정말 너니?"

스텔라가 외쳤다.

애너벨리였다. 잿빛 눈 속이었지만 스텔라는 자신의 결혼식 때 애너벨리가 입고 온 노란 드레스를 알아볼 수 있었다. 그리고 빌의 팔에 기댄 채 죽은 친구에게 다가갔을 때 장미 냄새가 났다고 생각했다.

"애너벨리!"

"이제 거의 다 왔어."

애너벨리가 스텔라의 다른 쪽 손을 잡으며 말했다. 당시에도 파격적이었던 그 노란 드레스는(하지만 다행히도 애너벨리의 성품 때문에 스캔들이 되지는 않았다.) 어깨가 훤히 드러났지만, 애너벨리는 추위를 느끼는 것 같지 않았다. 애너벨리의 부드러운 암갈색 머릿결이 바람에 흐느적거렸다.

"조금만 가면 돼."

애너벨리는 스텔라의 팔을 잡고 앞쪽으로 인도했다. 다른 사람들도 어두운 눈 속에서 나왔다.(이젠 정말로 밤이었다.) 대부분 낯이 익었으나 모르는 이들도 더러 있었다. 토미 프랜이 애너벨리 옆에 다가왔고, 숲 속에서 개죽음을 당한 불곰 조지 하블록도 빌 뒤에 와서 섰다. 지난 20여 년간 해드의 등대를 지키며, 해마다 2월이면 프레디 딘스모어가 개최한 카드 게임 때문에 섬을 찾곤 했던 사내도 보였다. 스텔라의 입속에서 그 남자의 이름이 맴돌았다. 그리고 프레디도 있었다. 머뭇거리며 프레디의 옆으로 다가서는 사람은…… 러셀 보위였다.

"저기요, 스텔라."

빌이 말했다.

스텔라는 대형 함대의 유령선들처럼 어둠 속으로 치솟고 있는 검은 그림자를 보았다. 그건 함대가 아니라, 갈라지고 치솟은 바위산이었다. 해드에 다다른 것이다. 마침내 리치를 건넜다.

스텔라는 수많은 목소리를 들었지만 그들이 실제로 말했는지는 알 수 없었다.

내 손을 잡아, 스텔라…….

(당신은)

내 손을 잡아 줘요, 빌…….

(정말 당신은)

애너벨리……. 프레디……. 러셀……. 존……. 에티…….
프랭크……. 내 손을 잡아요. 내 손을 잡아요……. 내 손을…….

(정말 당신은 사랑하나요?)

"내 손을 잡겠소, 스텔라?"

새로운 목소리였다.

돌아보니 벌 심즈였다. 스텔라는 친절하게 미소 지었지만 벌의
눈을 보자 문득 무서워졌다. 스텔라는 뒷걸음을 치며 빌의 손을
더욱 단단히 잡았다.

"이제……."

"시간이 되었냐고? 오, 그렇소, 스텔라. 하지만 아프지는 않을
거야. 아프다는 얘기는 못 들어 봤거든. 다들 그랬어."

스텔라는 갑자기 눈물이 쏟아졌다. 그동안 참고 참았던 눈물.
스텔라는 결국 벌의 손을 잡고 말했다.

"그래요. 그럴게요. 그래요."

모두 폭풍 속에서 원을 그리고 섰다. 고트 섬의 죽음. 바람이 그
들 주변에서 비명을 지르며 사정없이 눈발을 쏟아 부었다. 그리고
스텔라의 입에서 노랫소리가 흘러나왔다. 노래는 이내 바람 속에
실려 어디론가 떠내려갔다. 모두가 노래를 불렀다. 마치 여름날이
저물어 갈 때, 아이들이 모여 부드러운 고음의 노래를 합창하는
듯했다. 그들은 노래를 불렀다. 스텔라는 자신이 그들에게 다가

『스티븐 킹 단편집-스켈레톤 크루』를 엮으며

단편 소설의 배경에 대해 모두가 관심을 가질 필요는 없다. 너무나 당연한 얘기다. 자동차를 몰기 위해 엔진을 이해할 필요도 없고, 손톱만큼의 즐거움을 위해 이야기를 둘러싼 상황들을 알아야 할 필요도 없다. 엔진에 관심을 갖는 것은 엔지니어이고, 이야기의 배경은 학자들과 독서광들과 분석가들의 몫이다.(처음하고 세 번째는 거의 같은 뜻이지만 개의치 말기로 하자.) 이제부터 몇몇 단편들에 대해 약간 설명하려고 한다. 일반 독자들도 관심을 가질 그런 정도의 이야기지만, 행여 그런 것조차 관심이 없다면 지금 주저 없이 책을 덮어도 별 손해는 없을 것이다.

「안개」

에이전트인 커비 매컬리가 기획한 새 단편집에 넣기 위해 1976년에 쓴 것이었다. 매컬리는 2~3년 전에도 『프라이트』라는 제목으로 이런 종류의 책을 낸 적이 있었다. 그땐 문고본이었지만 이번에는 양장본을 만들 예정이었고 규모에서도 훨씬 더 야심만만했다. 제목은 『다크 포스』. 매컬리는 내게 이야기 하나를 내놓으라고 성화였다. 그는 노련했고 집요했으며 유능한 에이전트가 부릴 수 있는 수단은 모두 동원해 나를 괴롭혔다.

사실 나는 아무 생각도 나지 않았다. 고민하면 할수록 줄거리는 나오지 않았다. 어쩌면 내 머릿속에 있는 단편 소설 제작기가 잠깐이든 영원히든 망가졌을지도 모른다는 생각도 들었다. 그러다 태풍이 불었는데 난 그 광경을 소설 속에 담기로 했다. 당시에 우리 가족이 살았던 롱 레이크에서는, 태풍이 한창일 때 정말로 물기둥이 솟았고, 나는 식구들을 데리고 한동안 아래층으로 피신하기도 했다.(물론 내 아내의 이름은 타비타이고 스테파니는 처제의 이름이다.) 다음 날 아침 슈퍼마켓으로 가는 길도 이야기 속에 묘사한 그대로였다. 다른 점이 있다면, 실제 세계에서 노턴과 같은 그런 막 나가는 친구는 없다는 점일 것이다. 사실 노턴의 여름 휴양지에는, 매우 친절한 의사 가족인 랄프 드류스 부부가 살고 있었다.

슈퍼마켓에서 갑자기 내 뮤즈가 머릿속으로 찾아들었다. 언제나처럼 아무런 예고 없이 말이다. 가운데 통로 중간쯤에서 핫도그용 빵을 찾고 있었는데, 문득 시조새가 뒤쪽의 고기 카운터를 향해 날개를 휘저으며 날아와 파인애플 깡통들을 뒤엎고 토마토케첩을 뿌려 대는 장면이 생각났다. 아들 조와 함께 계산대에 줄을 서고 있을 때쯤에는, 사람들이 모두 선사시대의 괴물들에 둘러싸인 채 슈퍼마켓에 갇혀 있는 상상을 하며 즐거워하고 있었다. 난 매우 재미있는 상상이라고 생각했다. 「알라모」를 버트 고든이 감독했으면 어땠을까 하고 상상해 보라. 그날 밤 난 이야기의 반을 썼고 다음 한 주 동안 나머지를 완성했다.

단편치고는 긴 이야기였지만 커비는 만족스러워했고 단편집에 들어가게 되었다. 사실 나는 개작하기 전까지 그 단편이 마음에 들지 않았다. 특히 데이비드 드레이튼이 아만다와 관계를 갖고, 그 후 그의 아내가 어떻게 되었는지를 밝히지 않은 것이 불만이었다. 소심한 줄거리라는 생각 때문이었다. 하지만 개작하는 과정에서 내 마음에 드는 언어의 리듬을 찾아냈고, 그 리듬을 간직하기로 했다. 어느 장편보다도 성공적으로 그 이야기를 근본까지 벗겨낼 수가 있다.(『사계(Different Seasons)』의 「죽음보다 무서운 비밀(Apt Pupils)」이 내 고질적인 질병의 좋은 예가 되리라. 문학적 상피증 말이다.)

이 리듬에 대한 진정한 열쇠는 이야기의 첫 행에 조심스럽게 인용했는데, 그건 사실 더들러스 페어번의 성공작 『슈트』에서 몰래 훔쳐온 것이다. 내게는 그 행이 이야기 전체의 핵심이자 일종의 초월적 주술인 셈이다.

데이비드 드레이튼이 자신의 한계를 자각하고 있음을 암시하는 은유도 마음에 들고, 이 단편의 유쾌한 저속함도 좋다. 창가에 커다란 스피커를 달고 당신의 여자(또는 남자)의 어깨에 팔을 두른 채, 흑백 화면으로 이 소설을 본다고 생각해 보라. 그러면 또 다른 맛을 건질 수 있을 것이다.

「호랑이가 있다」

코네티컷 주 스트레트포드에 살 때 1학년 담임이었던 밴 부렌 선생님은 정말로 무서웠다. 만일 호랑이가 나타나 그녀를 산 채로 먹는다면, 난 몰래 그 광경을 훔쳐보았을 것이다. 애들이 다 그렇지 않은가?

「원숭이」

4년 전쯤 일 때문에 뉴욕에 간 적이 있었다. 뉴 아메리칸 도서관에서 사람들을 만난 다음 호텔로 돌아오는 길에 태엽 원숭이를 팔고 있는 남자를 보았다. 남자는 50번가와 45번가 모퉁이에 회색 담요를 죽 펼쳐 놓고 그 위에 원숭이들을 나란히 진열했다. 원숭이들은 모두 미소 띤 얼굴로 심벌즈를 쳐 대며 연신 허리를 굽혀 댔는데, 그 모습이 너무나 끔찍했다. 그 바람에 호텔로 돌아오는 도중 내내 왜 그런 느낌을 받았는지 고민해야 했고, 결국 그들이 가위 든 여인을 생각나게 했기 때문이라고 결론을 내렸다. 어느 날 나타나 모든 이들의 실을 끊어 버리는 여인 말이다. 호텔방에 돌아와서 그 생각을 바탕으로 순식간에 이야기를 써 내려갔다.

「토드 부인의 지름길」

토드 부인의 전형이 바로 내 아내이다. 지름길에 미친 여성. 그 이야기에 나오는 여성은 얼마든지 존재한다. 아내 역시 지름길을 찾아다녔는데, 실제로 점점 더 젊어지는 것처럼 느껴졌다. 물론 난 워스 토드가 되고 싶은 생각은 없다. 그렇게 되지 않기 위해 노력할 것이다.

나는 이 단편을 무척 좋아한다. 간지러운 느낌 때문이다. 게다가 노인들의 목소리는 감미롭기까지 하다. 옛날을 회상하는 글을 한번 써 보라. 그 글이 참으로 신선한 데다 창의적이기까지 하다는 사실을 깨닫게 될 것이다. 글을 써 내려가는 동안 「토드 부인의 지름길」은 내게 내내 그런 느낌이었다.

하나만 더, 여성잡지 세 곳에서 그 글을 반려했다. 두 곳은 여자가 서서 소피를 보면 오줌이 다리로 흘러내린다는 묘사 때문이었다. 아마도 여성들이 소피를 보거나 소피를 본다는 사실을 떠올리기 꺼려 한다고 생각했기 때문일 것이다. 소설을 반려한 세 번째 여성잡지는 《코스모폴리탄》이었는데, 주인공이 너무 늙어 주 독자의 관심을 끌지 못할 거라고 했다.

할 말은 없다. 《레드북》이 원고를 접수했다는 말만 덧붙이련다. 그들 모두에게 축복이 있기를.

「조운트」

이 글은 원래 《옴니》에 싣기로 했는데 과학이 미덥지 못하다는 이유로 일언지하에 거절당했다. 식민지에서 물을 캐낸다는 발상은 원래 벤 보바의 것이었고 나는 그 생각을 이번 개작에 포함했다.

「뗏목」

이 단편은 1968년 「플로트」라는 제목으로 내놓았다. 1969년 말, 나는 이 글을 《아담》지에 팔았고, 그 잡지사는 대부분의 삼류잡지가 그렇듯이, 접수가 아니라 출판일을 기준으로 고료를 지불했다.

계약 금액은 250달러였다.

1970년 봄, 밤 12시 20분. 유니버시티 모터인 호텔을 빠져나와 흰색 포드 스테이션왜건을 끌고 집으로 돌아가고 있었다. 그날 나는 새로 칠한 횡단보도에 세워 둔 원추형 표지판을 수도 없이 넘어뜨렸다. 페인트는 벌써 말라 있었는데 아무도 표지판을 치울 생각을 하지 않았던 것이다. 표지판 하나가 튀어 오르며 녹슨 배기관을 때리는 바람에 머플러가 떨어져 나갔고 나는 치솟는 정의의 분노를 느꼈다. 술 취한 대학생이나 느낄 법한 그런 감정 말이다. 나는 오로노 시를 돌며 원추 표지판을 모두 모아 다음 날 아침 경찰서 앞에 쓸어 넣기로 결심했다. 물론 이 일로 수많은 머플러와 배기관을 구했으니 훈장을 순비하라는 쪽지도 붙여 넣을 작정이었다.

한 150개 정도 모았을 때 백미러를 통해 푸른 불빛이 깜빡거리는 것이 보였다.

그때 오로노 경찰은 한참 동안 내 스테이션왜건 트렁크를 들여다보다가 이렇게 물었는데, 그 모습을 잊을 수가 없었다.

"이 표지판들 다 선생님 겁니까?"

원추 표지판들은 모두 압수당했고 나도 마찬가지였다. 그날 밤 나는 오로노 시의 손님이 되었고 십자말풀이를 수도 없이 풀었다. 한 달쯤 후, 나는 절도범으로 뱅고어 지방법원에 기소되었다. 나는 스스로를 변호했지만 결국 의뢰인을 엿 먹인 꼴이 되고 말았다. 250달러의 벌금형. 내게 그런 돈이 있을 리가 없었다. 일주일의 말미가 주어졌고 돈을 마련하지 못하면 페놉스콧 카운티에 30일을 더 묵어야 한다고 했다. 사실 어머니에게 빌릴 수도 있었지만 상황을 설명하기가 쉽지 않았다.(차라리 술에 취해 그랬다면 이해하기 쉽겠지만 말이다.)

소설을 쓸 때 굳이 데우스 엑스 마키나(deus ex machina, 기계 신. 최후의 해결사 역할을 한다는 의미로 쓰인다.──옮긴이)를 써야 할 필요는 없다. 기계신조차 믿을 수 없는 탓이다. 하지만 우리는 현실에서 언제 어디서나 기계신을 만난다. 나의 신이 온 것은 판사가 벌금을 매긴 지 삼 일째 되는 날이었다. 그는 《아담》의 250달러짜리 수표라는 이름으로 왔다. 그 일은 「플로트」의 소재가 되었다. 그건 마치 장기수에게 자유라는 이름의 출옥 카드를 내미는 것과도 같았다. 나는 즉시 수표를 현금으로 바꿔 벌금을 냈다. 나는 그 다음부터 정신을 차리고 원추 표지판만 보면 빙 둘러 가기로 결심을 했다. 그렇다고 정신이야 차렸겠냐만 아무튼 원추 표지판에 대해서만은 지켰다.

그런데 《아담》은 출간 후에 돈을 준다고 했다. 빌어먹을. 그렇다면 돈을 받았으니 당연히 소설은 잡지에 실렸을 것이다. 그런데 잡지는 오지 않았고 가판대를 주기적으로 살펴도 그런 잡지는 보이지 않았다. 《젖통과 엉덩이》나 《죽이는 레즈비언》 같은 딸딸이용 잡지나 찾는 인간쓰레기들을 비집고 들어가, 나이트 출판사에서 나온 잡지란 잡지는 모두 들춰보았지만 내 글은 어디에서도 볼 수 없었다.

그 와중에 나는 원고까지 잃어버리고 말았다. 1981년, 그러니까 그로부터 13년 후, 그 이야기를 다시 쓰기로 했다. 피츠버그에서 『크립쇼』를 편집하고 있던 터라 지루하던 참이었다. 그래서 그 이야기를 되살리기로 결심했고 「뗏목」이 나오게 되었다. 줄거리는 원래대로이지만 구체적으로 들어가면 이전 작품보다 좀 더 끔찍하리라고 믿는다.

아무튼 누군가 「플로트」를 보았거나 사본을 갖고 있다면, 제발 복사본이든 뭐든 보내 주기를 바란다. 내가 미치지 않았다는 사실을 증명해 줄 엽서라도 말이다. 그 소설이 혹시나 존재한다면,《아담》,《아담 사건과 실화》, 아니면 《아담 야담 괴담》(이 이름이 제일 그럴 듯하다.)이라는 잡지에 실렸을 것이다.(썩 고상한 이름은 물론 아니다. 하지만 당시 내게는 바지 두 벌, 속옷 세 벌뿐이었고 거지가 기부자를 고를 수는 없는 법이다. 게다가…… 《죽이는 레즈비언》보다야 훨씬 낫지 않은가?) 내가 알고 싶은 것은 그 글이 무인도가 아닌 다른 곳에서 출간된 적이 있는가 하는 것이다.

「서바이버 타입」

어느 날 식인에 대해 생각해 보았다. 모두들 나 같은 놈은 한 번쯤은 그런 생각을 하리라고 기대했기 때문이다. 하지만 내 여신은 또 다시 머릿속 밥그릇을 깨끗이 비워 버리고 말았다. 이런 얘기가 끔찍하기는 하지만, 그보다 더 훌륭한 메타포가 어디 있겠는가? 고상하든 말든, 요정 포르니트가 원한다면 난 주저 없이 설사약이라도 던져 줄 생각이다. 어쨌든 나는 사람이 자기 자신을 먹을 수 있는지 고민하기 시작했다. 만일 그렇다면 최후의 순간이 오기까지 얼마나 많은 부위를 먹어치울 수 있는 걸까? 이런 생각들은 정말로 정말로 역겨워서 결국 며칠 만에 때려치우고 말았다. 사실 쓰는 것도 만만치 않았다. 도저히 끝낼 수 있을 것 같지도 않았다. 어느 날, 뒷마당에서 햄버거를 먹는 나를 보고 아내가 뭐가 그렇게 우습냐고 물은 적이 있었다. 나는 그날 우선 쓰고 나서 생각하기로 마음을 정했다.

당시 우리는 브리지턴에 살았고 옆집에는 랄프 드류스라는 은퇴한 의사가 살았다. 나는 그 사람과 한 시간 정도 그 소재에 대해 얘기를 나누었다. 랄프는 처음에는 난색을 표하더니(그 전 해, 다른 글을 쓰다가 사람이 고양이를 삼킬 수 있는지 물은 적도 있었다.) 결국 사람이 자기 몸을 먹으며 상당 기간 동안 생존하는 것이 가능하다고 대답해 주었다. 다른 물질과 마찬가지로 인간의 몸 역시 에너지 창고라고 했다. 아, 그리고 난 또 이런 질문도 했다. 지속적인 절단으로 인한 쇼크는 어떻게 하죠? 그의 대답은 그 단편의 서두와 거의 같았다.

아마 아무리 포크너라고 해도 이런 글은 죽어도 못 쓸 것이다. 응? 이런 젠장.

「오토 삼촌의 트럭」

트럭은 실제로 존재한다. 집도 마찬가지이다. 나는 어느 날 장거리 드라이브를 즐기며 그 트럭과 집에 대한 줄거리를 머릿속으로 만들어 보았다. 마음에 들었다. 그리고 그걸 쓰는 데 며칠밖에 걸리지 않았다.

「리치」

아내의 막내 동생, 토미는 한때 해안경비대에 있었다. 토미는 메인 주의 길고 험준한 해안에 면한 존스포트 빌스 지역에 있었는데, 경비대의 일이래 봐야 기껏 대형 부표에 배터리를 갈거나, 아니면 안개 속에서 길을 잃고 암초를 들이받는 멍청한 마약 밀수범들을 구해 주는 것이었다.

그곳에는 섬도 많았고 조밀조밀한 군도들도 부지기수였다. 스텔라 플랜더스의 모델이 된 노파에 대해 말해 준 사람이 바로 그 처남이었다. 섬에서 태어나 섬에서 살다 죽은 노파. 꿀꿀이 섬이었던가? 아니면 우도? 이름은 기억할 수 없지만, 아무튼 동물 이름이었다.

처음엔 토미의 말을 믿을 수가 없었다.

"한 번도 본토로 건너갈 생각을 해 본 적이 없다고?"

"그렇다니까요. 그 할머니는 죽을 때까지 리치를 건너려 하지 않았대요."

리치라는 용어는 생소했지만 토미가 설명해 주었다. 존스포트와 런던 사이의 리치가 얼마나 긴가에 대한 가재잡이들의 농담을 들려 준 것도 그였다.

그리고 나는 이야기를 엮기 시작했고 그 단편은 「사자의 노래」라는 제목으로 《양키》에 실렸다. 좋은 제목이긴 하지만, 나는 고민 끝에 이 책에 실린 제목으로 바꾸기로 결심했다.

이제 끝났다. 여러분은 어떻게 생각할지 모르겠지만, 난 책을 끝낼 때마다 잠에서 깨어나는 기분이다. 꿈을 놓치는 것이 다소 슬프기는 하지만, 주변의 삼라만상 역시, 진짜라는 것들 역시 아름답기는 마찬가지이다. 나와 함께 여기까지 와 준 독자들에게 고마움을 전하고 싶다. 언제나처럼 물론 나도 즐거웠다. 이제 모두 무사히 집에 돌아가고 나중에 다시 만나기를 빈다. 그 희한한 뉴

욕 클럽의 웃기는 집사 말처럼, 이야기는 끝나는 법이 없으니까
말이다.

메인 주 뱅고어에서

스티븐 킹

역자 후기

호러의 대가, 33개국의 언어로 무려 3억 3000만여 권의 책을 출간한 소설가, 연간 1000억 원 이상의 돈을 벌어들이는 사내, 세상에서 가장 많은 판권을 보유한 작가. 지난 30년간 세상에서 가장 유명한 대중 소설가의 위치를 지켜온 스티븐 킹에게 달라붙는 기록들이다. 1974년 『캐리』이후 최근의 『셀』에 이르기까지 거의 모든 작품이, 서점의 베스트셀러 코너, 브라운관, 스크린의 탑 그룹을 차지해 왔고, 90년대 이후로는 고등학교와 대학 강단의 주제로 활용되기도 하였다. 「샤이닝」, 「미저리」, 「쇼생크 탈출」, 「그린마일」 등 국내 독자들과 영화 팬들의 고개를 끄덕거리게 만드는 작품들도 하나둘이 아니다. 그는 거장 중의 거장인 것이다.

거장의 소설을 번역하는 일은 번역가들에게 영예로운 훈장과도 같다. 내 이름이 대가의 이름과 나란히 박혀 나오는 일이니 당연할 것이다. 게다가 그 이름이 스티븐 킹이라면 말할 것도 없다.

그리고 그 덕분에 작업은 더욱 고통스러워진다. 그만큼 많은 독자들에게 노출된다는 부담감도 있겠고 대가의 글이니만큼 허투루 다루어서는 안 되겠다는 책임감도 뒤따르기 때문이다. 『스티븐 킹 단편집 – 스켈레톤 크루』는 내게 그런 작품이었다. 과거에 『고스트스토리』, 『나는 전설이다』, 『히스토리언』 등의 호러물들을 다룬 경험이 있고 그 작가들 또한 만만치 않은 비중을 자랑하고 있지만 그래도 스티븐 킹은 또 다른 차원의 얘기라고 해야겠다.

스티븐 킹의 단편들을 읽는 재미는 정말로 특별했다. 뭐라고 할까, 메크로코즘(대우주관)과 마이크로코즘(소우주관)이 얽혀 있는 교묘한 역설의 세계를 접하는 느낌이랄까? 그런 느낌은 첫 단편 「안개」에서 마지막의 「리치」까지 끊이지 않고 이어졌는데, 책을 다 읽고 난 후에야, 아 이런 것이 바로 스티븐 킹의 매력이구나 하는 것을 깨달을 수 있었다. 예를 들어 「안개」가 그렇다. 작가는 외부 세계를 짙은 안개와 기형의 괴물들로 가득 채워놓고는 기이하게도 독자들에게 아예 그쪽으로 눈도 못 돌리게 한다. 그 이유는 독자들을 공포로 몰아가는 것이 아니라 공포에 대한 근본적인 질문 속에 빠뜨리는 데 관심이 있기 때문이었다. 요컨대, 두 세계(안개와 괴물의 외부 세계, 그리고 그로부터 안전한 슈퍼마켓과 인간들의 세계)중 어느 쪽이 더 위험하냐는 것이다. 「안개」에서 독자들을 두렵게 만드는 것은 거대한 문어 괴물이나 벌거벗은 핑크빛 공룡새의 습격이 아니라, 오히려 노튼 식의 어리석은 고집과 커모디 부인으로 대변되는 종교적 맹신이었다. 실제로 데이브 일행은 인간들의 일상적 광기를 피해 괴물과 안개의 세계로 달아나고 있지 않은가? 내가 생각하는 스티븐 킹의 매력은 그런 것이다. 『오만과

편견』의 아이러니를 『주라기 공원』 버전으로 읽는 식의 허를 찌르는 감칠맛, 그건 거대한 공포의 상황을 만들어놓고 그에 대한 사람들의 극한적 반응을 훔쳐보는, 리처드 매드슨, 딘 쿤츠 식의 공포와는 또 다른 것이다. (「안개」는 지금 「쇼생크 탈출」, 「그린마일」 등을 연출한 프랭크 다라본트 감독에 의해 영화 기획 중에 있다).

　『스티븐 킹 단편집 ─ 스켈레톤 크루』에 수록된 20편의 단편(그리고 두 편의 시)들은 모두 전성기에 쓰인 작품으로 그의 독특한 매력을 보여주기에 충분한 작품들이다. 흥미로운 사실은 몇 편을 제외한 대부분의 단편들이, 단편의 한계를 뛰어넘어 하나의 완성된 드라마를 연출해내고 있다는 사실이다. 「안개」를 비롯해서, 「원숭이」, 「토드 부인의 지름길」, 「뗏목」, 「노나」, 「고무 탄환의 발라드」 그리고 「리치」에 이르기까지, 스티븐 킹은 정서와 효과의 통일이라는 단편소설의 규범 이상의 것을 우리에게 보여준다. 예를 들어 「토드 부인의 지름길」에서 우리는 시간의 심리적 상대주의라는 단일구조 이외에도 '호머'라는 늙은 하인을 주인공으로 한 인생과 사랑의 역정 등을 파노라마로 엮어낼 수 있다. 스티븐 킹의 이들 단편들에는 사건이 있고, 줄거리와 결말이 있고, 복합적인 시간의 배열이 있어, 한 편의 장편소설을 읽는 것에 맞먹는 뿌듯함을 얻을 수 있었다. 우리는 그 속에서 굳이 의식의 긴밀성 따위를 따지지 않고 단순히 이야기 흐름만 좇아간다고 하더라도, 충분히 긴장하고, 충분히 두렵고, 충분히 재미있을 수 있는 것이다.

　작가 자신이 각 단편에 대해 짧은 논평을 달아놓았기 때문에, 역자 후기에서는 작품 각각에 대한 설명을 하지 않고 그의 후기를 번역하는 것으로 대신하였다. 각 단편들이 나름대로의 매력이 있지만, 개인적으로는 「서바이버 타입」, 「안개」, 「뗏목」, 「토드 부인의 지름길」, 「리치」 등의 독특한 상상력에 우선 박수를 보내고 싶다.

단편소설을 번역하는 일은 흥미로운 작업이었다. 각 편마다 화자가 다르고 시점이 다르고, 그로 인하여 번역의 보이스도 달라져야 하기 때문이다. 어린아이가 화자로 등장하는 「호랑이가 있다」, 노년의 회상어린 어투로 그려지는 「토드부인의 지름길」과 「리치」, 거친 세계를 대변하는 「웨딩마치」 등 『스티븐 킹 단편집 - 스켈레톤 크루』을 번역함에 있어서 각 단편의 색깔을 가장 잘 드러낼 수 있는 보이스를 찾기 위해 노력했다. 그리고 우리에게 낯선 유머나 분위기를 조금 조정한 것 이외에는, 거의 모두 스티븐 킹의 분위기를 그대로 따라가고자 했다. 소설 번역은 충분히 매력 있는 일이다. 특히 이런 멋진 단편집을 만났을 때의 기쁨은 이루 말할 수가 없다. 좋은 기회를 열어주신 황금가지에 머리 조아려 감사드린다.

2006년 4월 12일
조영학

밀리언셀러 클럽을 펴내면서

지난 수백 년 동안 소설은 기묘하면서도 교양 넘치고, 자유로우면서도 현실에 뿌리 박고 있으며, 흥미진진하면서도 감동적인 이야기로 독자들의 사랑을 독차지해 왔다.

민담이나 전설 등에 비해 비교적 최근에 탄생한 이야기 형식인 소설이 순식간에 이야기 왕국의 제왕으로 올라선 것은 현대인들이 살아가면서 느끼는 희망과 절망, 불안과 평화 등 온갖 삶의 양상들을 허구 속에 온전히 녹여 내어 재창조함으로써 이야기를 읽는 기쁨과 더불어 삶을 재발견하는 즐거움을 주어 온 까닭이다.

사실 이야기를 읽음으로써 삶을 다시 생각하고, 삶을 생각함으로써 이야기를 다시 만들어 온 것은 인간이라면 피할 수 없는 숙명이다.

그런데도 최근 이야기의 제왕이라는 소설의 위기를 말하는 목소리가 점점 늘어나고 있다. 만약에 이 말이 사실이라면, 그리하여 사람들이 소설을 점차 외면하고 있다면, 핏속에 스며들어 있으며 뼛속에 틀어박힌 이야기 본능이 무언가 다른 것에 홀려 있음에 틀림없다.

사람들은 이제 이야기를 소설이 아니라 거리에서, 인터넷에서, 영화에서, 드라마에서, 광고에서, 대중가요에서 즐기고 있는 것이다.

'밀리언셀러 클럽'은 이러한 소설의 위기를 넘어서려는 마음에서 기획되었다. 국내 뿐만 아니라 전 세계 각국에서 독자들의 사랑을 한껏 받은 작품들을 가려 뽑아 사람들 마음을 다시 소설로 되돌리고 이야기를 한껏 즐길 수 있도록 배려하였다.

'밀리언셀러'라는 이름을 단 것은 소설이 다시 사람들의 마음을 끌어 널리 읽히기를 바라기 때문이고, '클럽'이라는 이름을 단 것은 소설을 사랑하는 독자들이 이 작품들을 가운데 놓고 오랫동안 이야기를 나누기를 바라기 때문이다.

앞으로 '밀리언셀러 클럽'에는 예로부터 오늘날까지, 동양에서 서양까지 시대와 장소를 가리지 않고 널리 독자들의 사랑을 받아 온 작품들 중에서 이야기로서 재미에 충실할 뿐만 아니라 인간 본연의 모습을 확인시켜 줄 수 있는 소설들이 엄선되어 수록될 것이다.

이 작품들이 부디 독자들을 소설의 바다로 끌어들여 읽기의 즐거움을 극대화함으로써 이야기 본능을 되살려 주어 새로운 독서 세대를 창출하기를 바라는 마음 간절하다.

옮긴이 | 조영학

한양대 영문학 박사 수료 후 한양대 등에서 영어와 영문학 관련 강좌를 맡고 있다.
역서로는 『고스트스토리』, 『나는 전설이다』, 『히스토리언』 등이 있다.

스티븐 킹 단편집 스켈레톤 크루 (하)

1판 1쇄 펴냄 2006년 5월 15일
1판 11쇄 펴냄 2023년 10월 26일

지은이 | 스티븐 킹
옮긴이 | 조영학
발행인 | 박근섭
편집인 | 김준혁
펴낸곳 | 황금가지

출판등록 | 2009. 10. 8 (제2009-000273호)
주소 | 06027 서울 강남구 도산대로 1길 62 강남출판문화센터 5층
전화 | 영업부 515-2000 편집부 3446-8774 팩시밀리 515-2007
홈페이지 | www.goldenbough.co.kr

도서 파본 등의 이유로 반송이 필요할 경우에는 구매처에서 교환하시고
출판사 교환이 필요할 경우에는 아래 주소로 반송 사유를 적어 도서와 함께 보내주세요.
06027 서울 강남구 도산대로 1길 62 강남출판문화센터 6층 민음인 마케팅부

© 황금가지, 2006. Printed in Seoul, Korea

ISBN 978-89-8273-986-6 04840
ISBN 978-89-8273-984-2 (세트)

㈜민음인은 민음사 출판 그룹의 자회사입니다.
황금가지는 ㈜민음인의 픽션 전문 출간 브랜드입니다.